WAT EEN VROUW WIL

JUDI FENNELL

MERJINN PRESS

PHILADELPHIA, PENNSYLVANIA

Wat een vrouw wil

Wat gebeurt er als drie onweerstaanbaar sexy broers een pokerweddenschap verliezen van hun ondernemende zus? Ze worden verhuurd voor haar nieuwe schoonmaakbedrijf. Nu staan de Manley Maids tot uw dienst. Tevredenheid gegarandeerd. Het is wat een vrouw wil...

Het is haar landhuis; hij is er alleen om schoon te maken.

De droom van ondernemer Sean Manley om naam te maken in de luxe resortwereld is in rook opgegaan... tussen de stofpluimen. En pauwen. En lama's.

Het landgoed dat hij voor een bodemprijs wilde kopen, is nu gevuld met een menagerie die wordt gerund door de excentrieke erfgename. Vanwege een verloren pokerweddenschap moet hij de boel achter hen opruimen.

Livvy Carolla kan niet wachten om van het landhuis en de bijbehorende familiebeslommeringen af te zijn. Ze moet alleen nog die dwaze speurtocht volbrengen die in het testament van haar grootmoeder staat. Het aanbod van de gespierde schoonmaker om te helpen maakt het iets minder een corvee, maar Livvy beseft niet dat Sean een ander spelletje speelt.

Als alles geoorloofd is in de liefde, strijd en poker, hoe kunnen ze dan beiden winnen als de kaarten tegen hen geschud zijn?

Mannenavond... plus één

Sean Patrick Manley staarde naar de straight flush, de negen hoog, in zijn hand. Hij baalde er echt van dat hij dit spel ging winnen. Oh, hij vond het niet erg om zijn broers vakkundig van hun geld te beroven, maar het geld van zijn hardwerkende zus afpakken was niets om over op te scheppen. Toch... ze *had* erom gevraagd...

'All-in.' Hij hield zijn pokergezicht strak en schoof de rest van zijn fiches naar het midden van de tafel.

Bryan en Liam trokken hun wenkbrauwen op, maar Sean zei geen woord. Mary-Alice Catherine had 'net als de mannen' willen spelen en dit was hoe ze speelden: meedogenloos. Geen clementie omdat ze een pokernovice was — of hun jongere zusje.

Bryan keek naar zijn kaarten en tikte zoals gewoonlijk tegen de randjes. Een irritante gewoonte, wat natuurlijk precies de reden was waarom Bryan die zich had aangeleerd. 'Ik ga mee.' Hij stapelde zijn resterende fiches naast de stapel van Sean.

Sean verborg een glimlach. Hij vond het helemaal niet erg om Bryans geld aan te nemen.

Liam leunde achterover in zijn stoel en tikte met zijn wijsvinger tegen de achterkant van zijn kaarten, ondoorgrondelijk als altijd. 'Mary-Alice, weet je het zeker—'

'Niet doen, Liam,' zei Mac, die zoals gewoonlijk stekelig reageerde op het gebruik van haar volledige naam. 'Speel de hand zoals je normaal gesproken zou doen.'

Liam tikte op zijn kaarten. 'Prima.' Zijn stapel voegde zich bij de rest.

Sean keek ernaar en daarna naar zijn broer. Bij Liam wist hij het nooit zeker.

Mac beet op haar onderlip en wiebelde heen en weer op haar stoel. Sean had bijna medelijden met haar. Bijna. Maar ze had lang genoeg aangedrongen om mee te mogen doen aan hun spel. Ze hadden haar nog geprobeerd te vertellen dat ze de inzet niet kon betalen, maar ze wilde niet luisteren. Dus, om haar voor eens en altijd de mond te snoeren, hadden ze haar laten meedoen, in de veronderstelling dat als ze eenmaal haar laatste hemd had verloren, ze hen niet meer lastig zou vallen. Er waren nu eenmaal dingen waar zussen geen deel van uit hoorden te maken.

'Oké, maar hoe kan ik de inzet verhogen als ik niet genoeg fiches heb?'

'Mac, zet gewoon de rest van de jouwe in. Ga de inzet niet verder verhogen. Je kunt het je niet veroorloven om nog meer te verliezen.' Sean glimlachte naar haar.

Hij was verrast toen ze hem een blik van pure woede toewierp. Wie had gedacht dat ze dat in zich had? Als kind had ze hen altijd met vleierij zover gekregen dat ze deden wat zij wilde. Het feit dat ze haar hele leven door hen, haar galante ridders, als een prinses was behandeld, had er waarschijnlijk iets mee te maken, dus dit gedrag was totaal niet passend voor haar.

'Geef gewoon antwoord op de vraag. Welke regels hebben jullie daarvoor?'

Bryan ritselde weer met zijn kaarten. 'Dan zetten we iets groots in. Zoals Seans appartement voor een week, of mijn Maserati, of Liams eilandverblijf. Omdat jij niets vergelijkbaars hebt, ga je gewoon mee.'

Mac keek weer naar haar hand, terwijl ze nu op de andere hoek van haar mond knabbelde. Ze streek een pluk haar achter haar oor. 'Ik verhoog de inzet voor jullie allemaal.'

Sean wilde protesteren, maar Bryan stak zijn hand op. 'Wat is de inzet, Mac?'

Mac legde haar kaarten gedekt op het groene vilt voor zich neer. 'Als ik verlies, krijgt de winnaar vier weken gratis schoonmaakhulp.'

'En als je wint?' vroeg Liam.

Mac vouwde haar handen over haar kaarten. 'Als ik win, is ieder van jullie me vier weken werk verschuldigd, geheel kosteloos, voor Manley Maids.'

'Wat? Ben je gek geworden? Ik ga voor niemand de dienstmeid uithangen, nog geen vier *uur* lang, laat staan vier weken.' Bryan vloog achteruit in zijn stoel alsof er stroom op de pokertafel stond.

'Oh, nou ja, als je denkt dat je niet van me kunt winnen...' Ze keek naar Liam.

Liam bestudeerde haar met toegeknepen ogen. 'Vier weken, hè?' Hij tikte op zijn kaarten. 'Ik ga mee. Met het huis op Kiawah voor dezelfde periode.'

Sean bestudeerde Liam. Bluf? Welnee. De huur van het vakantiehuis zou zijn broer de kop niet kosten, maar Liam zou slavernij niet riskeren. Hij moest wel een winnende hand hebben. Als die beter was dan zijn straight flush, zou Sean alleen het geld en het hotelverblijf kwijt zijn en niet het risico lopen een schort te moeten aantrekken. 'Ik ook. Een week in het resort zodra het operationeel is.' *Als* het ooit zover kwam, maar hij was niet van plan te verliezen. Niet met deze hand. En het resort ook niet.

Bryan keek naar hen drieën alsof ze hun verstand hadden verloren. 'Dus een van ons eindigt met twee vakanties, schoonmaakhulp en het gebruik van een Maserati gedurende vier weken?'

'Tenzij ik win,' zei Mac, terwijl ze met haar nagels op het vilt trommelde. Een typische reactie van een beginner. Ze was te zenuwachtig.

'Ga je mee?' Sean gaf Bryan een por met zijn elleboog.

'Reken maar.' Bryan gooide een full house op tafel. 'Kom maar bij papa.' Hij reikte naar de stapel fiches.

'Wacht even, Bry.' Liam legde zijn kaarten op tafel. Vier drieën staarden hen aan. 'Vervelend voor je, Mac.' Liam stond op.

Het verbaasde Sean niet dat Liam geen excuses aanbood. De broers wonnen om de beurt wel een keer. Het geld was onbelangrijk; ze genoten ervan elkaar uit te spelen en één keer per maand bij elkaar te komen. Maar Mac...

Toch moest hij Liam even terechtwijzen. 'Goede hand, Lee, maar niet goed genoeg.' Met een theatraal gebaar liet Sean zijn straight flush zien.

'Verdomme.' Liam ging weer zitten.

'Klootzak.' Bryan stond erop altijd het laatste woord te hebben.

Alleen Mac reageerde niet. Maar er zou in elk geval geen sprake meer van zijn dat ze nog eens mee zou doen.

Sean begon de fiches op te stapelen, terwijl hij alvast plande wanneer hij lang genoeg vrij kon nemen voor de vakantie die hij net van zijn broer had gewonnen. Hoe eerder hoe beter, want hij kon toch niet veel doen aan het Martinson-project totdat de hele erfeniskwestie was afgerond.

Er viel een stilte aan tafel terwijl hij de fiches stapelde. Meer dan drieduizend dollar. Niet slecht.

Zijn broers probeerden Mac niet aan te kijken. Sean ook niet, maar hij ving een lichte trekking rond haar mondhoek op. Ze probeerde waarschijnlijk niet te huilen. Ja, duizend dollar was een boel geld voor Mac, vooral nu ze alles wat ze had in haar schoonmaakbedrijf stak. Misschien zou hij het haar toestoppen als Liam en Bry niet keken.

'Het spijt me, Mac, maar zo wordt het spel nu eenmaal gespeeld.'

'Tja, Mac. We hebben je gewaarschuwd,' voegde Bryan eraan toe.

'Dat weet ik.' Ze schraapte haar keel. 'Het is alleen...'

'Wat, Mac?' Liam leunde met een elleboog op de tafel.

'Het is alleen... is een boer niet hoger dan een negen?'

'Een boer?' Het gezicht van Liam trok wit weg.

Seans maag kromp ineen. 'Een boer?'

Bryans mond viel open, maar voor één keer was hij sprakeloos.

'Ja. Een boer.' Mac spreidde haar kaarten uit op de tafel. Vijf harten, in oplopende volgorde.

Boer hoog.

'Ik geloof, lieve broers, dat jullie allemaal een uniform van Manley Maids moeten laten aanmeten.'

Hoofdstuk 1

De deuren van de hel — ook wel haar familielandgoed genoemd — stonden wijd open en boden een gastvrije aanblik.

Ach ja, er was een eerste keer voor alles.

Livvy Carolla trok haar plunjezak uit de achterbak van de Baja en sloeg hem over haar schouder. De zoom van haar boerenrok zwiepte om haar heen, waardoor de pauw die over het strakke gazon van haar grootmoeders landgoed scharrelde, een veilig heenkomen zocht.

Wie had er nou pauwen op zijn gazon rondlopen in een buitenwijk van Philadelphia आल्सोf het maharadja's waren?

Haar blauwbloedige familieleden van vaderskant, natuurlijk.

Oost west, asociaal best. Zou *lieve paps* geen enorme scène schoppen als hij wist dat ze hier was?

Het gaf haar een zeker genoegen om het hol van de leeuw te betreden. Vooral nu het van haar was.

Wie had dat ooit gedacht? Dat haar reputatiegevoelige, standsbewuste grootmoeder van vaderskant haar ontaarde zoon zou overleven en alles — *alles* — zou nalaten aan de kleindochter naar wie ze nauwelijks had omgekeken.

Meneer Scanlon, de advocaat van de nalatenschap, had haar verzekerd dat ze alleen maar aan de bepalingen in het testament hoefde te voldoen in de komende twee weken, en dan zouden het huis en het bijbehorende fortuin aan haar toebehoren.

Ah, de ironie. Haar grootmoeder had — naar wat haar moeder haar had verteld in een zeldzaam helder, zeg maar gerust *nuchter* moment voordat Livvy uit huis was geplaatst — gedreigd haar eigen twintigjarige zoon te onterven. Hij had het namelijk gewaagd een meisje dat net van de middelbare school kwam, uit de verkeerde buurt, zonder een cent op haar naam en met minder dan nul toekomstperspectief, zwanger te maken. Dat meisje had de lokale rijke jongen op de oudst bekende manier in de val gelokt.

Dus Merriweather Martinson had ingegrepen en een manier bekokstoofd (lees: mam afgekocht) om de voogdij over Livvy te krijgen. Livvy, die op de tere leeftijd van vijf niets liever wilde dan een liefhebbend gezin en eten op tafel, aangezien mam tot dat laatste niet in staat was en pap, tja, *afwezig* was een milde omschrijving. En toen was er het auto-ongeluk dat hem voorgoed uit haar leven had weggerukt.

Zo was Livvy op kostscholen beland, zonder dat haar nieuwe voogd hun bloedband zelfs maar erkende of een aardig woord voor haar overhad. De vrouw had verdomme nog nooit een glimlach laten zien, en Livvy's brieven waarin ze smeekte om enig contact, een bezoekje, een reisje naar huis, *iets*, bleven onbeantwoord.

Behalve die ene keer toen ze zeven was. Dat was het. De oude dame had haar één bezoek toegestaan, en daarna had Livvy nooit meer terug gewild.

En toch was ze hier. Allemaal dankzij diezelfde grootmoeder die niets met haar te maken wilde hebben. Jammer dat mam het niet meer kon meemaken, maar aan de andere kant had de vierentwintigjarige alleenstaande ouder ook niet veel moeite gedaan om contact te houden na het verkopen van haar kind — eh, het overdragen van de voogdij. Dus misschien zou het *mam* niet eens kunnen schelen dat Livvy terug was op de plek van het onheil.

Ach, dat was allemaal verleden tijd. Ze had het overleefd, was erin geslaagd werk te houden en leidde haar leven op haar eigen voorwaarden. Als er geen bepaling in Merriweathers testament had gestaan, was ze hier niet eens geweest.

Maar ze was er nu eenmaal, dus ze kon er maar beter het beste van maken.

Terwijl ze een laatste hap van haar appel nam, keek ze omhoog naar het monsterlijke gevaarte. Zo had ze dit huis altijd gezien. De Martinsons, de familie van haar vader, waren van oude Engelse adel die in de negentiende eeuw waren geëmigreerd. Blijkbaar hadden ze de helft van hun Engelse landhuis meegenomen, inclusief Tudor-vensters met glas-in-lood en eikenhouten deuren met houtsnijwerk zo groot als olifanten. Stenen leeuwen bewaakten de oprit en de waterspuwers op de daklijn gingen op in de achtergrond van samenpakkende wolken. Onheilspellend. Naargeestig. Tijdens dat ene bezoek was ze op zoveel manieren overweldigd, en haar gevoel was niet veranderd. De plek was protserig. Over the top. Obsceen.

En nu was het van haar.

Livvy gooide het klokhuis in het bloembed — goede compost — en pakte Orwells reiskooi van de achterbank, waarbij ze erop lette dat de hoes geen enkel kijkje op de omgeving bood. De grijze roodstaart werd gek als hij buiten in een kooitje zat, en wat de schreeuwlelijk niet wist, zou haar oren niet deren.

Ze liep de witmarmeren trappen op naar de voordeur, haar laarzen lieten strepen achter. Nou ja, jammer dan. Een klusje voor de butler.

'Hallo?' Ze duwde de deur open en stapte een lege hal binnen. Vreemd, twintig jaar geleden bewaakte de butler — Rupert? Jeeves? — de deur als een moederbeer. Het was duidelijk dat de boel was verslapt sinds de dood van haar grootmoeder.

Grootmoeder. Het woord voelde vreemd. Livvy sloot de deuren en besefte dat ze de oude vrouw nooit echt als haar oma had beschouwd. Maar technisch gezien was Merriweather Knightsbridge Martinson dat wel, als de verwekster van de gluiperd die haar moeder zwanger had gemaakt en er vandoor was gegaan bij het eerste teken van zwangerschap.

'Is er iemand thuis?' Livvy keek rond in de enorme foyer en herinnerde zich de bordeauxrood en crème gestreepte muren nog levendig; ze hingen vol met goudgerande, stoffige schilderijen van gezette voorvaderen die waren opgetuigd als paaseieren. Er was hier waarschijnlijk al eeuwen niets veranderd. Deze mensen hingen zo aan hun erfgoed dat ze de zware mantel van de Martinson-voorvaderen als een strop om haar keel voelde trekken.

Niet dat ze daar ook maar iets mee te maken wilde hebben. Ze wilden haar als kind niet; ze wilde hen als volwassene absoluut niet.

'Hallo? Rupert? Jeeves?' Hoe heette hij ook alweer? Ze liep verder de stille hal in.

'Geen Rupert of Jeeves hier.'

Ze schrok toen er een man uit de deuropening aan de linkerkant stapte. Groot, donker en om op te vreten, met het lichaam van een olympisch atleet en het gezicht van een god. Hij had golvend zwart haar dat tot op zijn kraag viel en een paar ogen accentueerde die zo blauw waren dat ze wel nep leken — behalve dat er niets nep was aan deze man. Van de brede schouders die alleen maar geschapen leken om sterke armen om een vrouw heen te slaan tot de strakke buikspieren waar ze van begon te watertanden en benen met spieren die de naden van zijn broek onder spanning zetten; deze vent was een en al man.

'Wat kan ik voor je doen?'

Er was waarschijnlijk heel veel dat hij voor haar kon doen. En met haar, en aan haar...

'Wie ben jij?' Ze trok de voorkant van haar bloes over haar hemdje dicht, maar dat was nogal lastig met één hand.

'Wie ben *jij*?' beet hij van zich af, terwijl hij een... *stofzuiger?*... in zijn handen hield.

'Ik vroeg het eerst.' Wat deed hij in hemelsnaam met een stofzuiger?

'Je... *wat*?'

'Eh, ik bedoel...' Ze schudde haar krullen naar achteren en hief haar kin, in een poging groter te lijken. Niet dat ze zich schaamde voor haar lengte — of het gebrek daaraan — maar het hielp als ze zich niet op haar gemak voelde. En dat was ze zeker, want op deze plek zijn, met een lekkere vent die een stofzuiger vasthield, was zo bizar dat het haar niets zou verbazen als ze in het konijnenhol van Alice was gevallen. 'Ik, eh, stelde je een vraag.'

'En?' Hij zette de stofzuiger neer en leunde op de stang.

'En ik wil graag een antwoord.'

'En ik zou graag op een tropisch strand hangen, maar we krijgen niet altijd wat we willen, hè?'

'Zeg, je hebt een behoorlijk grote mond voor de zwembadjongen.'

'Voor het geval het je is ontgaan: *dit*,' hij rammelde met de stang, 'is geen schepnet. Het is een stofzuiger.'

'Dus dat maakt jou, wat? De werkster?'

Hij keek weg. Punt voor haar.

'Luister, wie ben je en wat wil je? Ik heb geen tijd om hier de hele dag te staan.' Zijn kaakspier trilde verbeten.

'Waarom? Moet je nog ergens planken afstoffen?'

Een rode kleur kroop omhoog in zijn nek, waar zijn mintgroene poloshirt in een V openstond en wat mooi gekruld zwart borsthaar onthulde, net links van het logo...

Manly Maids.

O, god. Hij *was* de huishoudelijke hulp. Dit was werkelijk perfect!

'Luister, juffrouw. Is er iets wat je nodig hebt?'

Eh... ja. Ze beet op haar lip om een glimlach te onderdrukken. Haar grootmoeder had blijkbaar een geweldig gevoel voor humor gehad. Misschien was het toch jammer dat ze dat oude secreet nooit echt had leren kennen. 'Oké. Sorry. Het zit zo: ik ben Livvy Carolla en ik zocht de man die dit mausoleum beheert.'

'*Jij* bent Livvy Carolla? *Olivia* Carolla?'

Ze haatte die naam. Olive, Oliver Twist, Olivia Fig Newton-John... De bijnamen waren nooit leuk geweest. 'Vriendinnen' op kostschool waren gewoon beter geklede pestkoppen.

'Ik geef de voorkeur aan Livvy. En ja, dat ben ik. Waarom?'

De zwembadjongen — de *schoonmaakman* — kreunde.

'Hé, echt hoor, het is geen reden voor een zenuwinzinking. De naam is Livvy en ik moet Jeeves spreken. Rupert. Hoe hij ook heet.'

'Dat had ik kunnen weten,' mompelde de schoonmaakman.

Ze wenste dat hij de zwembadjongen *was* — een veel beter uniform. 'Ik wil me graag installeren, dus als je me even naar hem toe kunt wijzen, zou ik dat zeer op prijs stellen.'

Ze zette Orwells kooi op de grond om de riem van haar plunjezak te verstellen. Er dwarrelden een paar veren en zaadhulsjes onder de hoes vandaan op de vloer.

'Hé, ik heb daar net schoongemaakt,' zei de zwembadjongen.

'Dat meen je niet.'

'Echt wel.' Hij trok een wenkbrauw op. 'En het was een rotklus, dus als je het even zou willen opruimen, graag.'

Hij keek zo verontwaardigd. 'Oké, *meneer de huisknecht*, ik doe je een voorstel. Ik ruim de rommel op als jij Rupert vertelt dat ik er ben.'

'Sorry, dame, op dit moment ben ik de enige hier.'

'Jij?'

'Ik.'

Ze trok haar wenkbrauwen op. Ze had geoefend op het optrekken van slechts één wenkbrauw, maar tot nu toe was dat kunstje haar niet gelukt. 'Dus jij runt de boel hier nu?'

'Prinses, deze tent runnen stelt niets voor vergeleken met wat ik in het echte leven doe.'

'O ja? Dus dit is een of andere fantasie die je uitleeft? Niet bepaald het dienstmeisjespakje dat daar meestal bij hoort, maar wat jij wilt. Noem me alleen geen *Prinses*.'

'Sorry.' De zwembadjongen krabde aan zijn kin. 'Oké, dit is het verhaal. Het testament heeft elke medewerker met pensioen gestuurd. Tot aan de tienjarige krantenjongen toe. Er is niemand behalve ik. En nu jij. En zoals ik het begrijp, ben jij nu de eigenaar van dit, hoe noemde je het ook alweer? Mausoleum?'

Ze knikte, haar geamuseerdheid bekoelde. Was iedereen weg? Was dit een laatste uitdaging die dat oude mens vanuit het graf stelde? Iets om te laten zien dat Livvy de naam Martinson waardig was?

Of om te bewijzen dat ze dat *niet* was?

Nou, ze was niet van plan om naar de pijpen van die vrouw te dansen, zeker nu ze dood was niet. Eigenlijk was Livvy wel blij dat iedereen weg was. Dan hoefde ze hen tenminste niet te ontslaan wanneer ze de tent verkocht. Wat ze zou doen zodra ze wist welke idiote bepalingen haar grootmoeder had bedacht om haar te dwingen hier twee weken te wonen.

Oké, dus misschien danste ze toch een klein beetje naar haar pijpen. Maar niet lang meer. Straks was ze een vrij mens met miljoenen om mee te doen wat ze wilde. En ze wilde er zoveel goeds mee doen. In tegenstelling tot haar *roemruchte* zogenaamde familie.

'Oké.' Livvy hees de plunjezak op haar schouder en knielde om de veren in haar hand op te vangen. 'Dit verandert de zaak. Ik hoopte dat de butler me wegwijs kon maken, maar dat gaat dus niet door.' Ze verzette de plunjezak terwijl ze opstond.

'Het enige wegwijs maken dat ik hier heb gezien, is het wegstoppen van de gordijnen in de woonkamer, al geloof ik dat er in de kapeltoren een echt klokkentouw hangt,' zei de Lekkere Vent Met De Stofzuiger.

'Ja. Die luidt ook nog eens onbeschoft vroeg.' O, wat herinnerde ze zich nog goed dat ze daar op een zondagochtend wakker door werd geschud. Ze kon nog steeds niet bevatten dat er een echte kapel aan de andere kant van het terrein stond. Dat was zelfs voor *haar* familie een beetje overdreven.

De zwembadjongen glimlachte. 'Eigenlijk is het heel rustig sinds ik hier ben. Er is niemand om hem te luiden.'

Ze beantwoordde zijn glimlach. 'Een pluspunt in deze situatie. Heel goed. Nou, in dat geval ga ik mijn spullen naar boven brengen' — ze tilde de zak en de kooi op — 'en dan kom ik weer naar beneden om even bij te praten.'

'Zeker. Prima. Ik ben in de...' Hij wees met zijn hand naar de verste hoek. 'Welke kamer dat ook mag zijn, om het af te ronden.'

'Oké. Tot zo.'

'Tot zo.' Hij draaide zich om.

'Eh, hallo?'

'Ja?' Hij keek over zijn schouder achterom. Jemig, hoe die broek om zijn billen zat...

'Je naam? Die heb ik nog niet gehoord.'

'Dat komt omdat ik hem nog niet heb genoemd.'

'Grapjas. Dus, hoe heet je?'

'Eh... Sean.'

'Nou, eh, Sean, ik zie je zo.'

Sean voelde haar blik op zich gericht totdat ze door de deur was.

Haar prachtige barnsteenkleurige ogen. Op een tenger lichaam dat een en al aantrekkingskracht uitstraalde, met meer rondingen dan een racecircuit, lippen gemaakt om te kussen, een gezicht waar Helena van Troje jaloers op zou zijn, en de nodige brutaliteit om het af te maken.

Hoe moest hij haar hier in hemelsnaam wegkrijgen als zijn eerste instinct was om haar naar het dichtstbijzijnde meubelstuk te sleuren, die zigeunerkleren van dat heerlijke lijf te rukken en haar urenlang te verslinden? Die kastanjebruine krullen vast te pakken die als een uitnodiging over haar rug vielen, ze om zijn vuist te winden en haar nek achterover te buigen zodat hij—

Verdomme. De privédetective die hij had ingehuurd om de bepalingen in het testament te onderzoeken, had er niet bij vermeld dat de kleindochter zo'n lekker ding was.

Hij had ook niet vermeld dat ze hier zou komen wonen, of dat ze de enige bewoners van Casa Martinson zouden zijn. Inwonen leek hem een goed idee toen Mac de details van de opdracht doornam, maar nu...

Sean zette de stofzuiger neer en liep naar de vitrinekast. Met de manier waarop hij op haar reageerde, kon hij er maar beter snel achter komen wat die bepalingen precies inhielden. Falen was geen optie. Dit landgoed zou zijn naam vestigen in de resortindustrie en alles rechtvaardigen waar hij voor had gewerkt. Hij rekende erop, voor een bedrag van miljoenen dollars aan inkomsten.

Zijn Heritage Corporation kocht historische panden, meestal in slechte staat, en bracht ze terug in hun oude glorie als bed & breakfasts. Tot nu toe was het een win-win situatie geweest. Gemeentes vonden het geweldig dat hun oude gebouwen werden gered, en hij hield van de winstcijfers.

Maar zijn droom was altijd geweest om groter te worden. Hij wilde luxe resorts. Hij wilde *de* bestemming in dit deel van de staat worden, met het oog op uitbreiding naar andere gebieden. Om net zo succesvol te zijn in zijn carrière als zijn broers en zus in de hunne.

Het landgoed Martinson was zijn kans om het bedrijf uit te breiden. Het volgende niveau van zijn droom. En zolang er een kans was om het te realiseren, was hij niet van plan op te geven.

Dus toen Merriweather roet in het eten gooide en daarmee zijn naam, zijn bankrekening en het geld van zijn broers in gevaar bracht, stond hij met zijn rug tegen de muur. Hij *moest* dit pand kopen voor de prijs onder de marktwaarde die ze hem beloofd had, anders zou hij alles verliezen. Hij kon haar plotselinge verandering van gedachten of zijn misplaatste lust hier echt niet bij gebruiken.

Lust was een gevaarlijk woord in deze context.

Sean zette de porseleinen beeldjes terug in de glazen kast en lette erop dat hij ze niet tegen elkaar aan stootte. Er zaten een paar topstukken tussen. Wat had die vrouw in godsnaam bezield om dit alles na te laten aan een kleindochter naar wie ze nooit had omgekeken? Volgens de detective had mevrouw Martinson haar enige levende nazaat zelfs nooit een verjaardagskaart gestuurd. Geen enkel contact, zelfs niet toen haar zoon, Olivia's vader, was overleden. Over ijskoud gesproken. Hij had er niet aan getwijfeld dat zijn plan zou slagen zoals ze beloofd had.

Toch was er blijkbaar geen peil op te trekken wat er aan het einde van iemands leven in diens hoofd omging. En het oude mens was grondig geweest, verdomme. Zijn advocaat had geprobeerd een manier te vinden om het legaat nietig te laten verklaren, maar dat was kansloos. Het was waterdicht. Olivia 'Bom' Carolla hield alle troeven in handen.

De pokerterm was ironisch genoeg zeer toepasselijk.

Hij had gedacht dat het een schot in de roos was toen hij de naam Martinson op de klantenlijst van Mac zag staan. Hij had de kans met beide handen aangegrepen; als Vrouwe Fortuna hem de middelen gaf om het pand voor zichzelf veilig te stellen, was hij niet degene die haar in twijfel trok.

Tot nu toe.

Want met miljoenen op het spel, een spetter als baas en nog geen drie weken om haar uit haar huis te werken, was hij niet de heer des huizes, maar de verdomde *werkster*.

Hoofdstuk 2

Terwijl ze zich een weg baande door het binnendoolhof van gangen van de eerste verdieping, hield Livvy even in om door een van de boogvensters naar buiten te kijken. Yep, het buitendoolhof lag er ook nog steeds. Ze was in dat enorme heggengedrocht verdwaald geraakt tijdens dat ene bezoek, al die jaren geleden. Het ding gaf haar nog steeds de kriebels, net als de rest van dit huis. Ze kon niet geloven dat ze van deze mensen afstamde. Als haar moeder geen slippertje had gehad met de lokale rijkeluizoon tijdens de zomervakantie, was dat ook niet zo geweest.

Dat doolhof moest weg. Net als die loslopende pauwen. Pauwen stonden erom bekend dat ze gemeen waren en ze moest aan haar baby's denken.

Maar de Pool Boy? Die mocht nog wel even blijven. Er viel zeker wat te zeggen voor zo'n lekker hapje.

Ze zette haar tas en de kooi van Orwell in de eerste kamer die ze tegenkwam nadat ze de gebogen trap was opgelopen: de Blauwe Kamer, of een andere nietszeggende verkeerde benaming, wist ze zeker. Lichtblauwe gordijnen die bijna wit leken tegen crèmekleurige muren, een bordeauxrood tapijt en vergulde meubels in de stijl van Louis Quinze die zo uitbundig versierd waren dat het een bewijs was van het vakmanschap van de Pool Boy dat er zich geen stofnesten hadden verzameld in de krullen.

Ze haalde het kleed van de kooi en zette zich schrap voor de vertolking van

'Just a Gigolo' door de papegaai, zijn favoriete wekliedje. Ze gaf hem wat water en bekeek zichzelf vlug in de badkamer — een compleet Romeins badhuis — om het *reisvuil* van haar gezicht te wassen. Ze knoopte haar bloes dicht en liep naar buiten voor een inspectie van De Erfenis.

Bovenaan de trap zette ze één stap naar beneden en stopte. Ze keek naar de trapleuning, keek om zich heen en glimlachte. Niemand die het zou weten en in feite *was* dit haar huis, toch?

Inderdaad.

In de vervagende zonnestralen die door een enorm ovaal raam de hal in stroomden, trok Livvy haar rok op tussen haar dijen en sloeg een been over de leuning. Ze knoopte haar bloes los zodat ze een goede grip op de leuning had, keek achter zich en zette zich af.

De vaart gaf haar een kriebelig gevoel in haar buik, terwijl haar haar langs haar wangen zwiepte terwijl ze achteruit naar beneden gleed. Ze had dit elke dag willen doen van de tien dagen dat ze hier als kind was geweest, maar met een butler wiens gezicht meer rimpels had dan een rozijn en een huishoudster wiens humeur een citroen zoet deed lijken, was er destijds maar één kans geweest. En de Drakenvrouw had haar betrapt.

Livvy bereikte de benedenverdieping zonder incidenten; trapleuningsurfen was een van de nuttige vaardigheden die ze op kostschool had geleerd. *Drakenvrouw.* Grappig, ze was die bijnaam voor die vrouw helemaal vergeten.

Onderaan landde ze op één voet en wilde haar andere been over de leuning zwaaien, maar haar rok raakte verstrikt in haar kisten. Ze greep de dichtstbijzijnde spijl vast en verdraaide die terwijl ze probeerde niet te vallen, terwijl ze tegelijkertijd probeerde de stof los te maken van de klinknagel voordat een van beide of allebei zou scheuren.

Blijkbaar waren haar trapleuningsurf-vaardigheden een beetje roestig. Gelukkig was er niemand in de buurt om er getuige van te zijn.

De deur van de *wat-dan-ook*-kamer ging open en daar kwam Uh-Sean naar buiten.

Natuurlijk.

'Je bent toch niet echt naar beneden gegleden, hè?' Zijn gelach deed niets af aan de woest aantrekkelijke manier waarop hij over de marmeren vloer slenterde.

'Zeker weten van wel. Welk kind zou dat nou niet willen doen? Ik kreeg eindelijk de kans.'

Hij bukte zich om de zoom van haar rok los te haken, terwijl zij verwoed probeerde te controleren of alle relevante lichaamsdelen bedekt waren.

Saffierblauwe ogen ontmoetten de hare door de spijlen heen, en zijn blik rustte kort op de verdraaide spijl. 'Wat *zou* grootmoeder daar wel niet van zeggen?' Hij stond op met een afkeurend *t-t-t*-geluidje en zette de spijl weer recht.

'Nou, wat *grootmoeder* niet weet, dat deert niet, toch?' Livvy haalde haar schouders op, trok het bandje van haar hemdje weer op zijn plek en kruiste de panden van haar bloes over haar buik.

'Zeg, Uh-Sean.' Ze probeerde een waardige mars van de laatste trede naar de witmarmeren vloer met zwarte aders, en wenste dat ze iets eleganters droeg dan kisten. 'Wat zijn precies je taken hier? Bestier je deze plek al lang voor Merriweather?'

Sean stak zijn handen in de zakken van zijn katoenen werkbroek. 'Lang? Nee. De plek bestieren... nou, dat hangt af van je definitie van bestieren.' Hij wees met zijn hand naar de gang in de verte. 'Wil je wat eten? Ik wilde net gaan lunchen.'

'Lijkt me een goed plan. Ga je gang, ik volg je.'

'Prinses, ik ben Iers, niet Schots.'

Zwart haar, blauwe ogen, sexy, met een Iers accent om rillingen van te krijgen.

Ze liepen langs een oud harnas waarvan de voormalige huishoudster van haar oma, mevrouw Tidwell, haar had verteld dat het behekst was. Waarschijnlijk had iemand het ding met een visdraadje of zo geprepareerd om de arm te laten bewegen en dat oude zuurpruim bang te maken. Livvy herinnerde zich dat ze als kind doodsbang was voor de huishoudster. Merriweather had destijds heel wat oude bekenden om zich heen gehad. Oude bekenden en geen kinderen.

Dat ene bezoek was genoeg geweest. Grappig dat zij nu de enige begunstigde was. Ze had het niet verwacht, hoewel ze de eerste zou zijn om toe te geven dat Merriweather het haar verschuldigd was.

O ja, de zelfbenoemde matriarch had de rekeningen van de kostschool betaald, maar Livvy doelde niet op wat voor haar grootmoeder slechts een schijntje was geweest. Nee, de vrouw was haar schatplichtig voor de voortijdige, door de drank veroorzaakte dood van haar moeder, teweeggebracht door de vrije tijd die het zwijggeld haar had opgeleverd nadat de advocaten van Merriweather waren langsgekomen om de voogdij over Livvy op te eisen.

Livvy duwde die nachtmerrie terug naar de verste uithoek van haar geest. Het ergste was dat ze precies wist wat er aan de hand was — zelfs op de prille leeftijd van vijf jaar, toen ze haar hadden weggestuurd. Had Merriweather haar maar een greintje liefde getoond. Verdomme, medelijden was nog iets geweest, maar de ijzige onverschilligheid had al die jaren aan haar gevreten. Waarom was ze niet goed genoeg om een Martinson genoemd te worden? Welke zonde had ze begaan? Waarom moest de woede op haar ouders op haar worden gewroken, een onschuldig slachtoffer van alle betrokken partijen?

Er waren geen antwoorden gekomen en na een tijdje was Livvy gestopt met vragen stellen. Gestopt met brieven schrijven. Gestopt met hopen dat ze erbij hoorde. In plaats daarvan had ze de vastberadenheid in haar ziel gevonden om een ander leven voor zichzelf op te bouwen. En zodra alle puntjes op de i waren gezet, zou ze het geld hebben om te investeren in goede faciliteiten en apparatuur om haar biologische bakproducten te maken en zichzelf het leven te geven dat ze altijd al had gewild, ongeacht die Martinsons.

De boog naar de feestzaal, ook wel de eetkamer genoemd, nam meer tijd in beslag om doorheen te lopen dan haar hele boerderij waar ze woonde.

'Herinneringen?' Een diepe stem achter haar rukte haar uit haar gedachten.

De neus van een van haar kisten raakte de hiel van de andere. *Herinneringen.* 'Zo zou je het kunnen noemen.'

De boogdeur die naar de keuken leidde, stond op een kier. *T-t-t*, inderdaad. Jeeves/Rupert zou de deur nooit niet in het slot hebben laten vallen. Want in de keuken deed *het personeel* al het vuile werk. Hij had altijd gezorgd dat die deur dicht was wanneer ze naar binnen glipte voor wat lekkers.

Of misschien had hij de opdracht gekregen om haar buiten te sluiten. Wie zal het zeggen, maar met de wens van de familie om de *kleine misstap* van de erfgenaam uit de roddelbladen te houden, was het zeker denkbaar.

Livvy duwde de deur verder open.

O, hemel. De keuken was gemoderniseerd.

Ze stapte op de gepolijste eikenhouten vloer die een paar honderd jaar oud was en nu bedekt was met wat wel een dozijn lagen polyurethaan moest zijn. Boenwas gaf niet zo'n glans. Was zou de vloer ook niet beschermen tegen de duizenden kilo's aan roestvrijstalen apparatuur die nu tegen de muren stond. Sub-Zero, Wolf, Bosch, Viking... de topmerken glommen haar tegemoet. Granieten aanrechten, zwart gespikkeld, met dubbele sierranden. Een werkeiland op bakhoogte met een rek vol koperen pannen erboven. Minikoelkasten en een ijsmachine. Spoelbakken in alle maten, en twee commerciële fornuizen met zes pitten.

De oorspronkelijke kamerbrede open haard sierde nog steeds de achterwand en door het raam van de achterdeur zag ze dat de kruidentuin nog steeds bloeide.

Met al deze nieuwe apparatuur en het beste van de oude keuken, zou ze de perfecte plek hebben om haar broden en taarten te maken. Het zou hemels zijn om zoveel werkruimte te hebben, en met de kruidentuin die al zo goed op gang was, zou ze haar eigen biologisch geteelde ingrediënten hebben om zo—

Livvy hield midden in haar stap in. Ze moest deze trein van gedachten stoppen voordat hij het station verliet. Het enige wat ze moest doen was de boel verkopen. Punt. Ze had niets *nodig* van haar grootmoeder en de familie die haar min of meer verstoten had op het moment dat ze verwekt was, behalve het geld dat de verkoop van hun trots en vreugde zou opbrengen.

Sean probeerde niet tegen haar op te botsen toen ze stopte, maar zijn eigen vaart droeg hem naar voren. Hij ving haar op toen ze wankelde. 'Olivia? Wat is er?'

Helemaal niets, antwoordden zijn hormonen. Ze rook naar lavendelzeep en appels en naar iets wat veel te vrouwelijk was voor zijn huidige gemoedstoestand.

'Hè?' Ze draaide zich om naar hem te kijken, een wijnrode krul bleef aan haar neuspuntje hangen en Sean werd naar haar ogen toe getrokken.

Verward, kwetsbaar, een beetje verloren... En dan was daar die sexy plooi bij een kusbare mond die veel te dichtbij was voor zijn gemoedsrust—

Afstand nemen van de vijand, Manley.

Zijn hersenen waren het daarmee eens, maar de rest van zijn lichaam was aan het muiten. Afstand nemen? Laat me niet lachen.

'Sean?' Haar stem was zacht terwijl ze haar lippen bevochtigde, haar slanke hand omklemde zijn arm.

Als zijn naam midden in de nacht zo gefluisterd zou worden, zou hij geen verweer hebben.

'Wou je wat?' Ze keek hem vragend aan.

O, hij wilde zeker wat.

'Uh, lunch. Wil je lunch?' Verdomme die dunne broek — de reactie van zijn lichaam was niet gemakkelijk te verbergen. Mac moest dat uniform echt veranderen. Spijkerbroeken zouden beter zijn.

Of dat harnas.

Hij liep naar het aanrecht, in de hoop dat het graniet hem zou afkoelen. Maar toen keek hij weer naar haar: haar haar waaierde uit toen ze zich omdraaide om hem te volgen, haar krullen vielen over een schouder en golfden over de welving van haar borst, en Sean merkte dat hij met het graniet streed om de titel Hardste Ding in de Keuken.

Hij liep naar de Sub-Zero-koelkast, keerde Olivia de rug toe en hoopte dat een vrieskoude luchtstroom het probleem zou oplossen — maar natuurlijk volgde *het probleem* hem naar de koelkast.

'Staat boodschappen doen op de lijst met jouw taken?' Ze keek langs hem heen.

De halflege pot ketchup, twee eieren en een knakworst lachten hem uit. 'Ik was van plan dat te gaan doen,' sneerde hij. 'Niemand heeft een lijstje met je voorkeuren gestuurd, Olivia, dus ik dacht dat ik wel op je komst zou wachten. Volgens mij liggen er nog een paar diepvriesmaaltijden in de vriezer.'

'De naam is Livvy. Tenzij je weer Pool Boy genoemd wilt worden.' *Livvy* opende de staande vriezer naast de koelkast. 'Een kippastei?' Ze pakte de verpakking op. Perfect geëpileerde wenkbrauwen gingen omhoog toen ze hem aankeek. 'Is dit waar je op overleeft? Veertig gram vet, natriumtripolyfosfaat, mononatriumglutamaat, vloeibare en gedeeltelijk geharde sojaolie, mono- en diglyceriden, natriumbenzoaat... Moet ik verder gaan met voorlezen over het dichtslibben van je aderen?'

'Wat ben jij, een soort gezondheidsfreak?'

'Ik vind die term uiterst beledigend hoor.' Ze kruiste haar armen, waardoor haar rondingen nog prominenter werden. 'Alleen omdat ik besloten heb mijn lichaam niet vol te proppen met chemicaliën, betekent niet dat ik gek ben. Mensen die additieven, conserveermiddelen en welke andere giffen grote bedrijven ook in hun 'eten' stoppen' — ze benadrukte het laatste woord met aanhalingstekens in de lucht — 'dat zijn de gekken.'

'Dus wat eet je dan? Sla en tofu?'

'Nee. Ik eet normaal. Net als mijn klanten. Alleen natuurlijke producten zonder hormonen, zonder conserveermiddelen, zonder bestrijdingsmiddelen, gewoon voedsel zoals de natuur het bedoeld heeft. Biologisch.'

Klanten. Ah, ja. Prinses Olivia Bombshell Carolla — *Livvy* — was een boerin in spe. Sean had daar hartelijk om gelachen. Een in een coöperatie levende, biologische bakker-slash-boerin had het fortuin van Martinson geërfd; een fortuin verdiend met en geïnvesteerd in talloze bedrijven die haar gillend naar huis zouden doen rennen zodra ze hun portfolio zou lezen.

Hij pakte een doosje van de plank. 'Je mag de eieren wel hebben.'

'Piepschuim? Waarom gooi je niet meteen wat kwik in de grond nu je toch bezig bent?' Ze draaide zich om, waarbij hij een glimp opving van een sexy been onder de rok. 'Heb je enig idee — oh! Ze zijn er!'

Sean schudde zijn hoofd om de plotselinge verandering van onderwerp. Het was alsof hij een kolibrie probeerde te volgen die van bloem naar bloem schoot. 'Wie zijn er?'

'Mijn baby's!' Ze huppelde naar de achterdeur en gooide die open zonder te letten op de deuk die de koperen klink in het aanrecht erachter zou slaan.

Sean was nog nooit zo snel in beweging gekomen. Mevrouw Martinson had een klein vermogen — nee, zeg maar een *groot* vermogen — uitgegeven aan de verbouwing van deze keuken. Het was één ruimte waar hij niet aan hoefde te komen wanneer hij de boel overnam. Zolang hij Livvy ervan kon weerhouden de boel te slopen totdat hij haar hier weg had.

Maar... *baby's*? Had ze *kinderen*?

Sean schudde zijn hoofd. Die detective had wat uit te leggen. Nergens had die vent melding gemaakt van kinderen. Christus. Hoe moest hij in godsnaam een vrouw met kinderen uit hun ouderlijk huis schoppen?

Miljoenen dollars, Manley.

O ja. Zo dus.

Hoofdstuk 3

Terwijl ze bijna struikelde over een baksteen die was losgeraakt uit het kronkelende pad, bereikte Livvy de vrachtwagen net op het moment dat de chauffeur uit de cabine klom.

'Waar wil je ze hebben, mevrouw?' Hij overhandigde haar een klembord.

Livvy liep de lijst na om er zeker van te zijn dat haar buurman Kerry niemand was vergeten. Ze ondertekende de afleverbon en wierp een blik op de onheilspellende bewolkte lucht. 'Er staat een schuur een stukje verderop in dit laantje. Ik rijd wel met je mee, dan kunnen we daar uitladen.' De schuur was het eerste wat in haar opkwam toen meneer Scanlon haar uit het niets had opgebeld met het nieuws over het overlijden van haar grootmoeder en De Erfenis. Hoe goed herinnerde ze zich nog dat ze al die jaren geleden de sombere *Wuthering Heights*-sfeer van het huis ontvluchtte naar de naar zoetigheid ruikende schuur met al die paarden en katten.

Ze wipte de cabine in en streek haar rok glad over haar benen. De chauffeur was mooi op tijd. Ze had hem pas over een uur verwacht, anders had ze allang een spijkerbroek aangetrokken.

Ze haalde haar schouders op. Als de kinderen haar rok zouden verpesten, was ze eindelijk in de positie dat ze een nieuwe kon betalen.

De schuur, verlicht door een grijze lucht, was nog precies zoals ze zich herinnerde, tot aan de hibiscussen in de bloemperken naast beide deuren toe. *Wie legt er nou een siertuin aan rond een schuur?*

Dezelfde mensen die pauwen vrij lieten rondlopen.

Diezelfde pauwen schoten achter het gebouw vandaan en renden over het gazon.

Cederhouten dakspanen bekroonden het stenen gebouw, dat met dezelfde gewelfde roederamen als het huis en duivengrijze luiken kon doorgaan voor een gezellig huisje. Haar schatjes zouden een sterrenbehandeling krijgen.

De chauffeur reed de vrachtwagen achteruit naar de schuurdeuren, liep toen naar de achterklep en trok de laadklep uit. Livvy volgde hem en dacht aan de laatste keer dat ze hier was geweest. De boxen, alle tien, waren gevuld geweest met hooi, en de ramen aan de achterkant lieten veel frisse lucht en zonneschijn binnen. De Martinsons hadden zich beziggehouden met het fokken van paarden, hoewel die bezittingen waren verkocht voordat Merriweather ziek was geworden. Jammer. Livvy had paarden niet erg gevonden, maar aangezien ze het landgoed niet hield, was dat een gepasseerd station.

'Heb je riemen of iets dergelijks, mevrouw?' vroeg de chauffeur.

Ze schudde glimlachend haar hoofd. 'Laat ze er maar gewoon uit. Ze luisteren wel naar me.'

Ze hadden haar stem gehoord. De deuren zwaaiden open onder een koor van geknor, gebalk en geblaat terwijl de mini-boerderijversie van de ark van Noach over de laadklep stroomde. Kerry zou de honden later sturen. Die hadden de neiging om in de hielen van de schapen te happen als ze opgewonden waren, en de reis hiernaartoe zou hen absoluut opwinden.

De ram en zijn ooien denderden de klep af, gevolgd door hun lammetjes. Haar eigen volgende generatie. Wat hield ze van hun zachte wollen vachten die uiteindelijk net zo vervilt en smoezelig zouden worden als die van hun ouders. Daar had ze een hekel aan, maar dankzij hun smoezelige wol hadden ze wel hooi te eten.

Ze tilde Buttercup op en dreef de wang van het lammetje tegen de hare. De drie dagen tussen de afspraak op het advocatenkantoor en hun aankomst hier voelden als een eeuwigheid om gescheiden te zijn van haar kleine familie. Buttercup blaatte herhaaldelijk en hield haar pootjes stijf. Mama Daisy gaf Livvy een zacht duwtje tegen haar dij. 'Oké, Dais, hier heb je haar weer. Ik heb jullie gewoon gemist.'

De geiten sprongen daarna de vrachtwagen uit, gevolgd door de alpaca's.

Rhett spuugde naar haar, wat niet onverwacht was. Hij spuugde meestal naar haar. Scarlett volgde direct achter hem. De *hembra* was onderdaniger geworden sinds Livvy hen op heterdaad had betrapt. Hopelijk zouden er volgend jaar rond deze tijd jonge alpaca's zijn, hoewel met De Erfenis de prijs van hun vlies niet langer het grote probleem was dat het voorheen was.

De troep ganzen en eenden waggelde erachteraan om hun rituele cirkel om haar heen te vormen voor hun voer. Ze moest zich een weg banen naar de vrachtwagen om een van de voerzakken te pakken, maar al snel was iedereen tevreden aan het peuzelen en maakten de kreten plaats voor tevreden gepik. Nou ja, vooruit, Calypso had misschien net een hapje uit de vleugel van Calliope genomen, maar dat was niets nieuws.

Zodra de vogels gekalmeerd waren, klom Livvy in de laadruimte van de vrachtwagen. En ja hoor, daar zat Reggie op zijn deken in de bench, met zijn zwarte snuit wroetend in de plooien. Ze vroeg zich af hoeveel hondenkoekjes Kerry daar had verstopt om hem tevreden te houden tijdens de rit.

'Kom op, Reggie. Laten we iedereen een plekje geven.' Het hangbuikzwijn knorde bij het horen van zijn naam en klom toen op zijn poten, waarbij zijn tuigje rinkelde door de belletjes die ze eraan had gehangen. Reggie dacht dat hij een kat was. En hij had de sluipende tred van een kat inderdaad aangeleerd, maar helaas ontbrak het hem aan gratie. De belletjes waarschuwden haar voordat hij sprong—op haar, op het meubilair, op de leliebladeren in de vijver thuis...

Ze greep een paar kippenrennen, tilde de kakelende vogels uit de vrachtwagen en klakte met haar tong om de hele menagerie hun nieuwe huis in te loodsen voordat de stormen die voor vandaag voorspeld waren—en de grijze lucht getuigde daarvan—zouden losbarsten.

De chauffeur, die een grotere voerzak over één schouder had gegooid, opende de schuurdeur, waarna hij en Livvy abrupt tot stilstand kwamen.

Iemand had de schuur niet gevuld met hooi, maar met dozen. Stapels en stapels kartonnen dozen. Van vloer tot plafond, dichtgeplakt en gelabeld alsof het een magazijn was. Houten kratten met daarin in dekens en krimpfolie gewikkelde objecten die eruitzagen als meubels vulden elke box, en het gangpad aan de voorkant stond vol met tuinmeubilair. Muizen zouden al moeite hebben om een plekje voor een nest te vinden, laat staan de menagerie die zij had meegebracht.

'Eh, mevrouw? Zijn er hier ergens hokken voor wat er vroeger in die schuur zat? Ik moet er weer vandoor. Ik moet nog meer bezorgen.'

Hokken. Natuurlijk. Aan de achterkant waren buitenverblijven. Ze zou wat dekzeilen moeten zoeken om een tijdelijk onderkomen te improviseren—of het sprei uit de Blauwe Kamer pakken—maar de hokken moesten voor nu maar volstaan.

Terwijl de chauffeur de rest van de voerzakken op een stapel banken net binnen de schuurdeur zette, dreef zij de dieren naar de achterkant. De hokken zouden dan wel niet het Ritz zijn, maar aan de andere kant hadden ze op de vorige plek ook niet bepaald als koningen geleefd.

Behalve dan dat het er niet naar uitzag dat ze *ergens* zouden gaan wonen, want er *waren* helemaal geen hokken.

Haar kinderen zouden terug naar huis moeten. Livvy sloot haar ogen en probeerde iemand te bedenken die ze kon vragen om voor hen te zorgen terwijl ze vastzat op deze plek. Maar de lijst was hetzelfde als de lijst die ze had bedacht voordat ze had geregeld om ze hiernaartoe te brengen: niemand. Kerry hielp wel wat, maar hij en Sherwood hadden hun eigen boerderij te runnen. Dat gold ook voor Sheila, Marci en Jenny. Richard had alle studenten al inge-palmd voor zijn projecten voordat zij de kans had gekregen. Het leven was druk voor hun coöperatieve gemeenschap en de zorg voor haar dieren zou voor iedereen een te grote last zijn.

Terwijl ze de chauffeur en zijn vrachtwagen weer het laantje af zag rijden, plofte Livvy met haar billen op het gemillimeterde gazon, dat veerkrachtig was gemaakt door wat vast een vermogen aan chemicaliën was, zodat het verdomde ding eruitzag als een golfbaan. Ze kruiste haar benen onder zich en liet haar kin in haar handpalm rusten.

Groen zover het oog reikte. Artistiek geplaatste, wit geschilderde prieeltjes. Een siervijver met een kabbelende waterval. Pergola's bedekt met blauweregen boven smeedijzeren cafésets. Vormbomen in de gedaante van mythische wezens. Al dit land en er was geen enkel nuttig ding te vinden. Allemaal voor de show.

Waarom was ze niet verbaasd?

Reggie kwam aanlopen en snoof in haar oor, zijn gebruikelijke begroeting als ze thuis op de bank zaten. Ze kriebelde hem onder zijn kin. Reggie sloot zijn ogen, zakte door zijn poten en strekte zijn nek uit, knorrend van plezier.

De schapen begonnen in het gras te wroeten, gevolgd door de geiten en de alpaca's. Livvy sprong weer overeind, waarbij ze de kin van Reggie van haar knie stootte. Ze wilde niet dat de dieren welk gif er dan ook over het gazon was verspreid, binnenkregen. Ze dreef hen terug naar de voorkant van de schuur, terwijl ze probeerde te bedenken wat haar volgende stap zou zijn.

Misschien konden ze in de kapel slapen. Er was immers een precedent. Ruim tweeduizend jaar aan precedent, dus het was niet alsof God er iets op tegen had om een slaapplaats te delen met een stel boerderijdieren.

Toen verscheen er met een donderslag een zwarte wolk boven de schuur. Ze zouden de kapel niet bereiken voordat de storm losbarstte.

Ze had geen andere keuze. Er was nog maar één plek over.

Sean klom van de ladder. Geen sprake van dat hij die gordijnen naar beneden zou halen. Ze zagen eruit alsof het moeilijker was om ze weer op te hangen dan een hele pallet daksparren op een schilddak.

Hij bereikte de onderkant van de vier meter hoge ladder en legde hem voorzichtig op zijn zij, waarbij hij oppaste dat hij het bankje niet raakte dat hij opzij had geschoven voordat hij de ladder opzette. De prachtige afmetingen van de kamer zouden geweldige mogelijkheden bieden voor feesten zodra de renovatie voltooid was. Deze ruimte, met zijn openslaande deuren naar het leistenen terras, zou de perfecte ontvangstruimte zijn voor een intieme bruiloft. De landschapsarchitect die hij naar de plek had laten kijken, had voorgesteld om een van de prieeltjes van het croquetveld dicht bij het terras te plaatsen, zodat de ceremonies bij regen binnen gehouden konden worden.

Sean pakte de transportwagen en manoeuvreerde de ladder erop. Zelfs met zijn pick-up vlak voor de deur wilde hij het onhandige ding niet eens een paar meter tillen, uit angst de ladder te laten vallen of het houtwerk te beschadigen. Nu hij klaar was met de kamers op de begane grond aan deze kant van het huis, zou hij deze ladder terug naar zijn wagen brengen en dan naar boven gaan waar de plafonds iets lager waren. Met nog een hele andere helft van het landhuis om schoon te maken, zou hij de hele maand nodig hebben om deze plek af te krijgen.

Hij manoeuvreerde de wagen en de ladder naar de terrasdeuren, dankbaar dat de regen nog even uitbleef—en voor het zes meter brede terras. Het leisteen daar buiten had wat onderhoud nodig, maar hij kende precies de juiste man daarvoor. Mits hij natuurlijk eigenaar werd van deze plek.

Jezus. Hoe in hemelsnaam kreeg hij haar hier weg? Het arme, verstoten bastaardkind met een minderwaardigheidscomplex was net de drempel van het familiebastion overgestapt om het weer voor zichzelf op te eisen. Ze zou niet zomaar om de eerste de beste reden vertrekken. En hij moest oppassen dat hij niet ontslagen werd voordat zijn tijd erop zat.

Hij moest haar nieuwe beste vriend worden. Haar charmeren, vriendschap sluiten, haar maatje worden. De Werkmansman spelen tegenover haar Onrecht-Aangedane-Erfgename. Wij-Tegen-De-Familie. Maak zielsverwanten van hen. Praat haar aan dat hij het beste met haar voorhad. Niets daarvan zou een probleem zijn. Het probleem zou zijn wanneer hij erachter komt wat die verdomde voorwaarden zijn en hij haar daarin moet verslaan.

Het idee had ongeveer een uur geleden nog niet slecht geklonken. Hij had geen zin om het geld van zijn broers te verliezen, maar toen had hij haar nog niet ontmoet. Nu was ze een vrouw van vlees en bloed. Met kinderen.

Verdomme nog aan toe. Wie had gedacht dat Merriweather Martinson ergens onder de lagen gesteven kragen en bontstola's een hart had zitten?

Sean opende de openslaande deuren en reed de ladder naar buiten. Misschien dat hij Livvy, zodra hij haar weggejaagd had en deze plek rendabel had gemaakt, een maandelijkse toelage zou geven. Dan had ze geld om die krakkemikkige boerderij die ze haar thuis noemde op te knappen, en zou hij zich minder schuldig voelen dat hij haar en haar kinderen had weggestuurd. Een win-win-situatie voor iedereen.

De uitbarsting van boerderijgeluiden had hem moeten waarschuwen dat het niet zo eenvoudig zou worden.

<h1 style="text-align:center">Hoofdstuk 4</h1>

Sean draaide zich razendsnel om bij het kabaal, geschokt door het zien van een weerbarstige troep vogels en boerderijdieren die zijn kant op kwamen, met een in laarzen geschoeide zigeunerin die naast hen meerende.

Hij stond daar, vol ongeloof — en bewondering — totdat iets hem tegen zijn scheenbeen raakte. Verdomme!

Sean rukte zijn blik los van de stormloop en zag een grijze kop met hoorns die achteruit week voor nog een aanval op zijn been. Een geit?

Zich voelend als een onbeholpen matador, stapte Sean opzij voor het irritante beest, waarbij hij wist te voorkomen dat hij over de grote witte eend aan zijn rechterkant struikelde, maar wel door een lama tegen zijn schouder werd geraakt.

Een lama.

Een lama die rechtstreeks rende naar —

'Nee!' Sean draaide zich om en rende terug de kamer in die hij notabene het grootste deel van de afgelopen anderhalve dag had staan poetsen, om daar twee geiten op de witte loveseat aan te treffen, terwijl een andere aan de rand van het tapijt kauwde en de stomme lama zich letterlijk stond te spiegelen in de glazen vitrinekast.

En was dat wat hij dacht dat het was voor het dressoir? O God, dat was het. De eend had dat kleine 'cadeautje' tenminste op het marmer achtergelaten en niet op het tapijt — niet dat het die geiten wat uit zou maken.

'O, nee!' Livvy's noodkreet klonk zwakker dan de kreet die hijzelf wilde slaken.

De meubels zouden opnieuw bekleed moeten worden, en als die lama nog één keer zijn belachelijke nek tegen die kast schuurde, zou hij hem omgooien. En vergeet die geiten maar. Het tapijt was binnen vijftien seconden rijp voor de schroot hoop.

Hij draaide zich net op tijd om om de rest van de ark van Noach door de deuren te zien waggelen. Inclusief een varken.

Een varken. Wie had er in hemelsnaam een varken?

Nou, dat was geen hersenbreker. Het was natuurlijk de vrouw om wie de honden — oké, *geiten* — van de hel zich verzamelden.

'Rhett, houd daarmee op!' riep Livvy, terwijl ze naar de lama sloeg. *Rhett.* Dat paste precies. 'Dodger, ga onmiddellijk van die sofa af!' De geit keek op van het kussen met franjes dat hij aan het kaalplukken was, knipperde met zijn oogleden en ging toen weer rustig verder met kauwen. 'Calliope! Nee! Naar buiten! *Naar buiten*!'

Tja, Calliope de gans lette niet op. Of het boeide haar niet.

Niet dat het nog iets uitmaakte. Het tapijt was naar de knoppen.

Livvy rende het tapijt op, sissend en schoppend, terwijl haar rok alle kanten op zwiepte.

De dieren ontweken haar gewoon en vonden weer iets anders om te vernielen.

Sean keek van de chaos naar de ladder op het terras en bedacht snel een plan.

Hij rende naar buiten, passeerde de ram die hem in zijn kruis probeerde te raken, sleepte toen twee smeedijzeren bankjes over de veranda en zette de zijkanten tegen het huis aan. Daarna manoeuvreerde hij de ladderwagen ertegenaan en propte de kussens in de ontsnappingsgaten, waardoor hij een provisorische kraal creëerde. Het enige wat hij nu nog moest doen, was de rattenvanger zover krijgen dat ze hen naar buiten leidde.

'Livvy! Deze kant op,' schreeuwde hij boven het koor van gepiep, gegak en gebalk uit.

Livvy sloeg een lok krullen uit haar gezicht toen ze over de rug van de lama heen keek die ze aan het duwen was, en in haar glimlach glansde opluchting. 'Goed idee.'

Eén voor één joeg, duwde of droeg ze de dieren door de openslaande deuren. Sean sloot ze vervolgens en barricadeerde ze met zijn lichaam om te voorkomen dat de hellebroeders weer naar binnen zouden rennen.

Het duurde zeker tien minuten, en er was meer van het Aubusson-tapijt vernield dan ooit hersteld zou kunnen worden, maar alle wezens zaten al snel opgesloten in de geïmproviseerde omheining.

Livvy leunde tegen de deur naast hem, haar rondingen gingen veel te veel op en neer naar zijn zin.

Nou ja, dat was niet helemaal waar. Hij vond het absoluut wel leuk om te zien. Maar hij *moest* het eigenlijk niet leuk vinden.

'Bedankt,' zei ze, terwijl ze probeerde op adem te komen. 'Ik weet niet wat hen bezielde. Normaal gesproken gedragen ze zich prima in huis.'

'Laat je ze *binnen* in je huis?'

'Nou, niet als vaste regel. Maar toen mijn schuur lekte tijdens een orkaan, had ik niet echt een keuze. Afgezien van de noodzakelijke, eh, behoeften, gedroegen ze zich heel behoorlijk.'

'Tja, het lijkt erop dat ze hun manieren vandaag vergeten zijn. En wat is het verhaal achter die hele menagerie?'

'Het zijn mijn huisdieren.'

'Het zijn boerderijdieren, geen huisdieren.'

'Waarom kunnen boerderijdieren geen huisdieren zijn?'

'Wil je dat ik beaam dat het hebben van een varken hetzelfde is als het hebben van een hond?'

'Eigenlijk lijkt Reggie meer op een kat dan op een hond.'

Sean knarsetandde. 'Eén pot nat.'

'Geen kattenliefhebber, zo te zien.'

'Ik ben meer een hondenmens.'

'Mooi. De honden komen zo.'

Nog meer waanzin? 'Geluksvogel die ik ben.'

'Luister eens, poolboy.' Ze prikte hem in zijn zij en dat deed pijn, verdomme. 'Het is mijn huis en het zijn mijn dieren. Leer er maar mee leven.'

'Heb je gezien wat ze met die kamer hebben gedaan? Is dat hoe je wilt leven? Je voorouders hebben die schuur daar niet voor niets gebouwd, weet je.'

'Laat mijn voorouders hierbuiten. Het kan me niet schelen wat zij deden of wat zij wilden. Het is nu mijn plek en als ik wil dat de geiten een speeltuin hebben in de ontvangstkamer, dan gaat jou dat niets aan.'

'Je kunt toch niet menen dat je die dieren al die antieke meubels laat vernielen.'

'Wat kan jou dat schelen?'

'Het kan me schelen omdat...' Eh, ja, goede vraag. Wat zou zijn antwoord zijn? 'Omdat het mijn baan is om voor deze plek te zorgen. Ik was net klaar met het schoonmaken van die kamer, weet je. Nu is het een puinhoop.'

Ze sloot haar ogen en schudde haar hoofd. Toen ze ze opende, zag Sean een vleugje lach fonkelen in die barnsteenkleurige ogen. 'Sean, Sean, Sean. Je moet echt wat minder serieus worden. Het zijn maar *spullen*. Ze hebben urenlang in een vrachtwagen gezeten. Als de schuur leeg was geweest, hadden ze daar kunnen ontspannen, maar iemand heeft daar een vracht dozen en meubels neergezet. Ik had geen andere plek voor ze waar ze niet al het gras zouden opeten.'

'En leg me nog eens uit waarom erfstuk-tapijten beter zijn voor hun spijsvertering dan gras? Ik dacht dat gras biologisch was?'

'Dat zou het zijn als het niet doordrenkt was met genoeg chemicaliën om van het gazon een golfbaan te maken.'

Precies. Dat gazon was prachtig. Er was niet veel voor nodig om er een ideale fairway van te maken.

'Dus wat ga je nu met ze doen?'

Ze trok die mooie hartvormige lippen naar één kant en Sean vroeg zich af hoe ze zouden aanvoelen tegen de zijne. Hoe die zouden smaken —

Ja, ja, hou je gedachten bij de les en weg van die mooie hartvormige lippen. En hij kon het wel vergeten om haar te kussen. Ze was de vijand.

Net als het varken dat probeerde tussen hen beiden door te dringen, waarbij de belletjes aan zijn halsband klonken als een dronken kerstman.

'Ik moet de schuur leegmaken voordat ik ze daar kan onderbrengen. Is er een kans dat het schoonmaken van de schuur in jouw functiebeschrijving staat?' Ze gaf hem een duwtje met haar schouder en keek hem van onder haar wimpers aan.

Niet eerlijk. Die blik was waarschijnlijk door Aphrodite gecreëerd om de knieën en de wilskracht van mannen te doen wankelen. En Livvy beheerste hem tot in de puntjes. Verdomme.

Het leek erop dat hij zojuist meer werk aan zijn dag had toegevoegd, want er was geen sprake van dat hij zou kiezen voor een binnenshuis boerenerf in zijn toekomstige Hideaway Hills Resort.

Maar toen barstte de hemel open en ontketende stortbuien die Noach en *zijn* menagerie eer zouden aandoen.

'O nee!' Livvy stoof weg bij de deur, dreef de dieren bij elkaar en keek hem toen vernietigend aan. 'Nou?'

'Nou wat?' Hij was niet verroerd. En dat was hij ook niet van plan.

'Ga je me niet helpen?'

'Helpen waarmee?'

'Ze naar binnen te krijgen.'

'Naar binnen? Ik dacht dat we net hadden besloten om de schuur leeg te maken.'

'Maar ze worden nat.'

'Het zijn dieren. Ze zijn eraan gewend.'

'Nee, dat zijn ze niet. En ik wil niet dat ze ziek worden. Kom op.' Ze duwde het varken uit de weg en rukte aan de deur.

Sean greep hem vast voordat hij meer dan vijf centimeter uit het kozijn was gekomen. 'Je laat ze niet weer naar binnen.'

Lange, roetkleurige wimpers omlijstten spuwende gouden ogen. 'Dat doe ik wel.'

'Nee, dat doe je niet. Het zijn dieren. Boerderijdieren.'

'Die geen schuur hebben. Hou nu op met ruziën en ga opzij!'

Voor zo'n klein ding kon ze behoorlijk hard uithalen. Haar heup raakte hem halverwege zijn dij en hij moest echt een zijstap doen om overeind te blijven.

Dat was de kans die ze nodig had. In een flits greep ze beide deurgrepen vast en smeet ze open. De dieren stormden naar binnen.

Shit. Je zou denken dat ze nog nooit regen hadden gezien.

Hij kon niet langer hetzelfde zeggen van het Aubusson. De enige troost was dat het toch al verpest was — net zoals de meubels nu werden. O, de hel.

Donder deed de ruiten van de openslaande deuren trillen.

'Ik kan ze maar beter dichtdoen,' zei Livvy, de groepsmoeder, terwijl ze van een van de oorfauteuils opstond.

'Waarom zou je de moeite nemen?' Sean streek zijn kletsnatte haar met één hand van zijn voorhoofd en greep met de andere haar arm vast. 'De vloer is

toch al doorweekt. Bovendien wilde je toch een schuur? Nou, die heb je nu.'
Met de inrichting van Versailles.

Ze had haar vinger al naar hem uitgestoken, maar halverwege haar beweging bleven de woorden in haar keel steken. Ze keek naar hem, toen naar zichzelf, toen naar alle dieren, en begon prompt te lachen.

Waarna hij ook begon te lachen.

Maar toen haar haveloze rok tegen haar benen geplakt zat en de natte,
dunne, praktisch transparante stof hetzelfde deed bij haar lichaam, stierf de
lach in Seans keel.

Het werd vervangen door iets veel zwaarders. Iets vol verwachting. Hij kon
zijn blik niet afwenden.

Ze zag er verrukkelijk uit. Regen drupte langs haar sleutelbeen, een paar
druppels verzamelden zich in het kuiltje voordat ze onder de dunne stof van
haar hemdje over haar borst gleden. Sean volgde die lijn met zijn ogen, waarbij
zijn ademhaling korter werd bij elke sproet die hij telde.

Livvy's lach gleed weg en Sean beantwoordde haar blik.

De kwetsbaarheid die hij eerder had gezien, was vervangen door iets...
meer.

Hij *wilde* meer.

Hij begreep niet waarom; ze was niet zijn normale type. Maar dat maakte
niet uit. Wanneer Livvy hem aankeek zoals ze nu deed, en er zo uitzag, maakte
het niet uit. Hij wilde haar.

Hij deed een stap in haar richting. Een kleintje maar, maar haar wimpers
trilden en haar lippen, glanzend van het regenwater, vormden een kleine O.
Hij wilde het eraf likken.

Dus dat deed hij.

Op de een of andere manier lag ze in zijn armen, hun lichamen raakten
elkaar, hun adem vermengde zich, haar krullen streelden zijn borst bij de V-
hals van zijn shirt, en zijn tong gleed naar buiten om haar lippen te proeven.
Slechts een fluistering van een aanraking, maar van haar kant was er geen aarze-
ling. Haar adem stokte net genoeg voor de kleine opening die hij nodig had en
hij verdiepte de kus.

De donder denderde door de kamer — of misschien was dat het bloed dat
door zijn aderen raasde terwijl zijn lichaam in vuur en vlam kwam te staan. Hij
sloeg zijn armen om haar schouders, drukte de onmogelijk smalle ronding van
haar taille tegen zich aan, haar borsten — haar natte, stevige borsten — tegen

zijn borstkas geperst, en hij kon een kreun niet onderdrukken toen haar heupen tegen hem aan bewogen.

God, ze wond hem op en het kon hem niet schelen of ze het wist. Want echt... hoe kon ze het niet weten?

Hij gleed met één hand in de warboel van krullen die hij het liefst uitgespreid zou zien over de kussens boven, en hield haar hoofd in precies de juiste hoek. Zijn tong gleed naar binnen, ontmoette de stoot van de hare, haar lippen hapten in de zijne, haar tepels drukten tegen zijn borst en stuurden onstuimige signalen naar elk zenuwuiteinde in zijn lichaam.

Ze was klein, bijna breekbaar, maar, God, wat kon ze kussen. Het felle krabben van haar nagels op zijn rug onder zijn shirt, de manier waarop ze tegen hem aan leunde, zonder enige terughoudendheid...

Het zachte gekreun diep in haar keel... het bracht hem volledig van zijn stuk.

Hij liet zijn hand lager glijden, omvatte haar billen en trok haar in positie. Hij zou dolgraag haar benen om zich heen slaan, maar dat zou betekenen dat hij de sensuele waterval van vochtig haar dat zijn huid streelde, los moest laten en dat was op dit moment gewoon geen optie. Hij kon het zich al voorstellen, hoe het over hem heen zou vallen terwijl ze schrijlings op hem zou zitten, haar borsten, zwaar in zijn handpalmen, deining gevend aan hun ritme.

God, dat beeld... Hij verdiepte de kus, zijn tong deed wat zijn stijve wilde doen. Hij was zo hard dat het pijn deed...

Hij liet zijn lippen naar haar wang glijden, proefde het vleugje van haar opwinding onder de regen, boog haar hoofd achterover en voelde haar ademhaling zwaar tegen zijn oor. Hij dook in het kuiltje onder haar kaak, haar hartslag bonkte tegen zijn lippen terwijl hij ze naar haar oorlel liet glijden, deze tussen zijn tanden nam, eraan trok, en haar hoofd naar achteren viel. Vochtige, romige huid die hij voor het grijpen had, een aanraking van zijn lippen, de beweging van zijn tong —

Verdomme, hij zat diep in de nesten. Dit was geen onderdeel van zijn plan. Hij hoorde een plan te smeden om haar hier weg te krijgen, niet om haar zinnenprikkelend te kussen.

Toch leek hij niet te kunnen stoppen. Haar kussen was misschien niet de slimste *zakelijke* beslissing die hij ooit had genomen, maar bij God, hij dacht dat het wel eens de beste *levensbeslissing* kon zijn die hij ooit had genomen.

En toen gaf dat verdomde varken hem een kopstoot tegen zijn achterste.

Hoofdstuk 5

Sean wendde zijn hoofd abrupt af om in de ogen te kijken waar hij een moment geleden nog in had willen verdrinken — en waar hij nu opnieuw in kopjeonder wilde gaan.

Maar, lieve help, dit was echt een heel slecht idee.

'Als je varken denkt dat hij een kat is, waarom gedraagt hij zich dan als een waakhond?' Hij moest de situatie weer onder controle krijgen en als dat met waakvarkens moest lukken, dan zat hij diep in de nesten.

Maar het werkte; Livvy's ogen dansten van plezier. 'Reggie is een beetje, tja, jaloers op iedereen die meer aandacht krijgt dan hij. Dat kan Calliope zijn, of Rhett. Hij heeft niet specifiek iets tegen jou.'

O jawel, dat had Reggie wel. De *snuit* van het varken rustte tegen hem aan. Op een zeer ongelegen plek. Eén rukje met de kop van het beest en Sean zou voorlopig alleen nog maar sopraan zingen. 'Zou je hem willen terugroepen?'

Livvy grinnikte opnieuw en deed een stap achteruit. Sean voelde het gemis onmiddellijk. Maar hij voelde ook dat Reggie week. Het beest keek hem daarbij woest aan.

Sean knikte naar het dier. 'Effectief.'

Livvy haalde haar schouders op — en dat deed veel te goede dingen met het dunne shirt dat nog steeds aan haar borst kleefde. Als Reggie niet waarschuwend had geknord, had Sean de afstand tussen hen weer overbrugd.

Dat zou echter niet slim zijn. Hij moest ver, heel ver wegblijven van Livvy Carolla.

Maar toen wierp ze haar krullen over haar schouder, en de welving van haar nek herinnerde hem eraan dat hij dat deel van haar nog niet had mogen proeven.

'Waarom deed je dat?'

Omdat het een beter idee was geweest dan haar mee naar boven te nemen en uit die kleren te helpen. 'Je bedoelt de kus?'

Ze knabbelde op haar wijsvinger en Sean wilde kreunen. Het puntje van haar tong, een zweem van roze, die zoetzure smaak van appels...

'Eh, ja. Dat.'

'Heeft een man een reden nodig om een sexy vrouw te willen kussen?'

Ze snoof. 'O, alsjeblieft. Ik zie eruit als een verzopen poedel.' Ze streek met haar handen over haar rok en keek omlaag...

En zag wat hij zag.

Die amberkleurige ogen schoten weer naar de zijne.

Hij probeerde zijn glimlach te verbergen. 'Dat vind ik niet.'

'Ja, nou...' Ze trok haar haar naar voren en trok haar schouders op, terwijl ze haar armen over elkaar sloeg voor meer bescherming. Ter bescherming tegen *hem*, als ze eens wist. 'Maak je er een gewoonte van om kletsnatte vrouwen te kussen? Dan moet je wel heel populair zijn. Het verbaast me dat nog niemand je knappe koppie heeft verbouwd.'

'Je hield me niet bepaald tegen.'

'Je gaf me niet bepaald de kans.'

'Leuke poging, prinses, maar die zucht van je en die tong die mijn mond binnengleed, waren pure uitnodigingen. Geef mij niet overal de schuld van. Ik zou op elk moment zijn gestopt als je bezwaar had gemaakt.' En als hij dat zelf geloofde, zou hij er ook niet aan twijfelen dat hij deze plek uiteindelijk zou bemachtigen.

'Ik zou je kunnen ontslaan, hoor.'

'Ja. Dat zou je kunnen doen. Maar wie zou je dan rondleiden? Je de sleutels geven? Je schuur uitmesten?' Sean gebruikte branie om de zeer reële angst te verbergen dat ze hem *echt* zou ontslaan. Waar had hij met zijn hoofd gezeten? Het verbreken van het contract met Manley Maids was wel het laatste wat hij haar wilde laten doen.

'Luister, het spijt me.' Hij blies een ademteug uit en haalde zijn handen door zijn haar. 'Het zal niet meer gebeuren. Ik heb je interesse blijkbaar verkeerd ingeschat.' Juist ja. Dat was misschien niet de reden waarom haar tepels hem in eerste instantie begroetten, maar ze was net zo in het moment opgegaan als hij.

Maar het project was wat telde: haar laten falen. Hij zou er alles aan doen om hier te blijven.

Inclusief wegblijven van die bloedhete Livvy Carolla.

Interesse verkeerd ingeschat. O, hij had helemaal niets verkeerd ingeschat, maar Livvy was niet van plan dat toe te geven. Waar had ze in godsnaam aan gedacht door hem zo te kussen? De man was een wildvreemde.

Waarbij 'wild' en 'vreemd' wel de lading dekten, maar hij ook verdomd aantrekkelijk was.

Ze kon hem in ieder geval geen ongelijk geven. Ze had niet tegengestribbeld omdat hem kussen op dat moment het enige juiste leek om te doen.

Het juiste om te doen — jemig. Nu dacht ze al net als haar moeder.

Natuurlijk, als mama niet had gedacht dat het kussen van *die gluiperd* het juiste was om te doen, zou Livvy hier nu niet staan staren naar de knapste vent die ze ooit had ontmoet.

'Prima. Excuses aanvaard. Laten we het gewoon niet nog een keer doen, oké?' Het onweer deed de ruiten weer rammelen terwijl de regen toenam. Een volgende bliksemflits deed Rhett in de hoek snuiven. Daisy begon te snuiven en de geiten sprongen over elkaar heen, op zoek naar een hoger plekje. Reggie deed wat hij altijd deed tijdens een storm: hij kroop tussen haar benen en begon te hoesten alsof er iets vastzat in zijn snuit.

En toen hoorde ze de schrille vertolking van *Yellow Submarine* door de hal galmen: Orwell op zijn allerbangst.

'Let op deze beesten,' zei ze tegen Sean terwijl ze Reggie bij zijn halsband naar hem toe dreef. 'Ik ben zo terug.'

'Oppassen?' Sean pakte de riem even aan, maar liet hem toen vallen alsof hij in brand stond. 'Wat bedoel je met *oppassen*?'

'Laat Reggie naast je staan en zorg dat de anderen elkaar niet gaan bijten. Vooral de alpaca's niet. Ik heb hun wol in goede staat nodig.' Als Sean tot dat moment enige aantrekkingskracht voor haar had gevoeld, dan was die nu vast verdwenen; hij keek haar aan alsof ze een paar schroefjes los had zitten. Maar het kon niet anders. Orwell zou alleen maar harder gaan krijsen en zichzelf overstuur maken, en dan zou het dagen duren voordat hij weer gekalmeerd was. Een psychotische papegaai was geen prettig gezelschap.

Ze rende door de deuropening en kromp ineen toen Orwell aan het refrein begon.

Livvy rende met twee treden tegelijk de trap op naar haar kamer, griste de kooi van de papegaai mee en haastte zich de inloopkast in. Zodra het donker hem omhulde, werd Orwell rustig. Reizen en alleen zijn tijdens een storm: zijn twee ergste nachtmerries.

Livvy bracht haar ademhaling onder controle en zocht naar de grendel van de vogelkooi. Hij zou wel weer rustig worden als hij eenmaal op haar schouder zat.

En ja hoor, hij stapte op haar hand en klom toen tegen haar arm omhoog, waardoor ze wenste dat ze lange mouwen had aangetrokken. Hij boog voorover en gaf haar met een luid smakkend geluid de niet-bijtende versie van een papegaaienkis.

'Brave kerel, Orwell,' zei hij.

'Brave kerel, Orwell.' Livvy aaide hem over zijn kop en opende toen de kastdeur.

Ze trof Sean aan, die in de deuropening van haar kamer stond.

'Wat doe jij hier?' vroeg ze.

'Wat was dat?' vroeg Sean op hetzelfde moment, terwijl een nieuwe donderslag hun woorden overstemde.

Orwell stak zijn kop onder haar haar.

'Sean, wat doe je hier? Heb je me niet gehoord? Je moet op de alpaca's passen.'

'Op alpaca's passen staat niet in mijn functieomschrijving. En dat verdomde varken van je brak bij die laatste bliksemflits bijna mijn knieschijf.' Hij deed een stap de kamer in en keek naar haar schouder. 'Een vogel? Ben je hiervoor naar boven gerend? Voor een vogel?'

Ze snoof en schudde haar hoofd, en glipte toen langs hem heen. 'Ja, ik ben naar boven gerend voor een vogel. Heb je hem niet horen krijsen?' Ze liep naar de trap. Rhett kon erg humeurig worden en Daisy kon overdreven beschermend zijn naar haar lammetjes. Livvy kon het zich niet veroorloven dat hun wol beschadigd raakte.

Ze bleef op de voorlaatste traptrede staan. Eigenlijk kon ze het zich *wel* veroorloven dat hun wol beschadigd raakte. Stel je voor.

Toen schudde ze haar hoofd. Het maakte niet uit wat ze zich kon veroorloven; ze had geen neurotische dieren nodig. Ze had er hard aan gewerkt om ze een gevoel van veiligheid te geven na de onstabiliteit van hun leven voordat ze hen had gered.

Ze nam de laatste twee treden terwijl Sean haar inhaalde. Hij volgde haar de kamer weer in en trof daar —

O, wat geweldig. Rhett en Scarlett hadden een nieuwe manier gevonden om de storm te negeren.

Midden op het tapijt.

<h1 style="text-align:center">Hoofdstuk 6</h1>

O hemel. De dieren waren het aan het *doen*, midden in de kamer. Op het half opgegeten vloerkleed.

Sean begon te lachen. Krankzinnigheid. Waanzinnige, absurde krankzinnigheid. Daar zat hij dan, in een kamer vol onbetaalbaar antiek, die hij van plan was te verbouwen tot een ontvangstruimte voor peperdure bruiloften, en er vond een alpacaparing plaats. En een van de meest sexy vrouwen die hij in tijden had gezien — die hij net had gekust, met groot risico voor zijn baan en de toekomst van zijn bedrijf — stond daar in nagenoeg doorschijnende natte kleding met een papegaai op haar schouder.

Een zingende papegaai. Wiens valse vertolking van 'I'm In The Mood For Love' hilarisch toepasselijk was.

'Sst! Orwell! Stout! Stout!' Livvy probeerde de snavel van de papegaai dicht te knijpen. 'Au!'

Ja, dat lukte haar dus niet.

Maar Rhett, die ouwe jongen, was uiterst succesvol geweest. Met een rillingwekkende grom trok de alpaca zich terug van zijn dame, om vervolgens parmantig door de kamer te gaan ijsberen alsof hij zojuist de grootste prestatie ter wereld had geleverd.

Sean wierp een blik op Livvy, wier tepels *nog steeds* zichtbaar waren onder haar shirt. Hij was niet van plan Rhett ook maar een moment van zijn triomf-

39

tocht te misgunnen. God weet dat *hij* hetzelfde zou doen als het hem zijn baan niet zou kosten — de liefde met haar bedrijven *en* erover opscheppen, welteverstaan.

Sean schudde zijn hoofd. Gedachten weer bij *het werk*. Niet bij *de vrouw*. Zelfs als zij het werk *was*.

En toen ging de deurbel.

'Ik doe wel open,' zei hij, terwijl hij over een geitje heen sprong en bijna een trap in zijn kruis kreeg toen het beestje op hetzelfde moment omhoog sprong.

Hij liet Livvy achter in het gekkenhuis en sprintte naar de deur. Hij deed open net op het moment dat een bliksemflits de man die daar als een soort Lurch stond, verlichtte.

'Kan ik u helpen?'

Scherpe ogen boorden zich in hem vanonder zware wenkbrauwen, terwijl het regenwater van een paraplu op Seans schoenen droop. 'Ik kom voor juffrouw Olivia Carolla.'

'Ze is op dit moment een beetje druk. Ik neem aan dat u wilt wachten?'

'Dank u. Ik ben Benjamin Scanlon, haar advocaat. Of beter gezegd, de advocaat van de nalatenschap.'

Sean deed zijn best om de grijns van zijn gezicht te houden en de berekening uit zijn ogen. De advocaat. De man die hij probeerde te spreken te krijgen sinds het overlijden van mevrouw Martinson. Degene die de sleutels van dit koninkrijk in handen had. En die op het punt stond ze aan Livvy te overhandigen — hoewel niet als het aan Sean lag.

'Geen enkel probleem. U kunt hier wachten.' Hij wees de advocaat naar de werkkamer in Victoriaanse stijl. 'Wilt u koffie of iets anders? Een biertje?'

'Een biertje zou heerlijk zijn, maar in deze chaos,' — de advocaat knikte toen er weer een donderslag boven hun hoofd weergalmde, vergezeld door een hoop gesnuif en gehinnik uit de kamer verderop in de gang — 'kan ik het maar beter niet doen, aangezien ik nog moet rijden. Het wordt dus koffie.'

Het was precies het excuus dat Sean nodig had om te controleren of Livvy het nog wel redde met die dierentuin. En of ze haar lang genoeg bezighielden zodat hij wat informatie uit haar advocaat kon krijgen.

Zijn schuldgevoel negerend trok Sean de deur van de werkkamer dicht, rende de gang door naar de woonkamer, glipte op zijn tenen voorbij toen Livvy haar rug naar hem toekeerde, ging naar buiten via de openslaande deuren aan de achterkant van de gang en sloop naar de deuren van de woonkamer naar het terras. Hij bad dat een of ander nieuwsgierig lammetje de opening zou vinden die hij met de deur had gemaakt.

Livvy draaide zich abrupt om toen Rhett probeerde Orwell te bijten en Orwell probeerde terug te bijten. Die twee konden het nooit met elkaar vinden en de elektriciteit van de storm maakte hen alleen maar onrustiger.

Een beetje zoals wat de elektriciteit tussen haar en Sean met haar deed.

Livvy snoof. Ze had staan vozen met de butler. Wat zouden de meiden van school opkijken. En al helemaal als ze die 'butler' eens goed zouden bekijken. Goed uiterlijk en hij kon kussen. Hij had waarschijnlijk zo veel kunnen oefenen met dat tweede dankzij dat eerste, dat het haar eigenlijk niet eens zou moeten verbazen.

Rhett spuugde een grote, luidruchtige klodder naar Orwell, maar de vogel wist hem te ontwijken, waardoor haar wang het perfecte doelwit werd. Dat wiste de herinnering aan Seans kus sneller uit dan wat dan ook. Gadver.

'Hou ermee op, Rhett.' Ze probeerde het bakbeest opzij te duwen, maar hij had zichzelf klemgezet naast de vitrinekast en was niet in beweging te krijgen.

De perfecte metafoor voor haar leven en de familie waar ze uit voortkwam.

Maar dat zou veranderen als dit huis eenmaal van haar was. Dan kon ze ermee doen wat ze wilde. Het verkopen, weggeven, of zelfs platgooien, en niemand die haar iets kon maken. Eindelijk zou ze het verleden achter zich kunnen laten en hen betaald kunnen zetten voor de ongeïnteresseerde hel waar ze haar doorheen hadden gesleept. Haar moeder ook.

En over de hel gesproken... De ganzen hadden zich op het dressoir genesteld en hapten naar de geitjes die probeerden bij hen op te springen. Randy, een toepasselijke naam, haalde het bijna, maar hij gleed uit en landde bovenop Buttercup, die er met een luid geblaat vandoor ging en recht op de opening van de terrasdeuren afstoof —

Hoe was *dat* in vredesnaam gebeurd? Ze had kunnen zweren dat ze die had dichtgedaan.

En toen deed het er niet meer toe hoe het was gebeurd, want Buttercup slipte naar buiten, de storm in.

Livvy ging achter het bange kleine lammetje aan. Daisy had hetzelfde idee. Ze knalden tegen elkaar en tegen de deurpost aan, waarbij Livvy's been het zwaarst te verduren kreeg. Of liever gezegd, haar kont, want ze landde met een ruggengraat-verbrijzelende smak. Koud, nat marmer was niet bepaald de ideale landingsplek.

En daar ging Daisy.

Dit moedigde de rest van de drieling van de ooi alleen maar aan om te volgen. En toen volgden de geitjes het voorbeeld, wat er natuurlijk toe leidde dat hun moeder er ook achteraan ging in weer een volgende optocht.

Livvy krabbelde overeind, duwde Digger opzij en wierp zich door de deur op Daisy's rug, net voordat het schaap tegen de smeedijzeren bank kon beuken en iedereen de vrijheid kon geven.

Terwijl ze de regen, haar grootmoeder, Daisy, Buttercup en vooral Randy vervloekte omdat hij ermee begonnen was, slaagde Livvy er na vijftien minuten — die aanvoelden als vijftien jaar — in om ze allemaal weer bij elkaar te drijven.

Waar was in godsnaam die sexy butler die bij dit huis hoorde? Het was een stuk makkelijker toen hij er nog was om haar te helpen.

Uiteindelijk, met haar zo nat dat er geen krul meer in zat, haar shirt dat dienstdeed als spons en haar rok die meer een blok aan haar been was dan wat dan ook, slaagde Livvy erin alle dieren weer naar binnen te drijven, waar ze vrolijk verder gingen met het opeten van het kleed. Dat herinnerde haar eraan: ze moest hun voer uit de schuur halen waar de chauffeur het had achtergelaten.

Zij waren tenminste droog. Dat kon ze helaas van niets anders in deze kamer zeggen. Behalve dan van Orwell. Die zat een medley van de Beatles te zingen uit zijn kleine vogellongen, op vijf meter hoogte op de console die de gordijnen vasthield.

Hoe moest ze hem daar nu weer in hemelsnaam naar beneden krijgen?

'Weet u zeker dat ze nog niet beschikbaar is?' De advocaat zette het piepkleine porseleinen kopje — het enige serviesgoed dat Sean kon vinden — op het mahoniehouten bureau.

Sean had gelukkig een oud potje oploskoffie in een van de kastjes gevonden, en bad dat hij de man niet per ongeluk zou vergiftigen voordat hij de antwoorden had die hij wilde.

'Ze komt er zo aan. Wat, eh, huishoudelijke problemen.'

'Echtelijke? Bent u getrouwd?'

Zo makkelijk kon het toch niet zijn?

'Oh, nog niet.' Technisch gezien was het geen leugen. Scanlon had niet gespecificeerd met *wie* Sean getrouwd was, en hij had een half uur geleden in die woonkamer inderdaad aan het equivalent van echtelijke rechten gedacht.

Ja, ja, semantiek, maar hij had dit landgoed nodig — bijna tot op het punt dat hij zijn principes zou opofferen.

Nee. Er was geen sprake van 'bijna'. Zijn principes waren al opgeofferd op het moment dat hij dit uniform aantrok, wetende dat hij een strijd zou moeten leveren vanwege het testament. Maar hij had dit landgoed nodig. *Nodig.* De rest van zijn bedrijf, verdomme, zijn hele toekomst, hing af van deze deal, waardoor zijn principes buiten spel stonden. Maar het zou een stuk makkelijker zijn als hij haar niet zo leuk vond.

'Dus, eh...' Sean zette zijn eigen kopje koffie neer, trok de voorkant van zijn broek op en ging in een stoel zitten naast weer een andere sierlijke haard. Dit huis had er tien, elk in een andere stijl en elk met de originele marmeren of stenen omlijsting. Hij had zijn onderzoek gedaan en de beschrijving van elk exemplaar maakte al deel uit van de proefversie van zijn brochure. Ja, zo ver was hij al met zijn plannen. Dat was hij al een hele tijd voordat Merriweather roet in het eten gooide. 'Waarover wilde u Livvy spreken?'

Scanlon toverde een 'ik-ben-niet-van-gisteren-jongen'-glimlach op zijn gezicht. 'Ik ben bang dat ik dat alleen met haar kan bespreken. U begrijpt dat wel.'

Helaas begreep hij dat. Tot zover die tactiek.

'Natuurlijk. En... hoe lang kende u mevrouw Martinson?'

De advocaat leunde achterover en zijn lippen ontspanden tot een zweem van een glimlach. 'Mijn kantoor behartigt de belangen van de Martinsons al generaties lang.'

'Ik wed dat u precies weet waar alle lijken in de kast liggen, hè?'

Scanlons ogen vernauwden zich. 'Ik ben niet vrij om zaken van de familie Martinson te bespreken.'

'Natuurlijk. Ik bedoelde alleen maar dat Livvy waarschijnlijk een van de velen is die dankzij het geld van de Martinsons verborgen is gehouden. Het moet mevrouw Martinson wel geraakt hebben dat haar kleindochter de enige persoon was aan wie ze alles kon nalaten.'

Ja, hij was aan het vissen, want hij wist allang dat Livvy niet Merriweathers enige optie was geweest, maar wat kon de *huishoudelijke hulp* nu weten, toch? En als hij de advocaat goed inschatte, was de man ofwel zwaar onder de indruk van, of had hij een diep ontzag voor de *grande dame*. In beide gevallen zou hij haar verdedigen. En hopelijk iets laten vallen.

'Mevrouw Martinson hoefde het niet aan juffrouw Carolla na te laten. Ze kon met de nalatenschap doen wat ze wilde. Het was van haar. Familie is altijd belangrijk geweest voor mevrouw Martinson, en daarom heeft ze de keuzes gemaakt die ze heeft gemaakt.'

Maar wel onder voorwaarden.

'Toch een beetje een gok, nietwaar? Ik bedoel, dat ze al dat geld en dit huis geeft aan de kleindochter die ze nauwelijks heeft gesproken? Hoe wist ze dat Livvy het niet zou verkwanselen aan feestjes of fortuinjagers?' Sean deed alsof hij een slok van de koffie nam. 'Misschien was mevrouw Martinson wel, tja.' Hij tikte tegen zijn slaap. 'Ouderdom en zo.'

De advocaat, zelf ook geen groentje meer, reageerde beledigd zoals verwacht. 'Merriweather Martinson was bij haar volle verstand toen ze haar testament opstelde. Ik kan daar persoonlijk voor instaan. Ze wist precies wat ze deed. Ze wilde haar kleindochter de kans geven om haar familiegeschiedenis te leren kennen. Daarom is het testament zo opgesteld—' Scanlon zette zijn koffiekopje neer. 'Tja.' Hij schraapte zijn keel. 'Daarom ben ik hier. Ik kan er verder niets over zeggen.'

De familiegeschiedenis was de sleutel.

'Wat als Livvy het niet wil accepteren?'

Het kopje van Scanlon rammelde in de schotel. 'Niet accepteren? Ik betwijfel ten zeerste of dat zal gebeuren. Wie zou zo'n gulle erfenis nu niet accepteren?'

'Waar. Dit landgoed moet een fortuin waard zijn.' Dat was het. Sean wist precies hoeveel, tot op de laatste cent.

De advocaat bekeek Seans outfit. 'Ik begrijp dat dat je eerste gedachte is, maar geld is niet alles.'

Aldus een man in een pak van duizend dollar en met gouden manchetknopen. Oud geld als Sean het ooit gezien had. Dat hij 'de zaken van de Martinsons al generaties lang beheerde' bevestigde dat. De man wist niet hoe het was om *zo dichtbij* een succeservaring te zijn. Hij wist niet hoe het was als alles van één deal afhing. Niet zoals Sean dat wist. En dat was alleen nog maar het geldelijke aspect. Om nog maar te zwijgen van het feit dat zijn eigenwaarde afhing van het slagen van deze deal. Dat hij de minst succesvolle Manley-telg zou zijn als het hem niet lukte.

Sean dacht er liever niet aan. Zijn hele leven had hij harder moeten werken dan zijn broers. Hij was het gewend. Maar dit... Dit had hij niet in de hand, tenzij hij achter de voorwaarden kon komen en Livvy op haar eigen terrein kon verslaan.

Hij begreep er niets van. Mevrouw Martinson stond de afgelopen drie jaar volledig achter zijn plannen, bekeek de tekeningen en stelde zelf wijzigingen voor. Ze hield van het idee om de historische schoonheid van de plek te behouden — en ook de nalatenschap van de familienaam voort te zetten. Ze had daarvoor zelfs documenten getekend, maar zijn advocaat zei dat juridisch gestegkel met haar nieuwe testament de strijd lastig zou kunnen maken. En kostbaar. Zo kostbaar dat hij nooit zou kunnen doen wat hij wilde met het pand *als* hij uiteindelijk zou winnen.

Het was een gecalculeerd risico geweest, maar gecalculeerde risico's hoorden bij zijn vak.

Hij hoefde Livvy er alleen maar van te overtuigen het op te geven.

Hoofdstuk 7

Livvy zag eruit als een verzopen kat toen ze de deur van de werkkamer opende. 'Hé, ik vroeg me af of je die ladder kunt pakken— Oh. Sorry. Ik wist niet dat je bezoek had.'

Ze draaide zich om om weg te gaan, terwijl ze genoeg water op het bordeauxrode tapijt morste dat Sean het met een waterstofzuiger uit de vulling zou moeten trekken om te voorkomen dat er een schimmelkolonie in de vezels zou ontstaan. Als hij nog meer tapijten in dit huis moest vervangen, zouden zijn winstmarges als sneeuw voor de zon verdwijnen.

En toen stond Scanlon op. 'Mevrouw Carolla?'

Livvy draaide zich abrupt weer om. 'Meneer Scanlon?' Ze deed twee stappen de kamer in. Op het kleed. Dat ze kletsnat maakte.

Buiten flitste de bliksem en Sean zuchtte terwijl hij opstond. Naast zijn zorgen over mogelijke schimmel, had hij ook een onuitwisbaar beeld in zijn hoofd gebrand gekregen—*alweer*—van het soepele lichaam onder de klevende kleding.

Hij stak zijn handen in de zakken van zijn broek om wat extra ruimte te creëren, zodat de onmiddellijke reactie van zijn lichaam niet voor iedereen duidelijk was. Hij had een koude douche nodig.

Boven hen rommelde de donder.

Of hij kon naar buiten gaan. Dat kwam op hetzelfde neer.

'Wat doet u hier, meneer Scanlon?' Livvy haalde een hand door haar haar, waardoor de krullen als kleine kurketrekkers tot leven kwamen.

Sean kreunde bijna inwendig. De woorden 'schroeven' en 'Livvy' mochten in zijn wereld nooit in dezelfde zin voorkomen. Nooit.

'Dag, mevrouw Carolla.' De verdomde advocaat straalde meer charme uit dan een Zwitserse kostschool. 'Ik vertelde net uw...' De advocaat keek over de bril die op het puntje van zijn neus stond en Sean had het gevoel alsof hij een uitbrander kreeg van de rector. 'Uw huishoudelijke hulp hier dat we een paar belangrijke documenten moeten bespreken.'

Livvy snoof bij de term *huishoudelijke hulp* en hield haar handen achter haar rug terwijl ze met een soort trage Texas two-step naar hen toe liep, haar lippen samentrekkend.

'Oh, ik weet zeker dat mijn *huishoudelijke hulp*,' ze knipoogde naar hem, 'me net wilde gaan halen. Nietwaar Se—'

'Natuurlijk wilde ik dat.' Hij had niet nodig dat ze zijn naam aan de advocaat vertelde, voor het geval mevrouw Martinson hem had genoemd. De man zou weten wie hij was en het hele plan zou in zijn gezicht kunnen ontploffen. 'Dus, kan ik iets voor je meebrengen, Livvy? Koffie of—'

'Een diepvriesmaaltijd?' Haar lippen trokken samen.

Seans lippen deden hetzelfde. 'Ik wilde een hotdog voorstellen.'

'Ah.' Ze knikte en leunde naar hem toe. 'Ik weet zeker dat meneer Scanlon betere kost waardeert dan hotdogs en diepvriesmaaltijden. Is dat niet waar, meneer Scanlon?'

De advocaat keek heen en weer tussen hen alsof ze een vreemde taal spraken. Sean begreep wel waarom. Niemand kon dat gesprek volgen, tenzij ze er vanaf het begin van hun relatie bij waren geweest.

Ho. Wacht even. Ze *hadden* geen relatie. Ze *konden* geen relatie hebben.

'Stoute jongen!'

Sean had dat gekrijs misschien aan zijn morele onderbewustzijn toegeschreven, ware het niet dat er een vogel de kamer binnen vloog en op Livvy's schouder landde.

'*Stoute jongen, Orwell,*' zei de papegaai nog eens.

Livvy stak haar hand uit om over de veren van de vogel te strijken en Sean kon zweren dat er een verwachtingsvolle stilte in de kamer viel toen Orwell met een '*Ahh*' verwoordde hoe Sean zich, in elk geval, voorstelde dat die aanraking voelde.

Hij schudde zijn hoofd. Word. Niet. Verstrikt.

Juist ja.

'*Stoute jongen, Orwell,*' zei de vogel nog een keer met gevoel.

Meneer Scanlon staarde de vogel even aan voordat hij zijn bril verder op zijn neus duwde en daarna een aktetas op het bureau tilde. 'Zullen we gaan zitten, mevrouw Carolla?'

'Eh, natuurlijk. Een ogenblikje.' Ze schoof haar vuist onder de klauwen van de papegaai en tilde de vogel op zodat ze snavel aan neus stonden. 'Wat heb je gedaan, Orwell?'

'Gedaan?' zeiden zowel Sean als Scanlon tegelijkertijd.

Ze wierp hen een blik toe en keek toen weer naar de vogel. 'Waarom was je een stoute jongen, Orwell?'

Orwell klokte achter in zijn keel en het geluid joeg Sean de rillingen over de rug.

'Timmmmmmmmmmberrrrrrrrrr!' krijste de papegaai, terwijl hij zijn kop naar achteren gooide en het naar het cassettenplafond zong.

Sean ving Livvy's blik. 'Timber?'

Ze sloot haar ogen. 'Dat klinkt niet goed.'

Sean vond het ook niets.

'Nou, misschien kan uw *huishoudelijke hulp*'—de oude man vond het blijkbaar *heerlijk* om hem zo te noemen—'het even gaan uitzoeken terwijl u en ik ter zake komen, mevrouw Carolla?'

Ze keek naar Sean. 'Als je het niet erg vindt, Se—?'

'Nee, helemaal niet.' Sean onderbrak haar alweer en nam de vogel aan. Of hij het erg vond? Ja, dat vond hij. Hij was geen veredelde dierenoppas.

Maar hij had ook geen legitieme reden om te blijven. Dus, terwijl de twee hem zeer nadrukkelijk aankeken, nam hij die verdomde vogel mee en ging weer aan het werk, terwijl hij probeerde een manier te bedenken om erachter te komen waar ze het over hadden.

En toen vond hij een manier. Het zag eruit alsof zijn principes weer eens op de proef gesteld zouden worden.

'Dus, meneer Scanlon, wat doet u hier?' Livvy nam met tegenzin plaats tegenover de advocaat, te veel herinnerd aan de laatste keer dat ze hier was geweest en *Grootmoeder* haar op haar eerste dag de toespraak over 'dit is wat er van je verwacht wordt' had gegeven. Dat was nogal bepalend geweest voor de rest van het bezoek. 'Ik dacht dat ik alle papieren die nodig waren al op uw kantoor getekend had.'

'Dat hebt u ook gedaan. Ik handel alleen in overeenstemming met de wensen van uw grootmoeder.'

Aha. *Wensen.* De verhullende term voor wettelijke slavernij klonk prachtig. Jammer dat het haar nog steeds de keel uithing. 'Oké. Wat houden ze in? Mag ik voor de rest van mijn sterfelijke leven de magische Martinson-zeepbel buiten de toegangspoorten niet meer verlaten of zo? Mijn eerstgeborene op het altaar van Martinson offeren om daarna waardig te worden? Voorover op de grond gaan liggen in de gang met voorouderlijke schilderijen tot ik boete heb gedaan voor de zonde dat ik als bastaard geboren ben? Wat heeft lieve *grootmoeder* nu weer in petto?'

De advocaat leunde achterover en keek een beetje verstoord. Niet dat ze het hem kwalijk kon nemen, aangezien ze het nogal dik had aangezet, maar kom op zeg. Een erfenis was een erfenis. Wat gaf haar grootmoeder het recht om vanuit haar graf aan de touwtjes te trekken?

En wie zou het weten als ze de letter van de wet *niet* volgde? Meneer Scanlon? Ze zou hem gewoon omkopen. Rijke mensen deden dat voortdurend. Voor het juiste bedrag kwam je overal mee weg. De meisjes in haar slaapzaal op school hadden dat keer op keer bewezen.

'Eigenlijk, mevrouw Carolla, geloof ik dat er melding wordt gemaakt van de galerie, maar mevrouw Martinson heeft specifieke instructies achtergelaten.'

'Dat zal ze zeker hebben,' mompelde Livvy.

'Pardon?'

Livvy schudde haar hoofd. Het was niet de schuld van die oude man dat haar grootmoeder een godcomplex had gehad. Ze hoopte maar dat hij goed betaald kreeg. 'Oké, prima. Wat dan ook. Vertel het me maar, dan kan ik ermee aan de slag.'

Meneer Scanlon trok zijn wenkbrauwen op, wat hem met de manier waarop ze halverwege zijn terugwijkende haarlijn kwamen, deed lijken op Meneer Aardappelhoofd met de verwisselbare gezichtsonderdelen.

Ze hoestte in haar vuist om een giechel te verbergen. Hij leek echt op meneer Aardappelhoofd.

'Ik kan ze u niet zomaar *geven*, mevrouw Carolla. Mevrouw Martinson heeft specifieke instructies achtergelaten en de eerste is dat ik het exacte tijdstip noteer waarop ik u het eerste document overhandig.'

'Het *eerste* document?' Livvy leunde naar voren, haar handen in haar schoot gevouwen. 'Zijn er nog meer?'

Hoelang moest ze precies naar de pijpen van Merriweather dansen? Het huis verloor met de minuut meer van zijn aantrekkingskracht.

En toen er in de kamer ernaast een klap klonk, nam die aantrekkingskracht alleen maar verder af.

Alhoewel die weer een puntje omhoogging toen ze een gedempte mannelijke vloek hoorde waarvan ze vrij zeker wist dat die van Sean kwam – ze had heel hard gewerkt om ervoor te zorgen dat Orwells woordenschat op zijn ergst nog geschikt was voor alle leeftijden.

Meneer Scanlon maakte de koperen sluitingen van zijn aktetas open met een zeer luide en gezaghebbende *klik*. Met opzet, wist ze zeker. Hij was te lang in de buurt van Merriweather geweest.

Natuurlijk liet het feit dat ze rechtop ging zitten, haar enkels kruiste en haar handen in haar schoot vouwde, precies zien wat conditionering kon doen. De kostschool was geweldig geweest—als ze het zo mocht noemen—in conditioneren.

Behalve dat ze nu in haar eigen huis was en niet hoefde te doen wat wie dan ook zei.

Livvy zakte onderuit in de stoel, sloeg het ene been over het andere en begon er een beetje mee te zwaaien, genietend van het feit dat ze niet meer in de pas hoefde te lopen.

Meneer Scanlon overhandigde haar het eerste document. 'Wilt u dit lezen, alstublieft?' Daarna schreef hij iets in het journaal dat hij ook uit de aktetas had gehaald.

Livvy beet op de binnenkant van haar wang en tilde het papier op. Het was het handschrift van haar grootmoeder. Livvy had het imperiale gekrabbel vaak genoeg gezien op de cheques die de directrice haar altijd liet zien. Allemaal onderdeel van dat dankbaarheidsgevoel waarvan iedereen vond dat ze het moest hebben.

Ze gaf een tikje tegen het papier en het eerste woord sprong haar in het oog. *Olivia*.

Nou, dat vatte het wel samen. Geen lastige emoties zoals 'Mijn Lieve Kleindochter' of 'Lieve Olivia'. Alsof dat ooit zou gebeuren.

Livvy schraapte haar keel.

Olivia,

Mijn advocaat heeft alle relevante documenten die wat ik ga uitleggen wettelijk en bindend maken, maar ik weet zeker dat jij je niet wilt bezighouden met al dat juridische jargon, dus ik zal direct ter zake komen.

De naam Martinson wordt al eeuwenlang vereerd. Niet zomaar iedereen mag er aanspraak op maken, en degenen die dat wel doen, moeten de geschiedenis ervan kennen. Aangezien geschiedenis studeren niet een van je sterkste punten was op de Academy, heb ik een reeks aanwijzingen voor je gemaakt die je moet volgen. De eerste zal je naar de volgende leiden, enzovoort, tot je bij de laatste bent.

Je hebt vanaf dit moment tot op de minuut nauwkeurig twee weken de tijd om de aanwijzingen te vinden en de laatste aan het kantoor van mijn advocaat te presenteren, waarna je je erfenis zult opeisen of de bezittingen zullen worden verkocht in overeenstemming met de voorwaarden die ik aan meneer Scanlon heb gespecificeerd.

Ik ben me ervan bewust, Olivia, van je haat tegen deze familie. Van je verlangen om je ervan los te maken, dus ik verwacht dat je eerste instinct zal zijn om dit weg te gooien. Maar overweeg wat het betekent om dit huis en ons enorme fortuin de rug toe te keren. Ben je bereid dit allemaal op te geven? Bereid om al het goede te ontzeggen dat jouw 'bloedende hart' ermee zou kunnen doen? De keuze is aan jou.

De klok tikt.

Stel me niet teleur, Olivia.

Stel me niet teleur. Geen handtekening, want die was niet nodig. Alleen de opdracht. Had Merriweather Knightsbridge Martinson ooit in haar leven om iets *gevraagd*? Livvy betwijfelde het.

Ze legde het papier op het bureau. Typerende egocentrische bemoeizucht. Livvy had eigenlijk niets anders verwacht.

Ze zou het die oude vrouw zo graag willen betaald zetten, maar dat was precies wat Merriweather had verwacht. De vrouw had nooit iets goeds over haar of tegen haar te zeggen gehad. Ze was Larry's Misstap. Larry's Fout. Larry's Ongelukkige Ongelukje. Allemaal met hoofdletters.

Nou, nu was ze Larry's Erfgenaam. Of, specifieker, Merriweathers Erfgenaam. Was de ironie niet heerlijk?

Ze was niet van plan dit te verpesten. Niet nu Merriweather haar op haar zwakke plek had geraakt. Het geld zou haar in staat stellen te doen wat ze wilde: haar bedrijf laten groeien en de coöperatie helpen. Voor haar dieren zorgen en zich nooit meer zorgen hoeven te maken over het betalen van de huur. Ze zou zelfs geld kunnen doneren aan doelen die ze de moeite waard vond. Het was haar toegangsbewijs om haar leven precies zo in te richten als ze wilde. 'Oké, meneer Scanlon. Hoe pak ik dit aan?'

De advocaat zette zijn bril af, vouwde hem zorgvuldig op en stak hem in de borstzak van zijn colbert. 'Zodra ik u dit papier geef, begint de tijd te lopen.'

Livvy hield zich in. Wat een drama. 'Oké dan. Kom maar op. Mogen de spelen beginnen.'

Hoofdstuk 8

Sean had een gloeiende hekel aan poker. Als dat stomme spelletje er niet was geweest, had hij nu niet in deze penibele situatie gezeten.

Die vervloekte vogel was nog erger dan de geiten, de schapen, het varken en die irritante alpaca bij elkaar.

Sean was bijna een vinger kwijtgeraakt toen hij probeerde de papegaai zijn snavel te laten houden, en de veren die het onding overal verloor waren nog maar het topje van de ijsberg.

Papegaaien hadden luiers nodig. En flink ook.

Eigenlijk, zo besefte hij terwijl hij het geruïneerde Aubusson-tapijt bekeek toen hij Orwell terugbracht naar de kamer, hadden *alle* dieren luiers nodig. Godzijdank was de vloer van marmer; de bende zou makkelijk schoon te maken zijn, maar hij zou degene zijn die het moest doen, tenzij hij een beroep kon doen op Livvy's gevoel voor rechtvaardigheid.

Als ze ook maar enigszins op haar grootmoeder leek, had Sean weinig hoop.

Verdomme. Hij zat niet te wachten op deze nachtmerrie. Op dit moment was de kamer toch al afgeschreven, en als hij er niet achter kwam wat er in de werkkamer gebeurde, kon hij de rest ook wel vergeten.

Nadat hij gecontroleerd had of de openslaande deuren naar buiten dicht waren, gooide Sean Orwell in de lucht, waarna de vogel op een van de gordijnroedes vloog — die zonder twijfel binnen de kortste keren onder de vogelpoep zou zitten — en liet hij de menagerie alleen terwijl hij de deuren naar de hal sloot.

Hij liep naar de deur van de werkkamer en luisterde bij de opening die hij opzettelijk had opengelaten.

'Dus wat nu? Moet ik zweren dat ik mijn eerstgeborene vernoem naar dat oude kreng, ik bedoel, mijn grootmoeder, of zo?' Livvy wapperde met een stuk papier en deed toen de bureaulamp aan.

"Dit is de eerste aanwijzing voor het eerste item dat u moet vinden','las ze hardop. 'Geweldig. Een speurtocht. Was ze daar niet een beetje te oud voor?' Livvy hield het papier dichterbij. '"U zult een oude vrouw een pleziertje in de vorm van een rijmpje vergeven. Het lijkt erop dat het spel daarom vraagt en ik merk dat ik er aan het einde van mijn leven van geniet om mijn grillen de vrije loop te laten."' Livvy snoof. '*Nu* wil ze ineens gevoel voor humor krijgen. Haar timing is waardeloos.'

'Leest u alstublieft verder,' zei Scanlon met een snuifje.

Het beviel Sean wel dat hij en Livvy op één lijn zaten wat betreft hun mening over Merriweather – het oude kreng. Ja, die naam paste wel bij haar.

Hij zag ook dat Livvy's billen een beetje heen en weer wiebelden op de stoel. Sean rolde met zijn ogen. *Blijf bij de les, Manley.*

Een van Livvy's kuiten wipte onrustig op en neer. Ze gooide haar haar naar achteren. 'Oké dan. Aanwijzing nummer één.'

Livvy rechtte haar rug, haar kin zakte iets en haar stem werd een octaaf lager. Ze gaf de woorden zelfs een licht Brits accent, wat Sean ook wel begreep. Merriweather Martinson leek inderdaad het toonbeeld van de Britse aristocratie. Een imago dat ze ongetwijfeld doelbewust had gecultiveerd.

'De pagina's zijn oud, honderden jaren telt de tijd,
toen de weldoener nog zorgde voor angst en voor strijd,
onder geestelijken, edelen en zelfs de boerenstand,
al kregen enkelen een beloning uit hun hand:
zoals de eerste Martinson, die niet was gevlucht
toen de moeder van een koningin haar laatste zucht slaakte.'

. . .

Livvy zette beide voeten op de vloer en legde het papier op het bureau van Scanlon — haar bureau, eigenlijk. Ze tikte op de brief. 'Wat moet dat in godsnaam betekenen? Wat is hier de aanwijzing?'

Raadsels. Sean vloekte binnensmonds. Hij had nooit moeite gehad met getallen, maar letters waren altijd een uitdaging voor hem geweest. Dyslexie had hem tijdens zijn schooltijd gekweld, en hoewel hij strategieën had ontwikkeld om ermee om te gaan, waren dingen als homoniemen en homofonen — en *raadsels* — een hel voor hem. Het was weer typisch dat zijn toekomst zou afhangen van raadsels.

'Dus wat houdt dit in? Moet ik ergens oude documenten vinden?'

De advocaat schraapte zijn keel. 'De enige verduidelijking die ik mag geven, is dat als u besluit deze kans aan u voorbij te laten gaan of er niet in slaagt de opdracht te voltooien, u recht heeft op een kleine toelage uit de nalatenschap. Verder waren de instructies van mevrouw Martinson duidelijk.'

'Ja, ja, ik snap het. Volg het gele stenen pad en ik eindig in Oz. Inclusief de vogelverschrikker. De vraag is alleen: ziet *Grootmama* zichzelf als Glinda of als de Boze Heks van het Westen?'

Sean wist wel welke hij op dit moment zou kiezen. Verdomme. Die oude vrouw bespeelde hen allebei.

'Misschien is het een boek.' Livvy stond op en gaf de Lodewijk XIV-stoel een trap met de hak van die belachelijke kistjes.

Sean kromp ineen. Hij hoopte bij God dat ze geen deuk in die stoel had getrapt, want dan was hij zojuist enkele honderden dollars minder waard geworden.

En toen bleef ze staan net op het moment dat er weer een bliksemschicht voor het raam flitste, die door haar rok scheen en hem er precies aan herinnerde hoe die benen eruitzagen toen ze over de trapleuning hingen, al die zachte, romige huid.

Zijn verdomde broek begon hem weer te knellen. Sean beet een verwensing binnensmonds. Wanneer was de laatste keer dat hij seks had gehad? Dat moest wel de verklaring hiervoor zijn, want pluizige dwergen met een ego — en een potentieel fortuin — dat groter was dan dat van hem, waren normaal gesproken niet zijn type.

Thee. Oh, hemeltje. Hij had de fluitketel op laten staan toen hij het water voor de koffie had gekookt.

Geweldig. De hele boel laten afbranden zou zijn problemen alleen maar groter maken.

Hoofdstuk 9

'Ik kijk ernaar uit u over twee weken weer te zien, mevrouw Carolla.'

Eerder, als het aan Livvy lag.

'Rijd voorzichtig, meneer Scanlon.' Ze sloot de enorme voordeur. Twee weken en dan zou dit allemaal voorbij zijn. Hoe dan ook, ze zou klaar zijn.

Waarom had ze het nare vermoeden dat het 'hoe dan ook' niet veel goeds voorspelde?

Sean verscheen achter een van de gigantische zuilen bij de woonkamer. Ze was er nog niet over uit waar hij op de schaal van goed-naar-slecht viel.

'Ging de bespreking goed?' vroeg hij, terwijl hij één wenkbrauw hoger optrok dan de andere. Oh, natuurlijk. *Hij* kon dat grapje met zijn wenkbrauw. Was er dan niets aan deze man dat niet perfect was?

Met de manier waarop die broek om zijn dijen spande (en zijn billen, herinnerde ze zich; laten we vooral niet vergeten hoe die broek om zijn billen spande), de manier waarop het shirt de contouren van dat wasbordje volgde... Hij hoorde in de kolom 'Goed'.

Nee. Slecht.

Nee. Goed.

Ach, wat maakte het ook uit. Hij kon volgens welk tijdschrift dan ook de meest sexy man ter wereld zijn, maar dat veranderde niets. Ze was hier om deze erfenis te verdienen zodat ze het kon verkopen en het geld in haar zak kon steken, en hij zou niet bepaald blij met haar zijn als zij hem zijn baan ontnam.

Wat dacht je van hem gewoon nemen?

Dat was nog eens een gedachte. Ze wist al dat de man een kusser van wereldklasse was, ze durfde te wedden dat hij een minnaar van wereldklasse zou—

'Hallo? Livvy?'

Een grote, zongebruinde hand zwaaide voor haar gezicht en onderbrak dat heerlijke beeld. Wat waarschijnlijk maar goed ook was, want ze voelde een blos opkomen en ze wilde *dat* niet hoeven uitleggen. 'Oh. Wat? Is alles goed met Orwell?'

Sean trok een gezicht. 'Nou, hij is in elk geval een gezonde eter. Al je dieren trouwens.'

Natuurlijk waren ze dat; dat was precies waar dat biologische voer voor diende.

'Ging het allemaal goed?' Hij gebaarde naar het papier dat ze van het bureau van haar grootmoeder had gegrist alsof het een opeisbare lening was.

En ja, ze besefte maar al te goed hoe toepasselijk die vergelijking was.

'Weet jij of hier ergens een oud boek ligt? Iets heel antieks over een koningin die haar hoofd verloor? Marie Antoinette, misschien.' Ze kon zo snel niet op veel andere koninginnen komen die op beroemde wijze hun hoofd hadden verloren.

'Franse Revolutie?' Sean wreef over zijn kaak. 'Er is een bibliotheek in de westvleugel als je daar wilt kijken.'

'Dat is waar ook. De bibliotheek was ik vergeten. Goed idee.' Ze had het zich moeten herinneren. Het was een van de kamers die verboden terrein waren voor een zevenjarige met plakkerige handjes. In de jaren sinds haar enige officiële verschijning bij Merriweather had ze nooit begrepen of Rupert "plakkerig" had bedoeld vanwege de pindakaas waar ze destijds dol op was, of, nou ja, iets anders. Maar goed dat ze op haar zevende die andere betekenis nog niet kende. 'Ik trek even wat anders aan' —ze vroeg bijna of hij wilde helpen— 'en dan ga ik erheen.'

'Wil je dat ik met je meega?' vroeg hij terwijl ze naar de trap in de hal liepen. 'Ik kan je helpen zoeken.'

'Vind je mijn dieren niet leuk?'

'Het zijn niet de dieren waar ik bezwaar tegen heb. Het zijn hun eet- en sanitaire gewoonten.'

'Je bent tenminste eerlijk.'

'Tja.' Hij keek weg en wreef in zijn nek. 'Sorry, maar niet iedereen is een dierenmens.'

'Dat is waar. Mijn grootmoeder, bijvoorbeeld.' Livvy zette de eerste stap op de trap. 'Ze had een tijdje paarden in de stal, maar ik weet zeker dat *lieve grootmama* een beroerte zou krijgen als ze wist dat er geiten over haar meubels sprongen. Misschien dat het me daarom wel in het geheel niet stoort.'

'Ik leid eruit af dat je je grootmoeder niet erg mocht.'

Ze stopte halverwege de trap en keek Sean aan. 'Ik *kende* mijn grootmoeder niet. Die kans heeft ze me nooit gegeven. Ik wist echter wel *van* haar. Haar reputatie was heilig op mijn school. Misschien omdat ze een paar vleugels had gedoneerd, maar de vrouw zelf? Ik weet niet of iemand mijn grootmoeder echt heeft *gekend*. Ze was een harde tante.'

'Als je de verantwoordelijkheid hebt die zij had, dan moet je wel.'

Livvy haalde haar schouders op. 'In zaken, ja. Maar tegenover je enige kleinkind?' Ze haalde haar schouders nogmaals op. Die pijn was zo oud dat hij al bijna vergeten was, de wonden waren voorzien van een korstje en bedekt met nieuw vel. Het taaie, eeltige soort. 'Luister, ik ben kletsnat. Als je echt wilt helpen, zie ik je zo in de bibliotheek, oké?'

Sean wrong de onderkant van zijn shirt uit. 'Ja, ik kan ook wel een setje schone kleren gebruiken. Tot zo.'

Livvy trok aan de handgrepen van de loodzware eikenhouten deuren van de bibliotheek die ze twintig jaar geleden niet mocht aanraken. Dat ze betrapt was met pindakaashandjes aan de koperen grepen was een gedenkwaardige gebeurtenis geweest — net als het uur dat ze daarna had doorgebracht met het poetsen ervan onder het strenge oog van mevrouw Tidwell.

'Dus waarom zoeken we een boek over een onthoofde koningin?' Sean reikte over haar heen en hielp haar de deur te openen, waarbij zijn biceps zich spanden. Livvy ving een vleugje *man* op toen ze hem passeerde. Grappig, ze had zweterige kerels altijd nogal vies gevonden, maar de vage zweem van zweet die om hem heen hing onder de geur van de regen was absoluut niet vies.

En ze moest er niet op letten. Ze had een *klus* te klaren, ze moest niet de *huishoudelijke hulp* uithangen. 'Tot mijn grote verbazing blijkt dat mijn grootmoeder een gevoel voor humor had. En van gedichten houdt. Wie had dat gedacht. Hoe dan ook, ze zei dat ik iets specifieks in dit boek moet vinden, anders krijg ik het kasteel niet.'

'Ik dacht dat het kasteel, eh, het huis, niet belangrijk voor je was.' Sean liet een vinger langs de koperen plaatjes op de rand van een plank boven haar hoofd glijden.

'Dat is een manier om het te zeggen.' Ze controleerde de datum op het plaatje voor haar: 1100. Ze wist vrij zeker dat Marie Antoinette van na die datum was. 'Nee, het gaat niet om het huis zelf. Ik bedoel, deze plek is veel te groot voor één persoon.'

Sean rolde een bibliotheektrapje op wieltjes langs de roede die daarvoor de hele kamer rondging. 'Je blijft niet voor altijd alleen. Dit is een geweldig huis voor kinderen. Dat harnas in de hal kan ze urenlang bezighouden.'

Of ze de stuipen op het lijf jagen.

'Kinderen zijn voor mij nog ver weg. Als ze er al ooit komen.'

'Wil je geen kinderen?'

Ze was gewend aan het ongeloof; dat was de reactie van de meeste mensen als dit onderwerp ter sprake kwam, maar aangezien ze zelf niet de beste ouderlijke rolmodellen had gehad, waarom zou ze de ellende voortzetten? Om nog maar te zwijgen van het feit dat ze er waarschijnlijk niet erg goed in zou zijn, omdat ze dankzij haar gebrekkige opvoeding geen flauw benul had van wat "normaal" inhield. 'Niet elke vrouw is geprogrammeerd met het voortplantingsgen, weet je.' Ze pakte het dichtstbijzijnde boek. Willem van Oranje. *Bleh.* Geschiedenis was nooit haar sterkste punt geweest. Ze zette het terug.

'Niet beledigend bedoeld.' Hij ging op een trede staan en schoof een boek halverwege van de plank. 'In dat geval snap ik wel dat je van deze plek af wilt.'

'Dat is het plan. De hoogste bieder krijgt de nalatenschap van Martinson en *grootmama* kan zich tot in de eeuwigheid omdraaien in haar graf.'

Hij tikte het boek terug op zijn plaats. 'Oei. Hard.'

Oké, misschien had hij een punt. Ze was tenslotte een volwassen vrouw; de desinteresse van haar grootmoeder zou haar geen pijn meer moeten doen. Ze had vrienden, haar eigen gezin op vier poten, een eigen bedrijf. En nu zou ze genoeg geld hebben om dat gezin en dat bedrijf te onderhouden op de manier die zij wilde. Allemaal dankzij de vrouw die het al die jaren niets kon schelen of ze leefde of stierf. Het was Livvy een raadsel waarom Merriweather haar überhaupt iets had nagelaten, en dan specifiek dit huis.

Sean klom nog drie treden hoger op de ladder, wat haar een mooi uitzicht gaf. Ze lachte om zichzelf. Nog steeds aan het hunkeren naar de hulp.

'Heb je iets gevonden?'

'Nog niet.' Hij volgde met zijn vinger de rug van een boek, terwijl zijn lippen geluidloos de woorden vormden. Het was een charmante gewoonte en volkomen onverwacht.

Hij klom weer naar beneden, rolde de ladder naar rechts en klom weer omhoog.

Ze moest er echt achter zien te komen wie die broek had ontworpen, want het deed geweldige dingen voor de billen van een man — al kon dat ook gewoon komen omdat Sean geweldige billen had.

'Livvy?'

Ze schudde het hormonenbad van zich af en keek omhoog. Verder dan zijn billen.

'Hier.' Hij hield een boek naar haar beneden. 'Probeer deze eens.'

'Dit gaat niet over Marie Antoinette.'

'Dat weet ik. Het is een exemplaar van de Groot-Bijbel van Hendrik VIII, wiens koningin werd—'

'Onthoofd,' antwoordde ze tegelijk met hem.

'Anna Boleyn.'

'De moeder van koningin Elizabeth I.' Het klopte. Ze sloeg de kaft open.

Daar lagen twee vellen papier netjes opgevouwen. Het eerste was weer een briefje van die lieve ouwe *grootmama*.

Goed gedaan, Olivia. Je hebt de Martinson-familiebijbel in handen. Hendrik VIII gaf hem aan de eerste Martinson die echt iets van zijn leven maakte. Onze stamboom begint bij hem.

Eigenlijk kon hun stamboom worden teruggevoerd naar de vader van *die* Martinson, en diens vader, enzovoort, maar voor Merriweather telde blijkbaar niemand mee tenzij er een titel achter hun naam stond.

En waar liet dat Livvy?

'Wat is het?' vroeg Sean.

Livvy hield de brief omhoog en vouwde het onderste gedeelte open. 'Nog een gedicht.'

De eer van een familie te herstellen
Een reputatie om niet langer te beledigen.
Deze erfenis zal ik pas overdragen,
Als je de beloning vindt, na al je zware dagen.

Te herstellen? Haar reputatie was prima in orde, dankjewel. Wat Merriweather ook dacht, het feit dat ze een onwettig kind was, definieerde haar niet. Ze was een eerlijke zakenvrouw. Hardwerkend. Bood goede service en een heerlijk product. Hield zich aan de normen die ze voor zichzelf had gesteld. Ze had zeker niets om zich voor te verontschuldigen en had *geen* slechte reputatie.

Ouwe Larry de Worm daarentegen had meer om goed te maken, maar aangezien hij dood was, kon ze niet veel doen aan zijn reputatie. Haar groot-moeder kon toch niet serieus van haar verwachten dat zij die zou herstellen, dus dit irritante raadsel sloeg nergens op.

Ze vouwde het andere stuk papier open. Geweldig. Latijn. Een hoop woorden op *-us* en *-um*, een boel *V*'s... wat er allemaal totaal niet toe deed, aangezien ze net zo veel van Latijn wist als van de Britse geschiedenis.

Dat waren nou niet bepaald haar favoriete vakken geweest. Koken en dier-wetenschappen daarentegen, evenals de recycling- en biologische onderdelen van haar natuur- en scheikundelessen, dat was haar ding.

'Wat is dat?' Sean gluurde over haar schouder mee.

Livvy overhandigde hem de briefjes. 'Zeg het maar. Weer een slecht gedicht van Merriweather en een tekening van Hendrik VIII met een hoop Latijn. Een liefdesbrief, misschien?'

Sean floot zachtjes. 'Een van je voorouders kreeg een liefdesbrief van Hendrik VIII? En heeft het overleefd om het na te vertellen? Dat is op zich al verbazingwekkend. Hoe is je Latijn?'

'Ongeveer even goed als de zangkunsten van Orwell.'

'Zo goed, ja?'

Ze rolde met haar ogen. 'Dus nu wil *grootmama* dat ik Latijn leer.' Slinkse, dominante, wraakzuchtige oude vrouw.

'Of je kunt uitzoeken wat voor document het is en het laten vertalen.'

'En jij kent toevallig een specialist in zestiende-eeuwse documenten?'

'Nee. Maar het internet misschien wel.'

Juist. Het internet. Hoe kon ze dat vergeten?

Vooral omdat ze geen computer had. Er was geen budget voor zo'n aankoop, evenmin als voor een mobiele telefoon met die mogelijkheden.

Ze zou met meneer Scanlon moeten praten over een voorschot op haar erfenis. Hoewel, met de manier waarop die Drakenvrouw deze speurtocht aanpakte, zou het Livvy niet verbazen als ze elk voorschot verbood totdat deze plek officieel en volledig van haar was. 'Er is hier toevallig nergens een computer, of wel?'

Sean schudde zijn hoofd. 'Ik heb hier geen computer gevonden. Behalve de vernieuwingen in de keuken is deze plek nog stevig in de vorige eeuw blijven steken. Geen afstandsbedieningen voor de televisies, geen computer, en vergeet hr-glas ook maar.'

Ze durfde te wedden dat hier wel een computer was geweest. Merriweather zou er echt wel een hebben gehad, al was het maar om de wereldmarkten bij te houden. De vrouw was oud maar scherp, en Livvy vermoedde dat ze de computer uit het huis had laten halen, puur om Livvy's zoektocht te bemoeilijken. 'En een openbare bibliotheek?'

Sean dacht even na en knikte toen. 'Ongeveer een half uur hiervandaan.' Hij keek op de klok op de schoorsteenmantel boven weer zo'n monsterlijke open haard. 'Maar ik denk dat die om vier uur dichtgaat. Je hebt niet genoeg tijd.'

Ze legde het document terug in de bijbel en plaatste het geheel boven op een ander oud boek op een standaard in de hoek.

Niet genoeg tijd. Ze had het gevoel dat dit haar mantra zou worden terwijl *grootmama's* spelletje zich ontspon.

Sean moest zich inhouden om niet de bibliotheek uit te rennen naar zijn kamer in het personeelsverblijf. Mevrouw Martinson mocht hier dan geen computer hebben, hij had er wel een. Zogenaamd had hij hem meegenomen om te helpen bij het runnen van zijn bedrijf, maar aangezien hij bijna alles verkocht had, bestond het runnen van zijn bedrijf er nu uit om dit alles in zijn voordeel te laten uitpakken.

Maar hij had geen computer nodig om te weten wat dat document was. Hij had genoeg open brieven gezien toen hij onderzoek deed naar deze plek; documenten van de Kroon waarmee de titel en landerijen werden geschonken aan de drager, in dit geval de allereerste *Martinson* — de Martinson met een hoofdletter en cursief gedrukt — die een titel voerde en de dynastie stichtte.

Als hij kon uitvinden hoe dat document verband hield met de volgende aanwijzing, zou dat weleens het *einde* van de dynastie kunnen betekenen, want dan zou hij Livvy een stap voor zijn en die laatste aanwijzing vóór haar kunnen bereiken. Als hij dat volhield, zou hij voorkomen dat zij aan de voorwaarden van het testament voldeed.

Toegegeven, het was niet de meest eerlijke methode, maar in zaken was alles geoorloofd. Vooral als hij alles wat hij bezat op deze onderneming had ingezet. Hij had het onderzoek gedaan, de voorlopige planning uitbesteed en een fairway van toernooiformaat gepland op de omliggende percelen. Bovendien was hij niet van plan zijn broers teleur te stellen. Dit landgoed zou zijn reputatie vestigen. Zijn bedrijf. Zijn toekomst.

Of het zou hem de kop kosten.

Hoofdstuk 10

'Nog steeds van plan om trifosfaten te eten als avondeten?' Livvy kwam een uur later de keuken binnen, fris en droog na haar douche — zowel die van de regen als die in haar Romeinse bad — in een nieuwe outfit en met Orwell op haar schouder. Hij had zijn kopje onder haar haar begraven en snurkte zachtjes in haar nek. Stress maakte hem altijd moe.

'Eigenlijk was ik van plan om roerei met knakworstjes te maken. Wil je ook wat?' Sean hield de pan met eten omhoog dat, eerlijk is eerlijk, lang niet zo smakelijk zou moeten zijn als het eruitzag, maar die appel van eerder was al lang uitgewerkt.

'Is er ketchup?'

'Hou je van bloederige eieren?' Hij glimlachte, en toen hij dat deed, *tjonge-jonge*. Zijn ogen fonkelden als zonneschijn, diepe lijntjes flankeerden zijn mond in een set sexy kuiltjes, en zijn lippen vormden de meest perfecte glimlach die ze ooit had gezien.

En dan waren er nog de meest perfecte *lippen* die ze ooit had gezien — en gekust.

Nou ja, technisch gezien had híj haar gekust, maar ze ging dat niet op een technisch detail gooien, want, *jemig*, ze zou het helemaal niet erg vinden om dat technische gedeelte nog eens dunnetjes over te doen.

'Livvy?'

Ze schudde haar hoofd. 'Wat?'

'Gaat het wel? Ik vroeg of je van bloederige eieren hield en je was ineens helemaal weg.'

Ze zou het niet erg vinden om een heleboel dingen bij hem te doen, maar wegdromen hoorde daar niet bij. 'Um, sorry. Honger.' Ze aaide over Orwells kopje, controlerend of hij nog sliep. 'Bloederige eieren zouden heerlijk zijn,' fluisterde ze. De papegaai begreep eigenlijk niet wat ze zei — dat was althans wat alle experts beweerden — maar ze nam liever geen enkel risico dat hij aanstoot zou nemen aan haar maaltijd. Ze probeerde in het bijzijn van de dieren geen eieren of vlees te eten.

Sean schepte een half bord vol voor haar terwijl ze de ketchup uit de koelkast pakte — het enige gezonds dat erin stond. En toen las ze het etiket. Oké, niet bepaald hoog op de gezondheidsladder; te veel fructosestroop. Dat was de reden dat ze het altijd zelf maakte. Ach ja, een klein beetje kon geen kwaad. Maar jemig, ze kon niet wachten tot ze naar een supermarkt kon gaan om echt eten te halen. Dan zou Sean wel zien wat hij miste.

'Dus je gaat morgen naar de bibliotheek?' Sean zette een schaaltje perziken uit blik op siroop en twee wegwerpflessen water op tafel en liep toen terug om zijn eigen bord te pakken.

Livvy schudde alleen maar haar hoofd bij de gedachte aan het plastic dat op de vuilnisbelt zou belanden en de bewerkte suikers die in zijn lichaam terechtkwamen. 'Ja. Als eerste. Daarna dacht ik even langs de supermarkt te gaan. Zijn er dingen die ik niet moet kopen?'

Sean ging schrijlings op de stoel aan het uiteinde van de tafel zitten en zette zijn bord schuin tegenover het hare. 'Nee. Ik eet zo ongeveer alles.'

Helaas zag ze dat dat inderdaad het geval was. Ze pakte het opgerolde servet aan dat hij haar aanreikte en haalde de vork eruit. 'En, woon je hier in de buurt?' Ze nam een hap. Niet slecht, eigenlijk. Al zouden haar slagaders waarschijnlijk elk moment beginnen te protesteren.

'Dat zou je wel kunnen zeggen.' Sean schuifelde het eten naar binnen alsof hij in geen dagen had gegeten.

Gezien de lege koelkast zou dat best eens een goede gok kunnen zijn.

'Wat betekent dat?' Ze sloeg het schaaltje suiker af dat voor fruit moest doorgaan.

'Ik heb een kamer in het personeelsverblijf.'

En prompt werd Livvy weer in het verleden geworpen. *Het personeelsver-*

blijf, zo had haar grootmoeder het ook echt genoemd. *In het bijzijn van* het personeel. Livvy had zich voor hen geschaamd, hoewel Jeeves het gelaten over zich heen leek te laten komen. De linkerwenkbrauw van mevrouw Tildwell was echter gaan trillen.

Livvy prikte zo fel in een stuk ei dat als ze nog niet 'bloederig' waren van de ketchup, ze dat wel zouden zijn geworden van haar woede. 'Sean, ik vind dat je moet verhuizen.'

Seans vork kletterde op zijn bord. 'Wat?'

Livvy legde haar eigen vork neer. 'Ik vind dat je moet verhuizen.'

'Luister, Livvy, ik weet dat ik klaagde over de dieren, maar je hebt gelijk. Waarom zou je ze niet in de woonkamer houden? Het is tenslotte jouw huis. Ik beloof dat ik er geen woord meer over zal zeggen.'

'Waar heb je het over? Wat hebben mijn dieren te maken met waar jij slaapt? De enige plek waar ik ze na de woonkamer naartoe wil verhuizen, is de schuur. Ik ga je er echt niet uitgooien alleen omdat je een eigen mening hebt.'

Een spiertje in Seans wang trok. 'Waarom doe je het dan?'

'Waarom doe ik wat?'

'Mij eruit schoppen?'

'Wat? Hoe kom je daar nou bij? Ik schop je er niet uit.'

'Maar je zei dat je wilde dat ik ging verhuizen.'

Er ging een lichtje branden in haar hoofd. 'Ah... Je dacht dat ik bedoelde dat je van het landgoed af moest. Dat bedoelde ik niet. Ik bedoelde dat je weg moet uit het,' ze slikte, 'personeelsverblijf. Er zijn honderd slaapkamers boven. Er moet er wel eentje beter zijn dan waar je nu zit.'

Sean onderdrukte een enorme zucht. Even dacht hij dat ze hem doorhad. Maar ze was onder de douche geweest toen hij de bibliotheek weer was binnengeglipt en een paar foto's had gemaakt van dat document vol Latijn om later te ontcijferen.

'Het maakt me niet uit waar ik slaap, Livvy. De kamer is prima.' En ver genoeg van de hare vandaan zodat ze zijn laptop niet zou vinden.

'Het kan me niet schelen of de kamer *prima* is.' Ze maakte aanhalingstekens met haar vingers. 'Je moet naar dit deel van het huis verhuizen. Ik sta erop.'

Het zou verdacht lijken als hij tegen haar in bleef gaan, maar Sean kon niet zeggen dat hij laaiend enthousiast was. Hij had nog steeds een bedrijf te runnen, hoe klein het nu ook was. Hij moest nog steeds telefoontjes plegen en plannen uitvoeren. Als ze hem kon horen, zou dat zijn plannen behoorlijk in de war kunnen schoppen.

Aan de andere kant... door dichter bij haar te zijn, zou hij eventuele aanwijzingen die zij vond, kunnen onderscheppen of afluisteren.

'Oké. Ik zal verhuizen. Het is tenslotte jouw huis.'

'Niet voor lang.'

Ze nam de woorden precies uit zijn mond.

'Ah, juist. Maar waarom blijf je niet? Dat zou ervoor zorgen dat je grootmoeder zich tot in de eeuwigheid in haar graf omdraait.' Niet dat hij haar wilde aanmoedigen, maar hij had elk beetje munitie nodig dat hij kon krijgen, en als er een barst in haar pantser zat, moest Sean daarvan weten.

Livvy schoof een vork vol ei in haar mond. De tijd die ze nodig had om te kauwen en door te slikken voerde zijn spanning op, al kon dat ook te maken hebben met de manier waarop haar tong over haar onderlip gleed om het kleinste restje ei weg te halen.

Wat had hem bezield toen hij haar eerder kuste? Dat was pas een oerdomme actie — op zoveel niveaus dat zijn bankrekening ervan kromp.

Zijn libido daarentegen smeekte om een herhaling.

'Klopt, maar dit huis is een onding. En obsceen. Het zou een museum moeten zijn of een universiteit of zoiets. Op die manier hebben mensen er veel meer aan dan als privégrot. Dat had jaren geleden al moeten gebeuren. Waar dacht mijn grootmoeder aan, om hier in haar eentje in dit energieverslindende monster te wonen?'

Ze dacht eraan dat ze een erfenis had om door te geven, maar Sean was niet van plan dat te delen, aangezien het indruiste tegen zijn eigen plannen. Maar hij begreep Merriweathers redenering wel. Wat had het voor zin om je hele leven iets op te bouwen als er niemand was om het aan na te laten? Hij was verdomme ook geen imperium aan het opbouwen om het na zijn dood uit elkaar te zien vallen. En Merriweather wist dat. Daarom had ze hem de eerste keus gegeven. Hij was zelfs van plan om de grote woonkamer naar haar te vernoemen. De Merriweather Martinson Salon. Nadat hij hem had laten ontsmetten, met dank aan de dieren. De oude vrouw zou alpaca-sperma als vloerwas in haar pronkkamer absoluut niet hebben kunnen waarderen.

'En heb je al biedingen gekregen?' Sean probeerde nonchalant te klinken en verbloemde de urgentie in zijn stem met het stukje knakworst dat hij in zijn mond propte.

Livvy schudde haar hoofd. 'Eerst moet ik het verdienen, dan pas zet ik het te koop.'

'Verdienen?'

Haar zucht was veelzeggender dan woorden ooit konden zijn, en als Sean niet op de hoogte was geweest van de werkelijke situatie, had hij het daar alleen al uit kunnen afleiden.

Ze legde de voorwaarden uit, waarbij schuldgevoel zijn ruggengraat een beetje deed krimpen door de argeloze eerlijkheid in haar antwoord.

'Dus, aangezien het ernaar uitziet dat ik het huis ga verkennen, denk ik dat je goed van pas zult komen,' zei Livvy, terwijl ze haar eten opmaakte.

Sean verslikte zich bijna. 'Van pas?'

'Zeker wel. Jij bent waarschijnlijk in elk hoekje en gaatje van dit huis geweest. Wie kan me beter helpen vinden wat Merriweather heeft verstopt dan jij? Je *gaat* me toch wel helpen? Ik zal ervoor zorgen dat meneer Scanlon u extra betaalt.'

Hopelijk zou ze de wrange glimlach op zijn gezicht toeschrijven aan de conserveermiddelen in het eten. Wat kon hij anders zeggen dan ja? Een man in zijn vermeende positie zou alles doen voor wat extra geld.

'Zeker.' Hij veegde zijn mond af met het servet nadat hij de knakworst die zijn luchtpijp blokkeerde, had opgehoest.

'Geweldig.' Ze leunde achterover en haalde haar vingers door haar haar en de resulterende waaier om haar schouders hielp de situatie in zijn broek niet bepaald. Deze vrouw zou nog zijn dood worden. Ofwel door gefrustreerde hartstocht ofwel door gefrustreerde dromen. 'Dus, kom je mee?'

... Daar ging hij maar even niet op in.

Sean bedekte zijn mond weer met het servet. 'Ik, um, was van plan om aan de schuur te beginnen.'

'O ja. Juist. Ik denk dat dat inderdaad eerste prioriteit moet hebben.' Ze verzamelde haar bord en bestek en bracht ze naar de gootsteen. De *kling* toen ze het graniet raakten, maakte de papegaai wakker, die besloot David Lee Roth te gaan imiteren.

Sean trok een wenkbrauw op. "Just a Gigolo'?'

De blos op Livvy's wangen was te schattig voor woorden. Net als zijzelf. En dat begon een enorm probleem te worden.

'Orwell is, net als de meeste van mijn dieren, een asieldier. Hij heeft jaren-lang in een studentenhuis gewoond, totdat een van de aspiranten besefte dat nacho's met kaas niet bepaald het beste dieet waren. Het verhaal gaat dat hij tijdens de ontgroeningsweek werd 'gestolen'. Het arme beest heeft jaren in een hel geleefd totdat die jongen het juiste deed. Ik heb hem zijn grove taalgebruik bijna afgeleerd, maar dat liedje is blijven hangen.'

'*Orwell wil een chippie*,' zei de vogel midden in de melodie met een totaal andere stem.

Livvy streek met een vinger over de grijze kruin van de vogel. 'Is goed, Orwell, ik ga eten voor je halen.'

"Chips?" Klaagde zij over wat *hij* in zijn lichaam stopte? Hij zou wel eens willen weten in welke jungle chips het natuurlijke voedsel voor vogels waren.

Ze schudde haar hoofd en een paar van haar krullen gleden over haar borst — niet dat Sean het merkte of zo. 'Het liedje bleef hangen en dat gold ook voor zijn woordenschat rond etenstijd. Ik heb boven in zijn kooi het perfecte dieet voor hem. Ik denk dat ik maar eens naar boven ga. Vergeet niet een nieuwe slaapkamer voor jezelf uit te zoeken.'

'Zal ik doen.' Vlak voordat hij aan dat document ging werken.

/ Hoofdstuk 11

'Weet je zeker dat je niet met me mee wilt?' vroeg Livvy terwijl ze de volgende ochtend de reusachtige voordeur opentrok, gekleed in alweer een zigeunerrok die over de bovenkant van haar kistjes streek.

Vandaag droeg ze tenminste een wijde trui in plaats van een hemdje. Hij had niet nog een dag van haar nauwsluitende kleding kunnen verdragen zonder zijn verstand te verliezen.

'Ik dacht dat je wilde dat je dieren vanavond in de schuur staan?' Hij wilde dat in ieder geval verdomd graag. De bende die ze vanochtend in de woonkamer hadden achtergelaten, had het zoeken naar de volgende aanwijzing op het tweede plan gezet.

'Goed punt.' Ze draaide zich om, waardoor hij onbedoeld weer een glimp opving van die goedgevormde benen. 'Oké dan, ik zie je na de bibliotheek en de boodschappen. Zorg dat de dieren niet te wild worden. De vacht, weet je wel.'

Vacht was niet het eerste waar hij aan dacht vanochtend.

Omdat je haar aan het pluizen bent?

Hij draaide zich weg om zijn schuldgevoel te verbergen. 'Succes met het onderzoek.'

Hij had een helse klus gehad om uit te vogelen wat er in dat verdomde document stond, wat een deel van zijn humeur vanochtend verklaarde. Zijn dyslexie was ernstig genoeg dat hij wist dat hij flink aan de bak moest. Als hij niet dyslectisch was, zou hij de aanwijzingen kunnen lezen en er meteen vandoor kunnen gaan, ver voor op Livvy. Maar nee. Hij zat vast aan het doorworstelen van diverse online vertaalprogramma's en de voorleesfunctie op zijn tablet die zijn verstand en zijn bedrijf al vele malen had gered. Godzijdank was de technologie zijn 'probleem' voorbijgestreefd.

Hij had een ruwe dubbele vertaling uit alle programma's gekregen, waaruit bleek dat het document iets te maken had met een geschenk van koningin Elizabeth I voor bewezen diensten van haar 'meest loyale ridder'.

Er was één ding in dit huis dat eigendom was van een ridder en dat een 'nog steeds staande beloning' was.

Twintig seconden nadat Livvy de voordeur achter zich had dichtgetrokken, staarde Sean naar het harnas. Hij zou eigenlijk zakelijke telefoontjes moeten plegen, maar dit was op dit moment de meest dringende zaak in zijn bedrijf.

Waar zou Merriweather de aanwijzing hebben verstopt?

Voorzichtig gleed hij met een vinger onder de opening bij de elleboog. Niets.

Hij probeerde de andere elleboog.

Daar zat ook niets.

Er klonk een geluid van buiten en Sean sprong achteruit. Hij had het niet nodig dat Livvy binnenkwam en hem aantrof met zijn handen in de broek van die vent, of hoe ze dat deel van het harnas ook noemden.

Hij telde tot twintig en ging toen weer op zoek. Hij was niet in de wieg gelegd voor dit geniepige gedoe. Voor bouwplannen en financiële documenten wel, ja. Maar dit? Geen wonder dat Bond een martini nodig had.

En een prachtige vrouw.

Sean schudde zijn hoofd om het beeld van Livvy's benen uit zijn gedachten te verdrijven. Hij moest opschieten. Hij moest de rest van zijn spullen nog uit zijn oude kamer halen, overleggen met zijn vergunningsmedewerker om te bevestigen dat alles aan die kant nog op rolletjes liep, contact opnemen met de architect die vorige week was langsgekomen om metingen te verrichten, zorgen dat geen van Livvy's dieren aan de wandel was gegaan, en genoeg werk aan de schuur verzetten zodat ze hem niet zou verdenken van wat hij op het punt stond te doen.

Sean duwde het schuldgevoel achter een stalen deur in zijn geest en legde er een metaforisch slot op. Hij mocht het niet laten knagen. Zaken waren zaken.

Waar zou Merriweather de volgende aanwijzing hebben gelaten? Ze zou vast niet willen dat iemand het harnas uit elkaar haalde; de vrouw hield te veel van de uiterlijke vertoningen van de familienaam om iets te vernielen dat er zo essentieel voor was.

Sean probeerde de halslijn van het harnas.

Bingo. Daar zat een stuk papier tussen geklemd.

Terwijl hij de blaatgeluiden negeerde van de lammeren buiten de openslaande deuren in de provisorische kraal op het terras, schoof Sean het papier eruit en vouwde het open.

Bovenaan de brief prijkte meer Latijn en Sean kreunde. Engels was al erg genoeg. Als het Latijn niet al een dode taal was, zou hij het zelf wel proberen te vermoorden.

Gelukkig was het slechts één regel Latijn in krulletters in de koptekst van de pagina, daarna volgde Merriweathers precieze handschrift.

Een half uur later luisterde hij hoe zijn tablet het voor de derde keer voorlas.

Bravo, Olivia, dat je de aanwijzingen hebt gevolgd naar dit harnas, gedragen door Henry Martinson III, hem geschonken door koningin Elizabeth I voor zijn diensten. Dankzij deze man werden de landgoederen van Martinson een factor van betekenis. Hij speelde de politieke spelen van die tijd, verloor zijn hoofd niet en zette deze familie op het pad naar grootsheid.

En nu, om je zoektocht te vervolgen, de volgende aanwijzing:

Zijn vader legde de basis van de faam,
Aan Henry III de taak voor een vaste naam,
Het kostte twee vrouwen voor de klus was gedaan
En die zo belangrijke zoon zou ontstaan.
Toen de erfgenaam eindelijk werd geboren,
Liet de heer het diezelfde ochtend horen,
Want zo'n vreugde kon niet worden ontkend
En aan iedereen maakte hij het bekend

> *Op elke manier die hij kon bedenken,*
> *In hout bewaard, om je de akte te schenken.*

Sean staarde naar het scherm; de letters waren even onbegrijpelijk als de aanwijzing. Hout? Moest hij een stuk *hout* vinden? Alsof daar niet genoeg van was in dit huis. Waar moest hij in *hemelsnaam* beginnen met zoeken?

De klap die uit het verblijf van de dieren kwam, was misschien een goed begin.

'Ik hoop dat ik niet stoor, maar jij bent de kleindochter van Merriweather, nietwaar?' De oudere vrouw die tegenover Livvy's tafel in de bibliotheek stond, had een krans van zilveren krullen om haar hoofd, en de glimlach op haar gezicht deed haar fonkelende blauwe ogen oplichten op een manier die Livvy alle reden gaf om te geloven dat de vrouw een vriendin van de Dragonlady was, maar niet waarom. Livvy had er gif op durven innemen dat Merriweather er in haar hele leven nooit zo onbezorgd en gelukkig had uitgezien.

'Eh, ja. Ik ben Olivia — Livvy. Kende je haar?' Ze kon Merriweather niet echt haar grootmoeder noemen, niet terwijl deze vrouw er precies zo uitzag als Livvy altijd had gehoopt dat haar grootmoeder eruit zou zien. Zacht, glimlachend en benaderbaar.

'O, Merri en ik kennen elkaar al heel lang.' De met blauwe aderen getekende handen van de vrouw rustten op de leuning van de stoel tegenover Livvy. 'Mag ik?'

Livvy schoof de stapel boeken opzij waar ze in had zitten kijken. 'Alsjeblieft.'

De vrouw ging zitten. 'Ik ben Dafna Fine. Je grootmoeder en ik speelden een paar keer per maand backgammon.' Ze verstrengelde haar vingers en liet ze op het tafelblad rusten. 'Nou ja, dat zeiden we altijd, maar eigenlijk vonden we het gewoon heerlijk om samen te kletsen.'

'Merri — mijn grootmoeder?' Speelde die vrouw spelletjes? En kletste ze? Vreemd, het beeld dat Livvy altijd van haar had gehad was dat van een vrouw die ofwel met een zuur gezicht rondliep, of bevelen blafte.

'O hemel, ja. Je grootmoeder was ook een uitstekende kaartspeelster.'

Een valsspeelster als Livvy een gokje moest wagen, maar dat zou ze niet hardop zeggen. Eigenlijk wist ze totaal niet wat ze moest zeggen. Ze had Merriweather niet echt gekend. Niet deze kant van haar. 'Ik, eh, neem aan dat je haar mist.'

Dafna's glimlach vervaagde even. 'Dat doe ik. Er zijn er nog maar zo weinig van ons over.'

'Ons?'

'De meiden. Ze heeft ons toch zeker wel eens genoemd?'

Was dit het moment waarop Livvy een gat moest prikken in het opgeblazen beeld dat Dafna had van Merriweathers goedheid als grootmoeder?

Ze kon het niet over haar hart verkrijgen. Niet tegenover die vriendelijke blauwe ogen. 'Ik zag mijn grootmoeder niet zo vaak.' Dat was tenminste de waarheid en vast iets wat 'de meiden' wel zouden weten.

'Ja, dat weet ik. Jammer, maar ja, ze was niet de meest flexibele persoon. Ze was ontzettend gekwetst door je vader. We hebben haar gezegd dat ze het niet op jou moest afreageren, maar Merri had haar trots.'

Merri? Dat was wel een heel misplaatste naam, vond Livvy. En ze was blij dat 'Merri' haar trots had gehad. Livvy had dat niet gehad — en ook niet veel anders — maar zolang Merri de hare maar had...

'Wie zijn de andere meiden?' Livvy stapelde de papieren op. Ze had gevonden wat ze nodig had en het had geen zin om in bitterheid te blijven hangen; daarmee zou 'Merri' winnen, en dat was Livvy niet van plan toe te laten in welk aspect van haar leven dan ook. Met de informatie die ze de afgelopen uren had verzameld, was ze weer een stap dichter bij het verslaan van Merriweather in dit spel.

'Alleen Hetta en ik zijn nog over. Hetta Rothenberger. Ze woont in The Palisades, weet je. Merri heeft de suite speciaal laten schilderen om bij haar huis te passen, omdat Hetta niet wilde verhuizen. Maar toen haar man overleed, tja, toen was het huis te veel voor haar. Dus maakte Merri er een spelletje van. Om te zien in hoeverre we de plek konden laten lijken op Hetta's oude kamers. We glimlachen er nog steeds om, Hetta en ik.'

Dafna knipperde met haar ogen en keek weg, terwijl ze met haar pink over haar ooghoek wreef, terwijl Livvy probeerde te bedenken wat ze moest zeggen. Wat ze moest denken.

Zou haar grootmoeder zoiets hebben gedaan? *Merriweather Martinson*?

Livvy schudde haar hoofd. Het was alsof ze zojuist had ontdekt dat de vrouw die ze al die tijd had gekend, een hersenspinsel was.

Maar die eenzame jaren op kostschool waren geen verbeelding, en die beangstigende reis naar het landgoed als kind ook niet. Of het volkomen gebrek aan contact, warmte en erkenning.

'Moet je mij eens zien.' Dafna lachte. 'Ik word helemaal sentimenteel. Dat is vast het laatste waar je op zit te wachten.' Ze stond op. 'Ik wilde je gewoon even ontmoeten. Merri sprak zelden over je, maar toen we hoorden dat ze je het landgoed had nagelaten, tja, toen wisten Hetta en ik dat ze het niet erg zou vinden als we contact zochten. Ze was een trotse vrouw, je grootmoeder. Maar ze was loyaal.'

Aan wie dan?

Livvy vroeg het niet. Het was niet eerlijk tegenover deze vriendelijke vrouw. *Merri* behoorde tot het verleden en het kon geen kwaad om de olijftak te aanvaarden die Dafna uitstak.

En misschien wist ze wel iets over een van de aanwijzingen.

Livvy schudde de egoïstische gedachte uit haar hoofd. Ze was niet zoals haar grootmoeder, die mensen gebruikte voor wat ze voor haar konden betekenen.

'Zou je — en Hetta natuurlijk — een keer bij mij op het huis willen komen lunchen? Zeg, volgende week woensdag? Om te kijken of er iets is van mijn grootmoeder dat je graag zou willen hebben.'

Dafna's ogen sprankelden nog meer, voor zover dat mogelijk was. 'O hemel, dat is zo lief. Wat attent van je. Hetta komt niet meer zo vaak buiten als vroeger.' Dafna veegde weer langs haar ooghoek. 'Maar dank je wel, Olivia. We zouden heel graag komen.' Ze schoof de stoel onder de tafel. 'Het was me een genoegen. Je grootmoeder zou dat ook vinden.'

Livvy dacht van niet, maar ze glimlachte toch en zwaaide toen Dafna zich nog eens omdraaide bij de balie.

Livvy leunde achterover. *Merri*? Backgammon? Kaarten? Kamers inrichten voor een... *vriendin*? Gedichten en een knappe hulp in de huishouding? Er was een heel andere kant aan de vrouw die ze nooit had gekend.

Die ze nooit had *mogen* kennen.

Livvy gooide haar potlood op de tafel. Precies. Merriweather had meer dan duidelijk gemaakt wie belangrijk voor haar waren. Livvy misgunde Hetta Rothenberger haar geschilderde kamers niet, maar het was voor haar de zoveelste reden om de aanwijzingen te vinden en weg te gaan van deze plek en de herinneringen die ze had moeten hebben maar niet had.

Ze pakte haar papieren en boeken bij elkaar en propte ze in haar tas. Genoeg gepiekerd. Het was tijd om verder te gaan. Haar honden zouden er bijna zijn.

Dat was haar leven. De honden, de dieren en haar bakkerij. Dit korte verblijf op het stamhuis van de familie was simpelweg een middel tot een doel, en geen enkele trip naar het verleden zou haar van haar doelen afhouden.

Niet de doelen van Merriweather, niet het advies van meneer Scanlon, zelfs niet de goedbedoelde suggesties van Dafna Fine.

En hoe erg ze het ook vond om het toe te geven, ook de knappe huishouder niet.

Hoofdstuk 12

'Welkom terug, mevrouw Barnum. De rest van je circus is gearriveerd.' Seans sarcasme deed Livvy glimlachen.

Ze kon er niets aan doen; hij zag er zo ontzettend aantrekkelijk uit als hij uit zijn humeur was.

Natuurlijk zag hij er altijd goed uit. Als hij het mintgroene shirt en de bijpassende broek van de Manley Maids kon dragen en er nog steeds sexy uit kon zien, dan stond alles hem.

Livvy trok haar wenkbrauwen op (tegelijkertijd, verdomme) terwijl ze met de tassen boodschappen en haar tas jongleerde en probeerde de voordeur achter zich dicht te trekken. 'Waar zijn ze?'

Sean pakte de vier boodschappentassen van haar over, waarbij de kracht in zijn armen haar eigen inspanningen bijna lachwekkend maakte — hoewel er absoluut niets lachwekkends was aan zijn armen. Aan geen enkel deel van hem, eigenlijk. De man zag er vanochtend zowaar nog beter uit dan zijn doorweekte versie van gisteravond. Al had ze er niet over geklaagd dat zijn kleren aan dat lijf geplakt zaten.

'Ik heb ze in de hoofdbadkamer van de Roze Kamer gezet. Ik dacht dat ze de tegels toch niet konden vernielen.'

Dat schudde Livvy wakker uit haar door feromonen veroorzaakte roes.

'Heb je mijn honden in een *badkamer* gezet?' Ze liet de riem van haar schouder glijden en wierp haar tas op de tafel in de hal.

'De formele woonkamer was al bezet, mocht je het vergeten zijn. Door een kudde schapen. En een paar amoureuze alpaca's. Wat voer je die twee eigenlijk? Misschien moet je het in flessen verkopen. Je zou waarschijnlijk een fortuin verdienen door de makers van die blauwe pilletjes failliet te laten gaan.'

'Dat is het plan.' Haar libido had helemaal geen gedachten over afrodisiaca nodig, dankjewel. Niet terwijl hij daar zo stond en er *zo* uitzag. Jemig, die broek zat strak genoeg om haar fantasie alle kanten op te sturen. En de manier waarop zijn shirt om zijn borstkas spande...

Wie had er blauwe pillen nodig met Sean in de buurt?

'Het voelt alsof je een fortuin hebt uitgegeven,' zei hij. 'Wat zit hier eigenlijk in?'

'Het avondeten.' En meer zei ze niet, nog steeds in gedachten bij de afrodisiaca.

'O, daarover gesproken. Ik ben er niet. Ik heb, eh, plannen voor vanavond.'

'Plannen?' Hij had *plannen*.

'Ja.'

Plannen die hij niet met haar deelde.

'O.'

'Dus je moet jezelf maar zien te redden.'

Niets nieuws onder de zon.

Livvy weigerde bij *die* fijne gedachte stil te blijven staan en rende naar boven naar de Roze Kamer. Ze kon zich alleen maar voorstellen hoe die arme beestjes zich voelden, zo lang bij haar vandaan, vervoerd achter in een bestelwagen en nu ook nog opgesloten in een badkamer.

Tweeëndertig poten schuifelden koortsachtig over de tegelvloer zodra de honden haar geur opvingen. Toen begon Ringo te blaffen. Paula viel in met haar kenmerkende gehuil als een wolf-in-spe, en daarna begonnen Georgia en John te janken. Toen Davy, Micki, Petra en Mike zich er ook mee bemoeiden, werd het een Beatles-/Monkees-medley in gehuil-mineur.

Nagels belaagden de badkamerdeur toen ze de slaapkamer binnenrende. Daarna belaagden ze *haar* toen ze de deur opende en de bonte verzameling rassen haar ondersteboven liepen.

Het kostte haar ongeveer twintig minuten om ze alle aandacht te geven waar ze naar snakten voordat ze tot rust kwamen, maar Livvy misgunde ze niets. Elk van hen was een asieldier en ze hadden nog steeds verlatingsangst, hoe hard ze ook probeerde dat te verlichten. Ze kon het zich echter goed voorstellen, dus gaf ze hen alle aandacht waarvan ze had gewild dat iemand die aan haar had gegeven.

Sean mocht ze dan haar circus noemen, en Merriweather mocht zich omdraaien in haar graf, maar Livvy vond de chaos die de honden veroorzaakten niet erg. Ze waren haar familie, voor zover ze die had, en ze hield van elk van hen.

Terwijl ze de inmiddels braaf geworden roedel de trap af leidde, beet ze op haar lip bij de blik van afschuw op Seans gezicht.

'Zeg me alsjeblieft dat zij ook in de schuur gaan slapen.'

Ze schudde haar hoofd.

'De keuken?'

'Op die harde vloer? Ben je serieus?'

Hij kreeg dezelfde kleur als zijn shirt. 'Waar dan?'

'Welke kamer heb je hier beneden nog niet schoongemaakt?'

'Ze zijn allemaal schoongemaakt.'

Verdraaid. Ze wilde niet met opzet al zijn harde werk verpesten, maar de honden hadden een slaapplek nodig.

'Mijn kamer.' Natuurlijk, waarom niet? Daar sliepen ze bij de coöperatie ook. Het enige verschil was dat ze nu een kingsize bed deelden in plaats van een tweepersoonsbed. Iedereen won.

Sean schudde alleen maar zijn hoofd. 'Je weet wat ze zeggen over wie met honden naar bed gaat, hè?'

'Mijn honden hebben geen vlooien.'

'Laten we dat zo houden. Het wordt al een hele klus om die woonkamer te ontsmetten.'

Ze pakte haar tas van de haltafel en sloeg de riem over haar schouder, waarbij ze even in elkaar kromp toen het extra gewicht tegen haar ribben sloeg. 'Hoe gaat het in de schuur? Nog iets interessants in de dozen?'

'Het schiet op. Langzaam. Veel servies, prullaria, linnen... Tot nu toe is er genoeg om de helft van de slaapkamers in dit huis opnieuw in te richten en er is misschien genoeg meubilair om de bijtspeeltjes van de geiten te vervangen. Ik heb tot nu toe net genoeg ruimte vrijgemaakt voor de alpaca's. Met de manier waarop Rhett achter Scarlett aan zit, denk ik niet dat hij zal klagen dat ze een kamer voor zichzelf krijgen. Ik in elk geval niet.'

Livvy kon het niet helpen; ze lachte om Seans ontevreden blik. Maar ze moest het de man nageven; hij hield zich kranig voor iemand die geen dierenliefhebber was.

Sean trok zijn wenkbrauw op die tergend sexy manier van hem, maar daardoor moest ze alleen maar harder lachen. Wat precies was wat ze nodig had om het overweldigende bewustzijn van zijn nabijheid te doorbreken.

Livvy bukte zich en tilde Georgia op, de kruising met een mopshond, een duidelijke afleidingsmanoeuvre voor waar haar gedachten niet heen mochten gaan. Ze was zich veel te bewust van de man. 'Ik heb, eh, een interessante dag gehad.'

'O ja?' Sean stak zijn hand uit. 'Hier, laat mij dat voor je dragen.'

Ze aarzelde even, maar wilde Georgia toen overhandigen. Als de man erom vroeg—

'Niet de hond, Livvy. Je tas. De hond mag je houden.'

'O. Juist.' Ze schudde Georgia een beetje heen en weer — die haar ongenoegen uitte met een zware ademhaling, zoals ze altijd deed bij elke vorm van beweging — en wurmde de tas van haar schouder.

Sean slingerde hem over de zijne en liep richting de studeerkamer. 'Nog succes gehad?'

'Ja, eigenlijk wel. Het Latijn was een officieel document, voor zover ik kon nagaan. Een kopie, natuurlijk. Ik weet zeker dat Merriweather het origineel in een luchtdichte kluis heeft liggen.'

'Wat stond erin?'

Tot zijn eer zei hij niets toen hij opzijstapte om haar voor te laten gaan en de honden als eerste naar binnen renden, waar hondenharen al snel de gepolijste leren Chesterfield-bank ontsierden. Hij kreunde echter wel toen Davy bij zijn tweede poging om op de oorfauteuil te springen een van de koperen spijkers loswerkte. De dwergpoedel keek zeer tevreden met zichzelf terwijl hij zich oprolde en gromde zelfs even naar Petra, zijn favoriet, toen ze dichterbij kwam en aan zijn oor likte.

Livvy tikte op de onderlegger op het bureau terwijl ze eromheen liep om Georgia in de directiestoel erachter te zetten. 'Je kunt de tas hier neerzetten. Ik zal je laten zien wat ik heb gevonden.'

De honden gedroegen zich terwijl Livvy haar ruwe vertaling uitlegde en de kopieën van soortgelijke documenten liet zien die ze had gevonden. Ze haalde het briefje van Merriweather tevoorschijn. 'Ik denk dat deze laatste regel de aanwijzing is. *Een beloning die nog overeind staat.* Behalve dit huis kan ik maar één ding bedenken dat ze zou kunnen bedoelen en dat te maken heeft met adel en trouwe dienst.'

Seans gezicht was zo dicht bij het hare terwijl ze samen de papieren bestudeerden dat ze, als ze opkeek, alleen maar een paar centimeter voorover hoefde te leunen om hun lippen elkaar te laten raken.

De verleiding was bijna te groot.

Dat gold ook voor de steek in haar buik toen hij *inderdaad* zijn hoofd ophief en die blauwe ogen de hare vasthielden.

En toen die ogen naar haar lippen gleden, nou, Livvy kon niet echt zeggen wat er daarna gebeurde.

Want op de een of andere manier rustten haar lippen op de zijne en zaten haar handen in zijn haar en, o god, het voelde allemaal goddelijk aan.

'Livvy.' De schorre manier waarop Sean haar naam uitsprak, zorgde er alleen maar voor dat ze hem nog meer wilde kussen.

Maar toen besefte ze dat *zij hem* kuste. *Hij* kuste haar niet terug.

O god.

Livvy trok zich terug en draaide zich om, greep Georgia en daarna de papieren, zoekend naar iets, *iets*, een excuus om deze kamer en deze situatie te verlaten zonder zichzelf nog meer voor schut te zetten dan ze al had gedaan. O god, wat had ze gedacht?

'Livvy.'

Hij was er nog steeds. Achter haar. Naast het bureau.

Binnen kusafstand.

Ze was nog nooit van haar leven zo beschaamd geweest. Hij had *plannen*. Waarschijnlijk met een andere vrouw die meer recht had om hem te kussen dan zij. Niet dat zij enig recht had, maar—

'Livvy.'

O god. Haar schouders zakten naar beneden en Georgia snoof.

Livvy zette de hond terug in de stoel en haalde diep adem. Ze wilde zich niet omdraaien.

'Kijk me aan, Livvy.'

'Moet dat?' mompelde ze.

Sean lachte. 'Ja. Dat moet.'

Die lach was dwingender dan welke ruk aan haar schouder ook zou zijn geweest; de blik in zijn ogen was dat nog meer.

'Ik denk niet dat dit een goed idee is, Livvy.'

'Niet?' O, god, niet gaan smeken. Hij had *plannen*.

Sean schudde zijn hoofd. 'Nee. Je bent mijn baas. We wonen onder hetzelfde dak. Het zou ingewikkeld kunnen worden.'

De stem van het verstand. Godzijdank had *hij* er een.

Ze haalde rillerig adem en deed hard haar best voor de glimlach die ze op haar gezicht plakte. 'Je hebt gelijk. Het spijt me. Ik had je niet in die positie mogen brengen—'

Zijn vinger bracht haar lippen tot zwijgen. 'Wacht even. Ik denk dat je het verkeerd begrijpt.'

'O ja?'

Verdraaid, hij haalde zijn vinger weg. Maar dat was waarschijnlijk maar het beste.

En toen streelden zijn vingertoppen haar wang. Nee, *dat* was het beste.

'Ja, echt. Ik zei niet dat ik je niet wilde kussen; alleen dat het waarschijnlijk geen goed idee is. Op een andere tijd, een andere plaats, in elke andere situatie dan deze, o ja. Dan zou ik er helemaal voor gaan.' Zijn ogen vernauwden zich en Livvy rilde — en het was niet van schaamte. 'Dan zou ik helemaal voor *jou* gaan.'

Nou, dat was pas een manier om ervoor te zorgen dat ze deze kamer uit kon lopen — niet dus. Wat moest ze daarop zeggen? En hoe zat het met zijn *plannen*?

Sean scheen niet te verwachten dat ze iets zei. 'Ik laat je alleen met wat je ook moet doen met je aanwijzingen, en dan verhuis ik Rhett en Scarlett naar hun nieuwe suite. Ik zou aanbieden om te koken, maar ik weet niet wat de helft van die spullen is die je hebt gekocht, dus dat laat ik aan jou over, oké?'

Ze knikte, nog steeds niet in staat om op haar eigen stem te vertrouwen — nou ja, ze vertrouwde erop dat ze zichzelf niet nog verder voor schut zou zetten als ze sprak.

'Goed. Ik zie je later wel.'

Hij was zeker welkom om dat te proberen — tenminste, als hij geen *plannen* had.

Toch... ze volgde elke stap die hij zette terwijl hij wegliep.

•   •   •

Sean vervloekte zichzelf, deze situatie, Merriweather, Livvy, de stomme schapen en bovenal de geile Rhett terwijl hij de herrieschopper naar de schuur leidde. Dit hele gedoe kon niet meer in de soep lopen.

Hij vond haar leuk. Hij vond Livvy *leuk*. Zelfs met haar kisten en haar zigeunerkleding, haar vreemde eetgewoonten en haar dieren, vond hij haar leuk.

De vrouw had pit. Ze was volhardend. Ze had doelen. Ze was gedreven, vindingrijk en ze was ontzettend sexy.

En ze was de vijand.

Vervloekte Merriweather omdat ze hen tegen elkaar had uitgespeeld.

Vervloekt was ook zijn budget, dat niet toereikend was om het juiste te doen voor zowel haar als zijn broers, en vervloekt was zijn ego omdat hij had besloten dat *dit* het project was waarmee hij zijn naam zou vestigen. Hij had te veel in dit project geïnvesteerd om het te verliezen.

Maar de haaien cirkelden al rond haar heen, zich afvragend of Livvy zou gaan verkopen. Hij had vandaag al zes telefonische biedingen moeten afslaan; hij vroeg zich af hoeveel Scanlon er op kantoor kreeg.

God sta hem bij als Livvy de bedragen hoorde die mensen boden. Er was geen enkele manier waarop hij kon concurreren, tenzij hij meer investeerders aantrok, zijn visie voor het landgoed bijstelde of de prognoses verlaagde die hij zijn broers had gegeven bij het voorstellen van deze deal. Dus of zij zouden minder verdienen, of Livvy. Wat een rotkeuze.

De alpaca snoof en trok aan het geïmproviseerde halster dat Sean had geknutseld.

'Niet nu, Rhett. Ik heb het al lastig genoeg zonder dat jij ook nog moeilijk gaat doen.' Zijn geweten deed dat namelijk al genoeg, want de enige manier waarop hij zijn bedrijf en het geld van zijn broers kon redden, was door het enige te doen wat geen probleem was geweest voordat hij haar had ontmoet, maar wat nu tegen zijn gevoel indruiste: Livvy's geboorterecht onder haar neus vandaan grissen.

Hoofdstuk 13

'Je ziet er verschrikkelijk mooi uit in het groen, Bryan. Het past bij je ogen.'
Sean kon het niet laten om zijn broer te plagen, de enige van hen die zich niet
had omgekleed voor het diner met Gran, terwijl ze wachtten in de gemeen-
schappelijke ruimte van het verzorgingstehuis waar ze nu woonde.

'Niet doordrijven, Scene.'

Bryan plaagde Sean al hun hele leven met de spelling van zijn naam. Alsof
het *zijn* keuze was geweest om zo'n vreemde spelling te hebben. Dat, en de
dyslexie die het leren spellen van die naam tot een grotere uitdaging had
gemaakt dan het had hoeven zijn.

'Serieus. Hoe verwacht Mac dat we onszelf *Manley Maids* noemen als we
de meest *on*mannelijke broeken in de geschiedenis van werkkleding dragen?'
Bryan pakte het nieuwste exemplaar van *People* van een bijzettafeltje en
bladerde erdoorheen. 'Zie je?' Hij hield het tijdschrift omhoog. 'Kijk, *dat* is pas
een werkpak.'

Het was een foto uit zijn laatste film waarop bommen achter hem ontplof-
ten, hij een geweer in elke hand had en aan elke arm een vrouw hing. Vrouwen
in bikini.

'Hé, ik ben er helemaal voor om Mac het geld te geven voor nieuwe uniformen.' Liam sloeg Sean op zijn schouder toen hij arriveerde. 'Ik voel me net een
verdomd grietje in deze kleren.'

'We zouden er ook bij kunnen zingen als een grietje,' zei Sean, terwijl hij de boel daarbeneden even rechtrok. 'Wie heeft die dingen in godsnaam ontworpen?'

'Dat heb ik gedaan.'

De drie broers hielden onmiddellijk hun mond toen hun grootmoeder de wachtruimte binnenkwam. 'Ik begrijp dat er een probleem is?'

Sean voelde zich nog geen tien centimeter groot. Een ander deel van hem voelde zich ook zo na acht uur in het uniform te hebben doorgebracht *dat zijn grootmoeder had ontworpen.* "Het spijt me, Gran. We wisten niet—'

'Dat besef ik, Sean. Ik weet dat jullie me nooit opzettelijk zouden kwetsen.' Ze raakte Bryans arm aan en hij boog voorover om haar op haar wang te kussen.

Sean schrok ervan hoe ver Bry *moest* bukken. Gran leek steeds kleiner te worden naarmate zij groter werden, maar hij had dat altijd toegeschreven aan het feit dat zij zo snel groeiden. Maar nu ze allemaal boven de een meter zevenentachtig waren — en vermoedelijk uitgegroeid — kromp ze nog steeds.

Het hielp niet dat dit nieuwe tehuis haar in het niet deed vallen. Hij had nooit gedacht dat ze het huis in Cape Cod-stijl zou verlaten, dat eigenlijk te klein was geweest voor drie onstuimige jongens en het kleine zusje dat wanhopig probeerde hen bij te houden. Gran had haar kleine oude huis, waar Mac nog steeds woonde, bestuurd met zulke strikte regels en vurige liefde dat ze groter leek dan ze in werkelijkheid was. Maar nu...

Gran werd oud. Sean hapte naar adem. Zij was de enige constante factor in hun leven geweest nadat hun ouders om het leven waren gekomen bij het auto-ongeluk. Hij wist niet wat er van hen vieren was geworden als zij er niet was geweest. Hun beide ouders waren enig kind, dus Gran was hun enige familielid. Hij wilde er niet aan denken dat ze er op een dag niet meer zou zijn, maar nu hij haar hier zag, zo klein en broos, kon hij de gedachte niet onderdrukken.

'Zeggen jullie me dus maar wat er moet gebeuren, dan werk ik aan een nieuw ontwerp.'

Sean durfde zijn broers niet aan te kijken. Hij was niet van plan om de *inhoud van zijn broek* met zijn grootmoeder te bespreken.

'Ze zitten een beetje, eh, strak, Gran,' zei Bryan. Die vent was altijd al ongevoelig voor angst geweest, wat hem de ballen had gegeven om naar Hollywood te gaan en het in de filmwereld te proberen. Het was maar goed dat hij toen dit uniform niet had gedragen, anders waren die ballen misschien niet zo groot geweest.

'Strak, hoe bedoel je?' vroeg Gran terwijl ze hen voorging door de gang naar de privé-eetkamer.

'Nou ja, Gran, gewoon *strak*.' Bryan knikte naar de bewoners die ze passeerden. Dit was waarschijnlijk de enige plek waar een filmster naartoe kon gaan zonder te worden aangevallen door schreeuwende hordes fans.

Gran bleef even staan zodat Liam de deur van de eetkamer voor haar kon openen; de manieren die ze hen had bijgebracht waren inmiddels een tweede natuur geworden. Niet dat dat de enige reden was waarom ze de deur voor haar zouden openhouden; ze zouden alles doen voor Gran. Zij had hun gezin bij elkaar gehouden, en niets was belangrijker dan familie.

De arme Livvy had helemaal niemand gehad.

Sean wilde een kreun onderdrukken. Hij moest nu niet aan haar denken. Nooit niet. Hij *wilde* niet aan haar denken. Hij *wilde* haar niet willen. En hij wilde *zeker* geen medelijden met haar hebben. Dat kon hij zich niet veroorloven. Hij moest het landgoed van haar krijgen; er was geen andere keuze. Hij had te veel geïnvesteerd om nu op te geven. Livvy had al die tijd zonder de Martinsons geleefd; ze zou niets anders verliezen dan het geld.

Hij zou een soort vergoeding voor haar regelen. Misschien kon hij haar zelfs een percentage van de opbrengst van het resort geven. Van zijn deel, natuurlijk.

Ja, dat zou hij doen. Hij zou ervoor zorgen dat ze zich nooit meer zorgen hoefde te maken over een dak boven haar hoofd of eten voor haar dierentuin.

'Sean, breng jij de kip naar de tafel. Liam, de aardappelen. En Bryan, jij mag de wijn inschenken. Maar niet van die Hollywood-glazen die je gewend bent. Ik wil niet dat een van jullie jongens dronken wordt.'

'Ja, mevrouw.' Bryan rolde met zijn ogen naar hen. Die ene fles wijn van Gran zou hun nuchterheid niet eens in gevaar brengen.

'En rol niet zo met je ogen naar me, jongeman. Je denkt misschien dat je alles weet omdat je een grote filmster bent, maar ik kan nog steeds de roede over je billen halen als je naast je schoenen gaat lopen.'

'Dat is precies wat ik probeer te zeggen, Gran.' Bryan zette het glas voor haar neer. Halfvol, zoals zij passend vond. 'Ik *loop* al naast mijn schoenen met die broek.'

'Bryan Matthew Manley, er is geen enkele reden om platvloers te worden.'

Sean spuugde bijna zijn wijn uit. Had Gran de seksuele ondertoon van Bry begrepen? Sinds wanneer?

Liam zag er ook uit alsof hij op het punt stond te stikken.

Bryan keek ronduit verbijsterd. 'Ik... ik bedoelde niet...'

Sean wenste dat hij even vrijuit kon ademen, want hij zou Bryan heel hard hebben uitgelachen om zijn gezichtsuitdrukking. In plaats daarvan trok hij zijn telefoon en maakte een foto.

'Waar was dat in godsnaam goed voor?' vroeg Bry, die zich snel genoeg herstelde. Maar dat deed hij altijd zodra er een camera in de buurt was.

'Een verzekering. Tegen armoede,' antwoordde Sean terwijl hij aan tafel ging zitten. 'Ik weet zeker dat een of ander tijdschrift daar bakken met geld voor zou neerleggen.'

'Sean Patrick Manley, hou op met je broer te plagen,' zei Gran met een stem die hij zich nog maar al te goed herinnerde uit zijn tienertijd. 'Geef mij die telefoon.'

'Och, Gran—'

'De telefoon.' Ze wiebelde met haar vingers.

Zuchtend gaf Sean de telefoon aan Liam, die hem in de handpalm van Gran legde.

'Bryan is je broer; jullie moeten elkaar steunen. Ik sta niet toe dat je zijn carrière saboteert.' Ze draaide de telefoon om en tuurde naar het scherm. 'Hoe verwijder ik die foto nu?'

Liam stak zijn hand uit. 'Hier, Gran, laat mij maar—'

'Oh, hier is het.' Gran drukte op een knop voordat Liam de telefoon kon terugpakken. 'Zo. Allemaal weg.'

'*Allemaal*?' Sean keek Liam aan. 'Zeg me alsjeblieft niet dat ze ze *allemaal* heeft verwijderd.'

Liam stak zijn hand uit. 'Gran.'

Gran snoof. 'Ik mag dan vierentachtig zijn, maar ik ben niet seniel, jongens. Ik heb heus wel eens eerder een telefoon bediend.'

'Wanneer dan?' Sean voelde zich iets beter. Veel seniorencentra hadden elektronica; godzijdank was Gran er niet helemaal onbekend mee.

'Toen de kleinzoon van Mildred op bezoek kwam. Hij heeft me laten zien hoe ik een foto van hen tweeën moest maken. Hij is heel mooi geworden ook.' Ze keek nogal tevreden met zichzelf.

Het had Sean gerust moeten stellen, maar Liam keek bezorgd.

'Eh, Sean?' Lee hield de telefoon omhoog. 'Sorry, broer, maar ze zijn weg. Was het iets belangrijks?'

De aanwijzing. Ze had de aanwijzing gewist. Hij had zijn broers willen vragen wat zij dachten dat het betekende, maar nu was de foto weg en hij had zijn tablet op het landgoed laten liggen.

'Nee. Niet echt.' Het had geen zin om Gran een rotgevoel te bezorgen. Ze had het niet met opzet gedaan. 'Gewoon wat foto's van het landgoed. Ik wilde jullie laten zien waarin jullie geïnvesteerd hebben.'

'Ah, ja. Mary-Alice Catherine noemde al iets over een huis dat je wilde kopen. Ik had niet beseft dat het om het landgoed van de Martinsons ging. Hoe staat het daarmee?' Gran hield haar hand op zodat hij zijn bord aan haar kon geven.

'Het komt eraan.' Verkeerde woordkeuze.

'Eraan, hoezo?' Liam keek hem aan over de rand van zijn wijnglas. 'Ik dacht dat je zei dat er misschien complicaties waren.'

'Daar werk ik aan.'

'Wat voor complicaties?' Bryan leunde naar voren.

Sean trok een gezicht terwijl hij de moed verzamelde om zijn broers te vertellen hoe de zaken er werkelijk voor stonden. 'Merriweather heeft een spaak in het wiel gestoken.' Hij vertelde hen over de aanspraak van Livvy op het eigendom.

'Krijg de tering.' Bry smeet zijn servet op tafel.

'Let op je taalgebruik, Bryan.' Gran hield niet eens op met het opscheppen van de kip op Seans bord. Ze verhief haar stem ook niet. Dat hoefde ze nooit. Eén zijdelingse blik of een *foei toch* van Gran hield hen sneller in het gareel dan welke roede dan ook waarmee ze ooit had gedreigd.

'Sorry.' Bry griste zijn servet weer op en legde het op zijn schoot. 'Wat ga je doen, Sean?'

Dat was de vraag.

'Zoals ik het zie, heb ik drie opties. Eén: zorgen dat Livvy faalt zodat de verkoop volgens plan kan doorgaan. Twee: ik wilde jullie vragen of jullie het verschil willen bijleggen. Tegen een passend rendement op de investering, natuurlijk.'

'Dus dan zou jij de minderheidspartner worden?' vroeg Liam.

Sean knikte en nam zijn bord van Gran aan. 'Natuurlijk niet wat ik voor ogen had toen ik dit plande, maar we kunnen de voorwaarden uitwerken en dan koop ik jullie geleidelijk aan weer uit. Als jullie het geld kunnen voorschieten, is dat mijn tweede optie. De derde zou zijn om externe investeerders aan te trekken, maar dat zal ieders winstaandeel verwateren.'

'Die optie vervalt.' Liam wreef over zijn kin. 'Dit moet een project van de Manley Brothers zijn. Als we er iemand anders bij halen, verliezen we die voorsprong, zowel wat betreft de zeggenschap als de publiciteit.'

'Maar je hebt Bryan,' zei Gran, terwijl ze haar hand uitstak voor het bord van Bryan. 'Hij is de beste publiciteit die je je kunt wensen.'

'Dat gaat niet, Gran.' Bryan gaf haar zijn bord. 'Ik ben de stille vennoot. Ik heb niet de achtergrond die deze twee hebben voor dit soort zaken. Als we mijn gezicht overal op gaan plakken, wordt het een circus. De media zijn geweldig totdat ze dat niet meer zijn. En zelfs als dat geen probleem was: Sean heeft al alles wat ik momenteel kan missen.'

'En je hebt mijn vrije kapitaal ook al, Sean,' zei Liam. 'Ik heb nog steeds werkkapitaal nodig voor mijn bedrijf. Meer is er niet.'

Dat was het dus. Hij moest zorgen dat zij faalde, anders zou hijzelf ten onder gaan.

'Ik weet zeker dat je wel iets bedenkt zodat iedereen krijgt wat hij wil,' zei Gran met het vertrouwen in hem dat ze altijd al had gehad. 'Inclusief Olivia. Het is immers haar geboorterecht. Je zult haar eerlijk moeten behandelen; geen misbruik van de situatie maken. Er zijn al te veel mensen in die familie die haar dat hebben aangedaan.' De glimlach van Gran verborg de waarschuwing achter haar woorden niet: *Steel niet van Olivia.*

'Je zult doen wat juist is, Sean. Dat weet ik zeker. Zo heb ik je opgevoed en dat is het soort man dat je bent. Onthoud wat ik altijd heb gezegd: eerlijk duurt het langst. Je kunt je broers altijd hun geld teruggeven en het hele plan vergeten.'

Vergeten? Zijn hele levensplan? Zijn toekomst? Zijn bedrijf? Dit was het *pièce de résistance* van wat hij probeerde op te bouwen. Dit was het pand dat hem op de kaart zou zetten en hem in de hoogste divisie zou laten meespelen, het bewijs dat hij het in zich had om te slagen. En zij wilde dat hij het *vergat*?

Verdorie. Het was al niet erg genoeg dat hij zichzelf onder druk zette, of dat Livvy hem onbewust een enorme last bezorgde door simpelweg te bestaan, of dat de verwachtingen van zijn broers hun eigen stress met zich meebrachten, maar nu kwam zijn grootmoeder ook nog met haar eigen verwachtingen op de proppen.

Het enige wat hij wilde doen was het pand kopen, het bouwteam aan het werk zetten en over tien maanden de deuren openen. Was dat werkelijk te veel gevraagd?

'Zo.' Gran glimlachte op een andere manier naar hem. Deze glimlach herkende hij. Het betekende dat ze haar zin had gekregen en dat alles in haar wereld weer goed was.

Vertaalde dat zich maar naar de zijne.

'Heeft Olivia al haar peperbrood voor je gebakken?' Ze gaf Liam zijn bord. 'Het is heerlijk. Mildred nam wat mee bij haar laatste bezoek. Volgens mij ligt er nog wat in de broodtrommel. Als jij het even wilt pakken, Liam.'

Het was geen verzoek.

Liam bracht het gesneden brood naar de tafel. Sean keek ernaar. Op een goede dag zou hij het al niet kunnen eten — pepers hoorden niet in brood thuis, maar op een burger — en vandaag kon hij het al helemaal niet aan. 'Bedankt, Gran, maar ik—'

'Probeer het nou maar. 'Je' Olivia werkt hard aan haar zaak. Het minste wat je kunt doen is het proberen.'

Zeker als hij van plan was haar erfenis onder haar neus vandaan te stelen. De woorden werden niet uitgesproken, maar dat hoefde ook niet. Zijn geweten schreeuwde ze van de daken.

Hij nam een hap. Zijn broers ook.

Verdomme. Die vrouw kon koken.

'Het is lekker.' Bryan nam nog een snee.

Gran gaf hem een tik op zijn vingers. 'Niet zo graaien, Bryan. Gedraag je je ook zo op de etentjes van die meneer Spielberg?'

Bryan trok een wenkbrauw op. 'Geen idee, Gran. Als ik er ooit een bezoek, zal ik het je laten weten.'

Ze gaf hem weer een tik op zijn vingers. 'Fout antwoord, jongeman. Wees niet brutaal tegen me.'

'Ja, mevrouw.'

Sean beet op zijn lip. Hier zaten ze dan, allemaal boven de dertig, en Gran behandelde hen alsof ze drie waren.

Hij zou het niet anders willen. Goddank voor familie.

Iets wat Livvy niet had.

Jezus. Hij moest ophouden met aan haar te denken en aan haar leven en wat ze wel en niet had. Dit project legde al genoeg druk op hem; Livvy en dat hele dilemma maakten het alleen maar zwaarder.

Bij nader inzien nam hij toch maar dat glas wijn.

'En hoe gaat het met jullie opdrachten, jongens?' Gran serveerde zichzelf eindelijk de best ruikende rozemarijnkip die Sean ooit had geroken, haar specialiteit en een herinnering aan thuis.

'Hoe het *gaat*?' Bryans vork kletterde op zijn bord. 'Ik heb serieus geen idee waarom mensen zich voortplanten. Je zou die vijf kinderen eens moeten zien. Ik heb de boel net schoon en netjes, en tegen de tijd dat ik de laatste kamer klaar heb, kan ik weer van voren af aan beginnen. Het is alsof elk kind zijn eigen tornado is. En dan ook nog omgekeerd evenredig met hun grootte. Die kleine... *pff*. Zij kan een ravage aanrichten van epische proporties.'

'Ze heeft verdriet, Bryan. Ze reageert zich af. Heb geduld.' Gran keek naar Sean en Liam. 'Haar vader was de piloot van dat vliegtuigongeluk van een paar jaar geleden. Triest.'

Bry nam nog een snee brood. 'Ik weet *precies* wat zij voelt, Gran.'

Dat wisten ze allemaal. Alleen Mac was niet oud genoeg geweest om zich die vreselijke dag te herinneren waarop ze het nieuws over hun ouders hadden gekregen.

'Ik weet dat je dat weet.' Gran kneep in Bry's hand. 'Liam? Hoe is het met Cassidy?'

Liam schudde zijn hoofd. 'Het is Cassidy.'

Er was in de stad maar één *Cassidy* die men kon bedoelen als men 'Cassidy' zei.

Cassidy Davenport: de verwende societydochter van de lokale versie van Donald Trump.

'Nou, Liam, beoordeel haar niet op wat iedereen over haar zegt. Ik bedoel, kijk naar Bryan. Denk je echt dat alles wat ze over hem geschreven hebben waar is? Hij heeft echt niet met al die vrouwen gedatet.'

Sean en Liam keken Bryan niet aan. Want dat had hij wel. Bry genoot absoluut van de vruchten van zijn arbeid.

'Maak je geen zorgen, Gran. Ik laat Cassidy zichzelf bewijzen.' Liam wierp Sean een blik toe en trok zijn wenkbrauw op.

Sean schoof nog een hap aardappelen naar binnen om niet in lachen uit te barsten. De arme Cassidy was haar eigen graf aan het graven alleen al door te ademen. Liam had een bittere breuk achter de rug met een vrouw zoals zij, die alleen maar dollartekens had gezien als ze naar hem keek en die niet goed kon omgaan met de realiteit dat Liams bankrekening niet overeenkwam met die van haar vader. Hij was er in het begin kapot van geweest, en het had hen alle drie geschokt.

'Goed zo. Dat doet me goed om te horen.' Gran zwaaide met haar glas voor nog een klein beetje wijn.

Sean verslikte zich bijna in een volgende portie aardappelen. Gran dronk *nooit* twee glazen wijn. Hij gaf Liam de fles. 'Gaat het wel goed met u, Gran?'

'Ik voel me prima, waarom vraag je dat?'

'Geen reden.' Hij was *niet* van plan haar ervan te beschuldigen dat ze te veel dronk. Zij had hem op de middelbare school meer dan eens betrapt met bier dat hij eigenlijk niet had mogen kopen. Ze had zijn valse identiteitsbewijs echter nooit gevonden, godzijdank. Dat had hem de vier jaar dat hij het gebruikte goed gediend.

'Ik hoorde dat het landgoed vanbinnen prachtig is.' Gran schepte nog een portie op zijn bord.

Als je niet maalde om vogelveren en alpacasperma. Serieus, hij had Rhett vanmiddag *weer* in de stal betrapt op een poging, zodra hij zijn rug had toegekeerd.

Geluksvogel.

'Dat is het ook, Gran. Ik zou je er op een dag mee naartoe kunnen nemen.' Wanneer het echt en officieel van hem was.

'Prachtig. Wat dacht je van aanstaande woensdag?'

Sean verslikte zich in zijn aardappelpuree. 'Woensdag?' Hij had zelf meer gedacht aan volgend jaar, wanneer de zaak eenmaal draaide. En echt van hem was. Hij wilde de eigenaar zijn voordat hij haar daarheen bracht. Hij wilde dat ze trots op hem zou zijn. Het vertrouwen dat ze in hem had, bewijzen. Ze had hem altijd verteld dat hij alles kon bereiken wat hij wilde. Gezien het feit dat hij was opgegroeid met het idee dat zijn hersens niet goed werkten, had haar vertrouwen veel voor hem betekend. Ja, er stond bij dit project veel meer op het spel dan alleen geld.

'Ja, woensdag. Dan gaan Hetta en Dafna ook. We kunnen er een groeps-uitstapje van maken.'

'Hetta? Dafna?'

'De vriendinnen van Merriweather. Hetta woont hier aan de overkant van de gang, en Dafna komt de hele tijd langs. We zijn heel bevriend geraakt.'

'Waarom gaan die vrouwen naar het landgoed?'

'Olivia heeft ze alles aangeboden wat ze maar uit het huis willen hebben. Is dat niet gul? Het is zo'n lieve meid, die Olivia. Ik begrijp niet waarom haar grootmoeder dat nooit heeft ingezien.'

Omdat haar grootmoeder een koppige, bevooroordeelde oude feeks was die er niet om gaf wie ze met haar loze beloften kwetste.

En nu kreeg hij te maken met drie *andere* senioren met hun eigen agenda, want Livvy *kon* die vrouwen helemaal niet alles geven wat ze van het landgoed wilden hebben. Wat als er ergens een aanwijzing in zat?

Sean vloekte binnensmonds. Hij moest haar echt voor zijn en uitzoeken waar de volgende aanwijzing was, want nu Gran die laatste van zijn telefoon had gewist, bevond hij zich weer op hetzelfde startpunt als Livvy.

'En wat denk je van ruilen, Sean?' vroeg Bryan.

Sean schudde zijn hoofd en keek op. Zijn grootmoeder en broers staarden hem aan. 'Sorry, wat zei je?'

'Je opdrachtgeefster. Ze moet wel een lekker ding zijn als je ons er nog niets over verteld hebt,' zei Bry met zijn bijdehandte grijns die de media *vurig* noemden, maar die Sean gewoon *irritant* vond. 'Ik denk dat ik haar maar eens moet gaan bekijken als jij haar niet al geclaimd hebt. Misschien kunnen we van baan ruilen.'

Sean hield zich in om hem niet zijn middelvinger te tonen, alleen omdat Gran aan tafel zat. 'Je hebt je eigen cliënte om je zorgen over te maken.'

'En ze is heel charmant als ik het me goed herinner uit de krant,' zei Gran.

Bryan haalde zijn schouders op. 'Ja, ze is knap, maar ze heeft vijf kinderen. Niets verpest de aantrekkelijkheid van een vrouw sneller dan een stel kinderen om haar heen.'

'Ah-hum.' Gran schraapte haar keel.

Lekker bezig, idioot, Sean wilde hem een schop onder de tafel geven. Gran had jarenlang een stel kinderen om zich heen gehad en voor zover zij wisten had ze nooit meer gedatet. Misschien was dat niet haar eigen keuze geweest.

De blik van Liam zei alles wat Sean dacht. En meer.

Bryan zag lijkbleek. 'Ik, eh, sorry, Gran. Ik, eh—'

Gran stak haar hand op. Zo'n kleine beweging. Zo'n klein handje. En toch zo effectief. De drie keken haar aan.

'Ik heb je beter opgevoed dan dat, Bryan Matthew. Die vrouw heeft iemand veel te bieden, en die kinderen zijn zegeningen. Je zou van geluk mogen spreken als ze er zelfs maar over *denkt* om met je uit te gaan. Met dat soort opmerkingen verdien je haar niet eens.'

Bryan kromp ineen. Gran nam geen blad voor de mond als ze ongelijk hadden en deze keer was dat niet anders. Bry moest die vrouw ook niet zo afvallen. Het was niet alsof ze ervoor had gekozen dat haar man zou omkomen bij een vliegtuigongeluk en haar alleen zou laten met de zorg voor al die kinderen.

Net zoals het niet Livvy's schuld was dat haar grootmoeder hen tegen elkaar uitspeelde.

Verdomme. Als Gran de opgeblazen zelfingenomenheid van Bry al met één handgebaar en één opmerking kon doen wegsmelten, dan zou ze haar hart kunnen ophalen als hij de zoektocht van Livvy saboteerde.

Woensdag beloofde een gedenkwaardige dag te worden.

Hoofdstuk 14

Livvy tikte met de gum van haar potlood tegen Merriweathers laatste grap, eh, aanwijzing, terwijl ze aan het kookeiland in de keuken zat. *Hout.* De vrouw wilde dat ze een stuk hout vond. Als dat geen speld in de hooiberg van dit mausoleum was, dan wist ze het ook niet meer. Het huis was *gemaakt* van hout. Consoles, lateien, schouwen... zoveel houten elementen dat ze niet wist waar ze als eerste moest gaan zoeken.

Ze was al sinds zes uur in de weer om de menagerie te verzorgen, nadat ze de snurkende roedel van haar bed had geduwd. Ze had ze gisteravond eigenlijk moeten verbannen; ze hadden tijdens hun slaap geklonken als een koor van misthoorns en ze was er vroeg wakker door geworden.

Ze had een stijve nek en Georgia, de kussendief, was de schuldige. En haar *echte* varken had daar aanstoot aan genomen. Hij was degene geweest die haar kussen had teruggejat bij de coöperatie, dus toen hij vanochtend aan haar hand snuffelde, had hij zijn snuit opgehaald en maakte hij zowat een pirouette op zijn hoeven voordat hij naar zijn extra grote hondenkussen paradeerde om haar boos aan te staren terwijl ze zijn trog vulde. Ze had drie appels nodig gehad om hem over te halen om te komen eten.

God, wat een deerniswekkende getuigenis van haar liefdesleven. Vergeet slapen met vlooien; wat zei het over haar dat ze met een varken sliep?

Ze nam nog een hap van haar eiwitomelet met asperges en zongedroogde tomaten met een klodder zelfgemaakte pesto erop, voordat ze aan de tweede ronde van deze zinloze zoektocht begon. Hmmm, misschien moest ze Calliope en Callista erbij betrekken. Nee, Sean zou een rolberoerte krijgen als hun veren overal verspreid lagen.

Sean.

Haar wangen werden warm bij de gedachte aan wat er gisteren in de werkkamer was gebeurd. De rest van haar lichaam ook, en Livvy kon het niet over haar hart verkrijgen om er spijt van te hebben.

Ze had er echter wel spijt van dat ze gisteravond had liggen luisteren of hij al thuiskwam.

Nee. Niet *thuis*. Hij was *teruggekomen*. Dit was voor niemand een thuis.

Ze had zichzelf urenlang gemarteld met de vraag wat hij had moeten doen, waar hij naartoe was gegaan, wat zijn *plannen* waren. Had hij een date gehad?

Waarom maakte ze zich daar druk om?

Ze verschoof haar voet, die door Paula als kussen werd gebruikt. Het kon haar *niets* schelen. Niet echt. Ze was nieuwsgierig. Ja, dat was het; ze was nieuwsgierig. Hij was een knappe man en hij had haar gekust (voordat zij hem kuste), dus ja, ze *mocht* zich afvragen of hij ook iemand anders kuste.

Hoewel... hij had gezegd dat het geen goed idee was als er iets tussen hen zou gebeuren, dus misschien was er iemand anders.

En misschien zocht ze wel veel te veel achter de situatie bij een man die ze na een paar weken nooit meer zou zien.

Of... wel?

Nou ja, moet je haar zien. Er was misschien een ommekeer in haar fortuin op komst en ze overwoog om nog een paar andere dingen om te gooien. Wauw. Je wist maar nooit wat het leven voor je in petto had.

Ze was meer dan een beetje blij dat het leven Sean op haar pad had gebracht.

Sean controleerde de achterkant van de laatste houten schilderijlijst in de hal waar hij zonder ladder bijkon. Hij overwoog de ladder van zijn pick-up te halen om de rest te controleren, want hij hield Merriweather er wel voor aan dat ze iemand had ingehuurd om de volgende aanwijzing op de achterkant van het hoogste, verste portret in de kamer te plakken, in de veronderstelling dat Livvy het op een gegeven moment wel zou opgeven.

Behalve dat Livvy genoeg vuur in zich had om *niet* op te geven.

En misschien was dat precies waar Merriweather op had gerekend.

Livvy was vroeg opgestaan, de honden volgden haar alsof ze de Rattenvanger van Hamelen was, terwijl ze met haar handen over elk houten oppervlak gleed dat ze zag en tegen de lambrisering duwde alsof er een geheime deur zou openspringen; ondertussen was een zeker deel van *hem* tot leven gesprongen bij de gedachte aan haar handen die hetzelfde bij hem deden.

Hij ademde uit en schikte de boel nogmaals in die stomme dunne broek. *Focus, Manley.*

Juist. De aanwijzing. Waar in godsnaam zou Merriweather de volgende hebben verborgen?

Hij struikelde bijna over een van de honden die had besloten achter te blijven in plaats van Livvy naar de stal te volgen. Hoe heette dat beest ook alweer? Peter? Peta? Pickle? Hij was niet opgegroeid met honden. Oma had geen geld of eten overgehad voor nog een levend wezen, dus hij was er niet aan gewend dat er iets achter hem aan drentelde.

Maar dit kleintje — mannetje of vrouwtje — scheen dat niet te begrijpen. Het keek hem aan met trouwe ogen, die een beetje in de hoeken hingen, terwijl het stompe staartje in zijn eigen ritme tegen de muur sloeg.

'Ik loop alleen maar even hiernaartoe, hoor. Je hoeft me niet te volgen.'

Nee hoor. Het beest hees zich overeind — Livvy's biologische dieet deed dit dier duidelijk iets te veel goed — en volgde hem voordat het met een zucht weer op zijn moddervette buikje neerplofte.

Sean gaf het een klopje op de kop en keek om zich heen. Waar kon de volgende aanwijzing zijn? Hij had de consoles gecontroleerd. Hij was met zijn handen over de lateien gegaan. Waar de hel kon ze het hebben gelaten? Wat zag hij over het hoofd?

Hij liep langs de salon die de dieren hadden verwoest. Het zou net iets voor Merriweather zijn om het daar te verstoppen. Geen enkele plek was veilig voor de knagende tanden en de nieuwsgierigheid van een groep jonge geiten. Tja, tenzij ze een gat in het meubilair had geboord en de aanwijzing erin had gepropt...

Nee. Dat zou ze niet hebben gedaan.

Of wel?

Sean verwierp dat idee. Ze zou een erfstuk niet vernielen. Niet als ze wilde dat Livvy ze zou leren waarderen.

Maar wat als een meubelstuk al een gat had?

Een bureau. Er moest ergens een bureau zijn. Een met kleine vakjes en geheime lades... Hadden die oude Engelse aristocraten niet een zwak voor dat soort bureaus? Spionnenbureaus ofzo?

Er stond een bureau in de hoofdslaapkamer.

Merriweathers slaapkamer.

Het kostte Sean tien minuten om te beseffen dat er niets in het bureau zat. Merriweather had elke lade en elk vakje leeggemaakt en had de geheime compartimenten voor het gemak open laten staan.

Verdomme.

Hij liet zich op het bed zakken, tilde zijn kleine viervoetige achtervolger op en zette die naast zich op het bed. Waar zou ze de aanwijzing hebben verborgen? Het moest ergens op een belangrijke plek zijn; dit was niet iets wat ze zomaar ergens achter een plint zou proppen. Het was te belangrijk.

Hij speelde de aanwijzing opnieuw af in zijn hoofd. *All-belangrijke zoon* en *de erfgenaam werd geboren.* Twee opmerkingen, één idee. De zoon was belangrijk. Zijn geboorte was belangrijk. Wat was er van hout dat met zijn geboorte te maken had? Een wieg? Een wiegje? Sean had die nergens gezien.

Hij greep de bedstijl vast. *Denk na, Manley. Wat zou belangrijk genoeg zijn voor de geboorte van een erfgenaam en van hout gemaakt zijn?*

Hij tikte tegen de stijl, een solide *bonk bonk* onder zijn vingers. Dit ding was stevig. Oud ook.

Sean keek naar de stijl. Het was van hout. Het was een erfstuk. En baby's in de negentiende eeuw, vooral aristocratische, werden meestal in stijl geboren. Zoals in een groot, antiek hemelbed.

Sean stond op. Elke stijl had een sierknop. Wat betekende dat elke stijl een gat had.

De hond volgde hem naar elke hoek, de tong uit de zijkant van de bek in een scheve glimlach, af en toe een hupje met de voorpoten alsof de aanwijzing voor hem ook van groot belang was.

'Je verwacht waarschijnlijk dat het naar spek smaakt,' mompelde Sean terwijl hij de tweede sierknop terugplaatste. Hij hoopte dat hij zijn tijd hier niet aan het verdoen was.

De derde sierknop gaf de aanwijzing prijs.

Sean maakte er snel een foto van, waarbij hij zichzelf beloofde dat oma zijn telefoon *niet* meer in handen zou krijgen, en mailde de foto voor de zekerheid naar zichzelf.

Het zag eruit als weer een gedicht.

Hij zou het eigenlijk moeten vernietigen. Livvy nu meteen de pas afsnijden zodat ze er niet meer kon vinden.

De hond gaf een kort besje, wat ongeveer de tijdspanne was dat Sean het overwoog. Het was één ding om haar te verslaan bij de finish, maar iets anders om haar te saboteren.

En zijn verdomde geweten liet hem de aanwijzing niet door het toilet spoelen.

'Ik weet dat ik hier spijt van krijg,' zei hij tegen de hond. Nog iets waar hij waarschijnlijk spijt van zou krijgen, maar tenminste wisten alleen hij en de hond dat hij ertegen praatte. 'Maar het is wel zo eerlijk.'

Hij schroefde de sierknop weer op zijn plaats en wilde de hond net van het hoge bed helpen toen Livvy verscheen met een zingend schouderornament en de rest van haar bonte verzameling honden — die onmiddellijk beslag legden op elke stoel, hocker en kleedje in de kamer. De enige troost was dat er geen een op het bed sprong waar de kleine mopshond met gekruiste pootjes zat als een of andere koninklijke hoogwaardigheidsbekleder.

Orwells vertolking van *Every Breath You Take* — vooral die laatste regel over dat hij hem in de gaten hield — vergrootte Seans schuldgevoel.

'Ik geloof dat ik het uitgevogeld heb, Sean.' Livvy zette Orwell op uitgerekend *die* bedstijl en krabde de hond achter haar oren. 'Dus hier was je gebleven, Georgia. Heb je Sean gezelschap gehouden?'

Georgia. Dat was dus de naam van de kleine man, eh, vrouw. 'Wat heb je uitgevogeld?' Hij hield de vogel in de gaten. Livvy moest echt luiers gaan regelen voor haar huisdieren.

'Ik denk dat het in deze kamer is. Nobele baby's werden altijd thuis geboren in het hertogelijke bed, dus Merriweather heeft waarschijnlijk een plaquette of zoiets laten maken en hier ergens opgehangen om de blijde gebeurtenis te verkondigen. Help me zoeken.'

Hij zette de hond op de grond bij de anderen en werd opnieuw gemarteld door de aanblik van Livvy die met haar handen over elk oppervlak ging. Haar kleine, delicate, gracieuze handen die zo goed hadden gevoeld toen ze zich tegen zijn huid drukten, door zijn haar woelden en over zijn rug schraapten en...

Verdomde broek.

Hij moest het gewoon opgeven en haar vertellen waar de aanwijzing was, want hij wist niet hoelang hij dit nog volhield. Ze bleef maar bukken om de plinten te controleren. Ze rekte zich uit om over de bovenkant van schilderijen te voelen. Ze mompelde in zichzelf terwijl ze een nieuwe mogelijkheid ontdekte, met de meest sexy kleine ademhaling alsof hij net een geheime plek op haar lichaam had ontdekt —

Focus houden, Manley.

Maar toen bewoog ze naar het hoofdeinde, leunend over de matras — ze lag *op* de matras — en Sean gaf het eindelijk op. Hij stak zijn hand uit zodat de papegaai erop kon klimmen en reikte naar de sierknop, net toen Livvy zich omdraaide op het bed.

'Och, Sean. Ik wist niet dat je om hem gaf,' zei ze terwijl ze naar hem en de vogel keek.

O, hij gaf erom. Maar niet om de vogel.

Waar hij om gaf, was dat ze op het bed lag met haar armen boven haar hoofd, het hoofdeinde vastklemmend, met haar rok ver opgestroopt over die geweldige benen, en dat ze naar hem glimlachte alsof ze verdomd blij was hem te zien.

Het was in deze volslagen nutteloze broek overduidelijk dat hij er hetzelfde over dacht.

En dat merkte ze.

Haar ademhaling veranderde. Haar ogen werden groot. Haar lippen gingen uiteen in een zachte O die hij wilde proeven.

'I'll je in de gaten houden.' Orwells imitatie kwam op het perfecte moment.

Sean schudde zijn opwinding zo goed mogelijk van zich af en probeerde een heldere, onschuldige, veilige gedachte in zijn hoofd te krijgen. 'Hij eh...' Hij stak de hand op waar Orwell op zat. 'Poep.'

Ze giechelde. 'Ik had er geld op ingezet dat je dat nooit zou zeggen.'

'Waarom?' Hij trok een gezicht toen Orwell op zijn vuist verschoof. Die klauwen waren scherp — en op dit moment zeer welkom.

'Geen idee. Omdat je zo verwaardigd doet over mijn dieren, had ik gedacht dat zulke lichamelijke functies beneden je stand waren.'

Er waren *bepaalde* functies die hij zeer zeker *onder* zich wilde hebben.

"Hé, ik heb die hond de hele middag in de gaten gehouden." Georgia gaf een kort blafje alsof ze begreep wat hij zei. 'En ik ben bang dat papegaaienpoep, eh, uitwerpselen zuur genoeg zijn om de lak van het hout te vreten en hij, weet je... daar poepte waar je hem had neergezet.'

Hij pakte de lap uit zijn achterzak — de lap die hij nu in zijn broeksband zou houden, gedrapeerd over één specifiek gebied — en begon de aanstootgevende smurrie weg te vegen.

Wat genoeg was om de sierknop op de bedstijl te laten wiebelen.

Kak.

Geen woordgrap bedoeld.

'Zit die los?' Livvy ging rechtop op het bed zitten, haar haar helemaal in de war, haar rok omhoog gekropen en zijn libido tot het kookpunt gestegen.

'Ik vraag me af...' Ze liep op haar knieën over het bed en Sean kleedde haar in gedachten uit terwijl ze dat deed.

Hij was een beest. Erger dan al die beesten die in deze kamer lagen te tukken. Waarom kon hij zich in godsnaam niet concentreren op wat belangrijk was?

Dat ben jij.

Ja, zijn geweten kon de boom in. Vrouwen waren er dertien in een dozijn; Livvy was niet zo speciaal. Zeker niet de moeite waard om miljoenen dollars en het vertrouwen en respect van zijn broers voor op te geven.

Blijf dat jezelf vooral wijsmaken.

Livvy sloeg haar hand om de bedstijl, haar vingers raakten de zijne.

Hij zat diep in de nesten omdat hij zichzelf *niet* voor de gek kon houden. Er *bestonden* geen andere vrouwen zoals Livvy.

Ze schroefde de sierknop los.

'Ooooh! Kijk!'

Dat deed hij, en het was een prachtig gezicht.

Hij bedoelde niet de aanwijzing.

Livvy's ogen lichtten op en haar glimlach gleed door hem heen als zonneschijn op een lentedag. Ze was alles wat goed en licht en juist was aan de wereld.

En nu begon hij net zo te klinken als Merriweather en haar verdomde poëzie.

Livvy haalde het laatste deel van haar grootmoeder tevoorschijn. Sean stak de lap in zijn broeksband en pakte zijn mobiele telefoon. Hij drukte op de microfoon-app. Dat zou tijd besparen bij de vertaling.

Ze las voor:

Lord William Martinson de eerste,
Drie kind'ren die het noodlot tartte.
De laatste, alweer een jongen,
Werd als de ware bezongen.
Om hun naam groot te maken,
En tot nobel geslacht te geraken.

Ze vouwde de aanwijzing dubbel en tikte ermee tegen haar lippen, terwijl ze haar hoofd schuin hield. Daarbij ontblootte ze de zachte ronding van haar hals die hij nog lang niet genoeg had kunnen verkennen tijdens de twee korte kussen die ze hadden gedeeld, en Sean kon alleen maar dromen van de verborgen geneugten die hij daar zou vinden —

'Je in de gaten houden.' Orwell was er niet het type naar om een stilte onbenut te laten.

'Dus wat betekent het?' Hij drukte de app uit en stak zijn telefoon terug in zijn zak, vooral om zichzelf iets te doen te geven zodat hij daar niet naar haar zou staan staren.

'Ik weet het niet, maar het is allemaal zo pretentieus,' zei Livvy. 'Wie kan het wat schelen, eigenlijk? We leven niet meer in het feodale Engeland. De horigen werken tegenwoordig bij Microsoft en sommigen van hen verdienen meer dan menig verouderd koningshuis. De *American dream.* Toch bleef mijn grootmoeder volharden in dit monarchale ideaal dat ze nu aan mij wil overdragen. Ik snap het niet.'

'Maar snap je dit wel?' Sean tikte op de aanwijzing, in een poging zich op de zaken te concentreren en niet op hoe weemoedig ze keek.

Livvy liet de aanwijzing tussen haar vingers flapperen. 'Ik vermoed dat we moeten uitzoeken wie de vierde zoon van Lord Martinson was. En dan ontdekken wat hij heeft gedaan dat zo geweldig was.'

Ze zwaaide één been van het bed, wankelde een beetje terwijl ze haar evenwicht zocht en gebruikte zijn arm om zich vast te houden. Wat Sean betrof was het geweldigste wat Williams zoon had gedaan, het in stand houden van de stamboom tot aan Livvy toe.

Hoofdstuk 15

'Weet je zeker dat je geen honger hebt? Ik kan wel wat lunch voor je maken.' Livvy leunde tegen de achterdeur in de keuken nadat ze de honden had binnengelaten en keek naar Sean.

Hij zag er echt goed uit. Té goed.

En hij had hetzelfde over haar gedacht.

Ogen boven de gordel houden, Carolla.

Juist. Ze hield haar blik standvastig op zijn gezicht gericht — niet dat dat een straf was, maar ze had zijn reactie boven in de slaapkamer wel gezien. Dat was nogal moeilijk te missen aangezien ze zich praktisch op ooghoogte bevond en die broek geen geheimen kende.

'Nee, ik moet de laatste paar stallen in de schuur nog afmaken. De geiten zijn een beetje te energiek voor eentje alleen en Reggie heeft de ganzen lastiggevallen, dus hij heeft een eigen plek nodig.'

'Ja, maar je moet wel iets eten. En ik heb al die boodschappen niet voor niets gedaan.' Ze moest ophouden met smeken. Dat was niet aantrekkelijk — niet dat ze probeerde aantrekkelijk te zijn. Dat deed ze niet.

Toch wel?

Livvy beet op haar lip. Hij was echt knap, en de chemie tussen hen... pff. Zou Merriweather dat hebben zien aankomen toen ze die stomme bepaling opstelde? Haar grootmoeder wilde toch zeker niet dat ze zou aanpappen met *het personeel*? Hoe *ordinair* zou dat wel niet zijn...

De perfecte reden om juist wél met hem aan te pappen. Voor zover ze nog een reden nodig had.

Hij stond in de deuropening van de keuken nadat ze naar binnen was gelopen. 'Wat had je in gedachten?'

Een seconde lang staarde Livvy hem alleen maar aan. Ze zou hem eigenlijk moeten vertellen wat ze in gedachten had.

'Ik heb *inderdaad* wel een beetje honger. Heb je iets, tja, normaals?'

Oh. Eten. Lunch. Juist. Livvy bracht haar brein weer terug naar deze kamer en weg van het zijpad genaamd Sexy Lane waar ze zojuist op was beland.

'Normaal? Wat valt er precies onder *normaal*? Want al die fosfaten en tri-weet-ik-veel-wat-ciden zijn niet normaal. *Die* zijn door de mens gefabriceerd. Wat ik maak is biologisch. Goed voor je. Zoals de *natuur* het bedoeld heeft, niet de grote bestrijdingsmiddelenfabrikanten.' Ze pakte de kaas van grasgevoerde koeien die ze dolblij had gevonden, een brood van haar favoriete soort, wat bruine suiker, pecannotenmosterd, de pot met biologische augurken, een tomaat en een mango. 'Ga zitten. Het duurt niet lang. Ik garandeer je dat je mijn tosti geweldig zult vinden.'

Zij vond het heerlijk om te zien hoe hij de tafel dekte. Zozeer zelfs dat ze de sandwich bijna liet aanbranden; al die spieren die zich spanden en ontspanden...

Er begon bij haarzelf ook een en ander te spannen.

Ze had hem gisteravond de hele nacht niet uit haar hoofd kunnen krijgen. Tijdens dat moment eerder in de slaapkamer van haar grootmoeder — op het bed — had hij haar op *die* manier aangekeken. Ze had precies geweten wat die blik betekende en haar bloed was gaan koken. Haar zenuwen tintelden en haar ademhaling was op hol geslagen.

Livvy wiebelde een beetje ongemakkelijk toen ze de tosti's naar de tafel bracht.

Hij ging met zijn tong over zijn lippen. 'Wauw, dat ziet er goed uit.'

Hij had geen fláúw idee...

Het bord rammelde toen ze het op tafel wilde zetten. Gelukkig pakte Sean het van haar over en zette het voorzichtig neer. 'Wat kan ik voor je inschenken?'

Een emmer ijswater om over me heen te gooien. 'Ehm, de ijsthee is prima. Ik heb hem een nacht laten trekken.' Ze had vanochtend de ruwe suikerkristallen vloeibaar gemaakt en gemengd met wat versgeperste citroen, en daarna muntextract toegevoegd in haar eigen geheime verhouding. Een lijn van kruidentheeën zou haar volgende project worden.

Sean bracht twee glazen naar de tafel. 'Je laat het er zelfs mooi uitzien,' zei hij, terwijl hij haar haar drankje gaf en op de stoel naast haar ging zitten.

'De presentatie moet net zo goed zijn als het eten.' Ze wisselde de plakjes tomaat af met mango en augurk voor wat zoetigheid, een beetje zuur en een beetje pit; de perfecte aanvulling op de pittige kaas. *Bon appétit.*

Ze keek hoe hij een hap nam. Ze vond het heerlijk om de reacties van mensen op haar eten te zien. De meesten zaten zo vastgeroest in hun normale routine dat ze niet buiten de gebaande paden konden kijken om te waarderen wat zij had bedacht. Maar als ze dat wel deden, als ze haar creaties proefden, waren ze meestal zeer aangenaam verrast.

Ze had het gevoel dat Sean zo iemand was, zo verdiept in zijn dagelijkse beslommeringen, alles doend zoals hij het altijd had gedaan, dat haar aanwezigheid hem een beetje uit zijn evenwicht bracht.

Het bracht háár in elk geval uit haar evenwicht.

'Mijn hemel, Livvy, dit is geweldig.'

Dat gold ook voor de manier waarop hij een restje mosterd van zijn onderlip likte.

Ze wilde hem.

Heel simpel, ze wilde Sean. En als die zwelling in zijn broek van eerder een aanwijzing was, wilde hij haar ook.

En wat was daar mis mee? Twee volwassenen die het allebei willen...

Al was het niet zo dat ze zomaar over de tafel kon leunen om hem een kus te geven, alles op de grond kon vegen en de liefde kon bedrijven op deze driehonderd jaar oude eikenhouten tafel —

En waarom eigenlijk niet?

'Dus,' zei Sean terwijl hij een hap nam, 'ik dacht dat we de familiebijbel nog eens moeten bekijken om te zien wie die vierde zoon was. Misschien brengt dat ons op een idee waar ze de aanwijzing verborgen heeft.'

Oh. Juist. Dáárom niet. Ze had een deadline.

'Livvy?'

'Ik denk na.' Maar niet over de aanwijzingen. 'Je hebt gelijk; de bijbel is waarschijnlijk een goede plek om te beginnen. Het lijkt erop dat iedereen die ertoe doet in de familie Martinson erin staat, dus het zou ons iets moeten kunnen vertellen.'

'Staat jouw naam erin?' Hij nam nog een hap en de spieren in zijn wang spanden zich aan, wat hem een heel krachtige kaaklijn gaf die meer dan een beetje mannelijk was.

Hij was zo geknipt voor dit werk. 'Mijn naam? Ik betwijfel het. Ik ben geen Martinson.'

'Op papier niet, maar door je bloed wel. Ik zou denken dat Merriweather je naam er wel in zou hebben gezet, al was het pas nadat ze haar testament had geschreven.'

Livvy pakte haar tosti op en staarde naar de gesmolten kaas die onder de korst vandaan kwam. 'Je kende haar duidelijk niet goed. Het zou me niets verbazen als ze nooit olijven serveerden op feesten, puur zodat er geen kans bestond dat mijn naam genoemd zou worden. Ik bedoel, heeft ze mijn naam ooit laten vallen tegenover jou?'

'Nee.'

'En hoe lang heb je voor haar gewerkt?'

'Euh...' Hij nam een hap van zijn sandwich. Daarna een flinke slok thee. Vervolgens een paar plakjes mango. Kauwde op een augurk.

'Het moet wel een hele ervaring zijn geweest als je er niet over wilt praten,' zei ze, terwijl ze een paar van haar plakjes mango op zijn bord schoof.

'Het was absoluut een ervaring om de oude Merriweather te kennen.' Hij liet de thee door zijn glas walsen. 'Dit is echt lekker. Je zou het in flessen moeten verkopen.'

'Dat is ook het plan. Maar het is een enorme investering met al dat bottelen, de etiketten en de koeling, plus de thee zelf is nogal prijzig. Maar zodra ik dit landgoed verkoop, heb ik dat geld.'

Sean verslikte zich in de slok thee die hij net nam. Niets was zo fijn als hem een schuldgevoel bezorgen. 'Oh, maak je geen zorgen, Sean. Ik verzin wel iets wat ik met je kan doen als het zover is.'

Sean hoestte. 'Met me *doen*?'

'Nou ja, je weet wel, als ik verkoop, ben je je baan kwijt. Maar ik ga ervan uit dat iedereen die mijn vraagprijs kan betalen, ook de maandelijkse bedrijfskosten kan ophoesten, dus ze kunnen je aanhouden als voorwaarde voor de verkoop. Of, als je wilt, verreken ik je salaris voor, zeg, wat zal het zijn, twee jaar, in de vraagprijs. Op die manier hoef je je geen zorgen te maken. Ik weet hoe zwaar het is als je inkomen onder je voeten vandaan wordt getrokken.'

Hij verslikte zich in de volgende slok thee.

Livvy sprong op en sloeg hem op zijn rug tot zijn luchtwegen weer vrij waren. 'Gaat het?'

Hij kuchte, kuchte nog eens en veegde met zijn hand over zijn mond. 'Eh, ja. Het gaat wel.'

Dat kon je wel zeggen.

Livvy zuchtte terwijl ze weer op haar stoel ging zitten. Zo. Ze had het hem verteld. Nu nog potentiële kopers zover krijgen dat ze ermee akkoord gingen.

'Hoe ben je eigenlijk in dit werk terechtgekomen?'

Sean keek op. 'Wat?'

'Ik vroeg hoe je erbij kwam om als hulp in de huishouding te gaan werken. Een weddenschap verloren of zo?'

Daar ging hij weer met dat gehoest. Hij dronk zijn thee in één teug leeg, hoestte een heleboel en propte de rest van zijn tosti in zijn mond — waarschijnlijk niet het beste idee gezien al dat verslikken, maar hij was nog aan het kauwen toen hij opstond en zijn vaat naar de gootsteen bracht. 'We kunnen die bijbel echt beter nu even gaan bekijken. Ik heb het gevoel dat deze aanwijzing veel meer moeite gaat kosten om te ontcijferen dan de vorige.'

Terwijl ze terugliepen naar de bibliotheek, probeerde Sean niet onder de indruk te zijn. Hij probeerde haar niet leuk te vinden. Hij probeerde weg te kijken en haar uit zijn gedachten te bannen.

Maar hij deed niets van dat alles.

Want ja, ze maakte een verdomd grote indruk op hem. Ze was zo fel onafhankelijk, zo vastberaden zelfredzaam en zo lief dat ze zich zorgen om hem maakte, dat hij niet anders kon dan haar bewonderen. Als mens.

Als vrouw... tja, dat was een heel *ander* niveau van interesse.

Dit ging niet goed aflopen. Dat kon ook niet. Door de aard van de zaak zou een van hen verliezen. Sean twijfelde tussen bidden dat, hoe het ook zou uitpakken, *hij* niet de grootste verliezer zou zijn, maar dat zou betekenen dat Livvy dat wel was en... shit.

De bijbel gaf hun een naam — en nee, Livvy's naam stond er niet in — maar verder leverde het niets op.

Ze haalden een geschiedenisboek tevoorschijn uit de tijd van haar voorvader, maar over de man die de familie tot dynastieke proporties had moeten verheffen, stond er bedroevend weinig in.

'Is er dan niets op het terrein met zijn naam erop?' vroeg Livvy terwijl ze het boek terug op de plank zette. 'Een standbeeld of een plaquette of een monument, weet jij dat?'

Sean was op de meeste plekken van het landgoed geweest en de enige standbeelden die hij had gezien waren van Griekse of Romeinse goden. 'Het enige dat ik heb gezien ter ere van je voorvaderen is de portretgalerij. Misschien is het daar.'

Zoveel voor Livvy's bewering dat Merriweather niet wilde dat ze de aanwijzing zou vinden. Deze zat vastgeplakt op de achterkant van het portret van Lawrence Martinson I, de naamgenoot van Livvy's vader, wiens enige wapenfeit was dat hij twaalf kinderen had verwekt. Van wie er elf meisjes waren.

'Je zou denken dat mijn grootmoeder haar zoon niet vernoemd zou hebben naar iemand die de familienaam zo te schande had gemaakt door niet genoeg mannelijke nakomelingen te produceren,' zei Livvy, terwijl ze op de volgende aanwijzing tikte die haar morgen weer terug naar de openbare bibliotheek zou sturen. 'Maar ja, ik denk dat ze nooit had verwacht dat hij de familie nog spectaculairder in de steek zou laten door voor mijn moeder te kiezen en, erger nog, mij te produceren.'

Wat Sean betrof verdiende Livvy's vader juist een pluim daarvoor. 'De fout lag bij Merriweather, Livvy. Misschien is dat wel *waarom* je vader voor je moeder heeft gekozen. Hij wilde zijn leven leiden op zijn eigen voorwaarden, niet die van Merriweather. Net als jij.'

Hij wist dat het het verkeerde was om te zeggen op het moment dat het over zijn lippen kwam. Livvy had te hard gewerkt om zichzelf te bewijzen zonder de steun van de naam Martinson. Haar vergelijken met het schoolvoorbeeld van wat ze juist niet wilde zijn... Sean zette zich schrap voor een woede-uitbarsting.

In plaats daarvan kreeg hij een rechte rug, een paar toegeknepen ogen en de meest kille stem die hij ooit had gehoord.

'Ik ben *niet* zoals mijn vader en dat zal ik ook nooit worden. Ik ben *geen* Martinson.'

Hoofdstuk 16

Net als haar vader? Livvy was de volgende ochtend in de schuur nog steeds aan het piekeren over dat gesprek terwijl ze de stallen uitmestte, waarbij de vergelijking met haar leven iets te dichtbij kwam voor haar gemoedsrust. Ze was *niet* zoals haar vader. Ze stond net zo ver af van een echte Martinson als... als... als Reggie.

Die ook iets te dichtbij kwam naar haar zin, door haar met zijn snuit tegen haar achterwerk te duwen toen ze zijn stal binnenging.

'Ik weet het, Reg, maar je kunt niet in huis slapen. Sean heeft gelijk. Ik kan jullie de boel niet laten afbreken in een vlaag van nijd. Ik wil zoveel mogelijk geld voor dit huis krijgen. Ik geef je je eigen kamer als ik onze boerderij verbouw.' Ze aaide over zijn wang. Dat vond hij fijn. Hij vond het ook heerlijk als ze hem onder zijn kin krapte, maar hij was meestal te 'kwijlerig' en ze had niets bij zich om het mee af te vegen. Hij spon zo goed als een varken maar spinnen kon terwijl hij tegen haar hand aan leunde.

Livvy moest een stap opzij doen om haar evenwicht te bewaren. Reggie was een stuk sterker geworden naarmate hij groter groeide. Deze schuur zou de perfecte plek voor hem zijn. Voor alle dieren. De pauwen dachten er blijkbaar ook zo over. Ze hadden zich zelfs verwaardigd om het voer van de kippen te 'accepteren'.

Livvy schudde haar hoofd terwijl ze hen wegjoeg. Ze bleef hier niet. Dat idee moest ze uit haar hoofd zetten. Had Merriweather gehoopt dat de plek haar zou gaan bevallen en ze er haar thuis van zou maken? Nou, ze had nieuws voor Merriweather Martinson, die ondanks al haar geld en haar plannen niet *begreep* dat balken en dakpannen nog geen thuis maken. Thuis was waar ze zich veilig kon voelen. Geworteld. Het was haar toevluchtsoord. Haar plekje op de wereld. Dit was dat nooit geweest en kon dat ook nooit worden.

'Hallo? Mevrouw Carolla?' Een vrouwenstem weergalmde door de schuur, vergezeld door het enthousiaste gesnuif van haar honden die absoluut *geen* waakhonden waren.

Livvy veegde haar handen af. 'Ik kom eraan.'

Ze hing de hooivork aan een haak aan de muur waar Reggie er niet bij kon en verliet zijn hok. Er stond een vrouw in de deuropening, omringd door de roedel honden die haar overduidelijk met kwispelende staarten naar binnen wilden laten. Livvy had de honden altijd als goede mensenkenners beschouwd. Na alles wat velen van hen hadden overleefd — verwaarlozing, wreedheid, achterlating — verwelkomden ze vreemden niet zomaar. Het sprak in het voordeel van deze vrouw dat ze haar geaccepteerd hadden.

En Sean. Hem hadden ze ook meteen geaccepteerd. Georgia was zelfs een beetje verliefd op hem.

Livvy kon zich daar alles bij voorstellen.

Hallo? Gedachten weer bij de les — bij de persoon — voor je.

'Eh, ja?'

'Hoi. Ik ben Mac Manley.' De vrouw liep op haar af met een uitgestoken hand. 'Ik ben de eigenaar van Manley Maids.'

En Livvy had nog wel gedacht dat Sean de reden was dat het bedrijf die naam had. Toch een goede marketingstrategie om mannelijke hulpen te hebben.

'Aangenaam.' Livvy schudde haar hand.

'Ik wilde even langskomen om te zien hoe het gaat. Ik vind het altijd prettig om nieuwe klanten even gedag te zeggen, hoewel het landgoed Martinson technisch gezien niet nieuw is omdat we het afgelopen jaar al onder contract stonden. Hoe gaat het met Sean? Ben je tevreden over zijn prestaties?'

Nog niet echt...

Livvy kuchte. Hmmm, ze leek zijn hoestje te hebben overgenomen. 'Eh, ja. Hij levert uitstekend werk.'

'Goed, fijn om te horen. Ik ben er trots op mijn klanten uitstekende service te bieden. Dus Sean is alles wat je je wenste?'

Ze was *echt* een slecht mens omdat ze de opmerkingen van deze vrouw verdraaide tot iets hots en sexy's.

Livvy trok de panden van haar losgeknoopte bloes naar elkaar toe over haar hemdje en sloeg haar armen over elkaar. 'Eh, ja. Het is — hij is — prima.' Dat was hij zeker. In zoveel opzichten. Hij deed haar glimlachen en liet haar lachen. En hij zag er verdomd goed uit terwijl hij dat deed. 'Werkt hij al lang voor je?'

Mac lachte. 'Sean? Nog niet lang, maar hij is goed. Anders zou ik hem niet voor me laten werken. De tevredenheid van mijn klanten is mijn hoogste prioriteit.' Ze zette haar handen in haar zij. 'Dus, zijn er nog andere behoeften waarin Manley Maids kan voorzien?'

Livvy moest haar gedachten nu echt uit de goot halen, want ze stond op het punt een lijstje op te noemen waar één specifieke hulp van Manley wel raad mee wist. 'Eh, nee. Volgens mij zit het wel goed. Sean handelt alle aspecten van de baan prima af. Hij helpt me zelfs met een paar extra projecten.'

'O ja?'

Verdraaid, zelfs *zij* kon één wenkbrauw optrekken. 'Ik ben van plan het huis te verkopen en hij helpt me met dingen zoals het uitmesten van deze stallen om het verkoopklaar te maken. Ze stonden vol met dozen en ik kon mijn dieren nergens kwijt.' Ze vertelde haar over het incident in het salon. 'Hij was op z'n zachtst gezegd nogal ontdaan.'

'Dat kan ik me voorstellen.' Mac sloeg haar armen over elkaar en tikte met haar vingers op haar arm.

'Hij is erg consciëntieus.'

'Is hij dat niet altijd?' Mac keek om zich heen.

'En hij helpt me met een speurtocht.'

'Een wat?'

Livvy legde uit wat Merriweathers bizarre idee van een grap was. 'Dus als ik niet binnen twee weken alle aanwijzingen bij meneer Scanlon heb ingeleverd, raak ik het landgoed kwijt.'

'En Sean helpt je met zoeken?'

'Ja. Het is echt heel aardig van hem.'

'Nietwaar?' Mac haalde een visitekaartje uit haar zak en gaf het aan Livvy.

'Hier is mijn kaartje. Als je iets nodig hebt, aarzel dan niet om me te bellen. Ik hou mijn klanten graag tevreden.'

Livvy wilde zeggen dat Sean dat ook deed, maar ze was bang dat ze iets te veel over hem had opgegeven. Ze wilde niet dat Mac het verkeerde idee kreeg over haar en Sean.

Mac had een verdomd goed idee waar Sean mee bezig was met Livvy. En ze wilde hem wel vermoorden. Geen *wonder* dat hij bovenop het landgoed Martinson was gesprongen zodra ze het genoemd had.

Ze had gedacht dat ze hem zou moeten overtuigen, maar nee. *Dit* was het terrein dat hij van plan was te kopen. Ze wist alles van het grote stuk grond waarover hij in onderhandeling was om er zijn luxe resort van te maken. Ze wist ook dat Liam en Bryan erbij betrokken waren. Ze was een beetje teleurgesteld geweest dat ze niet mee kon doen, maar haar bankrekening kon niet op tegen die van hen, en daarom had ze haar toevlucht moeten nemen tot valsspelen bij het pokeren.

Maar dit was logisch. Sean was wel erg makkelijk geweest in het accepteren van een van haar grootste klanten. Ze was vandaag langsgekomen om polshoogte te nemen, om te zien of alles in orde was en om met hen beiden te praten over promotiefoto's, zowel voor het landgoed als voor Manley Maids.

Maar nu Sean probeerde de boel voor Livvy te saboteren, was die optie van de baan.

Het zou er niet goed uitzien als uitkwam dat Manley Maids hem in de positie had gebracht *om* haar te saboteren. Als hij in zijn opzet slaagde, zou de naam van Manley Maids door de modder worden gesleurd. Opeens kreeg haar kleine pokerweddenschap gevolgen van epische proporties.

Eerlijk duurt het langst. Oma moest dat wel duizend keer gezegd hebben tijdens haar jeugd.

Maar ze had *niet* valsgespeeld. Niet echt. Kaarten tellen was een talent; het was niet alsof ze er een in haar mouw had gestoken. Ze wist gewoon met een redelijke zekerheid dat ze de hoogste hand had in die laatste ronde. Ze zou haar bedrijf, haar toekomst, niet op het spel hebben gezet bij een opwelling als ze niet redelijk zeker was geweest van de winst.

Maar dit had ze nooit aan zien komen.

Ze parkeerde bij de achteringang van het huis en liep met grote stappen naar de deur, waarbij ze haar teen stootte tegen een loszittende baksteen in het pad. Ze maakte een mentale notitie om Sean daarover aan te spreken. Dat kon hij toevoegen aan zijn andere lijstje met 'speciale projecten'.

Ze vond hem in het salon, waar hij het tapijt aan het oprollen was dat blijkbaar door de geiten was aangevreten.

'Ik hoor dat je bijbedoelingen hebt.'

'Hé, Mac.' Hij keek op, zijn haar zat door de war en zijn gezicht was een beetje bezweet. Verdomme, hij was een knappe vent, en als ze hem zo kon adverteren, zouden vrouwen het dubbele bieden voor zijn diensten.

De eikel.

'Zeg maar geen "hé Mac" tegen me, Sean. Ik weet waar je mee bezig bent en ik zeg je dat je moet ophouden. Je gaat de erfenis van Livvy en mijn bedrijf niet saboteren voor een of ander stom resort dat mensen met te veel geld niet nodig hebben. Ze kunnen wel naar de Catskills gaan als ze zo graag in luxe de natuur in willen.'

'Mac, rustig maar.'

'Nee, ik word *niet* rustig. Dit is *mijn* zaak. Mijn inkomen waar we het over hebben. Hoe *kòn* je? Hoe kon je me dit aandoen? Ik vertrouwde je.'

'Denk je dat ik het een *leuk* idee vind, Mac? Geloof me, het is het laatste wat ik wil doen.' Hij ontkende het niet, gelukkig. Niet dat ze hem geloofd zou hebben, maar hij loog haar tenminste niet recht in haar gezicht uit. Door weglating weliswaar, maar de pot kon de ketel in dit geval niet echt verwijten dat hij zwart zag.

'Het project is op dit moment al te ver gevorderd. Ik heb hier bijna alles wat ik heb in geïnvesteerd. Ik heb geld uitgelegd voor inspecties en architectonische en technische rapporten. Ontwerpkosten en rente en een hele hoop andere uitgaven die ik kwijtraak als deze deal niet doorgaat. Zaken zijn zaken, maar ik probeer een manier te vinden waarop niemand gewond raakt, want het maakt me kapot als dit niet doorgaat.'

'Je bent niet de enige, Sean. Dit is *mijn* bedrijf. Als je dit doet, als dit bekend wordt, ben ik er geweest.'

'Ik geef je het contract hier. Er zal niets veranderen.'

'*Alles* zal veranderen. Ten eerste is vriendjespolitiek een even vies woord als een paar andere die ik kan bedenken, en ik zou geen vriendjespolitiek nodig moeten hebben om een contract te behouden dat ik in de eerste plaats zelf heb binnengehaald. Ik heb er hard voor gewerkt. En hoe zit het met Livvy? Wat denk je dat zij gaat doen als ze erachter komt?'

'Het had nooit een probleem mogen zijn, Mac. Alles viel op zijn plek totdat Merriweather op het laatste moment van gedachten veranderde en een streek uithaalde. Ik moest wel reageren. Voor ons allemaal: voor jou, voor mij, voor Liam, voor Bryan. Voor oma.'

'Haal oma hier niet bij, Sean. Waag het niet. Zij is hier volledig onschuldig aan.' Mac beet op haar lip. Dat was niet helemaal waar, maar oma was niet degene geweest die de kaarten had geteld. 'En als je denkt dat dit voor Merriweather een last-minute beslissing was, dan kende je haar blijkbaar niet erg goed. Zij deed nooit iets op het laatste moment. Als ze haar testament ging veranderen, kun je er verdomd zeker van zijn dat ze precies wist *wat* en precies *waarom* ze het deed, en ze wist zeker *hoe* ze het deed. Om de een of andere reden heeft ze je aan het lijntje gehouden. Je dingen beloofd die ze misschien nooit van plan was na te komen. Maar ze was ook bezig met de Livvy-invalshoek. Dit was geen toeval. Die vrouw nam geen overhaaste beslissingen. Nooit. Geloof me. Ze had een plan.'

Sean ging op het tapijt zitten. 'Oké. Prima. Wat dan ook, maar het feit is dat ik deze plek nodig heb. Ik heb er een hoop geld in zitten.'

'Koop het dan gewoon, zoals ieder ander zou doen.'

Hij hield zijn hoofd schuin. 'Daar is het budget niet naar.'

'Dan had je geen grotere hap moeten nemen dan je op kunt.'

'Dat heb ik ook niet gedaan. Al mijn plannen waren gebaseerd op de cijfers die zij me gaf. De cijfers die ik nog steeds kan halen als Livvy niet erft. Dan is het terrein van mij.'

'Hoe kun je haar dat aandoen? Heeft ze niet al genoeg meegemaakt met deze familie? En nu ga je het enige afpakken wat ze haar eindelijk gegeven hebben? Hoe kun je met jezelf leven?'

Hij wreef met zijn hand over zijn mond. 'Het is ingewikkeld, Mac.'

'Ja, nogal. En je sleurt mij met je mee.' Ze zette haar handen in haar zij. 'Het spijt me, Sean, maar je bent ontslagen.'

'Je kunt me niet ontslaan.'

'Dat heb ik net gedaan.'

'Ik zou haar kunnen vertellen dat jij er alles van wist.'

'Chanteer je me nu?'

'Nee. Maar ik zou het kunnen doen.'

'Dus je doet het wel.'

'Nee, Mac, dat doe ik niet. Ik probeer dit voor iedereen te redden, maar als ik nu wegga, is het klaar. Voorbij. Dan verlies ik. Gegarandeerd. Geef me de tijd tot de deadline van Livvy. Ik bedenk wel iets.'

Mac staarde hem aan. Ze zou het niet moeten doen. Eigenlijk echt niet. Ze moest aan haar bedrijf denken. Aan haar reputatie.

Maar ze dacht ook aan alle keren dat haar broers het voor haar hadden opgenomen. Haar hadden beschermd. Haar en oma hadden geholpen. Het waren goede kerels. Allemaal. Als Sean zei dat hij een manier zou vinden die voor iedereen werkte, moest ze hem die kans geven. Hoe vaak hadden ze haar niet gematst? 'Vooruit dan. Maar alleen als je een andere manier kunt vinden.'

'Ik werk eraan, Mac.'

Ze slaakte een zucht en draaide zich om. Ze moest beginnen aan de promo van Liam en Bryan, want die van Sean was een verloren zaak. 'Ik kan niet geloven dat ik—'

'Dat je wat?'

'Niets. Laat maar.' Geen haar op haar hoofd die eraan dacht om *Het Plan* te verklappen. Het plan waar zij mee was begonnen en waar oma zich bij had aangesloten.

Ze had haar rijke, knappe broers als promotiemiddel willen inzetten, volledig profiterend van de woordspeling op hun achternaam en hoe goed ze eruitzagen in die uniformen. Oma had vrouwen voor hen willen vinden om verliefd op te worden, en wat was er nu een betere manier dan hen in de huizen van die vrouwen te plaatsen? Mac had het onmiddellijke voordeel voor zichzelf gezien: oma zou druk zijn met de liefdeslevens van haar broers en zich niet met dat van haar bemoeien.

Het was perfect geweest. Dus toen meneer Scanlon haar had gebeld om het contract van Manley Maids te bespreken en had laten vallen dat Livvy zou komen, had ze onderzoek gedaan. Toen ze Livvy's foto zag, had ze ingeschat dat Sean haar niet zou kunnen weerstaan. *Dat* was de reden dat ze hem het landgoed Martinson had aangeboden. Als ze had geweten dat dit de plek was die hij van plan was te kopen, had ze de dingen anders aangepakt.

Karma betaalde haar dubbel en dwars terug voor die vijf harten die ze op de pokertafel had gegooid.

Sean ademde hoorbaar uit. Lang en luid. 'Luister, ik bedenk wel iets, maar ik ga de investering van Lee en Bry niet verspelen. Ze geloven in me; ik *moet* resultaat boeken.'

Haar hart deed pijn voor hem. Hij had het altijd zwaarder gehad dan de andere twee. Middelste kind, tweede zoon, leerproblemen op school, altijd dwarsliggen... Sean had moeten knokken voor alles wat hij had, in tegenstelling tot Liam, bij wie de dingen vanzelf kwamen, of Bryan, die dat gezicht al sinds zijn geboorte had en de vrouwen kort daarna al op hem af zag komen. Bij die twee ging alles gemakkelijk, maar Sean? Hij had net zo hard moeten werken als zij.

En na wat ze zelf geflikt had bij het pokeren, had ze dan werkelijk het recht om hem aan te spreken op wat hij van plan was?

'Je kunt haar niet met lege handen laten staan, Sean. Zij moet er ook iets aan overhouden. Het is niet eerlijk.'

'Ik weet het, Mac. En ik wil Livvy geen pijn doen. Ik heb twee weken. Ik werk aan een oplossing. Ik ben niet van plan haar met niets weg te laten gaan. Ik ben geen harteloze klootzak, gewoon wanhopig. Denk je dat ik het leuk vind om haar dit aan te doen? Ze is een fijn mens. Merriweather heeft dit veroorzaakt, niet ik. Maar ik kan de miljoenen dollars aan winstpotentieel niet zomaar laten varen, om nog maar te zwijgen over het geld dat ik al geïnvesteerd heb.'

'En Manley Maids. Je moet ervoor zorgen dat mijn reputatie intact blijft.'

'Dat beloof ik. Ik zal doen wat nodig is om te zorgen dat jouw naam niet geschaad wordt.'

'Ik vind het maar niets.'

'Dan zijn we met z'n drieën, want ik kan je garanderen dat zij het ook niets gaat vinden.'

Hoofdstuk 17

Sean staarde weer naar zijn laptopscherm. De cijfers logen niet. Maar ze klopten ook niet. Wat hij Mac ook beloofd had, hij kon de doelstellingen niet halen als hij Livvy meer geld zou betalen — áls hij dat geld al ergens vandaan kon toveren. Misschien was ze bereid het hem te verkopen voor de prijs van Merriweather.

Maar waarom zou ze? Ze was hem niets verschuldigd.

Hij bekeek vluchtig de lijst met potentiële investeerders die hij had samengesteld. Het was óf zij, óf Livvy vragen om met het lagere bedrag genoegen te nemen, en hij wilde echt niet het risico lopen zijn kaarten op tafel te leggen voor het geval ze nee zou zeggen.

God, hij was die pokertermen zo zat.

Hij sloot de computer af en trok een T-shirt aan, dolblij dat hij uit zijn uniform was, en vertrok met Liam naar de squashbaan. Hij zou de aanwijzing die hij en Livvy hadden gevonden wel onderzoeken als hij terugkwam, want als hij nog één minuut langer in dit huis moest blijven, zou hij gek worden.

Dit hele scenario maakte hem stapelgek.

En dat gold ook voor Orwell, die zijn kamer binnenzeilde en op zijn schouder landde. *'Oops, did it again!'*

De vogel was óf een popster aan het nadoen, óf hij had iets gedaan waar

Sean echt niets van wilde weten. Maar natuurlijk vroeg hij uit een soort morbide vrees: 'Wat heb je gedaan, Orwell?'

Het antwoord van de vogel was de volgende regel uit het liedje, over het spelen met iemands hart.

Niet het liedje waar Sean nu behoefte aan had. Zat er niet ook een regel in over verdwalen in een spelletje?

Sean zette de papegaai op zijn hand en liep door de gang naar de openstaande deur van Livvy om Orwell terug te brengen naar zijn rechtmatige verzorgster.

Hij was al binnen toen hij besefte dat hij had moeten kloppen.

Ze kwam de badkamer uit in een handdoek voordat ze merkte dat hij in de kamer was.

Orwell zette een vertolking in van 'Bad Girls' van Donna Summer die Sean echt niet hoefde te horen.

'Orwell!' Livvy's gezicht werd net zo rood als haar haar en ze stak haar hand uit naar de papegaai. Door de beweging gleed haar handdoek weg en ze moest zich in bochten wringen om alles bedekt te houden.

Dat was nou echt jammer.

Sean herinnerde zich eindelijk dat hij zich om moest draaien. 'Oh, sorry. De deur stond open en ik dacht niet...'

'Eigenlijk was hij dicht. Orwell haat het om opgesloten te zitten, maar ik dacht niet dat hij de kamer als een kooi zou zien. En ik wist al helemaal niet dat hij wist hoe hij een klink moest bedienen. Dat gaat de boel, eh, interessant maken.'

'Oké dan, ik laat je weer...' Hij zwaaide met zijn hand achter zijn rug. 'Ik heb vanavond een squashwedstrijd, dus ik zie je later.'

'Speel je squash?'

Doorlopen, Manley.

Natuurlijk deed hij dat. 'Ja.'

'Ik heb in geen jaren meer gespeeld.'

Loop nu naar buiten, Manley. 'Speel jij?'

'Niet erg goed. Maar we hadden een baan op school en ik vond het altijd leuk.'

Sean kneep zijn ogen even dicht. Hij had deze verleiding niet nodig. Echt niet.

Maar hij draaide zich toch om. 'Wil je mee?'

'Weet je zeker dat je het niet erg vindt?'

Oh, hij zou het zeker erg vinden. De hele tijd dat ze over de baan zou rennen in een kort broekje en een shirt dat niets zou verbergen, terwijl het zweet over haar lichaam liep en haar huid roze kleurde door de inspanning... hij zou het heel erg vinden. Een *heleboel*.

Hij zou het erg vinden dat al die inspanning niet voor hem was, en dat hij haar T-shirt en broekje niet van haar lijf kon pellen en zijn handen over haar zijdezachte huid kon laten glijden —

'Nee. Helemaal niet. Ik bel Liam wel om te zien of hij iemand anders kan vinden voor een dubbelspel.'

Dat was een woord — en een beeld — dat hij niet kon gebruiken.

Hij zou vanavond een tok moeten dragen, want zijn nylon sportbroek zou zijn reactie op haar net zomin verbergen als die stomme werkbroeken dat deden.

Hij had het vermoeden dat niets dat zou doen als het om Livvy ging.

'Heb je *Cassidy* meegebracht?' Sean wist niet of hij moest lachen of geschokt moest zijn. Cassidy Davenport, Liams cliënte, was de enige persoon die hij zich kon voorstellen die nog minder op een squashbaan thuishoorde dan Livvy.

Liam ritste zijn sporttas open en trok zijn handschoen aan. 'Het is niet alsof ik veel tijd had om iemand anders te regelen, en ze hoorde het toevallig.'

Sean keek naar de plek waar de meiden zich warm liepen. 'Ze is in het roze. Met strass-steentjes.'

'Zeg dat wel.' Liam rolde met zijn ogen.

Sean besloot erom te lachen, want de arme Lee haatte roze net zo erg als hij strass haatte. Waarschijnlijk meer dan wie dan ook. Maar goed, daar had hij dan ook reden voor.

'Ze weet toch wel dat dit een sport is? Dat je het warm krijgt, gaat zweten en de make-up van je gezicht afglijdt?'

'Als ze het nog niet weet, komt ze er snel genoeg achter. Dat zou dit hele gedoe nog de moeite waard kunnen maken.' Liam sloeg zijn racket over zijn schouder. 'Al vooruitgang met het zigeunermeisje?'

Nu moest Sean om zichzelf lachen. Hij had gedacht dat hij zich zorgen moest maken over Livvy in een strak broekje en een T-shirt, niet in een soort rokje dat over haar heupen zwierde met bungelende kralen en een flodderig shirt waarvan hij half bang was dat het omhoog zou vliegen als ze te snel van richting veranderde. Alleen in Livvy's wereld was dit een sportoutfit, maar ze zei dat ze niet van plan was er een nodig te hebben tijdens haar verblijf op het landgoed, dus dit moest maar. Godzijdank had ze tenminste sportschoenen aan; op die kisten waar ze zo dol op was zou ze bij de eerste de beste actie haar enkel hebben gebroken.

'We volgen de aanwijzingen. Morgen gaan we op zoek naar wiegen.'

Liam trok een wenkbrauw op. 'Je beseft dat dat een gevaarlijk onderwerp is bij elke vrouw, toch?'

Sean negeerde het gevoel in zijn broek. 'Geloof me; dat is geen probleem.'

'Beroemde laatste woorden.' Liam ademde uit. 'Kom op. Laten we deze marteling achter de rug brengen.'

En een marteling was het. Sean merkte dat hij vaker naar Livvy's achterwerk keek dan naar de bal. En Liam, ondanks zijn verveelde houding tegenover de lange, roze, luchtige milkshake die *zijn* cliënte was, was net zo snel afgeleid en miste de return op Livvy's service.

'Joehoe! Een punt voor mij!' Livvy huppelde op Sean af om hem een highfive te geven, in al haar springerige glorie.

Lieve heer, laat die tok maar zitten. Ze had een sportbeha nodig. Meerdere zelfs. Want degene die ze nu droeg, stelde niets voor, áls ze er al een aanhad. Hij kon haar tepels door haar shirt heen zien.

'Sean?'

Hij schudde zijn hoofd. 'Ja?'

'Ben je niet enthousiast?'

Meer dan ze ooit zou geloven. 'Sorry?'

'We staan voor.'

'Oh. Juist.' Hij sloeg zijn handpalm tegen de hare. 'Maar we moeten nog een heel eind tot de vijftien.'

'En word maar niet te overmoedig met een punt voorsprong. Cass en ik laten jullie alle hoeken van de baan zien,' morde Liam terwijl hij Sean de bal toewierp.

'Cassidy, Liam. Ik hou niet van Cass.' *Ms.* Davenport stopte haar toch al strakke, nauwsluitende, babyroze shirt in haar witte broekje. Ze zou zich meer zorgen moeten maken om de strass-steentjes rond de halslijn, want Sean zag ze al over de vloer stuiteren als er iemand tegen haar op liep.

De blik op Liams gezicht toen ze hem corrigeerde, verraadde dat Lee dat misschien wel eens echt zou kunnen doen. 'Serveren, Sean,' zei hij met opeengeklemde tanden.

Ja, dit zou een lange wedstrijd worden.

En een zweterige ook. De meiden waren, ondanks hun ongepaste kleding, behoorlijk sportief. Livvy liet die kralen stuiteren en zwaaien terwijl ze de hele baan bestreek en de bal terugsloeg voordat hij voor de tweede keer de grond raakte. Hij was behoorlijk — en verrassend — onder de indruk.

'Heeft u al een pauze nodig, Cass?' Liam gebruikte die bijnaam al sinds Cassidy had gezegd dat ze er niet van hield. Sean had haar wel kunnen vertellen dat dat zou gebeuren. Cassidy was precies het type dat Liam had geleerd *niet* te waarderen, en Mac had er een handje van om hem aan haar te koppelen. Zijn laatste serieuze vriendin was precies zoals Cassidy geweest: een vrouw die naar de mannen in haar leven keek om voor haar te zorgen. Ze hadden zich allemaal afgevraagd waarom Liam zich zo liet commanderen, maar ze hadden er niets van gezegd. Dat was de Bro-Code. Tenzij ze een vriendin betrapten op vreemdgaan of iets anders vreselijks, steunden ze de keuze van hun broer. Dus toen bleek dat ze inderdaad iemand anders had zonder dat zij het doorhadden, was dat een enorme klap voor Lee, en sindsdien had hij vrouwen afgezworen. Het was gewoon wreed van Mac om hem de meest veeleisende cliënte te geven die ze had.

'Sean, ga je nog serveren of blijf je ernaar kijken? Ik heb niet de hele avond, hoor.'

Liam maakte lunges van links naar rechts en draaide zijn racket in zijn handpalm alsof er een fortuin op het spel stond.

'Kom op, Sean. Ik ben er klaar voor.' Livvy glimlachte naar hem en Sean wilde haar laten zien hoe klaar *hij* was —

Oké, er stond dus inderdaad behoorlijk wat op het spel.

Ze zag er zo verdomd schattig uit. En sexy als de hel. En die combinatie zou gegarandeerd zijn hersenen via zijn—

Hij serveerde.

En de bal haalde het niet.

'Nog eentje, Sean,' gromde Lee triomfantelijk achter hem. 'Als je de service verliest, kun je deze wedstrijd wel vergeten.'

Sean verloor de service niet, wist zijn hoofd er net genoeg bij te houden, en hij en Livvy scoorden nog twee punten voordat de beurt naar het andere team ging.

'Dames eerst.' Liam maakte een breed gebaar naar Cassidy en liet de bal naar haar toe stuiteren. 'Laten we deze twee eens laten zien hoe het moet, *Cass.*'

Ze keek hem vernietigend aan door haar — uiteraard — met strass versierde veiligheidsbril.

Maar ze had een gemene service en Sean moest zich concentreren om hem te retourneren. Toen begon Liam zich ermee te bemoeien en plotseling werd de wedstrijd bikkelhard. Sean zou verbaasd zijn geweest dat de meiden het bijhielden, als hij de tijd had gehad om verbaasd te zijn. De rally's volgden elkaar in moordend tempo op. Cassidy was geen groentje op de squashbaan, maar de arme Livvy speelde boven haar macht.

'Het spijt me,' mompelde ze toen ze hun vierde opeenvolgende punt weggaf. 'Ik ben blijkbaar een stuk roestiger dan ik dacht.'

Sean gaf haar een schouderklopje. 'Kop op. We staan maar twee punten achter.'

'Ja, maar we stonden er vier voor.'

'We komen wel terug.'

'Als jij het zegt.'

Hij probeerde ze weer tot op een punt of twee te laten naderen, maar Liam-met-een-missie en Cassidy, het lid van de squashclub van de country-club, gaven de service nauwelijks uit handen. De derde keer dat het wel gebeurde, had Sean kunnen zweren dat er een blik tussen hen werd gewisseld — en het was niet meer de vijandige blik waar ze mee begonnen waren.

'Kom op, Liv, vrolijk kijken,' fluisterde hij terwijl hij achter haar langs liep om zijn plek achterin het veld in te nemen. 'Je doet het geweldig.'

Ze trok haar wenkbrauwen op. 'Ik zou je definitie van *slecht* wel eens willen zien als jij dit geweldig vindt.'

Hij moest het haar nageven: ze gaf niet op. Ze bleef over die baan rennen en knalde een paar keer met haar schouders tegen de muur als ze haar vaart niet op tijd kon remmen. Ze zou een paar gemene blauwe plekken overhouden.

En hij wilde ze stuk voor stuk kussen.

'Punt!' Liam stak zijn armen in de lucht en juichte luid toen Sean de rally miste. Cassidy sprong op en neer, iets waar hij normaal gesproken van zou genieten als a) hij niet aan het verliezen was, b) Liam niet zo geïnteresseerd naar dat gespring keek, en c) Livvy niet zo ontmoedigd was over hun score.

Hij sloeg een arm om haar schouders. 'Kom op, Liv, we kunnen dit. Denk terug aan wat we in het begin deden. Toen stonden we bovenaan. Laten we teruggaan naar wat we toen deden en dit omdraaien. Ik weet dat we het kunnen.'

Ze keek hem onder haar wimpers vandaan aan en het viel Sean op hoe lang ze waren. En dat ze niet bruin waren zoals hij had gedacht, maar eerder roestkleurig. Nee, geen roest. Wijnrood. Ja, dat was het. Ze waren wijnrood. Net als haar haar. Het was geen gewone tint rood; er zat wat bruin en wat oranje en misschien zelfs wat blond doorheen. Het zag eruit als een glanzende massa wijnrode krullen, in een paardenstaart getrokken, op een paar eigenwijze lokken na die ontsnapt waren en vochtig tegen haar kaak krulden. Haar keel. Haar nek...

'Zóúden we het kunnen, Sean?'

Ze konden *het* doen en al het andere wat ze wilde, wanneer ze maar wilde

—

'Eh, ja.' Hij liet zijn arm zakken. 'We kunnen ze verslaan.' Juist. Hen. Cassidy en Liam. Het andere team. In de wedstrijd. Squash. 'We moeten ons gewoon concentreren.'

Op de wedstrijd. Op het racket. Op de bal. Niets meer.

'Je gaat eraan, Sean.' Liam had een ondeugende glinstering in zijn ogen en een arrogante grijns op zijn gezicht. 'Klaar om te huilen als een baby?'

'Kom maar op, broer.' Hij zette zijn voeten uit elkaar, boog zijn knieën en wachtte op de service van Liam.

Die was snel en krachtig en Sean genoot van de kans om ergens hard tegenaan te slaan. Hij sloeg de bal met zoveel kracht tegen de achtermuur dat hij tussen Liam en Cassidy door schoot met zo'n vaart dat hij blij was dat een van hen niet in de weg stond.

Cassidy raakte hem na de stuit met net genoeg kracht om hem bijna buiten het bereik van Livvy te houden.

Livvy deed een uitval en redde de rally op het laatste moment door languit over de vloer te gaan.

Sean wilde op haar af rennen toen hij haar een kreun hoorde slaken, maar Liam gaf niet toe. Natuurlijk deed geen van de broers dat ooit als het op sport aankwam, maar Lee leek even vergeten te zijn dat ze deze keer met vrouwen speelden, en smashte de bal zo hard dat hij floot terwijl hij op hem af vloog.

Sean ving de klap op en voelde de kracht door zijn arm trillen, ondanks de vering van het racket en de demping van zijn handschoen.

Toen was het de beurt aan Cassidy en opnieuw sloeg ze de bal soepel terug. Ze zag er zelfs goed uit terwijl ze het deed. Leerden ze dat op kostschool of op een instituut voor jongedames, of waar meiden zoals zij ook heen gingen om de onbelangrijke dingen in het leven te leren, zoals bloemschikken en de tafel dekken?

Livvy deed weer een uitval, en deze keer sloegen haar handpalmen op de vloer toen ze neerkwam. Sean trok een pijnlijk gezicht en probeerde vanuit zijn ooghoek te zien of ze in orde was, terwijl hij tegelijkertijd Liam in de gaten probeerde te houden.

Liam liet niets los. Hij smashte de bal opnieuw. Sean moest een snelle halve draai maken om in positie te komen, waardoor hij de kracht achter zijn slag verloor, maar gelukkig kreeg hij hem nog net tegen de muur voor de beurt van Cassidy.

Zij gaf hem een prachtige boogbal. Een klassieke slag... *als* ze aan het golfen was geweest, één been gestrekt, knie naar binnen gedraaid, rug elegant hol.

De arme Livvy deed hem denken aan Reggie na die storm: doorweekt haar dat aan een gezicht kleefde dat rood was van de uitputting, haar neus nog roder van de plek waar ze waarschijnlijk de vloer had geraakt bij een van haar duiken, haar kleding schots en scheef en aan haar vastgeplakt in zweterige plekken, de zoom van dat belachelijke rokje scheef, de kralen luidruchtig tikkend.

Hij vond haar volkomen prachtig.

En dat was het moment waarop Sean de volgende rally miste.

'Gewonnen!' Liams racket kletterde op de grond toen hij Cassidy in zijn armen nam en haar ronddraaide, terwijl ze met hun hoofden in de nek lachten. Uitdagend.

Sean wreef over zijn triceps. Die verdomde bal deed pijn. Hij zou een blauwe plek krijgen. Niet dat hij ijdel genoeg was om daarom te geven, maar hij zou er wel even blijven zitten — wat betekende dat Liam zijn overwinning minstens zo lang zou uitbuiten, en het verhaal dat hij zou verzinnen zou steeds sterker worden naarmate de kleur van de blauwe plek veranderde.

'Sorry.' Livvy streek met haar schouder tegen zijn andere arm.

De tinteling die dat teweegbracht raakte hem harder dan de bal had gedaan. Hij liet zijn hand over haar schouder glijden. 'Hé, trek het je niet zo aan. Het is maar een spelletje.' Als dit alleen tussen hem en Liam was geweest, zou hij in die woorden gestikt zijn.

'Dat weet ik, maar ik wilde winnen. Jij ook.'

'We pakken ze de volgende keer wel.' Oh, geweldig. Hij had zichzelf zojuist opgegeven voor een volgende martelgang.

Sean had afleiding nodig van die gedachte en draaide zich om. 'Dus Lee, willen jij en Cassidy nog—'

Sean hield zijn mond. Lee en Cassidy *wilden* wel, te oordelen naar de manier waarop ze langzaam langs zijn lichaam naar beneden gleed. En Lee liet niet los.

Maar toen deed hij dat toch. Snel. En Cassidy ook, ze struikelde bijna om bij Liam vandaan te komen.

Dit was niet goed. Liam was al eens eerder verbrand door een vrouw als Cassidy Davenport.

'Willen jullie wat gaan eten?' vroeg Sean. Vergeet die revanche; dat Liam Cassidy nu alleen naar huis zou rijden was *niet* in het belang van zijn broer.

Verrassend genoeg slaagde Liam er echter in om zijn blik los te scheuren van de lange, sexy definitie van een slecht idee.

Mooi zo. Misschien was hij toch niet zo weg van haar als het leek.

'Bedankt, maar ik moet naar huis.'

Lee deed een verdomd goede imitatie van iemand die er geen barst om gaf — tenzij je die iemand echt *kende*. En Sean kende Liam.

Shit. Dit was niet goed.

'De administratie stapelt zich op nu mijn assistente met zwangerschapsverlof is, en als de facturen niet de deur uitgaan, komt er geen geld binnen.' Liam keek Cassidy aan met meer van de misprijzende blik die Sean van hem gewend was. 'Zo werkt een bedrijf nu eenmaal.'

Even schoot er pijn over het gezicht van Cassidy. 'Ik weet heel goed hoe een bedrijf werkt. Ik heb met mijn vader samengewerkt, weet u wel.'

'Hoe zou ik dat kunnen vergeten?'

'Oké dan.' Sean wierp het racket naar Liam, aangezien de status quo was hersteld. 'Bel me maar als je Cassidy hebt afgezet. Ik moet een paar dingen met je doornemen.'

Hij zou wel iets verzinnen — misschien Lee's mening vragen over waar hij moest beginnen met zoeken naar vreemd uitziende wiegen, zodat hij Livvy te snel af kon zijn — in plaats van boven *op* Livvy te springen — en om te voorkomen dat Lee hetzelfde deed bij Cassidy.

Ja, dit zouden twee lange weken worden.

Hoofdstuk 18

Livvy staarde naar de babywieg in de vleugel van het museum die haar grootmoeder had gefinancierd. Het was dezelfde als op de foto, en op het plaquette naast het afzetkoord stond dat generaties Martinsons haar gebruikt hadden.

Olivia Martinson was de laatste naam op de lijst.

Olivia *Martinson*?

Livvy dacht van niet. Die naam stond niet eens op haar geboorteakte, en wat slapen in dat ding betreft... Wanneer dan? Voor zover zij wist had ze niet onder voogdij van de Martinsons gestaan tot ze vijf was. Was dit de poging van de oude dame om de dynastie op te poetsen?

Livvy staarde ernaar en probeerde zich voor te stellen dat zij in dat belachelijk overdadige, krullerige Victoriaanse ontwerp had gelegen. Ze had vast nachtmerries gehad—niets nieuws als het om de familie van haar vader ging. Inclusief de huidige speurtocht.

Livvy schudde haar sombere bui van zich af. Water onder de brug, gemorste melk, al die clichés. Ze was volwassen, hup, overheen.

Goed. Waar was de volgende aanwijzing?

Het moest iets op de plaquette zijn, want de museumconservator zou vast elke notitie of gravure op de wieg zelf al hebben gevonden, en haar grootmoeder had moeten weten dat die was afgezet voor het publiek—ook voor haar.

Waarom zou ze bovendien verwachten dat Merriweather het haar makkelijk maakte? Ze begreep nog steeds niet waarom die vrouw haar door deze hoepels liet springen. Wilde ze gewoon bekendstaan als degene die haar verloren kleindochter de kans gaf? Of was het omdat ze *wist* dat Livvy zou falen en haar wilde terugpakken voor de brutaliteit dat ze leefde?

Livvy ging op het bankje naast de tentoonstelling zitten. *Zou* haar grootmoeder zo doortrapt zijn geweest?

Het was mogelijk. Merriweather had zich bij leven zeker nooit ingespannen om haar in de familie te verwelkomen; waarom zou ze dan in de dood anders zijn?

Livvy stond op, klaar om te gaan. Ze ging niet langer naar het pijpen van haar grootmoeder dansen. Het kon haar niets schelen wat de volgende aanwijzing was of waar die was of waar die toe leidde of wat dan ook. Laat de oude vrouw zich maar omdraaien in haar graf, verteerd door de gedachte dat Livvy haar orders niet opvolgde. Het kon Livvy niets schelen. Ze had het zonder deze plek best gered toen de vrouw nog leefde en ze zou het nu net zo goed doen nu ze er niet meer was.

Ze draaide zich om om weg te lopen en stootte tegen een van de paaltjes die de koorden omhooghielden om het publiek buiten te houden. En haar. Ze hielden *haar* buiten. Precies zoals Merriweather wilde.

Livvy slikte de steek van tranen weg. Waarom was ze nooit goed genoeg geweest voor die vrouw? Hoe kon Merriweather de zonden van de ouders op haar verhalen, een onschuldig kind? Heel haar leven had ze zich gedeisd gehouden, om de naam Martinson niet te bezoedelen, omdat ze nooit de volle toorn van Merriweather had willen voelen.

Waarom? Wat had ze gedaan? Wat was er mis met haar dat haar eigen grootmoeder haar niet eens had willen leren kennen?

Met tranen die haar zicht vertroebelden, tikte Livvy opnieuw tegen het paaltje, dit keer met een wilde graai om te voorkomen dat het op de vloer viel. Dat kon ze er nu nog wel bij hebben: de aandacht op zich vestigen terwijl ze emotioneel in de kreukels lag.

Maar foei. Foei dat ze zich door Merriweather's onverschilligheid liet raken. Ze was geen kind meer. Ze kende de mores van de wereld en de kronkels van het kleine geestje van een gemene, oude vrouw.

Diepe in haar buik begon het te gloeien. Wilde die vrouw dat ze faalde? Nou, geen denken aan. Ze ging die aanwijzingen vinden en het landhuis erven en met volle teugen genieten van elk moment dat ze het aan de hoogste bieder zou verkopen. Laat Merriweather zich dáárvoor maar omdraaien in haar graf.

Livvy zette het paaltje recht, wreef de hoeken van haar ogen droog en rolde haar schouders naar achteren. Ze was heus niet van plan om die oude feeks te laten winnen.

Ze las de plaquette opnieuw. *Generaties van familieleden Martinson sliepen in deze voortreffelijke weergave van ieders kinderdroom. Het Victoriaanse ontwerp werd in opdracht gegeven door Albert Martinson, gelijktijdig met verschillende aanpassingen die hij ambachtslieden aan het Martinson-landgoed liet uitvoeren.*

Ieders kinderdroom? De hare niet. Het ding leek eerder op een nachtmerrie. Ze had al helemaal niet durven dromen als het de Martinsons betrof.

Maar nu droomde ze over het dienstmeisje van de Martinsons. Zou *dat* de oude Merriweather niet op de kast jagen?

Geit. O jee. Ze moest nog langs de voerwinkel om een speciale mix van graanproducten op te pikken voor Dodger en zijn broers, om de wolvezels te compenseren die ze recent aan hun spijsverteringskanaal hadden toegevoegd.

Ze las de plaquette nog eens en maakte toen een foto om die later aan Sean te laten zien, om te kijken wat hij ervan vond.

Sean schoof de sofa terug op zijn plek in de derde zithoek op de bovenverdieping in de westelijke vleugel, nadat hij het tapijt eronder had gestofzuigd. Hoeveel plekken hadden mensen nodig om te zitten en te kletsen in Merriweather's tijd? En dan nog wel op de slaapverdieping? Hij schudde zijn hoofd. Wie begreep de superrijken? Maar het was niet aan hem om te klagen; hij was al lang blij dat dit hoekje en de andere soortgelijke bestonden. In zijn architectenplan moesten ze worden omgebouwd tot vergaderruimtes voor een extra inkomstenbron.

Sean zette de salontafel voor de bank recht en zette de uitbundige kristallen snuisterijen terug die hem bijna een half uur hadden gekost om af te stoffen. Als hij nooit meer een hoekje of gaatje hoefde te zien, had hij het nog steeds meer dan gehad.

De staande klok in de nis achter hem sloeg. Twaalf uur. De honden hadden hem om vijf uur wakker gemaakt toen Livvy ze had uitgelaten. Dus was hij opgestaan en had hij de tijd gebruikt om de kinderkamer op de derde verdieping leeg te ruimen, al was hij in werkelijkheid op zoek geweest naar de volgende aanwijzing, zelfs loszittende vloerdelen controlerend op een verstopplek. Als het potje racquetbal van gisteren hem iets had geleerd, dan was het wel dat Livvy niet opgaf en een hekel had aan verliezen. Dat hadden ze gemeen.

Onder andere dingen.

Hij verschoof ongemakkelijk, denkend aan de marteling die gisteren was geweest. Haar tuttige froufrou-rokje had hem geprikkeld om te raden wat eronder zat; haar shirt niet—en die lippen van haar hadden hem doen verlangen elke welving van haar glimlach te proeven. Hij moest echt afstand houden en ophouden haar te kussen.

Het probleem was dat hij niet *wilde* ophouden haar te kussen. Livvy kussen was anders dan welke andere vrouw dan ook kussen en hoewel hij dat leuk vond—meer dan leuk—zat het hem ook danig dwars. Waarom zij? Wat was er zo bijzonder aan *háár*? Als er íets was, dan had deze hele nachtmerrie met haar en het huis en het geld hem zo op haar moeten doen afknappen dat ze naakt in dezelfde kamer konden staan en het hem niets zou doen.

Behalve dat dát niet gebeurde. Alleen al de gedachte aan haar naakt maakte hem zo hard als deze verdomde tafel en vertroebelde zijn oordeel, haalde zijn focus weg van waar die hoorde, deed hem zijn investering heroverwegen. Zijn bedrijfsplan. Zelfs zijn leven.

Wacht—zijn leven? Was hij niet goed bij zijn hoofd? Zijn *zaak* wás zijn leven. Deze plek. *Dit* was de droom. Degene waarvoor hij had gekozen toen Liam zijn eerste honderd K had binnengehaald. Toen Bryan die grote filmrol had gekregen terwijl Sean nog steeds beschimmelde oude B&B's uitmestte om ze in 'pittoreske' staat te krijgen om zijn bedrijf op te bouwen. Hij was niet van plan al zijn harde werk op te geven. Al zijn vastberadenheid. Verdorie, hij had zelfs het daten op pauze gezet en ervoor gekozen relaties te beëindigen voordat ze te serieus werden, zodat hij zijn professionele ambities kon waarmaken. Hij was niet van plan een vrijgevochten type in bohemienkleding, met een zwak voor boerderijdieren boven normale sociale egards, te laten afbreken wat hij zo hard aan het opbouwen was. Hij had dit landgoed nodig. Dat zou al het harde werk, al het offer, al het compromitteren van zijn principes de moeite waard maken.

Hij had die verdomde aanwijzing nodig.

Sean zette de kristallen piramide neer en lette erop het mahoniehouten tafelblad niet te beschadigen. *Babywieg.* Wat in hemelsnaam had Merriweather daarmee bedoeld? Hij had niets in de kinderkamer gevonden en als er al een speeltuin op dit terrein was, had hij die nog niet gezien. Al zijn gezoek op internet had niets opgeleverd. Hij zou moeten kijken waar Livvy mee was gekomen zodra ze thuiskwam.

Wat ze ook deed terwijl hij aan de lunch zat, wervelend door de keukendeur met een flits blote buik die zijn mond zowat kurkdroog maakte en elke hap lucht uit zijn longen zoog. De herinnering aan haar romige, getonede huid had hem half de nacht wakker—en hard—gehouden. Die vrouw was op zo veel fronten een plaag.

'Hé, Sean! Hoe is het?' vroeg ze, haar haar kringelend om haar heen in het zonlicht dat door de ruitjes naar binnen stroomde als een kurkentrekker-halo. 'Waar zijn de honden?'

Hij nam een slok van zijn ijsthee. Hoe *wás* hij? Keihard en even gefrustreerd.

En dan was er nog de hele nachtmerrie van deze situatie en wat hij eraan ging doen, om nog maar te zwijgen van klinken als Merriweathers stomme gedichten.

'Uh, goed,' was het veiligste antwoord. 'En ik heb ze naar buiten gelaten. Ik ben verbaasd dat je ze niet hebt gezien. Ah, shit. Misschien zijn ze weggelopen?'

Livvy schudde haar hoofd. 'Dat is het met opvanghonden; ze zijn dankbaar voor het thuis dat je ze geeft. Ze gaan nergens heen. Waarschijnlijk verkennen ze gewoon hun nieuwe territorium. Ze komen wel terug.'

Mooi. Hij hoefde haar viervoetige familie ook niet nog van haar af te nemen. 'Dus, succes gehad?'

Ze haalde haar schouders op en daar kwam dat stukje blote buik weer tevoorschijn. Die vrouw had nieuwe kleren nodig. Bij voorkeur iets saais als een jutezak. Al zou ze daar waarschijnlijk ook prachtig in staan. Livvy *wás* prachtig en haar zonnestraal-personality maakte de buitenkant alleen maar aantrekkelijker.

'Ik heb de wieg gevonden. Mijn grootmoeder beweert dat ik erin heb geslapen, maar dat kan niet. Ik vraag me af of haar geest aan het eind achteruitging.'

Sean had zo zijn redenen om vraagtekens te zetten bij het functioneren van

Livvy's grootmoeder, maar dat ze haar verstand kwijt was, hoorde daar niet bij. 'Merriweather leek mij behoorlijk scherp.' En behoorlijk *haai* ook. Ze dreef *hem* tot waanzin, maar Mac had waarschijnlijk gelijk. Omdat hij één-op-één met haar had te maken gehad bij het maken van zijn plannen, kon Sean bevestigen dat Merriweather een gewiekste zakenvrouw was. Hij durfde te wedden dat ze precies had geweten wat ze deed door haar testament te wijzigen en hem toch te laten geloven dat de plek van hem was.

Al had wedden hem de laatste tijd niet veel goeds gebracht.

Livvy hees zich op het aanrecht naast de barkruk waarop hij zat, rook veel te verdomd lekker naar zijn zin en hij bedacht zich wat dat wedden betrof.

'De wieg was afgezet, dus ik kon niet dichtbij komen, maar ik betwijfel of er iets in of op zat dat ik moest zien. Mijn grootmoeder zou geweten hebben hoe het museum ermee om zou gaan, dus ze kon niet verwachten dat ik het van heel dichtbij kon inspecteren.' Ze haalde een digitale camera uit de zak die als haar tas fungeerde. Hij had nog nooit zo'n armzalige tas gezien, maar bij Livvy was alles altijd net een tikkie uit het lood. 'Hier, lees dit. Zeg me wat jij denkt dat het betekent.' Ze zoomde in op een bordje.

Lezen? Mooi niet. Sean pakte zijn glas en ging staan. Proberen de letters te ontcijferen was te vernederend om in de buurt van andere mensen te doen, zelfs zijn eigen familie. Hij haatte het om die zwakte te tonen, en hij zou verdomd zijn als hij Livvy het liet zien. En hij ging zeker zijn tablet er niet bij pakken om het voor hem te laten voorlezen. In de loop der jaren had hij trucjes geleerd om te voorkomen dat mensen achter zijn 'probleem' kwamen. Dat móést wel; ze zouden hem meewarig aankijken zodra ze het ontdekten en het zou hun mening over hem kleuren. Als er iets was wat Sean haatte, was het wel medelijden. 'Soms wordt het duidelijker als je het hardop leest.' Hij maakte er een heel nummer van om meer ijsthee uit de koelkast te halen. 'Waarom lees jij het me niet voor?'

Livvy knabbelde op haar onderlip—verdomme—en kantelde toen haar hoofd opzij, die prachtige rossige krullen die over haar arm en over haar borst golfden, de puntjes bijna het aanrecht rakend, en Sean moest een kreun wegslikken terwijl hij probeerde *niet* te fantaseren hoe ze over zijn huid zouden aanvoelen.

Verdomde stomme broek.

Hij schoof terug op de barkruk voordat de dunheid van de stof nog *duidelijker* werd, maar toen kreeg hij het aanblik van Livvy's perfect gevormde kuit cadeau terwijl ze die over de andere sloeg in een ritme dat alleen zij kon horen, haar malle combatboot raakte zijn arm héél even en Sean was niet van plan te bewegen.

Zielig. Zo verdomd zielig dat hij zich moest bedwingen om te focussen op wat ze hem vertelde in plaats van op de sensuele manier waarop haar lippen bewogen *terwijl* ze het vertelde.

'Ik denk dat de aanwijzing te maken heeft met wie de wieg heeft gemaakt. Op het bordje staat dat een ambachtsman hier in de buurt werk deed.' Ze streek haar haar achter haar oren, waardoor het weer tegen haar borst zwiepte, en Seans pik schokte bij die beweging.

Echt verdomd stomme broek.

'Met de omvang van deze plek kan dat wel eens veel langer dan twee weken duren om uit te zoeken.' Ze stak de camera opnieuw naar hem uit en de geur van haar parfum of zeep—of met zijn geluk, haar normale, alledaagse,-maak-hem-gek geur—kringelde om hem heen als een net dat hem binnenhaalde. 'Wat denk jij?'

Hij dacht eerder aan de daad die wiegen *vult* dan aan de wiegen zelf. 'Ik denk dat je beter niet zo dicht bij me kunt zitten.'

Ze kantelde haar hoofd nog wat verder en zag er veel te lief uit. 'Niet? Waarom?'

Moest ze dat echt vragen? Seans zelfvertrouwen kromp een beetje—maar dat was het enige. Man, ze zag er verbluffend uit met dat wilde haar en die heldere ogen en die borsten die zo tegen haar top spanden dat hij de contour van haar tepels kon zien.

Vooral toen ze recht voor zijn ogen harder werden.

De sfeer sloeg in een oogwenk om. Hij voelde het voordat hij zag hoe ze naar hem keek. Naar zijn lippen, om precies te zijn. Wat hem prima uitkwam, want dan kon hij naar de hare kijken en zich afvragen hoe de glans van vocht die haar tong achterliet wanneer die erover streek, zou smaken. En hij kon staren naar de trilling van haar polsslag in de holte van haar keel en zichzelf toestaan zich die op zijn tong voor te stellen. Of hoe die tepels zouden aanvoelen tegen—

Afblijven, Manley.

Hij luisterde niet naar zijn stem van de rede. Hij kón niet. Niet met die grootogige blik die Livvy hem toewierp en de manier waarop ze de camera op het aanrecht legde, vervolgens op haar handpalmen achteroverleunde, haar borsten nét genoeg van hoek veranderden zodat die uitdagend puntige tepels op hem gericht waren als een hittezoekende raket en, ja, dat was precies wat hij in deze verdomd stomme broek had. Ze moest echt niet zo dicht bij hem zitten.

'Waarom?' Tegen beter weten in kwam hij overeind. 'Daarom.'

Hij trok haar de vijfentwintig centimeter over het aanrecht naar zich toe tot ze recht voor hem zat, haar benen aan weerszijden van zijn heupen, zijn hand stevig geklemd om de perfecte spieren van haar waanzinnig lekkere billen, terwijl haar warmte nog maar een paar centimeter verwijderd was van waar hij haar wilde hebben.

'Ik ga je kussen, Livvy.' Hij liet zijn vingers door haar haar glijden, zoals hij al had willen doen sinds hij haar voor het eerst zo vorstelijk sexy in de hal had zien staan. 'En jij gaat me terugkussen.'

'Dat doe ik?' Ze likte weer over haar lippen.

Hij antwoordde niet. In ieder geval niet met woorden.

Hij spreidde zijn handpalm tegen de ronding van haar taille en streelde de huid die hem al had getreiterd sinds ze was binnengewalst en alle zuurstof uit de ruimte had gezogen. Haar huid voelde verdomd zijdezacht onder zijn vingertoppen. Haar fladderende ademhalingen joegen de zijne op tot hij voor hij het wist met beide handen in die wilde, schuimende wolk dook die zij haar haar noemde maar hij de hemel, en zijn tong al die zoete, geheime plekjes in haar mond ontdekte. Haar hete adem brandde een vuur door hem heen en schoot naar precies dat deel van hem dat tegen dat deel van haar drukte dat hij beter wilde leren kennen, en haar handen grepen zich vast aan die verdomde flodderbroek die ineens lang niet flodderig genoeg was, want hij wilde elke samentrekking en ruk die ze maakte kunnen voelen. God, hij wilde haar op het aanrecht neerleggen en haar nemen tot geen van beiden nog helder kon denken.

Verdomme, als hij overwoog om dat te doen, dacht hij nu al niet meer rechtuit.

Wat de perfecte smoes was om het te doen.

Hij liet zich op haar zakken, drukte haar tegen het graniet, verschoof zodat haar benen zich om zijn middel konden krullen en haar verbluffend, heerlijk zachte borsten tegen zijn borst werden geduwd, haar hoofd schuin om de kus te verdiepen terwijl ze tegen hem bewoog. Sean moest zich concentreren om niet klaar te komen in die stomme broek, wat niet makkelijk was terwijl zijn handen over oppervlakken gleden waar hij—recentelijk—alleen over had gedroomd, rondingen omklemden waar hij over had gefantaseerd, en de temperatuur in de keuken sneller steeg dan Merriweathers professionele heteluchtoven van 7.000 dollar.

Grote fout. Enorm.' Orwell bekrachtigde zijn commentaar met een setje klauwen in zijn schouderbladen.

'Godverdomme!' Sean schoot overeind.

'Godverdomme! Godverdomme!' Orwell had zelfs zijn stem perfect te pakken.

'Oh, nee!' Livvy duwde zichzelf overeind op haar ellebogen. 'Je moet oppassen met wat je in zijn buurt zegt, Sean.'

'Godverdomme!' Orwell klapperde met zijn vleugels, waardoor veren over het hele aanrecht vlogen.

Sean haalde diep adem en dwong zijn lichaam om verdomme te kalmeren. Jezus. Eén kus van twee minuten en al het bloed had elk celletje in zijn lichaam verlaten behalve die in zijn kruis.

Hij stapte weg uit de wieg van Livvy's dijen.

Slecht idee. De zwaartekracht had gedaan wat zijn handen met haar rok hadden willen doen: hem rond haar heupen laten glijden, en verdomme, daar tussen haar benen lag het schrielste driehoekje babyroze stof. Iets zo uitgesproken vrouwelijk naast het camouflage-rokje, die lompe laarzen en het vaal olijfgroene shirt dat, bij haar, ongelooflijk sexy was, en Sean voelde al dat zuidelijke bloed in mars gaan.

Orwell fladderde op Livvy's buik. *'Godverdomme.'*

Sean zou zweren dat die verdomde vogel hem een knipoog gaf. 'Godver—'

'Oké, nu we dát specifieke scheldwoord stevig in Orwells vocabulaire hebben verankerd, lijkt het me tijd dat hij iets anders leert.' Livvy ging rechtop zitten en wist in één vloeiende beweging haar top omlaag en haar rok weer op zijn plek te krijgen—zo effectief als een kluisdeur dichtslaan. Ze zette de papegaai op haar schouder, waar hij hem met een grijns aankeek.

'Livvy.' Sean legde een hand op haar arm.

De vogel haalde ernaar uit.

Sean trok hem net op tijd terug. Maar dat was niet genoeg om hem af te schrikken. 'Livvy, we moeten bespreken wat er net is gebeurd.'

'Waarom?'

Ze hield haar hoofd een tikje schuin en haar krullen golfden over haar borsten, en Sean moest zijn handen in zijn zakken steken om ze niet alleen van haar af te houden, maar ook om nog een greintje waardigheid te redden zodat zijn keiharde erectie niet door die stomme stof werd afgetekend.

'Omdat we niet kunnen doen alsof het niet gebeurd is.'

Ze streek een paar krullen achter haar oor. 'Was je dat van plan? Ik niet. Ik vind het lekker om je te kussen.'

Haar openhartigheid was zo onverwacht, zo ontwapenend, dat Sean niet wist wat te zeggen. Hij koos voor 'Echt?' wat hem bijna onder het aanrecht deed kruipen van schaamte. Ze liet hem zich weer voelen als een puber.

Hoewel dat niet per se een slechte zaak was.

'Kon je dat niet merken?' De hoek van haar mond krulde omhoog, waardoor de schittering in haar amberkleurige ogen werd benadrukt.

Opnieuw sloeg verlangen hem in de maag en benam hem de adem.

'Sean? Gaat het?'

Eigenlijk vond hij het behoorlijk frustrerend dat zij nog kon ademen. En grappen maken. En een gesprek voeren. Blijkbaar raakte hij haar niet zoals zij hem raakte. 'Ik moet mijn excuses aanbieden. Normaal gesproken loop ik niet rond om klanten te kussen of—'

'Misschien zou je dat wel moeten.'

'Huh?'

Ze zette de vogel op het wagenwiel aan het plafond waaraan de pannen hingen, en het verdomde onheil kroop eroverheen alsof het een klimrek was. Sean *wachtte* er gewoon op dat het beest hem zou dopen met zijn opnieuw opgebrachte ontbijt—voor welgeteld een seconde, want Livvy sprong van het aanrecht, pal voor hem neer.

Pal voor hem.

'Ik zei: misschien zou je je klanten wel moeten kussen. Je bent daar behoorlijk getalenteerd in. Niet dat je dat niet in het schoonmaakdepartement bent, maar ik zie niet in waarom we die twee niet zouden kunnen combineren. Het is niet alsof we kunnen doen alsof er niets tussen ons is, en tenzij jij opzegt of ik je ontsla, zitten we hier aan elkaar vast. En ik weet vrij zeker dat als ik je ontsla, dat reden voor een rechtszaak zou zijn.'

Sean werd al buiten adem van alleen al naar haar luisteren. Onder meer. 'Je lijkt hier goed over nagedacht te hebben.' Hij wist niet of hij gevleid of beledigd moest zijn.

Ze haalde haar schouders op, en dat trok zijn aandacht meteen weer naar die prachtige borsten die zo uitdagend onder haar shirt bewogen.

Hij ging voor gevleid.

'Ja, enigszins.' Ze streek haar haar achter haar oren. Die waren schattig.

Jezus. Het zat goed mis met hem.

'Ik bedoel,' ging ze door, onbewogen, alsof ze het over het weerbericht had, 'het is niet alsof ik jou of je effect op mij kan negeren. Bovendien wil ik dat niet.'

'Ben je altijd zo openhartig?'

Ze haalde nog eens haar schouders op. Een extra bonus. 'Geen zin om om de hete brij heen te draaien. Het leven is te kort. We voelen ons tot elkaar aangetrokken. Niks mis mee.' Haar vingers maakten een kleine verkenningstocht onder zijn shirt en Sean voelde elke aanraking tot in zijn tenen. 'Dus als je me nog eens wilt kussen, ga ik niet klagen.'

Moest ze het hem zó verrekte makkelijk maken? Wat het alleen maar zó verrekte moeilijk maakte. Het maakte een hoop dingen hard, maar Christus nog aan toe. Hij probeerde haar erfenis van een miljoen dollar onder haar vandaan te trekken. Wat voor vent zou hij zijn als hij op haar aanbod inging en dat dan deed?

Ze ging op haar tenen staan, legde haar handen in zijn nek, kantelde zijn hoofd omlaag en trok hem in nog een kus.

Hij zou een dwaze, wanhopige kerel zijn die nog één keer wilde proeven.

Haar tong zocht de zijne, haar vingers gleden door het haar in zijn nek, haar tepels verstrakten tegen hem... en Sean was verloren.

Het was veel meer dan één keer proeven.

God, wat smaakte hij goed. Hij *rook* zó lekker. Hij *voelde* zó goed.

Livvy kon niet dicht genoeg bij Sean komen. Ze zou zich zorgen moeten maken over hoe ongepast dit was, maar met hem rondhangen, racketball spelen, bij hem zijn...

Ze was eenzaam. Haar co-opfamilie was aardig, maar ze waren niet *dit*. Ze had *dit* al veel te lang niet gehad en ze miste het. Het was niet alsof ze met iedereen zo'n vonk had en verdomme, wat was de reden om er niet naar te handelen? Ze trok hier niet voor altijd in, dus het zou geen ongemakkelijke complicaties voor de rest van hun leven veroorzaken.

Ja, maar is het een goed idee? Wat weet je nu echt van die vent? Misschien is hij alleen maar in je geïnteresseerd zodat je zijn sugar mama wordt. Je moet toegeven, dit huis is een goed lokkertje.

Nee, dat ging ze niet toegeven. Het was niet alsof ze elkaar eeuwige liefde zouden zweren... Seks was geen happy end. Ze konden gewoon van hun tijd samen genieten. Als ze één ding van Merriweather had geleerd, was het dat ze nergens en niemand op kon rekenen, dus leefde ze in het moment. Het hier en nu. Dat bestond uit zijn armen en zijn lippen en o, God, zijn handen... Ze waren naar haar achterwerk afgedwaald en deden duizend vonken onder haar huid ontvlammen, dus haar geweten kon mooi opdonderen en haar hiervan laten genieten.

Ze wreef met haar buik tegen zijn erectie. Daarvan was het al een stuk langer geleden.

'Livvy, we moeten—'

Ze duwde haar tong weer in zijn mond. Zo kon hij niet praten. Ze wilde niet dat hij praatte. Ze wilde dat hij kreunde. En steunde. En misschien zelfs haar naam uitschreeuwde in een lange, slepende kreet. Maar geen praten. Geen reden om *nee* of *stop* of *wacht* te zeggen... Ze wilde niet wachten en ze wilde *zeker* niet stoppen.

'Ik wil je, Sean.'

Drie woorden en de dammen braken. Welke tegenwerping hij ook op het punt stond te uiten, verdween in haar mond terwijl hij zijn tong naar binnen duwde en de kus overnam.

Ze liet hem maar wat graag begaan.

Eén hand omvatte haar billen, en de andere trok het zoetste beetje hemel langs haar ruggengraat en raakte verstrikt in haar haar, het naar achteren trekkend met precies de juiste dosis *verlangen* en *sexy* waardoor Livvy bijna aan zijn voeten wegsmolt.

'Dit is geen goed idee,' mompelde hij tegen haar keel. Maar hij hield niet op haar keel te kussen.

'Daar ben ik het niet mee eens,' hijgde ze, onder de uitwerking van de cirkels die zijn tong trok.

'We moeten samenwonen.' Hij knabbelde aan de pees in haar hals en Livvy wilde bijna flauwvallen.

Maar dat deed ze niet. Vrouwen die flauwvallen missen het leukste. 'Dus het probleem hiermee is... ?'

Toen kreeg ze de kreun. En een steun. En werd ze weer op het aanrecht getild, dit keer met beide handen door haar haar, en zijn harde lichaam—*alles ervan*—tegen haar aan, precies waar ze het wilde hebben.

Maar ze wilde het naakt.

Dus trok ze de onderkant van zijn shirt uit zijn broek en liet haar handpalmen over de gladde, lenige spieren omhoog glijden, elke getrainde, fitte centimeter zette haar zenuwuiteinden op *Rillen*.

Hij had precies de juiste hoeveelheid haar op zijn borst, genoeg om haar vingertoppen—en haar tepels—te plagen, en ze kamde erdoorheen, snakkend om haar wang ertegenaan te nestelen.

Ze schoof zijn golfshirt hoger op, en toen hoefde ze zich er ineens geen zorgen meer over te maken, want Sean nam het over, trok het van achteren over zijn hoofd en zette zijn handen weer in haar haar in één vloeiende, sexy, mannelijke beweging waardoor haar buik hunkerend zuchtte.

Hij beet zachtjes in haar onderlip.

Zij likte over zijn bovenlip.

Hij kreunde.

Zij glimlachte.

'Trots op jezelf?' gromde hij, terwijl hij haar dichter tegen zijn borst trok en zichzelf nestelde tussen haar dijen, waar haar slipje al volkomen nutteloos was tegen het verlangen dat hij in haar aanwakkerde.

'Trots? Nee. Wanhopig? God, ja.' Ze wiebelde tegen hem aan. 'Raak me aan, Sean. Ik heb je handen op mijn lijf nodig.'

'Ah, Livvy. Dit is zó'n slecht idee.' Maar hij deed het toch.

Zijn handen gleden van haar gezicht om over haar schouders te strijken, zijn duimen speelden langs haar sleutelbeen; elk contactpunt was een ontstekingsknop voor haar libido.

Hij liet zijn handpalmen langs haar armen zakken en verstrengelde hun vingers, terwijl hij ondertussen de verleidelijke veeg van zijn tong in haar mond, langs haar lippen, over haar kaak voortzette, nestelend in het gevoelige plekje van haar hals.

Hij leidde haar handen over haar lichaam omhoog, beide passend over haar rondingen, ze trokken spiralen om haar tepels, zonder ze echt aan te raken, maar o zo dichtbij. Ze draaide zich een beetje, maar Sean verplaatste hun handen voordat ze ze kreeg waar ze ze hebben wilde.

In plaats daarvan deed hij iets bijna obsceen sexy: hij bracht hun vingertoppen naar waar hun lippen elkaar ontmoetten; de zachte strijkbeweging was even erotisch als een intieme streling, en het snelle likje aan haar vingers dreef haar bijna over het randje.

Ze kermde, verlangend naar meer, maar wetend dat hij het haar niet zou geven. Hij plaagde haar, en daar was hij verdomd goed in.

Maar zij deed ook niet voor hem onder, dus liet ze haar vingers uit de zijne glippen en schoof ze onder de tailleband van zijn broek, net boven zijn achterste, waar ze zich spanden tegen de geweldige spieren onder zijn huid.

'God, Livvy, voorzichtig.'

'Doet het je pijn?'

Hij zette nog een lange, natte kus langs haar kaaklijn, eindigend net onder haar oor, en stuurde rillingen door haar hele lijf. 'Niet op de manier die jij bedoelt, maar je laat me zeker branden van verlangen.'

Toen glimlachte ze. Ze voelde de pijn waar hij op doelde, en ja, die groeide met de nanoseconde.

'Laten we ons uitkleden, Sean.'

Ze voelde de adem uit zijn lichaam wijken. Voelde de rillingen die hem doortrokken. Goed.

'Livvy, je kunt dat niet zeggen met je benen om me heen geslagen en dan niet verwachten dat ik er iets mee doe. Ook al zit je op het aanrechtblad.'

Ze liet haar handen over zijn borst glijden, draaide met haar vingertoppen door het haar, en trok er vervolgens héél voorzichtig aan. 'Waarom denk je dat ik het zei?'

Hij kwam gewillig naar haar toe, kreunend opnieuw, zijn lippen klonken op de hare terwijl hij haar weer achterover op het graniet legde; wat tussen haar benen bewoog, was net zo hard. Livvy wilde hem. Vreselijk graag. Of eigenlijk heerlijk graag. Al mocht hij best slecht zijn als hij dat wilde. Wat hij ook wilde, zij was er net zo klaar voor als hij.

En dat was nogal wat.

Ze sloeg haar armen om zijn schouders, wilde hem in zich opnemen, beantwoordde elke stoot van zijn tong met de hare, en beantwoordde elke wrijving tegen haar bekken met haar eigen geven-en-nemen.

'Ik wil je, Sean,' hijgde ze toen hij haar even lucht gunde—alleen om het weer te stelen door zachtjes in de welving van haar hals te bijten.

'Ik wil jou ook, Livvy,' fluisterde hij, zijn adem heet tegen haar huid.

Sean was heet tegen haar huid, in alle betekenissen van het woord.

'*Ik wil jou ook, Livvy,*' klonk er een schel gekras van boven hen.

Geweldig. Orwell had iets nieuws aan zijn repertoire toegevoegd.

Toen liet hij een cadeautje vallen op het aanrecht naast haar.

Lekker sfeerverpestend.

'Sean.' Livvy wilde dit niet beëindigen, maar hoezeer ze ook in het moment kon opgaan met hete, bezwete seks, ze had geen zin om te gaan rollen in vogel*cadeautjes*. 'Sean.' Ze trok zijn hoofd achterover. 'Sean, we moeten stoppen.'

Stoppen? Sean staarde naar haar omlaag, haar ogen groot, haar huid rood aangelopen, met een net-gekuste zwelling in haar lippen die hem bij zijn buik greep en omdraaide. Hemeltjelief, wat was ze prachtig. Hij wilde niet stoppen. En zij ook niet.

Ze wilde hem. Zo voor hem uitgestrekt lieten haar tepels weten hoeveel ze hem wilde, haar borstkas trilde met de snelle ademhaling die ze geen enkele moeite deed te verbergen... ze wilde niet dat hij stopte. Zij zat net zo in dit moment als hij.

En toen brak Orwell het moment weer binnen met een opnieuw totaal onhandig getimede: '*Ik wil jou ook, Livvy.*'

Verdomme, die vogel.

Sean had het stomme beest misschien genegeerd, maar hij zag wat er op het aanrecht naast Livvy's schitterende haar lag, en tja, juist. Dat werkte behoorlijk als sfeerkiller.

En toen klonk er een heleboel gekrabbel aan de achterdeur, wat het moment *helemaal* wegvaagde.

En toen begon het gehuil.

Gejank?

'Ringo!' Dit keer was het Livvy die zich losmaakte, haar been omhoog zwaaide en om hem heen naar voren haalde zodat, als hij erop bedacht was geweest, hij aardig wat te zien had gekregen, maar omdat hij dat niet was, was het voorbij voor hij het wist. Haar rok fladderde rond haar dijen terwijl ze op het aanrecht draaide, een soort gymnastische move deed en eindigde naast hem voor de duur van een hartslag, voordat ze—*weer* met die zwier—naar de deur wipte. Ze smeet hem open, ving hem net voordat hij tegen dat drie-dubbel dikke granieten aanrecht knalde, en wierp toen haar armen wijd om de grootste, natste kus op te vangen buiten degene die hij haar net had gegeven.

De honden stormden naar binnen, de rottie liep Livvy praktisch onder de voet om in haar armen te belanden. Geweldig. Nog effectiever als buzzkill dan Orwells kleine 'cadeau'.

'Hé, Liv. Jij hebt me daar een welkomstcomité.' Een grote kerel liep via de achterdeur naar binnen.

Een grote, *knappe* kerel die Livvy goed genoeg kende om haar *Liv* te noemen en die nóg een hond bij zich droeg. Hoewel je dat ding nauwelijks een hond kon noemen. Het was meer een plumeau met pootjes. Met een strik op zijn kop. Een paarse. Het zag eruit alsof het eerder bij de over-geaccessoriseerde Cassidy Davenport hoorde dan bij de bohemienachtige Livvy Carolla.

'Sorry daarvan, Kerry. Ik weet zeker dat ze je missen.' Livvy wreef door de graafmachine-achtige wangen van de rottie.

De kleine pluizenbol in de armen van de kerel gromde en wurmde zich. Sean trok zijn shirt aan en greep de kans om te glimlachen. De pluizenbol deed hem aan Livvy denken: ongepast gekleed voor de situatie en te klein om het verschil te maken, maar er vol voor gaan terwijl er best een grauw of twee in zat.

Net als die hij er een paar minuten geleden uit had gekregen.

'Kerry, je bent Mr. Choo's schoentjes vergeten. Ik heb zijn nagels net laten knippen.' Nog een kerel kwam binnen en plukte de pluizenbol uit Kerry's armen. 'Mr. Choo, jij houdt nú op of ik laat John met je doen wat hij wil.'

Het hondje moest het begrepen hebben, want het hield midden in een piep zijn kop.

Maar toen besloot Orwell zich ook bij het feestje te voegen. *Ik wil jou ook, Livvy.*

Kerry, de andere kerel en Livvy knipperden alleen maar naar de vogel. Sean wilde er fricassee van maken.

'Ik wil jou—skwèèk!'

In plaats daarvan nam hij genoegen met het beest op te scheppen en ermee naar de rampplek aan de overkant van de gang te lopen. Hij gooide de papegaai de lucht in en het rotding vloog naar de hoogste zitstok in de kamer, vanwaar hij onmogelijk nog naar beneden te halen was. *Natuurlijk.*

'Ik wil jou ook, Livvy.'

Geweldig. Nu weergalmden de woorden langs het hoge plafond.

Sean sloot de Franse deuren en kwam terug naar de keuken. Verdorie, die vogel.

Ze keken alledrie schuldbewust op van waar ze over het einde van het kookeiland heen bij elkaar hingen.

'Stoor ik ergens bij?'

De andere kerel stootte Kerry aan. 'Ik denk dat dát onze vraag is.'

Livvy bloosde en het gezicht greep Sean bij zijn ziel en sloeg wortel.

Hij veegde de papegaaienveren van zijn handen en stak er een uit terwijl hij naar hen toe liep. 'Hoi, ik ben Sean.'

De andere kerel nam hem aan. 'Ik ben Sherwood. Maar je mag me Sher noemen.' Hij zei het alsof het met een *C* begon in plaats van een *S*.

Kerry rolde met zijn ogen en tikte *Sher* uit de weg. 'Ik ben Kerry. We wonen bij Livvy.'

'Wonen... bij?' Sean kon de woorden niet tegenhouden, noch het zinkende gevoel in zijn buik.

'Hij bedoelt op de co-op.' Sher tikte Kerry tegen zijn buik. 'Wij zitten op het volgende perceel. We waren vandaag antiekjes aan het jagen en dachten: we maken even de rit om de plek te zien.'

Waarom zou het hem iets kunnen schelen? Hij *wilde* niet dat het hem iets kon schelen. Aan de andere kant wilde hij ook niet dat *zij* hem bezighield, maar ook op dat vlak kreeg hij niet wat hij wilde.

'Welkom op het landgoed Martinson.' Hij haalde zijn hoofd uit de wolken en schudde Kerry de hand, ook al stokte dat woord hem bijna in de keel. *Landgoed Martinson.* Dat zou veranderen zodra de plek van hem was. *Als* de plek van hem was.

'Best een flitsende inrichting hier, Livs.' Sher liet een hand over het aanrecht glijden en liep om de rand van de bar heen. 'Zin om ons de grand tour te geven?'

'Ik wil jou ook, Livvy.'

Verdraaid, die vogel was luid.

'Tuurlijk!' zei Livvy bijna net zo hard, en veel te opgewekt, terwijl ze haar blik halsstarrig van Sean af hield en nog een pluk haar achter haar oor streek.

Dat deed ze de laatste tijd vaak en Sean vond het aandoenlijk. Natuurlijk, hoe meer tijd hij met haar doorbracht, hoe meer hij aandoenlijk vond. Zoals Orwell bevestigde als een kapotte grammofoonplaat.

Hij moest wat afstand nemen. Het professioneel houden. Aan het uiteindelijke doel denken. Ver, héél ver bij haar uit de buurt blijven.

In theorie werkte dat.

Livvy liep terug naar de deuropening die naar de hal leidde, en haar roedel honden sprong overeind om achter haar aan te trippelen als, tja, puppy's.

Gelukkig bleef ze in de deuropening staan, stak haar hand op en zei: 'Blijf.'

En zo plofden ze allemaal hun harige konten neer, tongen uit de bek, staarten trommelden op de vloer, en ze deden niet eens één jammerend, kruiperig buikschuifje in haar richting. Al stonden hun blikken vol hoop.

Maar Livvy draaide om, die gerafelde rok zwierde rond haar benen, en ze liep de hal in.

Kerry klopte Sean op de schouder terwijl hij langsliep. 'Probeer het niet te beredeneren. Dieren *begrijpen* haar gewoon.'

'Wat is ze, de hondenfluisteraar?'

Kerry haalde zijn schouders op. 'Er is gewoon iets aan Livvy waardoor dieren precies willen doen wat zij ze zegt te doen.'

Gezien hij zich er net zelf een had gevoeld toen ze op het aanrecht had gezeten, begreep Sean het ook.

Hoofdstuk 19

'Vertel eens wat meer over die speurtocht, Livs.' Sher tilde Mr. Choo onder één arm en haakte zijn andere door de hare toen ze de trap opgingen. 'Kerry zei dat je grootmoeder een dichteres was?'

Achter haar snoof Sean minachtend.

Livvy glimlachte. 'Ik weet niet of *dichteres* het juiste woord is, maar ze had wel een zwak voor rijmen.'

'Met welk doel? Ik bedoel, waarom vertelt ze je niet gewoon wat je moet weten of vinden of zoeken of wat dan ook? Wat schiet ze ermee op dat jij hier rondrent als een mooi jong kippetje zonder kop? Ze zal het nooit meemaken, want ze is dood.'

'Subtiel hoor,' mompelde Kerry. Maar juist Kerry had moeten weten dat subtiliteit niet nodig was als het om de Martinsons ging. Livvy was al een eeuwigheid klaar met hen.

Ze gleed met haar hand over de trapleuning waar ze laatst nog van af was gegleden. 'Wie zal het zeggen? Ik begreep haar al niet toen ze nog leefde en haar dood heeft de zaken er niet bepaald duidelijker op gemaakt. Het enige wat ik weet, is dat de advocaat zei dat ik dit huis pas erf als ik hem de laatste aanwijzing overhandig.'

'Dus je hoeft hem al die andere niet te geven? Dan moeten we gewoon de laatste zien te vinden en een einde maken aan deze tussentijdse onzin.'

'Deze tussentijdse *onzin*,' zei Sean, die veel te stil was geweest sinds hun kus van eerder, 'leidt ons naar die aanwijzing.'

Kus? Wees nou eerlijk. Dat was niet zomaar een kus. Dat was een onderbroken voorspel voor iets wat ze in geen tijden had gehad. Misschien wel nooit. Natuurlijk, ze had eerder seks gehad — ook goede seks — maar jezelf zo verliezen in de handeling zoals ze bij Sean had gedaan... en ze hadden niet eens *seks* gehad. Nee. Niets was ooit zo geweest. Niemand was ooit zo voor haar geweest.

Ze probeerde de blos die over haar wangen trok tegen te houden, balend van het feit dat het niet lukte. Blozen paste niet goed bij haar rode haar en bleke huid. Ze vond altijd dat ze eruitzag alsof ze koorts had als ze bloosde, en niemand ziet er goed uit als hij ziek is. En ja, ze wilde er goed uitzien voor Sean omdat hij iets in haar tot leven wekte, iets wat Livvy niet durfde te onderzoeken. Het onderzoeken ervan zou het echt maken. Het zou het definiëren. Het een *naam* geven. Dat wilde ze niet, want op het moment dat ze iets definieerde, of het nu een vriendschap, een bekende, een huisgenoot of een familielid was... verdween het allemaal. Ze had veel te veel feestdagen alleen doorgebracht om niet te leren dat het aangaan van banden met mensen alleen maar tot hartzeer leidde.

Daarom adopteerde ze dieren. Daarom woonde ze in een woongemeenschap. De mensen met wie ze samenwoonde, zoals Kerry en Sherwood, en Jenny en Sheila en Marci; ze zaten allemaal op dezelfde golflengte. Allemaal gericht op een gezamenlijk doel. Het was geen doel dat te maken had met persoonlijke relaties, maar eerder een overlevingsstrategie. Een voor-wat-hoort-wat-bestaan. En dat vond ze prima. Daar kon ze op bouwen. Daar kon ze mee leven. Iedereen werkte samen, wat betekende dat iedereen deed wat hij of zij had toegezegd. Ze gingen de verbintenis aan en kwamen die na. Want als ze dat niet deden, als ze niets bijdroegen — letterlijk en figuurlijk — werden ze eruit gestemd. Het was één grote realityshow zonder camera's. Of de geldprijs. Maar sommige dingen waren belangrijker dan geld. Deze plek bewees dat.

'Leidt *ons* naar de aanwijzing?' Sher keek over zijn schouder naar Sean toen ze de eerste verdieping bereikten. 'Schatzoeken hoort bij je takenpakket? Je bent werkelijk een duizendpoot, hè?' Hij gluurde Livvy's kamer in. 'Mooi bed heb je daar, schatje. Wel een beetje groot voor één persoon, vind je niet?'

Hij trok een wenkbrauw op naar Sean.

Ze wist dat ze om haar gaven, maar Livvy kon maar een beperkte hoeveelheid toespelingen aan, gezien wat hij en Kerry hadden onderbroken. Ze zat voor vandaag aan haar tax. Misschien wel voor het hele jaar. 'De honden slapen bij mij.'

'Zonde.'

Zeg dat wel.

'Hoe dan ook, dit is mijn kamer en die van Sean is daar.' Ze wees naar de overkant van de gang, twee deuren verderop. Niet dichtbij genoeg, maar ook niet te ver weg. Het was de belichaming van hun relatie — althans, de relatie die ze hadden tot aan de onderbroken *kus*.

Sher bleef gereserveerd terwijl hij de gang overstak om een kijkje te nemen. Hij was nog gereserveerder toen hij wegliep. Ze begreep ook waarom: Seans kamer was precies dat: een kamer. Er stonden geen persoonlijke spullen van hem, behalve twee plunjezakken, zijn Manley Maids-uniformen, een paar sets sportkleding en spijkerbroeken, wat sneakers, zijn toiletartikelen en een boek op zijn nachtkastje. Het was een oude thriller, maar wel een goede. Hij moest een van die mensen zijn die lievelingsboeken bewaarden om ze steeds opnieuw te lezen.

En nee, ze was niet in zijn spullen aan het snuffelen geweest; ze was op zoek geweest naar aanwijzingen. Precies zoals Merriweather van haar verlangde.

Dat was haar verhaal en daar hield ze zich aan.

'De rest van deze gang staat vol met slaapkamers als je even wilt kijken,' zei ze, in de hoop hen allemaal weg te krijgen bij Seans kamer — haarzelf in het bijzonder. Nogmaals, tax bereikt. 'Of we kunnen naar de kinderkamer op de tweede verdieping gaan.'

'Kinderkamer? In de zin van baby's?' Sher trok dit keer beide wenkbrauwen op.

Hij kreeg een glimlach van haar, wat vast en zeker zijn bedoeling was geweest. *Hij* zou het niet erg vinden als ze aan kinderen begon. Hij wilde een favoriete oom worden; dat vertelde hij haar elke keer als ze zei dat ze nooit aan kinderen zou beginnen. Haar eigen jeugd was niet bepaald een glansrijk voorbeeld geweest, dus waarom zou ze denken dat zij het beter zou doen? Al kon ze het zeker niet slechter doen.

'En waar zijn die aanwijzingen dan?'

'Als we dat wisten, zou het niet echt een speurtocht zijn, of wel soms?' Kerry gleed met zijn handen over het behang. 'Mooi. Damast, geloof ik. Kostbaar maar elegant.'

Natuurlijk was het dat. 'Merriweather kon het zich veroorloven.'

'Het oudje kon zich een hoop veroorloven.' Sher pakte een stuk kristal van een van de zinloze tafeltjes langs de gang. Livvy had de lades al gecontroleerd op aanwijzingen, maar nee. Zelfs geen luciferdoosje of een verdwaald elastiekje. Volkomen zinloos. Net als de andere zevenentwintig kamers in het pand.

Sher dacht daar natuurlijk anders over. Hij was er helemaal voor om er één te claimen als zijn persoonlijke boudoir voor bezoekjes, een andere als zijn studeerkamer, weer een andere als kantoor... De lijst was eindeloos. Livvy begon het zowaar naar haar zin te krijgen terwijl ze door de lange gang liepen; ze speelde de kasteelvrouwe en vergat bijna haar werkelijke reden om hier te zijn.

Maar dan zag ze Sean weer een meubelstuk controleren, met zijn handen over de bovendorpel gaan of achter de schilderijlijsten gluren, en de bitterzoete realiteit kwam weer hard binnen. Zeker, ze kon de eigenaar van dit huis worden, maar ze moest zich opnieuw bewijzen. Zou ze weer tekortschieten?

'Dus hoeveel moet je er nog vinden?' vroeg Sher terwijl ze terugliepen naar de keuken.

'Geen idee. Merriweather heeft het niet gezegd. Typisch.' Ze duwde de deur open en werd onmiddellijk overspoeld door hondenliefde. Grote puppy's, opdringerige puppy's, sommige niet-zo-puppy's meer... Dit was de reden waarom ze honden en de andere dieren had. Deze universele, veeleisende, totaal accepterende liefde.

Ze plofte op de dichtstbijzijnde stoel en omhelsde zoveel mogelijk van de kwispelende, harige lijven terwijl ze de natte kussen ontweek die ze haar probeerden te geven. Er was maar één persoon van wie ze de kussen wilde en hij stond aan de andere kant van de keuken naar haar te glimlachen en zijn hoofd te schudden.

'Is dat een Hodgeson?'

'Een wat?' vroeg Livvy, terwijl ze keek waar Sher naartoe wees.

'Een Hodgeson. Dat servies. Die zijn tamelijk zeldzaam.'

'Als ze zeldzaam zijn en iets waard zijn, dan gok ik op ja. Merriweather nam alleen genoegen met het beste.'

Sher gaf Mr. Choo aan Kerry en pakte het melkkannetje op. 'Het is er één.' Hij liet het hen zien. 'Midden negentiende eeuw, gok ik. Het bedrijf maakte stukken op maat voor de adel en deed herdenkingswerk voor de Kroon.' Hij pakte de suikerpot op. 'Heel chic om zoiets te hebben staan. Iemand moet iets belangrijks hebben gedaan om dit te krijgen. Je komt uit een behoorlijk deftig nest, Livs.'

'En wat heeft me dat tot nu toe opgeleverd?' Ze nam de suikerpot van hem over en zette hem neer.

'Nou, dit hier om te beginnen.'

'En het voordeel daarvan is...?'

'Omdat je naast ons bent komen wonen en Kerry en ik je dit weekend even overal vandaan willen halen.' Sher nam Mr. Choo weer over van zijn partner en trok de strik in de kuif strakker.

'Ik heb een beetje een deadline, Sher.'

'Dat begrijp ik, schatje, maar je zult versteld staan als je hoort waarom.'

'Oké, ik ben benieuwd.'

Sherwood knipperde met zijn wimpers, legde een hand op zijn borst en had alleen nog een gouden jurk en een metrorooster nodig om zijn Marilyn Monroe-imitatie compleet te maken. '*Wij* hebben aanstaande zondag een kraam op de Tri-State Farmer's Market.'

Hij mocht dan een beetje een dramaqueen zijn, maar in dit geval had Sher groot gelijk.

'Hoe dan? Ik dacht dat ze al acht maanden geleden volgeboekt waren.' Destijds had ze moeite om het geld bij elkaar te sprokkelen voor het lekkende dak en had ze geen cent over voor het inschrijfgeld. De Tri-State Market was de grootste in de regio, en de omzet van slechts één dag kon haar huur voor maanden betalen. Als ze faalde voor Merriweathers *kleine test*, zou ze dat geld hard nodig hebben.

'Ze wáren volgeboekt. Maar Philip Johnson kent een meisje dat Mary heet en die werkt voor een vent wiens schoonzus de hele boel daar runt, en toen er een annulering binnenkwam, hoorde Mary dat en hing ze meteen aan de telefoon bij Philip. Hij heeft zijn kraam al, maar hij wist dat wij geïnteresseerd waren en voilà! We staan er. We willen dat je meegaat. Denk aan de drukte. De zaken die we kunnen doen. Ik ben van plan onze hele voorraad te verkopen.'

Op de markt had ze het altijd goed gedaan. Er kwamen veel aanbevelingen uit voort voor de rest van het jaar en de zichtbaarheid hielp bij het opbouwen van naamsbekendheid. Ze baalde ervan dat ze het dit jaar zou missen. 'Maar het is een uitstapje van twee nachten. Wie kan er op zo'n korte termijn op de dieren passen? Richard heeft alle studenten al ingeschakeld voor zijn terrein en jullie gaan met mij mee. Dat is de reden waarom ik ze in de eerste plaats hierheen heb gebracht.'

'We vinden vast wel iemand.' Sher tikte tegen zijn lippen. 'Er is die nieuwe jongen, hoe heet hij ook alweer? Matthew, Mark, Mike... Iets met een *m-m-m-m*.'

Kerry rolde met zijn ogen. Livvy onderdrukte een giechel. Ondanks al Shers geflirt was hij volkomen toegewijd aan Kerry en dat wisten ze allemaal.

'Nou ja, hoe dan ook. We vinden vast wel iemand.'

'Eh, hallo?' Sean zette de spuitfles neer die hij gebruikte om achter Orwell op te ruimen. 'Ik kan het doen.'

'Maar je houdt niet eens van mijn dieren,' zei Livvy.

'Het is niet dat ik niet van ze houd; het zijn er alleen zo ontzettend veel.'

'En ze eten antiek.'

'Nou, ja.' Hij glimlachte en dat zorgde voor vreemde kriebels in haar buik. 'Dat heb je ook nog.'

'En ze laten overal cadeautjes achter.'

'Dat ook.' Zijn glimlach werd breder — en die kriebels ook.

Niet ideaal terwijl Sher en Kerry haar zo indringend aankeken — en haar hormonen zo heftig reageerden op de herinnering. En op zijn glimlach. 'Maar het staat niet in je functieomschrijving.'

'O, ik weet zeker dat een kleine bonus in zijn zak die zorg wel zal wegnemen, Livs,' mengde Sher zich in het gesprek met genoeg toespelingen dat zelfs de honden begrepen wat hij bedoelde.

'Kijk uit, Sherwood.' Sean zette zijn handen in zijn zij, waardoor het shirt dat hij een uur geleden nog uit had gehad, strak kwam te staan over de buikspieren en borstspieren waar ze met haar handen overheen was gegaan en, o, de herinnering —

'Ik *bied aan* om te helpen, dus houd je insinuaties maar voor je.'

Blos nummer tweehonderddertien begon. Hoe lief was het dat Sean het voor haar opnam? Het voelde ook vreemd, want niemand had dat ooit eerder voor haar gedaan. Maar lief won het van vreemd en ze liet de warmte van zijn gebaar door zich heen stromen. Als dat voor nog een blos zorgde, dan was dat maar zo.

Toen leunde hij op het aanrecht en kreeg ze om een heel andere reden een kleur.

'Loop niet te zeuren over een functieomschrijving, Livvy,' ging Sean verder, alsof hij niet over *precies dezelfde plek* leunde waar hij eerder over haar heen had geleund voordat Sher en Kerry waren komen opdagen. 'Die hebben we allang achter ons gelaten toen de dieren het tapijt opaten en ik die ren voor ze maakte. En dan is er nog het uitmesten van de schuur.' Om nog maar te zwijgen over het gezoen op het aanrecht. 'Ik denk dat we mijn functie gaandeweg aan het herdefiniëren zijn.'

'Dit klinkt interessant.' Sher leunde met een heup tegen de ijsmachine en kruiste zijn armen.

Kerry gaf hem een tik op zijn schouder.

Livvy streek haar haar naar achteren. 'Maar het is al over minder dan twee dagen. Ik heb nog niets klaargemaakt.'

'Schatje,' zei Sher. 'Ik heb je aan het werk gezien. Je bent een wervelwind in je kleine keukentje; stel je eens voor wat je hier kunt doen. Je hebt morgen de hele dag en meneer Vrijwilliger hier kan daar ook bij helpen, aangezien hij blijkbaar alles kan.'

Sean trok een wenkbrauw naar hem op. 'Eh, ja. Tuurlijk. Ik kan helpen.'

'Zie je wel? Het is geregeld.' Sher trok zijn rug recht en gaf Kerry een tik terug. 'Laten we gaan, dan hebben deze twee de tijd om een strategie te bepalen voor het bakevenement van morgen. Bovendien moet ik een prijs plakken op die kurketrekkers die we hebben gevonden. Ik heb zo'n vermoeden dat ze hard zullen gaan.'

Kerry rolde met zijn ogen terwijl hij Sher naar de deur volgde. 'Piraten,' zei hij tegen haar en Sean. 'Hij heeft *piraten*-kurketrekkers gekocht, met de schroef op een, tja, interessante plek. Ik denk dat hij meer moeite zal hebben om ze als "familievriendelijk" te verkopen dan dat hij aan de grote vraag kan voldoen, maar als hij er gelukkig van wordt...' Kerry trok de deur achter zich dicht. 'Tot morgen, Liv. Een uur of vijf.' Hij keek naar Sean. 'Aangenaam kennis te maken.'

Sean knikte terug.

En toen waren ze alleen.

Nou ja, zo alleen als je kunt zijn met acht honden die je verwachtingsvol aankijken.

Livvy had het rare gevoel dat zij Sean ook zo aankeek. 'Je had dat niet hoeven doen, weet je. Je aanbieden.'

'Als je het zo wilt noemen.' Sean haalde zijn handen van het aanrecht.

Het aanrecht.

'Sherwood kan nogal een stoomwals zijn.'

Hij liep om het kookeiland heen. 'Denk je?'

'Ik hoef niet echt te gaan hoor.'

Sean verkleinde de afstand tussen hen. '*Wil* je gaan?'

Echt niet dat ze dat wilde. Ze wilde hier blijven en verder gaan waar ze gebleven waren. 'Ik —'

'Je moet gaan.'

'Wat?' Oké, hij zat duidelijk niet op dezelfde golflengte als zij wat betreft de draad weer oppakken...

'Zelfs *ik* heb over die markt gehoord. Het is een groot ding en uit dat gesprek begreep ik dat het belangrijk kan zijn voor je zaak. Ga. Ik kan hier de boel wel draaiende houden. Het is maar voor één nacht.'

Er kon zoveel gebeuren in één nacht.

'Het zijn twee nachten.' Er kon nog meer gebeuren in twee nachten.

'Oké, dat is prima. Ik ben een grote vent; ik kan best een paar dieren aan.'

Niet aan hem en *groot* denken in dezelfde zin...

'Bovendien denk ik dat het een goed idee is.'

'Vind je?'

Hij knikte en stak zijn hand uit om haar aan te raken, maar trok hem toen weer terug. 'Het geeft ons wat perspectief.'

'Perspectief?'

'Op wat er eerder gebeurde.'

'O.'

'Ja. O.'

Hij keek naar haar.

Zij keek naar hem.

Was het verkeerd om hem te willen kussen? Om terug te gaan naar daarstraks?

En zo ja, waarom?

Ringo begon te janken. Ja, ze kon zich er wel wat bij voorstellen.

Maar toen viel Mickey in, gevolgd door John, en toen Georgia haar schelle *gehuil* eraan toevoegde, was *dat* moment wel voorbij.

'Wat is er met ze?' Sean deed een stap bij haar vandaan en keek uiterst verward.

En hij wilde voor ze zorgen? Hij zag er niet uit alsof hij dit goed aankon terwijl zij hier nota bene bij stond, laat staan in zijn eentje.

Al betwijfelde ze of de honden ook van die gierende feromonen zouden oppikken als zij er niet was.

Davy ging op zijn achterpoten staan en deed mee met het ensemble, terwijl hij rondjes draaide zoals poedels dat doen. Geef hem een tutu en hij kon zo in het circus.

Livvy moest glimlachen. Ze wilden haar aandacht. Hij deed dat altijd als ze verdrietig of overstuur was, alsof hij wist dat ze erom zou lachen. Zelfs de manier waarop zijn tong uit zijn bek hing, deed hem glimlachen.

'Livvy? Wat moeten we doen?'

Ze kreeg medelijden met hem en de honden en knielde neer. Onmiddellijk werd ze bedolven onder acht natte neuzen en gesnuffel van vreugde. 'Het is simpel, Sean. Ze willen gewoon wat liefde.'

Sean kon zich daar alles bij voorstellen. En verdomme, als er niet meer voor nodig was dan een paar meelijwekkende jankgeluiden en wat gedraai op zijn tenen, zou hij die route misschien ook wel kiezen.

Niet dus.

Livvy betekende problemen. Hij was haar die trap op gevolgd, haar slaapkamer in, daarna de zijne, en al die andere kamers in die verschrikkelijk lange gang, en het enige waar hij aan kon denken was haar een kamer in sleuren, de deur dichtknallen en afmaken waar ze in de keuken aan begonnen waren. God, wat wilde hij haar.

En, *God*, wat kon hij haar absoluut niet krijgen.

Hij had het nodig dat ze naar die markt ging. *Hij* had perspectief nodig. *Hij* moest helder kunnen nadenken en een uitweg uit deze puinhoop zien te vinden, en met haar in de buurt was helder denken onmogelijk door de waas van sensualiteit die om elke beweging van haar hing. Van de manier waarop ze die vederlichte krullen achter haar oor streek tot dat sexy kleine bijtje op haar onderlip en de manier waarop ze huppelde en bewoog en elke beweging met leven vulde, zelfs de manier waarop ze haar hoofd draaide om de natte kussen van haar honden te ontvangen; iets in Livvy reikte naar hem uit, wikkelde zich om hem heen en takelde hem naar binnen.

Hij stak zijn handen in zijn zakken en liep terug naar het aanrecht. *Hét* aanrecht.

Christus.

Hij deed een stap achteruit. Hij had geen behoefte aan herinneringen aan hoe ze daar had gelegen, terwijl ze hem wilde.

Hij opende de lade waarin hij op een van zijn strooptochten door deze kamer op zoek naar aanwijzingen pennen en papier had gevonden. 'Ik neem aan dat je morgen wat bakbenodigdheden nodig hebt. Geef me een lijstje, dan ga ik boodschappen doen.' Het zei veel over zijn frustratieniveau — zowel over de situatie als over zijn irritante libido — dat hij bereid was om niet alleen boodschappen te doen, maar het ook nog eens op te schrijven in zijn pictogrammen-steno. In zijn wereld was schrijven slechts na voorlezen de ergste marteling.

Livvy keek naar hem op, haar prachtige amberkleurige ogen omlijst door die roestkleurige wimpers, als een zonnebloem in de herfst.

Daar ging hij weer met zijn poëzie.

'Ik heb wel bepaalde dingen nodig, maar de rest improviseer ik meestal ter plekke. Bovendien weet je niet welke merken ik gebruik, dus ik zal mee moeten.'

Hij jankte bijna net zo hard als de honden. De bedoeling van dat lijstje was juist dat ze *niet* met hem mee hoefde. Sean zuchtte diep. Hij kon ook nooit eens winnen.

Winkelen met Livvy bleek verrassend genoeg een behoorlijk geslaagde ervaring te zijn. Haar vrije geest werkte aanstekelijk. Ze was als een zonnestraal in een grauwe wereld — oh, verdomme. Daar ging hij weer.

Sean moest om zichzelf grinniken. Livvy creëerde een voortdurende staat van *geluk* en niemand, zelfs hij niet, was daar immuun voor, dus hij kon de strijd maar beter opgeven en zich gewoon laten meevoeren.

Ze glimlachte naar iedereen, en iedereen glimlachte terug. Het was eigenlijk een gave, hoe ze iemands slechte humeur kon ombuigen. Alsof ze elfenstof over hen heen strooide.

Elfenstof? Wat was er in hemelsnaam met zijn hersenen gebeurd? Met zijn woordenschat? Hij had nog nooit van zijn leven het woord *elfenstof* gebruikt, zelfs niet tegen Mac toen ze nog klein was. Natuurlijk was hij niet degene geweest die haar verhaaltjes voor het slapengaan voorlas waarin sprake had kunnen zijn van elfenstof, en waarom ratelde hij hier eigenlijk over door?

'Ik dacht eraan om scones te maken. Welke smaken vind je lekker?'

Waren scones niet die smakeloze, droge dingen waar de Britten zo dol op zijn? 'Maakt mij niet uit. Ik ben makkelijk.'

Ze wierp hem een blik toe die zijn bloed deed koken.

'Ik bedoel, wat je ook wilt maken is prima voor mij. Wat zijn je hardlopers?'

'Die heb ik niet, maar —'

'Wat bedoel je met dat je geen hardlopers hebt? Livvy, je moet uitzoeken wat je klantenkring wil en daarop inspelen. Je kunt niet zomaar maken waar je toevallig zin in hebt. Klanten sturen je bedrijf aan, en als ze bij jou niet kunnen krijgen wat ze willen, gaan ze ergens anders heen. Succesvolle bedrijven spelen in op de wensen en behoeften van hun klanten en vullen dat aan met uitstekende service. Als je niet levert wat mensen willen, heb je geen inkomsten, en dus geen middelen om het bedrijf of je baan voort te zetten.'

'Ik ben geen idioot, Sean. Ik weet hoe bedrijven werken. Hoe denk je dat ik de mijne al zo lang draaiende heb weten te houden? *En* hoe ik de tijd heb kunnen vrijmaken om hierheen te komen voor de kleine bevlieging van mijn grootmoeder? De cashflow is misschien krap, maar er is in ieder geval flow. Deze beesten leven niet van de lucht, weet je. Ik vroeg je mening uit persoonlijke interesse. Ik wilde zeker weten dat we ook iets zouden maken dat jij lekker vindt. En ik heb geen hardlopers omdat *al* mijn scones goed verkopen. Ik maak verdomd goede scones.' Ze tilde haar kin op en ging wat rechterop staan.

En sloeg Sean volledig uit het veld. Metaforisch gezien dan. Ze was te klein om fysiek veel schade aan te richten. Maar verder...

Was het idioot van hem dat hij er helemaal warm van werd dat ze iets wilde maken wat hij lekker vond? Dat ze het had gevraagd omdat ze iets aardigs voor hem wilde doen? Om hem erbij te betrekken? Veel te lang had hij op het slappe koord van budgetten, onvoorziene omstandigheden, stress, zorgen en nu ook nog misleiding gebalanceerd...

Haar eerlijkheid was even verfrissend als schuldgevoel-opwekkend. Ze zou hem haten als ze erachter kwam.

Als ze erachter komt. Je kunt dit nog steeds tot een goed einde brengen, Manley.

'Uh, oké.' Hij haalde een hand door zijn haar en kneedde de gespannen spieren in zijn nek. Vandaag was één grote martelgang geweest en er was geen enkel teken dat daar binnenkort verandering in zou komen.

Toen hoorde hij een klap, gevolgd door: 'Scene!'

Maak plaats voor zijn broer, Bryan. De pret hield maar niet op. 'Hé, Bry.'

'Is dat... Oh mijn God. Is dat *Bryan Manley*?'

Natuurlijk wist Livvy wie zijn broer was. Was er een vrouw op de aardbodem die dat niet wist? Het verbaasde Sean dat er niet zoals gebruikelijk een harem achter hem aan liep — hoewel de twee kinderen die bij hem

waren en tegen de dozen macaroni-met-kaas schopten die ze hadden omgegooid, er misschien iets mee te maken hadden. Niemand zou verwachten dat
de Bryan Manley boodschappen aan het doen was met kinderen in zijn kielzog. Waarschijnlijk de beste dekmantel die zijn broer ooit in het openbaar
had gehad.

'Ja, dat is Bry.'

'Bry? Dat klinkt ontzettend bekend.'

'Omdat hij mijn broer is.' Geen zin om het voor haar verborgen te houden.
De waarheid zou toch wel uitkomen. Hij kon niet langer dan vijf minuten bij
Bry zijn voordat iemand een foto maakte en die binnen twintig seconden op
elke sociale mediasite stond. Als hij het voor haar geheimhield, zou ze argwaan
krijgen.

'Dus dat maakt jou Sean... *Manley*?'

'Zo werkt dat meestal.'

'Dus jij *bent de eigenaar* van de schoonmaakdienst?'

'Nee, dat is mijn zus.'

'Is Mac je *zus*? Hoe ben je voor haar gaan werken?'

Daar ging hij niet op in. 'Lang verhaal.' Hij trad niet in detail en koos
ervoor om te wachten tot het gesprek weer over Bryan zou gaan. Dat gebeurde
altijd.

'Dus Bryan Manley is je broer.'

Deze keer stoorde het hem echter meer dan ooit. 'Ja, dat is hij. En ja, hij is
vrijgezel. Maar hij is niet bepaald klaar om zich te settelen.'

'Wauw. Over sceptisch gesproken.'

'Nee. Gewoon eraan gewend.' En dat was hij. Hij moest zichzelf aan dat
feit herinneren. En aan het feit dat Bryan *niet* klaar was om zich te settelen.
Nooit, als je Bry mocht geloven.

'Hé, Sean.' Bryan gaf hem een schouderklopje toen hij naar hen toe liep.
'En jij moet Olivia zijn.'

Sean haatte het echt dat Livvy bloosde. Haar blosjes zouden voor hem en
hem alleen gereserveerd moeten zijn.

Wat volkomen irrationeel was.

'Ja, ik ben Olivia.'

Olivia? Wat was er in vredesnaam gebeurd met *Livvy?*

'Bryan! Breng ons naar je leider! We willen frisdrank!' De tweelingbroertjes
naast hem zwaalden met hun lichtzwaarden.

Bryan duwde ze met een vinger opzij. 'Kijk uit, jongens. Straks steek je nog een oog uit.' Hij knipoogde naar Livvy.

Knipoogde.

Als ze niet in een openbare gelegenheid waren, zou Sean zijn broer misschien wel een klap verkopen omdat hij zo verdomd charmant was. Zeker toen Livvy weer bloosde.

'Wat doe jij hier, Bry?'

'Wij. Willen. Fris. Drank!' De lichtzwaarden draaiden nu cirkels in de lucht, compleet met mechanische geluidseffecten.

'Jongens! Rustig! Ik weet dat jullie moeder jullie niet heeft geleerd om brutaal te zijn, dus houd jullie gedeisd, ja? We halen wat jullie moeder heeft gezegd dat we moeten halen en niets meer.' Bryan slaakte een zucht. 'Waarom nemen mensen ook alweer kinderen?'

Livvy knielde neer op de hoogte van de jongens. 'Jongens, weten jullie wat jullie eens moeten proberen? Doe een hardgekookt ei in je favoriete cola en wacht af wat er gebeurt.'

'Waarom? Wat gebeurt er dan?' De jongens waren net zo gefascineerd door Livvy als hun volwassen tegenpolen.

'Dat zullen jullie zelf moeten proberen. Maar als jullie dat doen, zullen jullie wel twee keer nadenken voordat jullie ooit nog frisdrank drinken.'

'Gaaf! Ik hou van frisdrank!'

'Ik ook!'

'Mogen we dan wat halen, Bryan? Alsjeblieft? Het staat in gangpad twaalf.'

Livvy stond op. 'Ruimen jullie de uitstalling op die jullie met je zwaarden hebben omgegooid, dan praat ik met Bryan over jullie frisdrank.'

'Echt? Jij bent cool!'

'Ja, veel cooler dan mama.'

Sean schudde alleen maar zijn hoofd. Hij kon in ieder geval niet zichzelf de schuld geven van het effect dat ze op hem had; ze had het op elk lid van de mannelijke soort, jong en oud.

Livvy aaide een van de tweelingen over zijn bol. 'Dat komt omdat ze jullie moeder is. Moeders moeten streng zijn, dus die kunnen niet cool zijn. Maar ze houdt wel van jullie, hoor.'

'Dat zegt Bryan ook.'

'Dat is omdat ze de enige is die van hen *zou kunnen* houden,' mompelde Bryan.

Sean verborg zijn grijns. Al met al klonk het alsof Bry van hen allemaal de slechtste deal had gekregen. Sean verkoos vogelpoep en alpacasperma op elk moment van de dag boven zwaardvechtende achtjarigen.

De jongens renden naar het einde van het gangpad om de spullen die ze hadden omgegooid weer op te stapelen.

'Frisdrank staat niet op de lijst van hun moeder,' zei Bryan. 'Ze zal niet blij zijn als ik ermee thuiskom.'

'Geloof me. Voer dat experiment uit en ik garandeer je dat ze nooit meer frisdrank willen drinken.'

'Waarom? Wat gebeurt er?'

'Na vierentwintig uur worden de eierschalen dunner en worden ze bruin. De vergelijking is natuurlijk hun tanden. Het tast het glazuur aan. Als je het ei er langer in laat liggen, lost de schaal op. Ik heb geen frisdrank meer aangeraakt sinds de brugklas, toen we dit op de eerste dag deden. Tegen de laatste week van het jaar was ik voorgoed genezen.'

'Wauw. Schoonheid en hersens. Heb je zin om te gaan eten?' Bryan gaf haar de gepatenteerde Bryan Manley-blik.

En Sean had zin om hem de Manley-broeder-blijf-verdomme-uit-haar-buurt-stoot te verkopen.

'Dat is ontzettend aardig van je, maar Sean en ik hebben een deadline. We kunnen niet met je mee uit eten.'

En hij wilde haar wel kussen omdat ze hem bij de uitnodiging betrok.

Zeker toen Bryan een zuur gezicht trok.

'Ja, Bry. We hebben plannen.' Laat zijn broer daar maar van denken wat hij wilde.

Toen wilde Sean zichzelf wel voor de kop slaan. Serieus. Hoe oud waren ze? Twaalf? Vechten om een meisje...

Bry trok een wenkbrauw op. 'Plannen, hè? Nou dan. Dan zal ik jullie maar aan je plannen overlaten. Wat waren die plannen ook alweer?'

'Plannen.' Bry kon zijn toespelingen ergens steken waar de zon niet scheen. 'Ik ga bakken en Sean gaat helpen.'

Sean wist dat de grijns al op Bryans gezicht zou staan voordat het werkelijk zover was.

'Niet doen.' Hij hief zijn hand op om de achterlijke vraag tegen te houden waarvan hij wist dat Bry die zou stellen — gewoon omdat het kon — maar Bry hield zich niet aan het script.

'Samen in de keuken kokkerellen?'

Hij hield echter wel van Livvy's blosjes. Vooral omdat ze ook daadwerkelijk in de keuken hadden staan *kokkerellen*.

'Heb jij geen tweeling om voor te zorgen of zo?' Sean wees naar de plek waar de jongens de dozen weer opstapelden, maar dit keer in de vorm van een fort. Om zich heen.

'Oh, verdomme.' Bryan zuchtte. 'Leuk je ontmoet te hebben, Olivia.' Hij liep naar de luidruchtige twee toe. 'Jongens! Dit is geen speeltuin.'

Sean lachte. Bryan klonk precies als Gran.

'Het lijkt erop dat je broer zijn handen vol heeft. Ik wist niet dat hij kinderen had. Is het zijn weekend of zo?'

Dat deed Sean nog harder lachen. 'Bry? Een vader? Die dag zal nooit komen.' Nooit dus. Bry riep al jaren dat hij nooit kinderen wilde; het was echt karma dat hij de opdracht met hen had gekregen. 'Nee. Ze zijn, uh, van een vriend.'

Sean was er niet happig op om de poker-weddenschap te noemen. Livvy moest in hem geloven als een professionele huishouder. Ze moest geloven dat Mac haar beste man stuurde, en hij was niet van plan die illusie te verstoren.

'Ja, ik kan het me voorstellen. Ik bedoel, ze zijn schattig en zo, maar ze opvoeden? Niks voor mij.'

Ze liep de tegenovergestelde richting op terwijl Sean herhaalde wat ze net had gezegd. Wat ze had onthuld. Hij wilde op een dag *wel* kinderen. Als hij voor hen kon zorgen. De manier waarop hij en zijn broers en zus waren opgegroeid, maakte dat hij behoefte had aan stabiliteit. Een eigen huis en de middelen om het te betalen. En dat was precies de reden dat dit bedrijf *moest* slagen. Hij moest niet vergeten dat ze verschillende dingen in het leven wilden...

Het zou een opluchting moeten zijn, maar in plaats daarvan maakte het hem verdrietig. Voor haar. Hoe haar jeugd wel niet geweest moest zijn. Van buitenaf bezien leek het geweldig: ze had de kostschool en het geld van de Martinsons achter zich. Maar vanbinnen... had ze niemand gehad om van haar te houden. Hij had precies het tegenovergestelde gehad en hij was er rijker door geworden.

. . .

Het was laat toen ze thuiskwamen, en nog later toen hij haar had geholpen met het voeren en water geven van de menagerie. En het uitmesten van de stallen.

'Zeg me eens waarom je dit dag in dag uit wilt doen,' zei hij, terwijl hij de ram die op zijn kruis gemunt leek te hebben ontweek om haar riek aan een haak aan de muur te hangen die meer weghad van een prijzenkast dan van een plek om boerengereedschap op te hangen. Iemand had het zelfs versierd met kroonlijsten en andere niet-boerderijachtige borden en spullen. Livvy had gelijk; de Martinsons waren pretentieus.

'Allerlei redenen. De alpacawol is een investering vanwege de prijs die het kan opbrengen, en de schapenwol is ons dagelijks brood. Dan is er nog de melk van de geiten en eieren van het gevogelte. Allemaal dingen die ik kan gebruiken of verkopen.'

'En Reggie?'

Ze glimlachte toen Reggie knorde bij het horen van zijn naam. 'Reggie is er puur voor het gezelschap. Een man probeerde hem te verkopen voor het spek. Dat kon ik niet laten gebeuren.'

'Natuurlijk niet.'

Hij zag het al voor zich hoe ze daar ontzet over was en het varkentje oppakte, hem tegen zich aan drukte als een baby, en hem toefluisterde dat hij veilig was bij haar. Zij. De vrouw die geen kinderen wilde.

Ze had meer moederinstinct dan ze zelf besefte.

'Bovendien verkoop ik de jonge hennen en de lammeren voor extra inkomsten. Ik zou ze het liefst allemaal houden, maar dat is niet mogelijk. Alhoewel, zodra ik deze plek verkoop, kan ik een grotere stal bouwen en er meer houden.'

'Wat betekent dat er meer uitgemest moet worden.'

Ze haalde haar schouders op, een losse krul viel over haar schouder en verdween in haar hemdje...

Wat had ze toch met hemdjes? Gelukkig had ze er dit keer een shirt overheen aan, maar die dingen accentueerden haar rondingen op een manier die niet eerlijk was tegenover de mannelijke bevolking.

'Hun stallen uitmesten is een kleine prijs voor het gezelschap, de liefde en de acceptatie die ze me geven.'

'Acceptatie?'

Livvy stopte die losse krul achter haar oor. Alweer. Op een dag zou hij het voor haar doen.

'Dieren oordelen niet over je. Als je voor hen zorgt, de belofte nakomt die je aan hen hebt gedaan, zullen ze je beste vrienden zijn. Ze vergeven het je zelfs als je even wat minder goed voor hen zorgt, zolang je maar niet wreed tegen hen bent. Mensen kunnen veel leren van dieren.'

Er klonk een eeuwenoude pijn door in haar woorden. Hij liet de riek tegen het geitenhok rusten. 'Wil je erover praten?'

'Waarover praten?' Ze was druk bezig stro van de wand tussen de hokken te plukken.

'Livvy.'

Het duurde zeker tien seconden voordat ze stopte en naar hem opkeek. 'Het gaat wel, Sean. Dank je, maar het is niet nodig. Ik heb lang geleden geleerd om alleen op mezelf te vertrouwen. Natuurlijk ben ik boos op Merriweather, maar uiteindelijk heeft niemand wat aan woede. Het zuigt je leeg. Vooruitkijken, je focussen op de volgende stap, het grote doel, wat je moet doen om daar te komen... *dat* is productief. Stil blijven staan bij wat had kunnen zijn, is contraproductief.'

Ze merkten allebei dat woord op. *Contra*.

Hij deed een stap in haar richting. Zag haar een klein stukje naar hem toe neigen. Het zou zo makkelijk zijn om haar in zijn armen te sluiten en af te maken waar ze eerder aan begonnen waren.

Maar haar woorden herhaalden zich als een band die bleef hangen in zijn hoofd. *Ze laten je niet in de steek.*

Zoals hij op het punt stond te doen.

Hij moest de cijfers opnieuw doorrekenen. Hij *moest* een manier vinden om dit project voor hen allebei te laten werken.

Dus deed hij een stap terug. Hij gaf niet toe aan de verleiding. Aan de wetenschap dat ze hem niet zou weigeren.

Het was waarschijnlijk het moeilijkste wat hij ooit in zijn leven had gedaan.

<h1 style="text-align:center">Hoofdstuk 21</h1>

Gisteravond proberen in slaap te vallen was een van de moeilijkste dingen die Livvy ooit had moeten doen. Haar lichaam stond nog steeds in 'vuur en vlam' door haar tijd met Sean en ze begreep niet waarom hij zich had teruggetrokken. Ze had haar bedoelingen — verlangens, behoeften, voorkeuren — gisteravond verdomd duidelijk gemaakt. En in de keuken, voordat Kerry en Sher hen hadden onderbroken —

Oh nee. Kerry en Sher.

Livvy sprong uit bed, waardoor Georgia wakker schrok. De mopshond had besloten dat Livvy's hoofd de perfecte plek was om haar warme, volle buikje tegenaan te laten rusten, dus morde ze toen dat steunpunt verdween.

De mopshond rolde in de kuil die Livvy achterliet, waarbij haar achterpoten Petra in de schouder trapten. Dat zorgde ervoor dat Petra begon te janken en John begon te grommen, wat Mike wakker maakte, die zich met een gaap omdraaide en daarbij Davy bijna plette.

Binnen enkele minuten was de hele groep wakker en eisten ze dat ze eten kregen en naar buiten mochten. En niet noodzakelijkerwijs in die volgorde.

Nadat ze hen in de achtertuin had losgelaten, wreef ze in haar ogen en zette ze haar iPod aan. Maroon 5's 'One More Night' was een prima dansbaar begin voor een dag in de keuken. Al heupwiegend liep ze naar de Sub-Zero voor een glas jus d'orange. Geen cafeïne voor haar; ze had die jongens in de supermarkt de waarheid verteld. Eén etmaal van het frisdrank-ei-experiment was genoeg geweest om haar ervan te overtuigen bij die troep weg te blijven; het volledige jaar waarin de eierschaal was opgelost, had dat besluit alleen maar versterkt.

De eieren lagen er. De eieren die zij en Sean gisteren in de winkel hadden gekocht. De eieren die ze vandaag zouden gebruiken om haar beroemde scones te bakken. Samen.

Ze haalde diep adem en was niet verrast door de vlinders in haar buik bij dat vooruitzicht. Ze had de afgelopen dagen veel vlinders gehad. En rillingen over haar huid. En dan was er nog het blozen.

Maar lang niet genoeg kussen.

Ze voelde de hitte weer over haar borst naar haar wangen trekken, maar dit keer niet door een blos. Sean was gewoon... nou ja, hij was nagenoeg geweldig. Bijna perfect, als zoiets al bestond. Slim, grappig, knap, een goede sport, tolerant, bereid om de handen uit de mouwen te steken...

Het klonk alsof ze een advertentie plaatste voor een boerenknecht in plaats van de kwaliteiten op te sommen van de man op wie ze... wat? Wat was Sean voor haar?

'Is dat wat alle goed geklede chef-koks tegenwoordig dragen?'

Over de duivel gesproken; hij verscheen in haar keuken en zag er heerlijk zondig uit in een korte broek, een T-shirt en slippers.

Begeerde. Ja, dat was een even goede term als elk ander. En een stuk veiliger dan sommige.

Ze stopte midden in een danspas en stak haar haar achter haar oren. 'Um, goedemorgen. Geen uniform vandaag?' Het was een duidelijke verbetering.

Hij haalde zijn schouders op en schonk voor zichzelf wat granaatappelsap in dat ze had gekocht. Misschien was hij toch niet zo tegen voedsel zonder fructoserijke maïsstroop als hij had doen voorkomen.

'Ik dacht dat we, aangezien we de hele dag in een warme keuken staan, ons daarop moesten kleden.'

Of uitkleden...

Livvy likte langs haar lippen die plotseling droog aanvoelden en keek neer naar haar eigen kleding: een wit hemdje en een zijden pyjamabroek op kuitlengte. 'Nou, ik draag mijn schort, dus het maakt niet echt uit wat ik daaronder aan heb.'

Hij trok weer een wenkbrauw op. 'Als jij het zegt.'

Pitbulls 'Give Me Everything Tonight' begon op de iPod. Ja, niet echt het liedje waar ze nu behoefte aan had.

Livvy rukte het schort van de haak en hield zich bezig met het vullen van de acht hondenbakken met ontbijt, terwijl ze probeerde niet naar de songtekst te luisteren. Daarna pakte ze de bakplaten, mengkommen en afkoelrekken die ze nodig hadden voor het bakken van de scones.

Vervolgens zocht ze een paar minuten naar een notenkraker en zette alle droge ingrediënten netjes op een rij op het aanrecht, totdat ze eindelijk niets meer kon doen behalve naar hem kijken. Wat ze eigenlijk de hele tijd al had gewild.

Leunend tegen de gootsteen, met zijn armen over die geweldige borstkas gekruist en zijn ene voet over de andere in een bijzonder mannelijke houding, liep het water haar in de mond.

Sean *Manley*. Er was nooit een perfectere naam geweest.

'Dus, wil je eerst eten voor we beginnen, of hebben alleen de honden vandaag geluk?' vroeg hij.

Hij kon geluk hebben wanneer hij maar wilde — 'Um, tuurlijk. Ik kan wel wat in elkaar flansen.' Ze knikte naar de spullen die hij op het aanrecht had verzameld terwijl zij aan het zoeken was naar wat ze nodig had.

Hij kwam in beweging bij de gootsteen toen Jay Seans 'Down' begon te spelen. 'Ik vroeg niet of jij het wilde maken. Ik vroeg of je wat wilde eten. Ik ben meer dan in staat om een ontbijtje voor ons te regelen, hoor.'

'Nee, dat wist ik eerlijk gezegd niet.'

Hij pakte een koekenpan van het rek en draaide het fornuis aan. 'Hmm, ik denk dat je gelijk hebt. Je hebt me nog niet echt in actie gezien in de keuken.'

O jawel, dat had ze wel, en ze gebruikte vijf beats van het nummer om zich dat te herinneren.

Sean blijkbaar ook, want hij liet de pan met een kletter op het vuur vallen en hannesde wat met het roosteren van een paar sneetjes meergranenbrood. 'Dus, eh, ga jij maar even zitten, dan maak ik wat klaar. Je hebt extra eieren gekocht, toch? En zag ik daar pork roll of zoiets?'

'Pork roll?' Livvy huiverde. 'Echt niet. Reggie zou het me nooit vergeven.'

'Ik dacht dat olifanten degenen waren met een langetermijngeheugen.' Hij deed wat boter in de pan, waar het begon te sissen.

Net als Livvy. Die man was *heet*. 'Varkens zijn ook slim. Als ik in de buurt van Reggie zou komen terwijl ik naar een van zijn familieleden ruik, zou hij het me nooit vergeven.' Ze had het één keer gedaan. Het varken was een hele dag in zijn mand gebleven en geen enkele hoeveelheid hondenkoekjes kon hem eruit lokken. Hij had zelfs zijn snuit voor haar opgehaald toen ze hem wilde aaien.

'Je dieet moet wel erg beperkt zijn als je geen familieleden van je dieren eet.'

'Alleen Reggie is zo gevoelig. Ik eet constant kip en eieren. Hoewel ik probeer ze niet te eten waar Orwell bij is.'

'Daarover gesproken... waar is dat kleine gevleugelde sloopbedrijf?'

De drie kwartier die ze gisteravond nodig hadden gehad om de vogel van de gordijnroedes te krijgen, waren niet leuk geweest, dus dit was een welkome rust. Ze hield van Orwell, maar hij was veel werk. 'Hij slaapt. Hij is geen vroege vogel.'

'Dat moet heerlijk zijn,' zei Sean, terwijl hij met één hand twee eieren tegelijk boven de koekenpan brak.

'Knap kunstje.'

Hij trok een wenkbrauw op.

'Dat. Wat je net met die eieren deed. Hoe heb je dat geleerd?'

'Als je opgroeit met twee broers en geen videogames, leer je jezelf te vermaken. We hielden wedstrijden om te zien hoeveel we er konden breken zonder dat er schilletjes in de pan kwamen.'

'En jij won?'

Sean glimlachte en ze verloor bijna haar adem. Die man was werkelijk prachtig.

'Ja, ik heb ze ingemaakt. Ik heb er een keer vijf gedaan.'

'Je moet wel erg grote handen hebben.'

Het was geen gewone blos die over haar huid trok. Het was een dieprode mantel van schaamte, en ze wilde zich er het liefst in wikkelen en doodgaan van gêne omdat ze allebei dachten aan waar handgrootte zogenaamd mee samenhing.

Ze keek naar zijn handen. Ze waren niet té groot. Precies de juiste maat, met de juiste vorm nagels en precies de juiste hoeveelheid haar erop, en precies de juiste hoeveelheid kracht en spieren en, o mijn god, zat ze nu echt zijn hand voor zichzelf te beschrijven? 'Wat kan ik doen om te helpen?'

De verkeerde vraag. Zijn ogen werden donker en de blik die hij haar gaf drong diep door tot in haar onderbuik, waar een vuur ontbrandde dat niets te maken had met wat er op het fornuis gebeurde.

'Niets. Ik red me wel.'

Ja. Dat deed hij zeker.

'Is er iets wat je klaar moet leggen voor het bakken?'

Ze schudde haar hoofd, zowel als antwoord als een methode om zichzelf tot de orde te roepen. Scones moesten een voor een worden gemaakt. Tenminste, die van haar, om de perfecte luchtigheid te bereiken. Als ze het deeg te lang liet staan, zouden de scones mislukken. Met de hoeveelheid die ze vandaag van plan was te maken, moest ze haar hoofd bij de zaak houden.

Sean haalde het brood uit de broodrooster, besmeerde het dik met de appelboter die ze had gekocht, schonk nog twee glazen granaatappelsap in twee sierlijke wijnglazen van een plank waar zij niet eens op kon kijken, laat staan bij kon, en dresseerde de eieren op de borden alsof hij een chef-kok was.

'Heb je er ooit over nagedacht om privékok te worden in plaats van huishoudelijk medewerker? Je bent er echt goed in.' Ze pakte de glazen sap van het aanrecht en zette ze op tafel, schuin tegenover elkaar. Ze hoefde hem niet naast zich te hebben zitten — te veel verleiding — maar ze wilde hem ook niet te ver weg hebben zitten.

Te veel teleurstelling.

Hij bracht hun borden naar de tafel. De spiegeleieren waren perfect bereid, het brood was precies goed geroosterd en besmeerd, en de partjes sinaasappel die hij erbij had gelegd waren een extraatje.

Net als hij. Een extra bonus die ze nooit had kunnen voorzien toen ze hoorde over het overlijden van haar grootmoeder.

'Hoe gaan we het vandaag aanpakken?' vroeg hij. 'Wat wil je dat ik doe?'

Zoveel dingen...

Ze legde haar vork neer, depte haar lippen met het linnen servet dat hij in een van de laden had gevonden en bedwong haar gelukshormonen.

Ze nam zich voor haar iPod uit te zetten toen er weer een reeks ongepaste songteksten door de kamer galmde.

'Ik maak elke portie afzonderlijk,' zei ze, terwijl ze probeerde de zanger te negeren die zong dat hij zijn ogen niet van een vrouw kon afhouden. 'Om genoeg laagjes in het deeg te krijgen, moet ik het kneden tot de juiste consistentie, en dat kost tijd. Het kan niet aan de lopende band. Maar de voorbereiding en het opruimen kunnen we wel samen doen. Ik zet rijen kommen klaar voor verschillende porties, dan kun jij alle ingrediënten daarin afwegen en dan kom ik achter je aan om ze een voor een te mengen. Werkt dat voor je?'

'Klinkt als een plan.' Hij bracht een vork met ei naar zijn mond. 'En? Wat vind je ervan? Goed genoeg voor je?'

Hij had het over het eten dat hij had gemaakt, toch, en niet over zichzelf? Want ja, hij was goed genoeg voor haar. Te goed eigenlijk. Er moest ergens een addertje onder het gras zitten. Sean kon onmogelijk zo goed zijn als hij leek. Knap, hardwerkend, dol op zijn familie, grappig, aardig, behulpzaam, in staat om zo'n beetje alles te doen — én schoonmaken — en hij was gestopt met klagen over haar dieren. Hij had haar zelfs geholpen om voor hen te zorgen.

Voor het eerst in lange tijd liet Livvy toe dat hoop deel uitmaakte van haar gedachten.

'Livvy?'

'Oh, um, ja. Heerlijk. Je bent echt geweldig in de keuken.'

Dat had ze toch niet echt hardop gezegd?

'Daarover gesproken...' Sean legde zijn vork neer. 'Het negeren gaat het niet laten verdwijnen.' Hij legde zijn hand op de hare en vergeet de vlammen op het fornuis of de temperatuur in deze kamer zodra alle ovens aanstonden, of zelfs hoe heerlijk hij eruitzag in zoiets simpels als een korte broek en een T-shirt; niets was te vergelijken met wat de aanraking van Sean met haar deed.

De hoop laaide weer op, dwarrelde door haar heen, raakte elk vezeltje aan en nestelde zich stevig in haar ziel. Plotseling waren de songteksten helemaal toepasselijk.

'Livvy, we kunnen gisteren niet herhalen.'

Totdat Sean dat zei.

'Het is echt geen goed idee.'

'Oké. Prima.' Er was een grens aan hoeveel afwijzing ze kon verdragen en eerlijk gezegd was ze haar quotum voor, zeg maar, de rest van haar leven al gepasseerd. Ze was niet van plan te smeken. Nee. Zij niet. Ze had haar grootmoeder nooit om iets gesmeekt en ze was zeker niet van plan te smeken bij een man die niet slim genoeg was om haar te willen.

Ze verkreukelde haar servet en gooide het boven op de nu oneetbaar geworden eieren, pakte haar servies op en stond op. 'We moeten maar eens gaan bakken. Ik heb veel te doen en hoewel het ontbijt lekker was, we geen tijd hebben om wat te zitten kletsen.' Ze schoof het bord naar de rand van de tafel en haar servet trok de suikerpot van het theeservies mee.

'Livvy —' Het deksel kletterde op de grond, maar Sean wist de pot te grijpen voordat die erachteraan ging. Hij staarde ernaar alsof hij niet wist wat het was.

'Kun je de honden alsjeblieft weer binnenlaten?' Ze waren begonnen met janken zodra ze was opgestaan en Livvy was nog nooit zo blij geweest met hun eisen als op dit moment. Ze had tijd nodig om weer rustig te worden door de elektriciteit die door haar heen denderde, de teleurstelling van de zoveelste hoop die de grond in was geboord, en de schaamte dat hij wist hoeveel ze hem wilde terwijl ze werd afgewezen.

En ze had zulke hoge verwachtingen gehad voor vandaag.

Tot zover het ontbijt.

Sean pakte zijn bord op, waarbij hij zich minder druk maakte om het eten dan om het gesprek. Hij had het grootste deel van de nacht liggen woelen; verlangen hield hem net zozeer wakker als schuldgevoel. Rond vier uur 's ochtends had hij besloten er voor eens en altijd een einde aan te maken. Wat 'het' ook was. Hij moest het met haar bespreken. Haar laten inzien dat het niet zo simpel was als even samen naar bed gaan als ze dacht. Niet zonder haar de ware reden te vertellen.

Of dat er een aanwijzing in de suikerpot zat.

God, hij was een klootzak. Het was pure ironie, de wet van karma, het universum dat hem uitlachte dat hij haar afwees. Hij was niet van Bryans niveau wat betreft het versieren van vrouwen, hoewel hij er nooit slecht in was geweest, maar de enige vrouw die hij meer wilde dan wie dan ook, was de slechtst mogelijke persoon voor hem om iets mee te beginnen.

Behalve dat dit niet alleen om een avuurtje ging. Een nacht vol wederzijds genot zou iets goeds kunnen zijn als die niet gepaard ging met al het andere wat kwam kijken bij het willen van Livvy.

Het gehuil bij de deur begon weer en Sean kon er zich alles bij voorstellen. Naast het feit dat hij deze op hol geslagen trein van aantrekkingskracht moest afremmen, *zat er een aanwijzing in de suikerpot.*

Wat moest hij daar in hemelsnaam mee doen?

Toen begon het gekrab. Sean sprong op, pakte de acht voerbakken en liep naar buiten om te voorkomen dat er nog een ramp in zijn wereld plaatsvond; hij had geen zin om ook nog de reparatie van de deur te moeten betalen.

Verrassend genoeg gedroegen de honden zich goed voor een roedel hongerige dieren. Hun kwispelende staarten en het hyperactieve gedoe van de kleintjes waren de enige tekenen van hoe erg ze naar het eten uitkeken. Ringo gromde niet eens naar hem.

Misschien keerde zijn geluk.

Die gedachte hield stand toen hij terugkwam in de keuken en zag dat Livvy een schort om haar middel had geknoopt — en het bovenstuk ervan bedekte veel meer van haar decolleté dan haar hemdje, godzijdank. Als hij haar toch niet mocht aanraken, had hij de verleiding niet nodig.

Helaas luisterde het universum niet. De hele ochtend hing de verleiding om hem heen. Elke keer dat Livvy langs hem heen danste — ze *danste* constant — of langs hem reikte, of een kom over het aanrecht schoof, of vooroverboog om de scones uit de oven te halen, of haar vingertop aflikte als ze per ongeluk de hete bakplaat aanraakte, leek het alsof er daarboven iemand hem zat uit te lachen.

Geef hem die bende in de woonkamer maar elke dag boven dit. Dan zou hij tenminste zweten van de inspanning en eerlijke arbeid, niet van een gefrustreerd verlangen waar hij niet aan toe kon geven.

Hij keek op de klok aan de muur. Nog veel te veel uren tot ze zou vertrekken.

Het nummer veranderde en Sean trok een gezicht. 'Any Way You Want It' was *niet* wat hij nu moest horen. Zeker niet toen hij het refrein van boven hoorde galmen. 'Het klinkt alsof Orwell wakker is.'

Livvy keek op van de kneedplank, een vlekje bloem op haar neus. En op haar wang. En op haar schouder.

'Hij is dol op dit liedje. Ik denk dat het de enige is waarvan hij alle woorden kent.'

'Zullen we het dan maar veranderen?' Het perfecte excuus om niet de komende drieënhalve minuut, of hoe lang dat verdomde liedje ook duurde, een klein rood Steve Perry-duiveltje op zijn schouder te hebben zitten dat hem verleidde. Hij drukte op de skip-knop van de iPod.

Bruno Mars. Serieus, kon hij nou *nooit* eens rust krijgen als hij probeerde het juiste te doen?

Boven zat Orwell nog steeds in de Journey-modus en kweelde hij Perry's klassieke: 'Ooooooooh.'

'Misschien moet ik hem halen. Hem bij de actie betrekken.' En zichzelf eruit halen, al was het maar voor even.

Livvy haalde haar schouders op en, interessant genoeg, bleef het bovenstuk van haar schort op zijn plek zitten, maar de borsten daarachter... Ze kwamen iets meer boven de rand uit en oh, shit, hij zat in de problemen.

Tenminste had hij die verdomde broek niet aan en verborg zijn korte broek zijn reactie een stuk beter.

Hij liep de deur uit om Orwell te halen. Hij had nooit gedacht dat de dag zou komen dat hij een papegaai boven een vrouw zou verkiezen.

Blijkbaar had hij ook die weddenschap verloren.

Hoofdstuk 22

De twaalfde lading scones kwam uit de oven en Sean was er wel klaar mee voor vandaag. Overal lagen scones en die verdomde papegaai wist het ook. Als Orwell nog één keer zou zeggen: *'Polly wil een scone,'* dan bakte Sean hem *in* een scone.

'Hij haalt zijn clichés door elkaar.'

'Dat doet hij wel vaker.' Livvy veegde wat kruimels van haar neus. De vrouw was veel te schattig naar zijn zin, en dan ook nog eens sexy; die combinatie maakte gehakt van zijn voornemen om bij haar uit de buurt te blijven. Ze kon hier niet snel genoeg vertrekken.

Wat natuurlijk betekende dat ze bleef rondhangen.

Ze trok de ovenwanten uit en plofte op de barkruk naast hem neer, terwijl ze met haar blote voet tegen de sporten zwaaide. Haar teennagels waren roze.

Hij wist niet waarom hem dat verbaasde, maar het was zo. Misschien omdat hij had verwacht dat ze ze blauw zou hebben gelakt. Of groen. Of bruin. Ze was de grootste tegenstelling in een vrouw die hij ooit was tegengekomen. De meeste vrouwen zouden nog niet dood gevonden willen worden in legerkisten en zigeunershorts als een overblijfsel uit de jaren zeventig, maar bij Livvy werkte het allemaal en ze was zich er totaal niet van bewust hoe goed het haar stond. Hij had het vermoeden dat ze sowieso niet doorhad hoe ze eruitzag. In wat dan ook.

Hij zou haar weleens in een jurk willen zien. Een echte jurk. Iets sexy's dat nauw aansloot, maar niet te veel onthulde. Een vleugje glitter om haar polsen, maar verder niets, zodat de schoonheid die in haar zat voor de schittering kon zorgen.

En daar gaan we weer met de poëzie, Manley. Serieus?

Hij moest echt over haar heen komen. Hij moest echt doorgaan met het plan. En hij moest echt die aanwijzing vinden. Zonder haar.

'Hoe laat pikken de mannen je op? Moeten we nog veel doen?'

'Probeer je me weg te krijgen?'

'Natuurlijk niet. Het is tenslotte jouw huis.' Dat was meer een herinnering voor hemzelf dan voor haar.

'Nog niet.' Ze kneep in de brug van haar schattige neusje. 'Jij kende mijn grootmoeder beter dan ik. Enig idee waarom ze dit heeft gedaan?'

Hij kende Merriweather helemaal niet. Hij had gedacht van wel, maar na dit alles niet meer. 'Geen flauw idee. Misschien wil ze je gewoon wat gevoel geven voor de familiegeschiedenis.'

'Was het niet genoeg dat ik het moest doorstaan? De vrouw heeft de helft van de school gesponsord, in godsnaam. Ik kon niet *niet* van de familie weten.'

'Ik gok dat je het daar niet erg naar je zin had?'

'Als ik er zelf voor had gekozen om daarheen te gaan, dan was ik vast dolblij geweest. Maar dat wilde ik niet. Ik wilde hier niet weg. Uit mijn huis. Bij mijn moeder. Ze leefde nog toen Merriweather de voogdij kreeg. Mijn vader ook. Toch deed geen van beiden iets om te voorkomen dat een oude vrouw hun kind stal. Alsof ze niet konden *wachten* tot hun kleine *probleempje* uit de weg was. Uit het oog, uit het hart.'

Haar stem brak en ze keek weg.

Sean wilde haar in zijn armen nemen en de pijn uit haar wegduwen. Maar hij deed het niet. Omdat dat alles waar hij mee bezig was alleen maar moeilijker zou maken. Voor hen allebei.

'Het waren nog maar kinderen, Livvy. Waarschijnlijk waren ze te erg in paniek om te weten wat ze moesten doen.'

'Mooi argument *als* ze me meteen had meegenomen. Maar ik was vijf jaar bij mijn moeder. Wij tweetjes, omdat haar ouders haar eruit hadden gegooid zodra ze achter mijn bestaan kwamen. En *Pappie* deed geen moer. Geen cent. Zelfs geen kaartje. Het verbaast me dat Merriweather überhaupt van mij wist, al lag dat niet aan het gebrek aan pogingen van mijn moeder.'

'Wees niet zo hard voor haar, Livvy. Ze was waarschijnlijk doodsbang voor de zorg voor jou. Toen je andere grootouders haar eruit gooiden, was het vast heel zwaar voor haar. Misschien was jou aan Merriweather geven haar manier om je alles te geven wat ze zelf nooit zou hebben.'

'En toen dronk ze zichzelf dood met het afkoopsommetje.'

Dit keer reikte hij wel naar haar toe. Hij legde zijn hand op de hare. Soms was eenvoudige menselijke troost belangrijker dan wat dan ook, en Livvy had pijn. 'Je kunt niet weten wat er in haar omging. Misschien had ze er spijt van dat ze je had opgegeven. Misschien was het het moeilijkste wat ze ooit had gedaan. Wie weet waar je nu zou zijn als ze het niet had gedaan? Je kunt het verleden niet veranderen, Livvy. Maar je kunt van je toekomst maken wat je zelf wilt. Laat je bitterheid over die gebeurtenissen niet bepalen wie je vandaag de dag bent. Want ik denk...' En daar sloeg hij een weg in waar hij niets te zoeken had. 'Ik denk dat je goed terecht bent gekomen. Meer dan goed.' Hij keek hoe zijn duim over haar zachte huid streelde.

Hij zag hoe ze haar hand een klein beetje verzette zodat ze zijn duim met de hare kon omklemmen.

Hij zag hoe ze haar ogen opsloeg om de zijne te ontmoeten. 'Wat zijn we aan het doen, Sean?'

Joost mag het weten. Het liefdesliedje dat uit de verdomde iPod schalde, hielp ook niet mee.

Gelukkig klonk er buiten een claxon en begonnen de honden te blaffen.

Het moment was weg.

Maar niet vergeten.

Tien seconden nadat ze was weggereden, brak de hel los.

De honden waren niet langer zijn vrienden, Orwell verruilde zijn nasale zangstem voor een volwaardig, oerwoudachtig gekrijs, en Seans telefoon hield niet op met rinkelen.

De architect had vragen. Zijn advocaat had vragen. Grootmoeder had er een paar. En dan was er Mac die hem om hulp vroeg voor de volgende dag, wat allemaal betekende dat het al lang donker was voordat hij de kans kreeg om te gaan zitten en de aanwijzing te ontcijferen die hij uit de suikerpot had gehaald.

Je gaat hem terugleggen, Manley.

Dat zou hij doen; hij had zijn geweten niet nodig om hem daaraan te herinneren. Hoe graag hij deze plek ook wilde hebben, hij zou nooit met zichzelf kunnen leven als hij haar saboteerde.

Sabotage, haar te snel af zijn... Wat is het verschil?

Ja, daar was hij nog niet helemaal uit. Maar totdat hij het wist, legde hij de aanwijzing terug. Nadat hij hem had uitgeplozen.

De strijd was complex, maar hij was dat ook
En daarvoor verwierf hij de familiewapensrok.
Onder de banier van een adelaar
Maakte deze ridder het zegevierend waar
Hij eiste de overwinning op met grote macht
Gezeten op zijn paard in volle kracht.

Weer een gedicht, weer een raadsel. Die vrouw maakte hem gek.

Sean tikte weer op zijn tablet en bestudeerde de aanwijzing op zoek naar trefwoorden. Een adelaarsbanier, heraldiek, een ridder en een paard.

God, hij haatte puzzels.

Adelaar, ridder, paard. Hij had geen idee wat die adelaar betekende, maar paarden zouden in de schuur hebben gestaan.

Sean streek met zijn hand over zijn mond. Het was een gok, maar het was tenminste iets.

Hij stak de tablet in zijn zak, biddend dat hij geluk zou hebben en de volgende aanwijzing zou vinden, en liep via de keuken naar buiten.

Grote fout. De honden stonden al te wachten om met hem mee te gaan. Ja, dat kon hij net gebruiken, dat zij de boel op stelten zouden zetten bij de boerderijdieren. Geen sprake van.

'Zit,' zei hij toen ze hem massaal naar de deur volgden.

Natuurlijk werkte dat alleen bij Livvy, de hondenfluisteraar.

'Blijf.' Hij hield zijn hand omhoog zoals zij had gedaan.

Niets. Tongen uit de bek, kwispelende staarten, het geklepper van nagels op de houten vloer... De honden wilden naar buiten.

Toen begon Ringo te janken. John ook. Of misschien was dat Paul.

De kleine dwergkees rolde op zijn rug, zwaaide met zijn pootjes en jammerde meelijwekkend.

Geweldig. Sean kneep in de brug van zijn neus. Hij wist niet hoe hij om moest gaan met massale dierenhysterie.

Hij leunde met zijn rug tegen de hordeur en trok de binnendeur naar zich toe. 'Jongens, luister. Jullie kunnen niet mee. Wacht hier even, ik ben zo terug.'

De poedel, die het overduidelijk niet eens was met dat plan, wurmde zich tussen zijn voeten door, duwde de deur open en stoof het gazon over.

Krijg de tering! Livvy zou hem vermoorden als hij haar hond kwijtraakte.

Hij sloot de anderen op in de keuken en rende achter de kleine lastpost aan.

Kleine pootjes, maar dat ding kon *rennen*. Hij schoot naar links en naar rechts om hem te ontwijken, en Sean schaamde zich dat het beest aan het winnen was.

'Kom hier!' Hij deed een uitval, maar de poedel zwenkte om hem heen en zette in een rechte lijn koers naar de schuur.

Sean rende erachteraan, dankbaar voor het maanlicht zodat hij het zwarte dier tenminste kon *zien*, en haalde hem net in toen de hond zijn neus naar binnen stak.

Zoals verwacht brak daar binnen ook de pleuris uit. Kon hij nou *nooit* eens een mazzeltje hebben?

Sean deed het licht aan en zag hoe de ram met zijn kop tegen de staldeur beukte, blèrend terwijl de jonge geitjes over de scheidingswanden tussen de stallen sprongen en naar beneden doken om de hond te omsingelen in een soort omgekeerde jager-prooi-houding. Hun ouders stonden op hun achterpoten met hun voorpoten over de staldeuren gedrapeerd, alsof ze bij een sportwedstrijd stonden te kijken.

'Blijf!' riep hij naar iedereen.

Niemand luisterde.

'Zit!'

Ook daar werd niet op gereageerd. De hond keffde naar hem en kwam dichter bij een jong geitje dat zijn kop liet zakken en met zijn poot over de grond schraapte alsof hij een stierengevecht ging nabootsen.

Hij zou dat kleine ding eens moeten vertellen hoe slecht dat meestal *niet* afliep voor de stieren.

'Volg!'

Wederom gaf niemand er gehoor aan.

'Luister, John, Paul, George, Ringo, Yoko... Hoe je ook mag heten, kom hier!'

Geen resultaat. De hond keffde opnieuw en schoot dit keer tussen twee geitjes door.

De geiten renden erachteraan.

De ouders sprongen over de staldeur en renden achter hen aan.

De ganzen stoven uiteen, snaterend en waggelend overal naartoe. Een paar van hen botsten tegen elkaar op en sloegen zichzelf bijna knock-out.

Rhett begon tegen de staldeur te trappen. De arme Scarlett keek er alleen maar overheen met haar dromerige ogen alsof ze wenste dat Sean haar haar eigen stal zou geven.

'Ik zal het er met Livvy over hebben, Scarlett.' Hij stak zijn hand uit om de nek van de alpaca te aaien om haar te kalmeren, maar Rhett spuugde naar hem.

'Oké dan.' Sean stapte achteruit met zijn handen in de lucht.

Reggie liep log naar zijn staldeur, terwijl zijn geknor bij elke stap luider werd.

Sean gooide hem een paar hondenkoekjes uit de zak die aan de buitenkant van de stal hing. Reggie deed een klein vreugdedansje naar de brokken toe en wroette ze in zijn stro, terwijl het geluid dat hij maakte meer op gespin leek dan op iets wat in de verste verte op een varken leek.

De kippen kwamen — metaforisch gezien — uit hun zogenaamd afgesloten hok vliegen, overal lagen veren, ze kakelden alsof de hemel naar beneden kwam, en de ram begon nu tegen de stal te *schoppen*. De lammetjes begonnen te blaten, wat beantwoord werd met een kreet van de jonge geitjes, en al snel kon Sean zijn eigen gedachten niet meer horen, laat staan dat hij boven het lawaai uit kon komen.

De poedel sjeesde langs hem heen en Sean probeerde hem te grijpen, wat eindigde in een botsing met drie geitjes en een moedergeit, waardoor hij tegen de grond ging op de koude, harde, meedogenloze betonvloer.

Het lukte hem om *niet* op zijn tablet te landen, godzijdank, en hij voorkwam dat het ding werd vertrapt door de geit die op zijn rug klom. Maar na het vermijden van twee bijna-catastrofes wilde Sean een derde niet riskeren. Zijn geluk kon niet eeuwig duren.

Hij rolde om om de kleine bergbeklimmer van zich af te schudden. Een van de ganzen waggelde om zijn hoofd heen, met een kip vlak op zijn hielen.

Sean moest daarom lachen. Hij wist vrij zeker dat dit een primeur was in de geschiedenis van de kinderboerderij.

En toen landde er een lammetje op zijn buik, waardoor de adem uit zijn longen werd geperst.

'*Bèèèèèè.*'

Hij liet zijn hoofd op het beton vallen. Au. Dat was niet het beste idee.

Twee van de geitjes sprongen over hem heen, en toen kwam de hond voorbij vliegen. Met een harde trap in zijn kruis.

Zijn kruis.

'Oef!' Sean rolde zich op tot een balletje, greep zichzelf vast en probeerde door de pijn heen te ademen. Ja, hoor. De *ram* wist hij te ontwijken, maar dit kleine hoopje pluis...

God, als zijn broers hem nu zouden zien... Gevloerd door een jong geitje en een tot leven gewekt knuffeldier. Het zou grappig zijn geweest als het iemand anders dan hem was overkomen. Hij zou Bry weleens in deze positie willen zien.

De hond kwam terug, zijn kleine wenkbrauwtjes omhoog getrokken terwijl hij zijn kop schuin hield.

'Oh, tuurlijk. *Nu* kom je opdagen. Moest ik eerst een knietje in mijn ballen krijgen voordat je wilde luisteren? Lekker dan, hond. Hoe heet je eigenlijk?'

Het beest kwispelde met zijn stompje van een staart alsof dit de eerste keer was dat hij vandaag iemand zag en likte Sean op zijn neus, waarna hij ging zitten en hem verwachtingsvol aankeek. Hoopvol. Vol vertrouwen.

Ah, de loyaliteit en liefde van een dier, precies zoals Livvy had gezegd. Gezien het gebrek daaraan in haar leven, begreep hij wel waarom ze er zoveel had.

Verdomme. Hier had hij geen behoefte aan. Hij wilde haar niet begrijpen. Medelijden met haar hebben. Het allemaal voor haar willen oplossen.

Miljoenen dollars, Manley. Deze plek kan je goudmijn zijn. Is dat niet wat je wilt?

Ja. Dat was het.

Behalve dat hij nu was uitgeschakeld door een trap in zijn zaakje van een *poedel*. Niet de ram, of Rhett of zelfs Ringo, maar een *poedel*. Zijn broers mochten hier absoluut *niet* achter komen.

Een scheut pijn schoot door hem heen. Krijg de vinkentering. Hij had een ijszak nodig.

En die zou hij halen — zodra hij weer kon lopen. En ademen. Ademen was een goed idee.

Hij ademde in, zoog elke snipper zuurstof die hij kon vinden in zijn longen, concentreerde zich op zijn binnenste en negeerde de pijn.

Hij deed het nog eens, en dit keer begon de pijn weg te trekken. Godzijdank.

Hij haalde nog één keer diep adem en opende zijn ogen.

En zag een adelaar.

Precies daar. Vlak voor hem. Nou ja, zo'n vijf meter boven hem, maar toch, het was een adelaar. Een soort embleem. Op een plaquette. Zoals het presidentiële zegel.

Onder de banier van een adelaar.

Godzijdank dat er eindelijk *iets* meezat.

De hond likte weer aan zijn neus. Oké, maak daar maar *twee* dingen van.

Sean kwam overeind op zijn ellebogen en aaide de hond over zijn oren. 'Heb jij dit gepland?' Hij werd beloond met nog een lik.

Een paar minuten — en diverse ganzenbeten in zijn schouder — later was Sean voldoende hersteld om de ladder op te klimmen naar wat normaal gesproken de hooizolder zou zijn, maar hier werd gebruikt voor de opslag van dozen. *Nog meer* dozen. Heel veel dozen. Overal. Hij keek er niet naar uit om die allemaal door te spitten, maar god, als de advocaten en het lot het toelieten, zou hij die kans dolgraag krijgen.

Vlak bij de rand van de zolder was de adelaar gemonteerd op een houten plaquette die in dezelfde vorm was uitgezaagd. En daar, tussen de twee lagen, zat weer een aanwijzing. Dit keer geen briefje van Merriweather, maar de aanwijzing zei genoeg.

Sir Fredericks strategie, een puzzel voor de vijand,
Maakte onze familie-erfenis welbekend.
Zijn beloning, gevat in landerijen en zilverwerk,
Was hard verdiend, niet aan het toeval of een kerk.
Dus met deze bron van kennis, Olivia, is dit je kans,
Vind nog zes aanwijzingen voor je erfdeel-kans.

. . .

Beneden hem rende de poedel — wiens naam hij nog steeds niet wist — rondjes om een geit die had besloten dat het genoeg was geweest, op de grond was gaan liggen en was begonnen te blaten. Haar moeder kwam aanrennen vanuit het kippengedeelte en blaatte terug, wat beantwoord werd door de rest van haar kids en een kopstoot van de ram tegen de steunbalk van de zolder.

Seans tablet vloog uit zijn handen en kletterde op de betonvloer beneden in duizend stukjes.

Geweldig.

Sean slaakte een zucht en leunde tegen de muur aan de voorkant van de schuur, terwijl hij door de ramen aan de achterkant naar buiten keek totdat de balk ophield met trillen.

Wat een uitzicht. Of dat zou het zijn als hij iets kon zien. Sean deed de lichtschakelaar uit die ze hier boven handig hadden geplaatst.

De dieren werden rustiger, wat voor hem al een overwinning was, maar een nog grotere overwinning was wat daar buiten te zien was.

Het maanlicht scheen over de enorme uitgestrektheid van de Martinson-landerijen. *Landerijen.* Een van de woorden in de aanwijzing.

Een ander woord was *puzzel*. Net als het antwoord op deze aanwijzing, dat daar pal voor zijn neus lag.

Het doolhof.

Doolhoven waren puzzels. En *bron* was een ander woord voor *fontein*. Er stond een fontein in het midden van het doolhof. Dat wist hij omdat hij iemand een offerte had laten maken om de waterdruk te verhogen zodat de waterval boven de heg uit zou komen.

Hij had gehoord dat het goedkoper zou zijn om de heggen laag genoeg te snoeien voor de huidige hoogte van de straal, en Sean was nog steeds aan het dubben wat hij zou doen als het zover was, want er zat voor jaren aan groei in die heggen.

Hij moest het Merriweather nageven; deze aanwijzing was behoorlijk slim. Wat betekende dat haar brein tot op het laatst prima werkte en dat ze precies wist wat ze deed.

Sean kreeg een naar gevoel in zijn maag. Ze had hem aan het lijntje gehouden. Dingen beloofd die ze nooit van plan was geweest na te komen. Of misschien wilde ze zien wie van hen het landgoed het liefst wilde en bereid was om tot het uiterste te gaan.

Ja, die manier van redeneren zou Merriweather wel kunnen waarderen.

Sean klom de ladder af, ruimde de kapotte tablet op en floot naar de poedel. 'Kom op, hond. Tijd om naar huis te gaan. Je kunt je' — hij keek onder de geit — 'vriendinnetje morgen weer zien.'

Terwijl hij het doolhof zou verkennen.

Zijn mobiel ging over. Sean herkende het nummer niet, maar met alle telefoontjes die hij had gepleegd naar potentiële investeerders, peinsde hij er niet over om niet op te nemen. 'Hallo?'

'Sean? Met Livvy.'

Belachelijk dat zijn hart een sprongetje maakte. 'Hoi. Is alles oké? Hoe kom je aan mijn nummer?'

'Via je zus. Ik heb het kantoor gebeld en gevraagd of ik je kon spreken.'

Mac was weer eens veel te opzichtig. Ze zou nooit nummers van werknemers zomaar weggeven als het echte werknemers waren. Hij wist precies waarom ze Livvy het zijne had gegeven. 'Is er iets aan de hand?'

'Dat wilde ik jou net vragen. Ik wilde even horen hoe het gaat.'

Hij begreep wat ze zei, maar in zijn hoofd klonk haar stem veel zachter dan nodig was en hij was op slag opgewonden. Serieus, Livvy moest dat unieke wat-het-ook-was dat hem in een achttienjarige veranderde in een flesje stoppen en verkopen. Ze zou schathemeltjerijk worden en dit hele landgoed niet meer nodig hebben, waarmee ieders probleem zou zijn opgelost.

'... want Davy vindt het niet fijn als ik weg ben.'

Davy. Zo heette de poedel dus.

'En tegen Reggie moet je af en toe wat aardigs zeggen. Ik weet dat hij het niet begrijpt, maar als je een vriendelijke toon aanslaat en hem misschien wat extra hondenkoekjes geeft, zou hij de nacht wel door moeten komen.'

'Ik ben je een stap voor.' Sean keek in de stal van het varken. Alle koekjes waren op en er lagen kruimels in het stro om hem heen terwijl hij tevreden lag te snurken.

'Oh. Nou, dat is mooi. En met de ganzen?'

Sean telde ze snel. Hij dacht dat er maar drie waren. 'Die maken het, eh, uitstekend.' Behalve die ene die mank liep...

'Oh. Oké.'

'En hoe is het met *jou*, Livvy?' Er klonk iets in haar stem dat hem die vraag deed stellen. Haar *oh*'s klonken wat verrast, haar vragen aarzelend en haar toon veel te zacht. 'Gaat het goed met *jou*? Met de dieren is alles prima.' Hij hield zijn vingers gekruist, zowel om de leugen af te weren als biddend dat het echt waar was.

Haar lach klonk verlegen. 'Ik weet het, het is alleen... Nou ja, het is gewoon dat ze je niet kennen. Je bent een vreemde voor ze en dit is de eerste keer dat ik ze heb achtergelaten bij iemand die ze niet kennen.'

'Ze kennen me inmiddels. Scarlett liet me haar zelfs aaien. *Rhett* liet me hem zelfs aaien.' Nou ja, bijna. 'Iedereen heeft water, eten en een plekje voor de nacht. Ze zijn er morgen nog wel als je terugkomt.'

'Oh.'

Ja, *oh*. Oh, dat ze aan tegenovergestelde kanten stonden en dat zij daar geen idee van had. *Oh*, dat hij dat wel wist. *Oh*, dat het aan zijn geweten knaagde.

En nu hij toch bezig was, kon hij net zo goed toegeven aan de *oh* dat ze niet had gebeld om te praten over wat er tussen hen speelde, of de *oh* dat hij had *gehoopt* dat ze had gebeld om te praten over wat er tussen hen speelde.

En dan was er nog de *oh* dat hij haar, hoe hard hij het ook probeerde, gewoon niet uit zijn hoofd kreeg.

Hoofdstuk 23

'En, heb je nog nagedacht over ons gesprek van gisteravond?' Sher tikte op Livvy's schouder in de marktkraam de volgende ochtend, tijdens een pauze tussen de klanten door.

'Ja.' Het was het *enige* waar ze aan had gedacht. Hij en Kerry hadden haar tijdens de rit hiernaartoe proberen te overtuigen dat ze het landgoed niet moest verkopen. Ze hadden elk argument uit de kast getrokken: de keuken was perfect voor haar, de schuur en het gazon waren perfect voor de dieren, het huis kon worden omgetoverd tot een luxe B&B — waar zij zich genadig voor hadden aangeboden om erin te trekken en het voor haar te runnen, zodat zij haar grootmoeder betaald kon zetten.

Wat prima zou zijn als ze op wraak uit was. Maar dat was ze niet. Ze wilde gewoon waar ze recht op had, en dan was ze weg.

'Livs?'

'Ik wil het niet, Sher. Het is niet mijn thuis. Het is niet eens *een* thuis. Thuis is een lekkend dak. Thuis is een schuur die drie stallen te klein is en waar Reggie in de woonkamer slaapt. Thuis is jullie naast de deur hebben en alle anderen, Richard en Marci en iedereen. Jullie zijn mijn familie. *Jullie* zijn mijn thuis. Waarom zou ik weggaan?'

'Lieverd, je weet dat we het beste met je voor hebben, maar het *is* een behoorlijk indrukwekkende plek. Je zou er zoveel kunnen doen.'

'Ik kan diezelfde dingen elders doen met het geld dat de verkoop opbrengt. Niet doen, Sher.' Ze legde een hand op zijn lippen toen hij diep ademhaalde, een teken dat hij op het punt stond om een van zijn preken af te steken, eh, suggesties te doen. 'Ik weet dat je het goed bedoelt, maar als ik dag in dag uit in dat huis moet wonen en eraan herinnerd word hoe onwaardig ik ben om de naam Martinson te dragen, word ik doodongelukkig.'

'Laat de achterlijkheid van die vrouw dit niet voor je verpesten. Ze is je deze plek verschuldigd. Ze is je nog veel meer verschuldigd, maar het landgoed is een goed begin. Het is niet jouw schuld dat die vrouw niet slim genoeg was om de echte schat vlak onder haar neus te zien, prachtig verpakt in het mooiste geschenk dat een grootmoeder zich maar kan *wensen*. Word daar maar boos om. Dat ze heeft weggegooid wat jullie samen hadden kunnen hebben. Maar beschouw jezelf nooit, en dan bedoel ik ook *nooit*, als onwaardig. *Zij* was de onwaardige. Om jou zo te behandelen...' Sher schudde zijn hoofd en knipperde een paar keer met zijn ogen. 'Het is schandelijk en ze zou zich diep moeten schamen.'

Ze omhelsde hem. 'Dank je dat je dat zegt. Dat had ik even nodig.'

'Daarom verdien je dat huis, Livs. Pak het aan. Doe ermee wat je wilt. Staat de inrichting je niet aan? Verander het. Wil je van de salon een binnen-buiten-stal maken? Jouw beslissing. Wil je alle spreien vervangen door camouflage-print? Ga je gang.'

Dat ontlokte haar een giechel. Sher kreeg dat altijd voor elkaar. 'Ik denk dat ik die camouflage even oversla.'

'Waar het om gaat, is dat het aan jou is. Zorg er alleen voor dat je het landgoed niet opgeeft om de verkeerde redenen, *niet* om haar te dwarsbomen. Wraak heeft nog nooit iets opgelost. Het voelt goed terwijl je ermee bezig bent, maar je moet wel met de gevolgen leven.'

Ze schikte de scones opnieuw en legde de chocoladevarianten wat dichter bij de voorkant van de tafel. Kinderen vonden die meestal het lekkerst en als ze hen kon verleiden om te stoppen, werden de ouders meestal vaste klant. Lokaas en een haak; ze liet haar eten altijd voor haar spreken in plaats van een deel van haar krappe budget aan reclame te besteden. In dit vak was mond-tot-mondreclame de beste manier om nieuwe klanten binnen te halen. Dat was de enige reden waarom ze zelfs maar had overwogen wat Sher en Kerry gister-avond hadden gezegd. Het was *inderdaad* geweldig geweest om in die keuken te werken.

Misschien omdat Sean bij je was?

'En hoe zit het met die lekkere hulp?'

'Hè?'

'Je weet wel, lang, donker en om op te vreten. Als je die plek houdt, heb je de bonus dat hij in de buurt is. Na waar Kerry en ik bijna bij binnenliepen, kun je niet beweren dat dat een straf zou zijn.'

Het schaamrood steeg haar naar de kaken en verspreidde zich over haar hele lichaam. Ze werd er *gloeiend* heet van. 'Het was niet wat je denkt.'

'Lieverd, ik speel dan wel niet in hetzelfde team als hij, maar ik weet wat ik zag. Die man wil je.'

Behalve dat hij was *gestopt.*

Ze had hem gisteravond niet moeten bellen. Ze had zich niet *echt* zorgen gemaakt over de dieren. Het was gewoon dat ze... Wat? Hem had gemist? Aan hem had gedacht? Hem wilde?

Drie keer ja. En dat was precies waarom ze hem niet had moeten bellen. Hem niet binnen had moeten laten. Ze wist wel beter. Ze wist dat ze de lat niet te hoog moest leggen. Haar hoop werd altijd de grond in geboord.

'En, trouwens, ik wil details. Met wat Orwell allemaal uitkraamde, vermoed ik dat ze sappig zijn.'

'Er valt niets te vertellen, Sher.' Verdomde pratende vogel. Wanneer ze vroeger met iemand uit was geweest, ging ze daarna meteen naar Sher en Kerry om de date te ontleden. De voor- en nadelen van een man bespreken, of de relatie het nastreven waard was, wat ze hadden gedaan, of ze het leuk had gehad, dat soort dingen. Vriendinnenpraat. Maar deze keer... *deze* keer wilde ze het niet ontleden. Ze wilde deze relatie niet door Shers mangel halen.

Welke relatie?

Ze ademde uit en keek rond of er een klant was. *Elke* klant. Slechts één. Eentje zou al fijn zijn.

Nee hoor. Niets. Noppes. Nada.

Typisch.

'Niemand komt op een wit paard aanrijden om je van mij te redden, Livs, dus vertel.'

Ze zuchtte opnieuw. 'Oké, vooruit.' Ze streek haar haar naar achteren. 'Ja, er was wel wat gaande toen jullie binnenkwamen. Ik bedoel, kun je het me kwalijk nemen? Sean is een lekkerding. Zelfs in een dienstmeisjespak.'

'*Vooral* in een dienstmeisjespak.' Sher wapperde zichzelf wat koelte toe.

'Ben jij niet getrouwd?'

'Ik ben niet dood. En jij ook niet, godzijdank. Dus, wat is het plan?'

'Plan?'

'Ja, lieverd. Om deze vent aan de haak te slaan. Je denkt toch niet dát dat vanzelf gaat? Als je hem wilt, moet je erachteraan.'

'Waarom hoeft hij niet achter mij aan?'

'Livs, alsjeblieft. Zo werkt het niet meer. Wij moeten ervoor zorgen dat ze ons willen. Ze laten denken dat ze niet zonder ons kunnen. Hun interesse zo wekken dat ze blijven terugkomen.'

'Klinkt als een heleboel werk.'

Sher haalde zijn schouders op. 'Maar het is het waard. Kijk met wie ik ben geëindigd.'

Ze keken allebei hoe Kerry nog een krat wijnflessen op de tafel tilde, waarbij zijn spieren zich mooi aanspanden onder zijn polo. Kerry sportte religieus en dat was te zien.

'Je bent een geluksvogel, Sher.'

'Dat weet ik. En Sean ook als hij jou te pakken krijgt. Ga je hem laten?'

'Laten? Ik heb mezelf zowat aan hem opgedrongen, maar hij wilde ophouden.'

Het was niet de bedoeling geweest dat te vermelden. Laat haar persoonlijke schaamte maar voor haarzelf blijven. Maar dit was Sher en hij gaf om haar. En eerlijk gezegd was ze er nog steeds een beetje gepikeerd over dat Sean *inderdaad* was gestopt.

'Wacht even. Wat?'

'Precies. Daar stonden we in de keuken, in het heetst van de strijd, en hij zei dat we moesten stoppen.'

'Bedoel je echt helemaal? Hij trok zich terug en weigerde verder te gaan?'

Ze wapperde met haar hand. 'Niet echt weigeren, maar hij bleef maar zeggen dat het geen goed idee was.'

'*Was* het een goed idee?'

Ze voelde die stomme blos weer opkomen. 'Ik dacht van wel.'

Sher gaf een tikje tegen het puntje van haar neus en lachte. 'Dan is het antwoord op die vraag voor mij een *ja*. Vooral als hij zei dat het geen goed idee was, maar niet helemaal ophield.'

Ze liep weer rood aan bij de herinnering. 'Nou ja, hij deed rustiger aan. Stopte alleen met, nou ja, me zo kussen op die manier die, je weet wel...'

'Ja, ik weet het.'

Ze zuchtten allebei en keken weer naar Kerry. Hij moet hun starende blikken hebben gevoeld, want hij keek op en gaf hun een snelle zwaai en een glimlach.

Ze kende die glimlach. Wist wat erachter zat terwijl hij naar Sher keek.

Livvy zuchtte nog maar eens. Wat zij samen hadden gevonden was prachtig. Bijzonder. Dat wilde zij ook. Dat gevoel en die geheime blik en de wetenschap dat ze iemand aan hun zijde hadden. Dat ze elkaar hadden, hoe erg het ook werd, wat het leven ook voor hen in petto had.

'Oké dan.' Sher schraapte zijn keel en wendde zich weer tot haar. 'De vraag is dus: hoe krijg je Sean zover dat hij *weer begint?*'

'Dat *is* de vraag.' De andere vraag was of ze bereid was haar ego weer op het spel te zetten, maar daar kon Sher geen antwoord op geven. Dat kon zij alleen, en op dit moment wist ze het niet zo zeker. Ze zou zich gewoon moeten concentreren op het vinden van de aanwijzingen en dit idee in de ijskast moeten zetten.

Best lastig als je in hetzelfde huis woont.

'Zo moeilijk zou het niet moeten zijn.' Sher trok een wenkbrauw op. 'Laat maar. We willen juist dat het moeilijk wordt.'

Ze moest lachen.

'Goed zo. Dat is de glimlach die je altijd zou moeten dragen.' Hij tikte op het puntje van haar neus. 'Hoe dan ook, zoals ik al zei, ik heb gezien hoe hij naar je keek. Als hij niet getrouwd of gay is, of iets besmettelijks onder de leden heeft, is er geen enkele reden voor hem om te stoppen. Is daar sprake van?'

Ze schudde haar hoofd. 'Niet dat ik weet.'

'Geweldig. Wat je dus moet doen is hem ergens alleen krijgen, bij voorkeur op een plek die wat romantischer is dan een keuken — o mijn God. Olivia Marie Carrolla, vertel me *niet* dat jullie losgingen op het aanrecht.'

Livvy stopte haar haar achter haar oren en keek weer om zich heen of er een klant was. 'Oké, dan doe ik dat niet.'

'O mijn God, meid, ben je gek geworden? Dat aanrecht is *hard*. En niet op een goede manier. Dat is niet de plek waar je je eerste keer met iemand wilt beleven. Een keuken is de plek voor snelle, ranzige seks met je vaste partner, terwijl je alleen een schort draagt en—'

Gelukkig hield *hij* nu op. Livvy hoefde niet zo veel te weten over haar buren.

'Eh, ja. Nou ja.' Deze keer was Sher degene die uitkeek naar een klant. 'Wat ik bedoel is, je wilt niet dat je eerste keer met hem een vluggertje op het aanrecht is. Je wilt afzondering, wat romantiek, ergens waar je niet gestoord kunt worden door mensen die bij de achterdeur komen aanwaaien. En in hemelsnaam, houd Orwell uit de buurt. Ik heb *geen* behoefte aan een verslag van minuut tot minuut van jullie vrijpartij.'

Als er *inderdaad* een vrijpartij zou komen, zou ze daar zeker aan denken.

'Laten we dit dus eens uitvogelen. Wat is de beste plek in dat huis en hoe kun jij hem daarheen lokken?'

'Ik ga niemand lokken. Als hij me wil, zal hij me dat moeten laten weten. Ik ben er klaar mee mezelf steeds maar weer aan te bieden om vervolgens aan de kant gezet te worden. Ik ben meer waard dan dat, en als Sean dat niet inziet, dan is dat zijn verlies. Ik kan mezelf niet blijven blootgeven om vervolgens mijn hoop en gevoelens te laten verbrijzelen. Jij en Kerry zijn de enige twee belangrijke mensen in mijn leven die me niet hebben afgewezen. Bovendien zal het toch nergens toe leiden. Over twee weken ben ik hier weg.'

Sher sloeg zijn armen om haar heen. 'Ach lieverd, kom hier. Ik weet dat het zwaar is. Echt waar. Maar hij heeft blijkbaar moeite met zijn verlangen naar jou, aangezien hij is gestopt. Maar hij ziet je *wel* zitten. Je moet hem gewoon de kans geven om af te maken waar jij mee begonnen bent. Het is niet alsof je zo ver weg woont; er kan van alles gebeuren. Maar je moet wel openstaan voor de mogelijkheden die zich voordoen. Als het zo moet zijn, dan gebeurt het ook.' Hij kuste haar op haar slaap. 'Wees gewoon niet bang om een kans te wagen, en wees niet zo bang voor de toekomst dat je vergeet in het heden te leven.'

Hoofdstuk 24

Sean keek tijdens de rit terug van Macs huis om de vijftien seconden op zijn mobieltje. Een hele dag, verspild. Nou ja, niet verspild. Mac was verhuisd en het was goed om Jared te zien, de kleinzoon van Grans vriendin Mildred, maar jemig, de spanning tussen die twee had de dag langer doen lijken dan hij in werkelijkheid was geweest. Hij hoopte vurig dat ze het probleem tussen hen konden oplossen, maar aan de andere kant waren ze altijd al als water en vuur geweest. Het was waarschijnlijk gewoon hun normale interactie en hij projecteerde *zijn* frustratie op hun dynamiek, en wat kon het hem eigenlijk ook schelen? De dag was voorbij en het liefdesleven van Mac was haar zaak.

Verdomme, hij wilde er niet eens aan denken dat zijn zusje een liefdesleven *had*. Zeker niet als Jared Nolan daar deel van uitmaakte. Die gozer was bijna een even grote vrouwenverslinder als Bry.

Sean tikte op de knop op zijn dashboard die de smeedijzeren hekken van het landgoed opende. Hij was van plan geweest om deze avond onderzoek te doen naar sleutelfabrikanten om er een te vinden die de toegang tot het hek kon integreren in de hotelsleutels voor zijn gasten — áls hij gasten had — maar het doolhof was het belangrijkste punt op zijn takenlijstje.

Hij wierp een blik op de laaghangende zon. Eén, hooguit twee uur voordat het zoeken in het doolhof zinloos zou zijn. Hij reed de truck wat sneller naar de parkeerplaats bij de keukeningang.

Het Howl-o-lujah Koor begroette hem op het moment dat hij de motor afzette.

Verdomme. Hij moest eerst de dieren verzorgen voordat hij het doolhof kon gaan verkennen. Hij had geen zin in een bende die hij moest opruimen als hij terugkwam.

Hij vulde de voerbakken terwijl de honden hun behoefte deden in de tuin, en moest ze daarna het huis in loodsen om achter Davy aan te gaan, die er weer vandoor was gegaan naar de schuur. 'Jeetje, kerel, hou je een beetje in,' mompelde hij terwijl hij het kleine hondje oppakte. 'Ze loopt echt niet weg.'

Woorden om naar te leven.

Sean schudde zijn hoofd terwijl hij de schuur binnenliep. Na nog een ronde klusjes en uitmesten — wat inmiddels echt zijn glans had verloren — draaide hij zich om en zag hij dat *Davy* deze keer degene was die over de muur boven de geitenstal rende.

'Hoe ben je daar in hemelsnaam gekomen?' Sean deed het deurtje open om die kleine donderstraal te pakken.

De hond blafte naar hem en danste over de vijf centimeter brede reling alsof hij een kat was.

'Kom hier jij.'

Natuurlijk luisterde het beest niet.

Sean stapte het geitenhok in. De lammetjes sprongen op de rug van hun ouders om zo op de bovenkant van de muur te komen.

De eerste lukte het al voordat Sean hem kon grijpen. Hij ving de tweede halverwege de sprong op en voorkwam dat de derde op de rug van de ram klom. Voor het eerst sinds hun ontmoeting probeerde de ram hem niet in zijn ballen te stoten.

De vierde haalde de reling wel en rende achter zijn broertje aan, die achter de hond aan het tapdansen was over de bovenkant van het volgende hok, allemaal recht op Rhett af.

De alpaca zag eruit alsof hij een flinke klodder aan het verzamelen was om naar hen te spugen, zijn ogen gefocust op elke beweging die ze maakten.

'Davy, hier!'

De hond nam niet eens de moeite om achterom te kijken terwijl hij verder huppelde richting Rhett.

Sean verliet het geitenhok, gooide een handvol wortels in hun voerbak om de overgebleven lammetjes bezig te houden, en rende toen naar Reggies stal waar Davy en zijn volgelingen zich nu bevonden.

Rhett was de klodder sneller aan het ronddraaien.

'Verdomde dieren. Ik wil alleen maar het doolhof verkennen, maar in plaats daarvan speel ik tikkertje met een stel vierpotige kleuters die allang op bed hadden moeten liggen.' Sean deed de deur van het slot. 'Dit is de laatste keer dat ik je meeneem, mormel,' mompelde hij net toen Rhett zijn munitie losliet.

Het raakte de poedel vol in de flank, waardoor het beestje over de rand tuimelde en recht op Reggie af stoof, die vredig lag te rusten.

'Krijg de tering!' Sean vergat de stal van Rhett en dook door Reggies deur om Davy op te vangen voordat die het slapende varken wakker kon maken. Terwijl hij Davy ving, struikelde hij over een hondenkoekje, draaide zich om en landde languit op zijn rug boven op Reggie — die alleen maar knorde en zich in zijn slaap omdraaide, waardoor Sean en de hond op de vloer belandden.

'Sean? Wat ben je aan het doen?'

Hij keek door de open staldeur en zag Livvy in de deuropening van de schuur staan, met de maan achter zich die uit het niets leek te zijn verschenen alsof iemand een decorstuk had neergelaten met het uitdrukkelijke doel hem gek te maken.

De zigeunerrok was weg. In plaats daarvan droeg ze een ultrakorte spijkershort met gerafelde zomen en draden die langs haar dijen liepen.

Ze had geweldige dijen.

Geweldige knieën ook. En haar kuiten... Hij wilde met zijn tong langs haar kuiten gaan.

'Je hond opvangen voordat hij zijn poot breekt.' Zijn stem klonk gespannen omdat zijn verdomde short dat plotseling ook was. En dit was nog wel zo'n wijde nylon variant.

Toen sprong er een geit op zijn schoot.

'Oeff!' pufte hij, terwijl hij naar zijn zij rolde om te voorkomen dat hij een hoef in zijn kruis kreeg.

'Oh, nee!'

Livvy nam de hond van hem over en streek met haar hand over zijn zij. 'Gaat het wel?'

Het zou wel gaan als ze dat bleef doen.

'Prima,' was het enige wat hij eruit wist te krijgen. Een deel van hem wilde *nee* zeggen zodat ze zou doorgaan met wat ze deed, en het andere deel... Het andere deel wilde haar grijpen, haar onder zich trekken en hen allebei honden en alpaca's en geiten en erfenissen en aanwijzingen en al die andere ballast voor de komende paar uur hier op de schuurvloer doen vergeten.

Heel stijlvol, Manley. Goede manier om een vrouw een leuke tijd te bezorgen.

Hij zoog diep adem en ging rechtop zitten. 'Ik... het gaat wel.' Op een 'ademhalen is zwaar overschat'-achtige manier.

Verdomde geit.

Davy keef toen hij uit haar armen sprong en ging op zijn achterpoten staan om een kletsnatte lik op Seans schouder te geven.

'Ach, hij vindt je lief.' Livvy aaide de hond.

Sean wenste dat ze hém aaide — 'Wat doe je hier? Heb je je markt-ding niet?'

'We waren uitverkocht, dus we besloten vroeg naar huis te komen. Dat scheelt hotelkosten. Bovendien dacht ik dat je wel wat rust kon gebruiken.'

Dat kon hij zeker. Van haar. 'Je bedoelt van dit alles? Maak je een grapje? Ik voel me de koning te rijk als ik alpacapoep sta uit te mesten.'

Ze glimlachte en het was alsof de zon opkwam om de schuur te verlichten.

Goeie genade. Hij moest zijn hoofd echt hard gestoten hebben toen hij viel.

'Ik waardeer het echt, weet je,' zei ze.

'Het is kleine moeite.' *Leugenaar.*

'Ik beloof dat ik je niet meer alleen laat.'

Dat was precies waar hij bang voor was. 'Zoals ik al zei, geen probleem.'

Ze streek wat haar achter haar oren. 'Dus... heb je ze gevoerd?'

'Natuurlijk.'

Ze beet op haar onderlip. 'Eh —'

'Waarom doe je dat?' Als hij haar nog één keer haar haar achter haar oor moest zien strijken, zou hij misschien wel gewoon al zijn goede voornemens overboord gooien en hier en nu doen wat hij wilde doen.

Maneschijn was een krachtig iets. Maar Livvy zelf was ook behoorlijk krachtig. Hij kon zich alleen maar voorstellen wat er zou gebeuren als ze zich daadwerkelijk bewust was van de macht die ze over hem had.

'Waarom doe ik wat?' vroeg ze, terwijl ze nog eens beet.

'Dat. Dat met je lip.' *Dat verdomd sexy gedoe met je lip waar ik zo opgewonden van raak dat ik zonder te klagen alpacashit sta te scheppen, dus zou je daar alsjeblieft mee op willen houden,* wilde hij toevoegen, maar hij deed het niet.

Er was een reden waarom hij het niet toevoegde — en hij wist wat die was — maar toen haar tong weer even naar buiten schoot om haar lippen te bevochtigen, loste die reden op.

'Ik weet het niet. Gewoonte, denk ik.' Ze kwam van haar knieën af en plofte met haar leuke kontje naast hem op de vloer.

Blijf uit de buurt! schreeuwde zijn gezond verstand. Zijn libido daarentegen ging er vol voor met: *Deze kant op, schatje.*

Hij werd gek. 'Livvy, je hoeft hier niet te zijn. Ik heb gezegd dat ik voor de dieren zou zorgen en dat doe ik ook. Heb ik gedaan.'

'Ik weet het. Ik vertrouw je. Het is alleen dat... soms moet ik gewoon bij ze zijn. Er is iets heel kalmerends, heel natuurlijks aan het samenzijn met dieren.' Ze streek met haar hand over de rug van Davy. 'Rustgevend.'

Grappig, hij voelde zich juist een dier in haar buurt en *rustgevend* was niet het woord dat hij zou gebruiken om zichzelf te beschrijven.

'Dus je zei dat je naar het doolhof wilde gaan?'

Nog een reden om niet rustig te blijven. Ze moest hem tegen de dieren hebben horen praten. Een Dr. Doolittle was hij niet. 'Ik realiseerde me dat ik er nog niet in was geweest en ik dacht dat het wel gaaf zou zijn om het bij maneschijn te bekijken.'

Hemeltje, dat klonk echt slap.

Livvy trapte er echter in en beet weer op haar lip. 'Serieus? Heb je nooit een griezelfilm gezien? Iedereen weet dat je bij volle maan niet in verlaten huizen of hotels of doolhoven gaat. Of tijdens een sneeuwstorm. Zeker niet alleen.'

'Ik heb voor de gelegenheid mijn vlooien-, teken- en vampierbandjes omgedaan,' zei hij, in de hoop dat wat humor het intense bewustzijn van haar blote dij naast de zijne zou verminderen.

'Grappig.' Ze lachte niet en als ze nog harder op haar lip beet, zou die straks dik en gezwollen zijn, en de enige reden waarom dat zou mogen gebeuren was omdat hij haar kuste.

Wat hij niet moest doen. Net zoals hij niet moest doen wat hij op het punt stond te doen, maar toch ging doen. 'Je hebt gelijk. Niemand zou alleen het doolhof in moeten gaan.' Hij ging rechtop zitten en stak zijn hand uit. 'Dus ga met me mee.' Verdomme, hij had de aanwijzing terug in de suikerpot gelegd, dus het was slechts een kwestie van tijd voordat ze dit toch wel zou uitvinden.

Livvy keek ernaar. Maar ze pakte hem niet aan.

Nee, ze beet *weer* op haar lip.

'Wat heb je tegen het doolhof, Livvy?'

'Niets.'

Haar *niets* klonk als *iets*. 'Je hebt *The Shining* toevallig niet gezien, hè?'

'Slechtste film ooit.'

'Maak je een grapje? Het is een klassieker.' Omdat ze zijn hand niet aannam, pakte hij de hare. Ze trok hem niet weg. 'Kom op. Het is maar een film en ik ben bij je. Wat zeg je ervan?'

Ze zei niets; ze beet alleen nog maar een keer op haar lip.

God help hem. Ze zou hem tot in de eeuwigheid alpacapoep kunnen laten scheppen als ze zo doorging.

'Ik ben er ooit in verdwaald.' Ze beet opnieuw, terwijl ze er veel te sexy uitzag in het maanlicht dat over haar krullen gleed en de highlights erin opving als vallende sterren, haar barnsteenkleurige ogen fonkelend, en voor één keer vond Sean het niet erg om poëtisch te worden. Livvy *was* poëzie. Alleen maar schoonheid en goedheid en licht, en hij zat diep in de nesten.

'Maar deze keer gebeurt dat niet, Livvy. Dat beloof ik.' Hij daarentegen was het spoor allang bijster. 'Omdat ik bij je ben.'

Dat is de helft van het probleem.

Livvy slikte die woorden in terwijl ze zich door Sean naar het doolhof liet leiden, de woorden van Sher in haar hoofd. *Wees niet zo bang voor de toekomst dat je vergeet in het heden te leven.*

Ze *was* bang. Bang om zichzelf in hem te verliezen. Om hoop en dromen en plannen te investeren in wat er tussen hen was en dan te verliezen. Opnieuw.

Maar als ze het niet probeerde, zou ze sowieso verliezen. En door hem vanavond met haar dieren te zien, wetende hoe bereidwillig hij had aangeboden haar te helpen zodat zij naar de markt kon gaan, hoe hij haar hielp met de speurtocht, hoe lief en zachtaardig en zorgzaam en steunend hij nu was... Sean was er voor haar en dat alleen al zou aantrekkelijk genoeg zijn. Voeg daar nog aan toe hoe hij haar liet voelen, hoe hij was, hoe hij kuste, hoe hij haar begeerde, en tja, als ze ooit een toekomst met iemand wilde, zou ze op een gegeven moment een kans moeten wagen. Sean was die kans waard.

Ze stopten bij de ingang van het doolhof. Livvy haalde onregelmatig adem.

'Het komt goed, Livvy.' Hij nam haar wang in zijn hand. 'Ik ben er.'

Dat was hij, en dat gaf haar de moed om het nog één keer te proberen — en dan bedoelde ze niet het doolhof.

Ze liet haar hand in zijn nek glijden, terwijl ze haar vingers door zijn haar woelde dat net iets te lang was — precies zoals ze het lekker vond — en trok hem naar zich toe voor een kus.

Er ontplofte vuurwerk achter haar oogleden en een symfonieorkest zette de luidste melodie in, pauken die in het ritme van haar hartslag dreunden, en ze was *helemaal* voor leven in het heden.

Sean deed één halfslachtige — als het dat al was — poging om zich weg te trekken, en toen kuste hij haar terug. Wat heet, hij kuste haar niet alleen, hij verslond haar. Hij sloeg zijn sterke armen om haar heen en drukte haar zo tegen zich aan dat er geen centimeter was die ze niet voelde, geen deel van hem waar ze zich niet bewust van was, van zijn lippen tot zijn adem die heet tegen haar wang blies, tot de manier waarop zijn stoppels over haar kaak schraapten, de heerlijke beweging van zijn tong tegen de hare, de smaak, de geur, het absolute *alles* van hem terwijl hij alles wat ze gaf in de kus opnam en er nog een schepje bovenop deed.

Alleen maar om nog veel meer terug te geven.

Ze klemde haar armen steviger om hem heen, want ze wilde, ze *moest* weten dat hij haar net zo begeerde als zij hem. Ze liet haar andere hand over zijn rug glijden, voelde de spieren daar aanspannen bij haar aanraking en ze glimlachte tegen zijn lippen. Laat hem maar eens proberen *nu* te stoppen.

Maar dat deed hij.

Het ging langzaam, maar hij liet zijn hand van haar hoofd glijden en hapte zachtjes in haar lippen, in plaats van de complete overgave van een paar seconden geleden.

Ze kreunde en nestelde zich tegen hem aan. Hij mocht niet stoppen. Niet nu. Niet nu ze hem niet wilde laten gaan.

Hij nam haar gezicht in zijn handen, rekte de kus, en proefde haar lippen, zo trefzeker, maar nog lang niet genoeg.

'Sean,' fluisterde ze, met een klein beetje smeken in haar stem, maar vooral veel verlangen.

'Kijk eens waar we zijn, Livvy.'

Ze konden wat haar betreft wel op de maan zijn. Sterker nog, het voelde alsof ze daar al was.

'Kom op. Doe je ogen open en kijk.'

Ze wilde haar ogen niet opendoen. Haar ogen opendoen zou het heden terugbrengen. Zou de realiteit terugbrengen. Voor een paar momenten waren ze in een droomwereld geweest. De wereld van *wat als*. Ze hoefde niet te denken aan wat haar grootmoeder van haar wilde; ze hoefde zich niet te herinneren dat niemand haar ooit zo had vastgehouden; ze hoefde niet te denken aan hoe alleen ze was geweest totdat ze Sean ontmoette, en ze hoefde zich geen zorgen te maken over hoe lang het zou duren, want het duurde nog voort.

'Livvy.' Hij kuste het puntje van haar neus. 'Kijk eens wat je hebt gedaan.'

Wat zíj had gedaan? Haar ogen vlogen open.

Ze stonden in het doolhof. Slechts een paar meter, maar de symboliek was enorm.

'Zie je wel? Ik zei toch dat je het kon.'

'Heb je me dus alleen maar gekust zodat ik het doolhof in zou gaan?' Ze wist niet of ze het schattig moest vinden of dat ze zwaar teleurgesteld was.

'Ik —' Hij blies zijn adem uit en haalde een hand door zijn haar. 'Nee. Natuurlijk niet. Ik wilde je kussen.'

'O ja? Echt? Want ik kan me herinneren dat je de vorige keer dat we zo stonden wilde stoppen. Iets over dat het geen goed idee was.'

'Dat is het ook niet, Livvy. Echt niet.' De blik op zijn gezicht was gekweld.

Nou, haar ego was dat ook. En misschien ook een heel klein beetje haar hart. 'Waarom?'

''Omdat... ik bang ben voor hoe erg ik je wil.'

Wat verklaringen betreft, was dat een knaller. Hoe erg hij haar wilde? De man was oersterk en eervol als hij op de rem kon trappen terwijl hij haar nog maar half zo graag wilde als zij hem.

'Sher zei dit weekend iets tegen me dat ik denk ik moet delen.'

'Wat dan?'

Ze liet haar vingertoppen over zijn wang glijden. 'Dat ik niet zo bang moet zijn voor wat de toekomst brengt dat ik vergeet in het heden te leven.' Ze deed een stap dichter naar hem toe. 'We zijn hier nu, Sean. Hier. Samen. Ik wil niet missen wat er tussen ons is omdat we bang zijn waar het wel of niet toe kan leiden. We zullen er nooit achter komen als we die kans niet wagen. Ik ben daartoe bereid. Jij ook?'

Ze zou zijn ondergang worden.

Hij probeerde het juiste te doen. Het nobele. Het eervolle, maar zij leidde hem rechtstreeks het pad van de verleiding op en, God nog aan toe, Sean dacht niet dat hij sterk genoeg was om weerstand te bieden, want diezelfde God wist dat hij dat ook helemaal niet wilde.

'Livvy, ik—'

Ze legde haar vingertoppen op zijn lippen. 'Wil je me, Sean?'

Zó erg dat het hem de adem benam. 'Je weet dat ik dat wil.'

'Laten we dan deze nacht nemen. Wat morgen ook brengt, of volgende week of volgende maand... we zullen altijd deze nacht hebben.'

Jep, ze werd zijn dood.

En hij ging gewillig mee.

Hij tilde haar in zijn armen. Ze was zo'n tenger dingetje. Een tenger dingetje dat een grotere impact had dan welke storm dan ook, en hij kuste haar opnieuw, terwijl hij zich gewillig in de maalstroom stortte.

Hij liep over het pad en sloeg aan het eind de hoek om zonder de kus te verbreken, genietend van het gevoel van haar in zijn armen.

'Ik hoop dat je weet waar we heen gaan,' mompelde ze tussen de kussen door.

Dat hoopte hij ook.

Hij kwam bij een splitsing in het pad. Hij was hier eerder geweest en probeerde zich te herinneren welk pad hem naar de plek zou brengen waar hij wilde zijn.

Hij ging naar rechts, terwijl zijn geheugen hem in de steek liet omdat haar tong hem tot waanzin dreef, en hij bedacht dat zijn instinct hem tot nu toe goed had geholpen; hij liet zich er gewoon door leiden.

Hij verbrak de kus toen hij het kabbelen van de fontein hoorde.

Livvy kreunde. 'Nee, Sean. Je kunt niet weer stoppen.'

'Ik ben niet van plan om te stoppen.' Hij hield haar wang vast zodat hij haar in de ogen kon kijken. 'Kijk eens waar we zijn.'

Ze beet op haar lip — die dit keer gezwollen was door hem — en keek om zich heen. Het midden van de doolhof was een grote binnenplaats met een stenen fontein en een standbeeld in het midden. Er stonden bankjes en vormgesnoeide bomen omheen als in een Engelse tuin, en het maanlicht bedekte alles met een ijle, glinsterende stilte.

'O, het is zo mooi.'

'Nog niet half zo mooi als jij.'

Haar wangen kleurden vuurrood en toen was Sean verloren. De boomgaard kon hem gestolen worden, net als de aanwijzingen, de investeerders en de balansen, wat het beste voor haar was en wat het beste voor hem was... Niets deed er op dit moment toe behalve Livvy en de manier waarop ze naar hem keek. De manier waarop ze hem wilde. De manier waarop hij háár wilde. *Dat* was wat het beste was voor hen beiden.

Sean liet zich op een van de bankjes zakken, sloeg zijn armen om haar heen en liet de toekomst voor wat hij was.

Sean kussen was een ervaring op zich. Livvy zat op zijn schoot, sloeg haar armen om zijn nek en gaf zich eraan over. Hij stopte dit keer niet; ze kon het voelen. Welke reden hem ook had tegengehouden, die was, zo niet verdwenen, dan toch ten minste opzijgezet. Ze hoopte dat het niet iets was wat de dingen tussen hen later moeilijk zou maken, maar gezien wat er op dit moment *wel* hard was tussen hen, was ze bereid zich pas in de *toekomst* zorgen te maken over de toekomst.

'Weet je het zeker, Livvy?' gromde Sean tegen haar lippen, terwijl de blik in zijn ogen haar net zozeer de adem benam als zijn kus. 'Want als we nog langer doorgaan, kan ik niet meer stoppen.' Hij gleed met zijn tong over haar onderlip en ze was nog nooit zo zeker van iets geweest in haar leven. 'Dan *wil* ik niet meer stoppen.' Daarna likte hij over haar bovenlip. 'Ik *wil* niet stoppen.' Hij kuste haar. Kort en krachtig en heerlijk. 'Ik wil je.' Deze kus was zoet en verrukkelijk en zo goed dat de rillingen over haar rug liepen. 'Hier.' En nog een. 'Nu.'

Ze draaide zich in zijn armen en schoof een been tussen hen in, zodat ze schrijlings over hem heen op de bank zat. Er zou *geen* twijfel over bestaan hoe graag ze hem wilde.

Er was zeker geen twijfel over wat *hij* wilde. Zijn erectie spande tegen de zijdeachtige stof van zijn korte broek, en liet niets en tegelijkertijd alles aan haar verbeelding over.

Ze bewoog zich tegen hem aan.

Seans handen schoten naar haar heupen en hij rukte zijn mond los van de plek waar hij verrukkelijke dingen met haar hals had gedaan. 'Houd je stil. Het is te veel tegelijk. Ik hou het niet meer.'

'Ah, je zegt de liefste dingen, Sean.'

'Als je dat lief vindt, dan zul je wat ik nu ga zeggen ronduit decadent vinden.'

'O ja? Wat dan?'

Hij streek met een hand over haar haar, toen langs haar schouder en naar beneden over haar arm, wat niet *precies* de plek was waar ze wilde dat hij haar aanraakte. Ongeveer vijf centimeter naar rechts zou perfect zijn. Volkomen decadent.

'Dat je maar beter kunt ophouden met zo te bewegen als je niet wilt dat ik je op het gras gooi en mijn verdorven gang met je ga.'

Ze bewoog zich tegen hem aan.

En bewoog nogmaals.

'Ah, God, Livvy, doe dat niet.' Zijn lippen trilden terwijl zijn glimlach veranderde in een grimas, maar Livvy geloofde er niets van. Een zeker deel van hem zei dat hij er net zo in opging als zij, dus vatte ze zijn *doe dat niet* op als *niet stoppen*, want het was voor haar veel te lang geleden en Sean was veel te potent. En als hij daar een probleem mee had, nou, dan moest hij haar maar gewoon de liefde bewijzen tot ze het allebei uit hun systeem hadden gekregen.

Hmm, hoe kon ze ervoor zorgen dat hij er *inderdaad* een probleem mee kreeg?

Terwijl ze zich met haar hielen tegen de latten van de bank afzette, schoof Livvy naar achteren, tot op het uiterste randje van zijn knieën. Hij wilde verdorven? Zij kon verdorven zijn...

Hij trok aan haar heupen. 'Hé, waar ga je heen?'

Ze kruiste haar armen en trok haar hemdje uit, schudde toen haar hoofd zodat haar krullen over haar rug vielen, en verlangde naar zijn handen in haar haar — en op haar lichaam.

Ze hoefde niet lang te wachten.

'O mijn God.' De woorden kwamen er in een haast uit terwijl hij zijn adem hoorbaar liet ontsnappen. 'Je hebt het mooiste haar.' Hij bracht een handvol ervan naar zijn gezicht en streek ermee langs zijn lippen voordat hij het langs haar neus en over haar eigen lippen liet glijden. Daarna lager, langs haar keel, naar haar sleutelbeen en vervolgens vederlicht over het midden van haar borsten.

Veel.

Te.

Langzaam.

Ze boog haar rug, haar borsten snakkend naar zijn aanraking. 'Alsjeblieft, Sean.'

Hij zoog zijn adem in, even heftig als de hunkering die zij voelde. 'God, Livvy, weet je wel wat je met me doet?' Hij liet haar haar los en liet in plaats daarvan zijn handpalm vanaf de basis van haar keel tussen haar borsten naar beneden glijden. Zijn vingertoppen overbrugden de afstand en plaagden haar met hoe dicht ze bij haar harde tepels kwamen.

Dus plaagde ze hem meteen terug. 'Ja, ik geloof van wel.' Ze liet *haar* handpalm over *zijn* borst naar beneden glijden en glimlachte toen *zijn* adem stokte toen *haar* vingertoppen zijn erectie streelden. 'Wat denk je zelf? Weet ik wat ik doe?'

'Hemeltje, vrouw,' zei hij met een lange uitademing. Toen gleed hij met zijn handen onder haar billen en trok haar weer tegen zich aan. 'Laatste kans,' fluisterde hij tegen haar lippen.

'Ik grijp hem niet,' zei ze, terwijl ze in zijn onderlip hapte.

Hij draaide de rollen om, zoog *haar* onderlip tussen zijn tanden en gleed van de bank af op het zachte gras ervoor.

'Je bent werkelijk beeldschoon, Livvy.' Sean, die op handen en knieën over haar heen boog, boog zich voorover om haar te kussen. Hun lippen waren het enige contactpunt, maar de kracht op dat kleine plekje was genoeg om haar gek te maken.

Ze lag op de grond onder hem, trillend van verlangen, en haar borsten brandden om tegen hem aan gedrukt te worden. Om door hem aangeraakt te worden. 'Hou op met plagen en kus me, Sean.'

'Dat deed ik net.'

'Ik bedoel *echt* kussen.' Ze greep zijn shirt beet en trok eraan.

Hij gaf geen krimp. 'Ongeduldig, zijn we?'

'*Wij*, blijkbaar, niet. *Ik* daarentegen wel. Dus, ga je naar beneden komen en het werk afmaken of gaan we de hele nacht verbaal zitten sparren?'

'Niet de hele nacht.' Hij kuste haar. Kort en teder en heerlijk. Maar niet wat ze wilde. 'Zo. Tevreden?'

'Serieus?' Ze trok haar wenkbrauwen op.

'Wat? Wil je meer?' Sean boog zich naar voren, zijn kruis raakte het hare, waardoor ze vergat waar ze het over hadden.

Ze vergat echter niet dat ze zijn shirt nog steeds in haar handen had.

Ze scheurde het open.

Het leek de makkelijkste manier om het bij hem uit te krijgen.

Sean keek neer op zijn borst, daarna in haar ogen, en hij glimlachte. 'Werkt het zo, ja?'

Ze beet op haar onderlip. Hij vond het fijn als ze dat deed. 'Ik weet niet waar je het over hebt.'

'Hm-hm.' Sean verplaatste zijn gewicht en haalde een arm onder zich vandaan om hem uit de mouw te wurmen.

'Zeg me niet dat je push-ups met één arm kunt.' Want dat vond ze een enorme afknapper — of juist het tegenovergestelde, het werkte enorm opwindend voor haar. Ze had geen idee waarom, maar een man dat zien doen deed iets met haar.

De blik die Sean haar wierp deed ook iets met haar. 'Ik kan het als ik gemotiveerd ben.'

Ze beet op haar lip. 'Is dit genoeg motivatie?'

Hij streek met zijn neus langs de hare. 'Nog niet helemaal.'

'En dit dan?' Ze liet beide handen over zijn borst naar beneden glijden, daarna naar zijn achterwerk en kneep erin. Hij had een geweldig achterwerk.

'Je komt in de buurt.'

Dat kwam ze zeker.

'Wat dacht je hiervan?' Ze tilde haar hoofd op en beroerde zijn tepel met haar tong.

'Mijn hemel.' Zijn ellebogen wankelden en hij wist zichzelf op het laatste moment op te vangen voordat hij boven op haar viel. 'Verdomme, vrouw, dat is niet eerlijk.'

'Spelen we eerlijk?' Ze likte aan de andere. 'Hoe is het eerlijk dat jij daar helemaal boven zit en ik hier helemaal beneden lig?'

'O, is dat een probleem?' Hij paste zijn houding aan zodat zijn benen direct over de hare lagen in een klassieke push-up houding, waarbij hij zichzelf moeiteloos omhoog hield en geen enkele aanstalten maakte om dichterbij te komen.

Dus duwde ze tegen zijn billen.

Sean verzette zich daar niet tegen. Hij liet zich op haar zakken, waarbij hij nog steeds het grootste deel van zijn gewicht van haar af hield, maar haar plaagde met de meest verrukkelijke contactpunten ooit. Hij wiegde zachtjes heen en weer, waarbij zijn borst haar tepels op scherp zette, en ze wenste vurig dat hij haar voorbeeld zou volgen en ook wat kleren kapot zou scheuren. Ze moest hem tegen zich aan voelen.

Ze duwde nog wat harder tegen zijn billen.

Toen greep ze ze beet.

Dat deed de truc. Hij ging *eindelijk* op haar liggen en het was de hemel op aarde.

Hij hield zijn hoofd schuin naar de andere kant, verplaatste zijn gewicht naar zijn ellebogen en nam haar hoofd in zijn handen terwijl hij de kus verdiepte.

Ze sloeg haar armen om zijn onderrug. God, hij voelde zo goed tegen haar aan. Eén brok harde kracht en gebundeld verlangen. Hij verlangde *echt* naar haar; daar bestond geen twijfel over.

En nu had ze ook geen twijfels meer over wat ze aan het doen waren. Over hoe ver ze wilde dat het zou gaan. Sher had gelijk; het heeft geen zin om in de toekomst te leven als je er nooit aankomt. Op een dag zou de toekomst het heden zijn en dit was een even goed moment als elk ander om dat te beseffen.

Ze gleed met haar handen onder zijn broekband. 'Ik wil je, Sean.'

Hij zoog adem in — en haar tong — en zijn armen begaven het.

Hij herstelde zich snel — te snel — en tilde zichzelf van haar af. Maar, godzijdank, lang niet zo ver van haar vandaan als hij daarvoor was geweest. 'Mijn god, Livvy. Weet je wel wat je zegt?'

'Dat weet ik. Absoluut.' En voor de eerste keer in haar leven handelde ze zonder alles tot in het kleinste detail door te denken. Ze waren twee volwassenen die geen andere agenda hadden dan degene die het lot hun had toegeworpen, en ze was meer dan bereid om er vol voor te gaan.

'Nee,' fluisterde ze toen hij van haar af rolde en de kus verbrak. 'Sean, je—'

'Ssst.' Hij streek haar haar weg van haar wang. 'Ik ben te zwaar voor je.' Hij rolde op zijn rug en in een beweging die bijna de zwaartekracht tartte, trok hij haar boven op hem.

'Zo hoort het te zijn. Dit is waar je hoort te zijn.' Hij nam haar haar in een staart met één hand en liet de andere over haar rug glijden.

Ze rilde.

'Lekker?'

Ze knikte.

'En dit dan?'

Hij kneep in haar billen.

Ze likte over haar lippen.

'Ah, verdomme, Livvy. Daar heb ik geen weerstand tegen.' Hij trok haar naar beneden en kuste haar opnieuw.

En toen kuste zij hem. Omdat ze bovenop lag, had ze een zekere vrijheid die ze niet had toen hij boven haar was. Nu kon ze een stukje naar rechts bewegen en haar dij tegen zijn erectie drukken.

Hij kreunde.

Ze glimlachte.

'Je wordt mijn dood.'

'Ik hoop het toch van niet.' Ze hapte in zijn kaaklijn. 'Dat zou de nacht nogal verpesten.'

'Denk je?' gromde hij toen ze haar weg naar beneden knabbelde langs zijn keel, waarbij precies de juiste hoeveelheid borsthaar haar kin kietelde terwijl ze hem kuste van zijn sleutelbeen tot aan zijn navel. En misschien wel lager als ze de ingeving kreeg.

Op dit moment kreeg ze de ingeving om met haar tong over zijn tepel te gaan. Ze wilde hem horen snakken naar adem met datzelfde ademloze gefluister van ontzag dat zij voelde.

Je begeeft je op heel glad ijs.

Haar geweten had gelijk, maar voor een keer zou ze er niet naar luisteren.

Hij liet zich door haar plagen, zijn handen stevig in haar haar, zijn borstkas — zijn prachtige wasbordje dat perfect genoeg was om fantasieën te inspireren — trilde onder haar vingertoppen.

Op de een of andere manier volgde haar short het voorbeeld van haar hemdje. Ze wist niet hoe en het kon haar ook eigenlijk niet schelen. Als ze nu alleen nog dat vervloekte stringetje uit kon krijgen.

Sean hielp haar daarbij.

Dus hielp zij hem en voor ze het wist, lagen ze naakt in het gras.

Naakt in het gras. Ze had nooit gedacht dat ze de dag nog zou meemaken dat ze naakt in het maanlicht over het gazon zou rollen met een god van een man, die eruitzag alsof hij model had gestaan voor de figuur in het midden van de fontein.

Eros.

Geen enkele gewone man kon tippen aan een god, maar Sean kwam verdomd dichtbij. Er zat geen grammetje vet aan hem, een feit dat ze met al haar tien vingers bevestigde. En met haar lippen. Haar wangen. En haar borsten. Oh, wat werd dat door haar borsten bevestigd, terwijl ze over elke strakke lijn van zijn buikspieren gleden terwijl ze kussend haar weg over zijn lichaam naar beneden vervolgde. Ze bewoog zich een klein beetje om die sexy lijn bij zijn heup te volgen, waarvan ze zeker wist dat die door diezelfde goden was ontworpen om vrouwen tot waanzin te drijven, en zij wilde de eerste in de rij zijn.

'Livvy, kom hier.'

Ze nam niet de moeite om haar hoofd op te tillen. Zijn geur riep haar. Ze sloot haar vingers om hem heen.

'Jezus.'

'Nee, *Livvy*. Laten we niet vergeten met wie we hier zijn.'

Sean gleed met zijn vingers onder haar kaak en tilde haar hoofd op. 'Waarom kom je dan niet hierboven om me eraan te herinneren? Waar je nu bent? Ik vrees dat ik over een minuutje *mijn eigen* naam niet eens meer weet, dus misschien wil je het wat rustiger aan doen, anders is het allemaal voorbij voordat het goed en wel begonnen is.'

Eén voor één haalde ze haar vingers van hem af. Langzaam. 'Dat kunnen we natuurlijk niet laten gebeuren, hè?'

Daarna liet ze haar nagels zachtjes langs zijn lengte omhoog glijden.

Hij kreunde. 'Oh, God.'

'Nee. *Livvy.*' Ze kuste haar weg weer omhoog over zijn lichaam, zonder haar hand van hem af te halen, terwijl haar vingertoppen heel teder rondjes draaiden over de eikel.

Hij schoof zijn hand onder haar haar, hield haar gezicht vast en trok haar naar zich toe voor een kus die elke beschrijving tartte. Elke perfecte beweging, elk sexy, sensueel gevoel, begon in die kus. Het was een kus als geen ander; het vroeg haar, overtuigde haar, vertelde haar en eiste dingen van haar, en het enige wat ze wilde was zichzelf erin verliezen. In hem.

Ze trok haar lippen van de zijne los en hapte naar zuurstof in de ijdele hoop dat haar hartslag weer uit de stratosfeer zou nealen, zodat ze zichzelf weer kon horen denken, maar ze dacht op dit moment niet veel na. Ze voelde.

En ze voelde dat ze hier vaart achter moesten zetten.

Ze keek om zich heen om haar short te zoeken. Daar. Ongeveer een meter naar links. Godzijdank had hij hem niet te ver weg gegooid.

'Waar ga je heen?' Sean greep haar enkel vast terwijl ze naar haar short kroop.

'Dat zul je wel zien.' Ze rekte zich uit om erbij te kunnen, haar vingertoppen scharrelden de laatste paar centimeter om hem te pakken te krijgen. 'Sean, laat los. Je zult blij zijn dat je het gedaan hebt. Dat beloof ik.'

'Ik zal blij zijn als ik *niet* loslaat.' Zijn vingers spanden zich aan tegen haar huid.

Zijn woorden verwarmden haar hart en ze stond zichzelf toe om heel even te dromen over wat dat zou kunnen betekenen. Waar het heen zou kunnen gaan. Maar slechts voor een seconde. Dromen was een grote stap voor haar. Ze had al heel lang niet meer over zoiets als dit gedroomd.

Ze haakte haar middelvinger achter het riemlusje en trok haar short naar zich toe, om vervolgens weer terug naar Seans zijde te kruipen. 'Hier. Dit is waar ik naar op zoek was.'

Ze haalde twee condooms uit haar achterzak.

'Heb *jij* condooms meegebracht?' Hij lachte half, kreunde half.

Mooi, precies zoals ze hem hebben wilde: een beetje uit zijn evenwicht, maar wel genietend van het moment. 'Een meisje moet zichzelf beschermen.'

Zijn linkermondhoek trok omhoog. 'Ik zal je beschermen, maar het is goed om te weten dat we deze hebben. Ik had uiteraard niet verwacht dat dit zou gebeuren.'

'Waarom niet?'

'Hè?'

'Waarom *niet*? Het kan toch niet zo'n grote verrassing zijn. Het aanrecht in de keuken was een onafgemaakte zaak. Of heb ik dat verkeerd begrepen?'

'Wat? Nee. Ja.' Hij ademde uit en steunde op zijn ellebogen. Het rijzen en dalen van zijn onwaarschijnlijk sexy borstkas veroorzaakte een golfeffect over zijn buik dat hypnotiserend werkte. Ze zou de hele dag naar hem kunnen kijken.

De hele nacht ook.

'Nee, je hebt het niet verkeerd begrepen, Livvy, maar het is één ding om te fantaseren over, nou ja, *dat*. Over jou. Maar om te denken dat het echt zou kunnen gebeuren en je erop voor te bereiden... Dat zou wel erg aanmatigend zijn.'

'Maar *ik* heb het verondersteld. Ik heb erover nagedacht, en ik heb het aangenomen, en nu zijn we hier.' Ze hield de condooms omhoog. 'Dus *carpe noctem* en kies een kleur. Rood of groen?'

'Wat ben ik, een kerstboom?'

Ze keek naar zijn kruis. 'Nou, je bent op zijn minst een Douglasspar, en misschien zelfs een machtige eik.'

'Ik zou voor een mammoetboom gaan.'

Ze wenste echt dat ze voor dit moment de kunst van het optrekken van één wenkbrauw onder de knie had gehad. 'We zijn nogal vol van onszelf, hè?'

Hij glimlachte. 'Als ik het niet ben, wie dan wel?'

Ze tikte tegen haar lippen en genoot van de manier waarop zijn ogen oplichtten toen ze zich op haar vinger concentreerden. 'Wat? Staan er geen legioenen vrouwen in de rij om die eer te bewijzen? Een man als jij, ik zou denken dat je een harem tot je beschikking hebt.'

Ze zei het luchtig, maar het was eigenlijk iets waar ze zich zorgen over maakte. Oh, natuurlijk wist ze dat ze elkaar niet de eeuwige liefde verklaarden en geen monogamie tot de dood hen scheidde zwoeren, maar toch... Een vrouw wilde graag weten dat ze speciaal was.

Hij ging rechtop zitten en liet zijn vingers over haar arm omhoog glijden tot hij bij haar kaak was. Hij legde ze daar neer, zijn duim onder haar kin, elk van hen als een fakkel die een langzame brand door haar hele lichaam deed ontstaan.

'Er is geen harem, Livvy. Er is er niet eens één. Alleen jij. Jij bent de enige vrouw over wie ik heb gefantaseerd.'

'Heb je over mij *gefantaseerd*?'

Hij tilde haar kin nog een klein stukje verder op. 'Is dat fout?'

Ja.

Nee.

Ze wist het niet.

Hij had over haar gefantaseerd. Wat als ze niet aan die fantasie kon voldoen? Wat als ze hem teleurstelde? Niet kon zijn wat hij wilde?

Wat als hij haar nooit meer wilde zien?

Hij liet zijn hand zakken. 'God, het spijt me. Ik denk dat het inderdaad verkeerd klinkt, om zo over je baas te denken terwijl je onder hetzelfde dak woont. Ik beloof je, Livvy, het zal niet meer gebeuren.'

'Ik wil die belofte niet.'

'Hè?'

'Ik zei dat ik die belofte niet wil. Ik wil wat je net zei. Over dat je me wilt. Over het hier en nu en fantasieën. Je mag dat niet terugnemen.'

Hij was de enige man — de *enige* man — die haar ooit had verteld dat hij over haar had gefantaseerd, en als iemand die zelf ook een fantast was, wist ze hoe krachtig die fantasieën konden zijn en hoe goed. Nu ze de kans had om er een van zichzelf te laten uitkomen, was ze niet van plan te stoppen. En hij ook niet, als zij het voor het zeggen had.

Ze gooide het rode condoom op het gras en scheurde het groene met haar tanden open.

Sean keek ernaar, en toen naar haar.

De golvingen over zijn buikspieren versnelden hun tempo.

Ze ging op haar hielen zitten en rolde heel bewust, heel vastberaden, het condoom af. 'Dus, wat deden we in jouw fantasie?'

Sean gaf het op. Hij gaf het op om zich in te houden, hij gaf het op om te proberen te stoppen wat zij zo overduidelijk wilde — wat híj wilde — en hij stopte met proberen het allemaal te begrijpen. Het testament en de aanwijzingen en het landgoed... Verdomme, hij zou het enige bezit dat hij nog had verkopen als dat de situatie zou oplossen, maar daar zou hij later wel mee afrekenen. Op dit moment bestond er alleen maar Livvy.

'Dit.' Hij legde zijn hand in haar nek en trok haar naar zich toe, terwijl hij die lippen proefde met een intensiteit die hem schokte.

Ze smaakte verrukkelijk. Ze zag er prachtig uit en ze *was* prachtig, zoals ze daar zat, zo trots en zelfverzekerd, met het maanlicht dat over haar geweldige lichaam stroomde. Het was allemaal gewoon, tja, fantastisch.

Hij kreunde in haar mond, zozeer verlangde hij hiernaar.

Hij omvatte haar borst, zijn duim vond haar tepel en hij draaide eromheen. Wreef erover. Glimlachte tegen haar lippen toen de tepel voor hem hard werd.

Glimlachte nog meer toen zij kreunde.

'Vind je dat lekker?'

Ze knikte, terwijl haar adem stokte.

'En dit?' Hij omvatte de andere. 'Vind je dit lekker, Livvy?'

Ze knikte en beet op haar lip.

Hij nam haar in zijn armen en legde haar op het gras, en deze keer had hij geen uitnodiging nodig om boven op haar te gaan liggen. Geen moment van besluiteloosheid, geen vragen. Dit was waar ze moesten zijn en de rest zou zichzelf wel oplossen.

Ze sloeg haar benen om hem heen. 'Ik wil je, Sean.'

Hij begroef zijn gezicht in de zachte holte van haar nek en snoof de geur op die puur Livvy was. Appels en lavendel en nog iets anders. Iets ondefinieerbaars dat naar hem reikte en hem omhulde, hem uitnodigde.

Hij kon geen nee zeggen. 'God, ik wil jou ook.'

'Ik zeg je toch steeds, het is *Livvy.*' Ze hapte naar adem toen hij in haar schouder beet en ze riep zijn naam uit.

'Ik noem je hoe je maar wilt, als ik je mijn naam maar weer zo hoor zeggen.'

Hij beet in de andere kant en ze zei het opnieuw, een schot recht in zijn ziel.

Hij zat veel dieper in de nesten dan hij ooit voor mogelijk had gehouden en op dit moment kon het hem geen moer schelen.

Hij liet zijn hand langs de lijnen van haar lichaam glijden, over haar perfecte heupen, en schoof hem onder haar dij. Hij was van plan om ooit nog met zijn tong langs die dij omhoog te gaan, maar nu was daar geen tijd voor. 'Ik moet je hebben.'

Ze tilde haar been op. 'Neem me dan.'

Dat deed hij. Ze opende zich voor hem en hij gleed naar binnen, en het was alsof alles weer goed was met de wereld. Alsof alles scheef had gestaan en het plotseling weer waterpas was. Gelijk. Begrijpelijk.

Wat meer was dan van hem gezegd kon worden. Zeker toen ze naar hem opkeek en met haar ogen knipperde... Oh, nee. Hij was nooit goed geweest in het omgaan met de tranen van een vrouw. 'Wat is er, Livvy?'

Ze glimlachte, een zachte glimlach, doordrenkt van zoveel emotie dat haar onderlip, die lip waar ze zo uitdagend op beet, trilde. 'Dit is zoveel beter dan welke fantasie dan ook.'

'*Jij* bent beter dan welke fantasie dan ook.' Hij trok zich toen een stukje terug, omdat hij wilde – moest – bewegen.

'Niet weggaan.' Haar barnsteenkleurige ogen werden donkerder terwijl ze haar armen – en haar inwendige spieren – om hem heen klemde.

Niets zou hem doen weggaan. 'Dat doe ik niet.' Hij kantelde zijn heupen en zonk weer diep in haar — in meer dan één opzicht.

Ze ontspande haar greep een beetje en haar mondhoeken krulden omhoog. 'Doe dat nog eens.'

'Met genoegen.' En dat was het.

Ze sloot haar ogen en kromde haar rug, haar nek boog zich zo verleidelijk dat hij die weer moest proeven.

Hij kuste een spoor van haar oor naar haar kaak, langs die zachte, tere keel, terwijl hij elke slag van haar hart voelde met zijn lippen. Zijn eigen hartslag volgde hetzelfde ritme.

Hij bewoog in haar, genietend van het gevoel dat haar lichaam het zijne accepteerde, dat ze hem in zich opnam en hem streelde, omsloot, hem wilde. Hij versnelde het tempo, de nachtlucht was warm tegen zijn rug, het gras glad onder zijn benen, en Livvy was zo zacht en zijdeachtig en perfect onder hem.

Ze sloeg haar benen om hem heen, haar hielen boorden zich in zijn billen, haar nagels krasten over zijn rug, en Sean kon niet langer rustig aan doen. Hij moest haar hebben. Hij moest haar net zo gek maken als zij hem maakte. Hij moest haar hetzelfde plezier geven dat hij voelde.

Hij kuste haar opnieuw, lang en slepend, en legde elke greintje verlangen en behoefte en gevoel erin terwijl hij diep in haar stootte.

'Dat is het, Sean. Niet stoppen.'

Alsof hij dat zou kunnen.

Hij bewoog in haar en het voelde zo verdomd goed dat hij wilde dat het nooit zou ophouden.

Hij sloeg een hand om haar middel en liet die vervolgens zakken om haar perfecte achterwerk te omvatten. Hij streelde haar en glimlachte toen ze met een snak naar adem zijn tong in haar mond zoog.

Dat vond ze lekker.

Hij streelde haar opnieuw en Livvy bewoog zich, en het was alsof het hele universum samenkwam op die ene plek waar hun lichamen verbonden waren. Hitte en behoefte en verlangen en puur, onvervalst genot kaatsten door hem heen, en Sean moest haar billen met beide handen vastgrijpen en haar tegen zich aan persen terwijl hij probeerde haar, tja, te *absorberen*.

'Oh, God, Sean, ja. Zo.' Ze greep zijn rug vast, zijn billen, zijn schouders, haar knieën klemden hem vast, en Sean kon zich niet meer inhouden.

Hij kreunde en trok zijn lippen van de hare los om zich in haar te kunnen spannen. Het moment was geladen met verwachting, en hij bleef daar ongeveer twee nanoseconden hangen voordat de gevoelens door hem heen stroomden. Hij stootte keer op keer in haar terwijl het orgasme zich in hem opbouwde. En in haar, terwijl ze haar ogen sloot en haar rug kromde en o, God, ja. Daar. Nog één keer – nee, twee – en dan... en dan... riep ze zijn naam uit, terwijl ze hem met zich mee over de rand nam.

Hij zat zo diep in de problemen.

Hoofdstuk 26

Ergens in het midden van de nacht, of misschien was het al tegen de ochtend omdat het niet langer donker was, werd Livvy wakker in Seans armen.

De enige plek waar ze wilde zijn.

Ze streek met haar wang tegen de zijne en genoot van het ruwe gevoel van zijn stoppels, de gestage slag van zijn hart en zijn smaak die nog steeds op haar lippen lag, terwijl ze ergens bang was dat ze van *hem* hield.

Wacht eens even. *Liefde*? Was ze wel goed bij haar hoofd? Ze kon niet verliefd op hem zijn. Ze kende hem nauwelijks. Het was pas wat? Een week geleden dat ze elkaar hadden ontmoet? Mensen werden niet verliefd in een week. En ze deden dat al helemaal niet na één nacht de liefde te hebben bedreven. Natuurlijk, het was geweldige, vurige, sexy, intense liefde geweest, maar toch pas *één* nacht?

Haar moeder was het volmaakte bewijs dat ze de emoties van gisteravond en de betekenis ervan verkeerd interpreteerde. Illogische hormonale reacties waren geen liefde; dat was chemie. Liefde was *gevoel*. Het waren gedeelde hoop en dromen. Elkaar aardig vinden, vrienden zijn. De seks was gewoon een extra bonus.

En wat een bonus was het met Sean.

'Er zit een vogel naar ons te staren.' Seans arm trok strakker om haar heen.

'Wat?'

'Een vogel. Daar.' Hij gaf haar een klein duwtje.

Ze opende één oog.

Een kraalachtig zwart oog staarde haar aan, omringd door juweelachtige groenblauwe en turquoise veren.

'O. De pauwen.'

'Pauwen?' Sean verstijfde naast haar.

Ze wierp een blik naar beneden om te zien of er nog iets anders was verstijfd.

Verdraaid. Hij had zichzelf met zijn handen bedekt.

'Ik denk niet dat die pauw erom maalt dat we naakt zijn, Sean.'

'Ik ook niet. Ik heb alleen geen zin dat hij naar me pikt.'

Ze giechelde. 'Pikken naar je jongeheer? Pauwen eten graan, geen vlees.'

'Dat heb je niet echt gezegd.'

'Oeps, volgens mij wel.'

De pauw paradeerde dichterbij.

'Ik weet het niet, Livvy. Dat beest ziet eruit alsof hij het op mijn ogen heeft gemunt.'

Zijn gele, puntige snavel kon gevaarlijk zijn. Pauwen konden agressief uit de hoek komen. Ze kon geen slechter einde aan hun nacht samen bedenken dan rond te moeten rennen terwijl een pauw in hun edele delen hapte.

Livvy zuchtte en kwam overeind. De vogel week een klein stukje terug. Brutaal kreng. Maar kon ze iets anders verwachten van de aanstellerij van Merriweather?

'Sjoe!' Ze wapperde met haar handen.

De vogel knipperde alleen maar met zijn ogen.

'Vooruit! Wegwezen jij!' Deze keer trok ze wat gras uit de grond en wierp het naar hem.

Hij bewoog nog steeds niet.

Sean stond op, liet zijn kostbare zaakje los, spreidde zijn armen, trok zijn schouders op en...

Gierde.

De vogel rende om de voet van de fontein heen terwijl hij zijn schrille kreet slaakte alsof hij voor zijn leven rende. Livvy had de hik toen ze eindelijk ophield met over de grond te rollen van het lachen. '*Wat* was dat?'

Sean ging in kleermakerszit naast haar zitten, alsof het de normaalste zaak van de wereld was om in je blote kont midden in een doolhof in Engelse stijl in het noordoosten van Pennsylvania te zitten en tegen een pauw te gieren. 'Ik deed wat je hoort te doen bij dreigende dieren. Je groter en woester voordoen zodat ze ontzag voor je krijgen en doen wat je zegt.'

'Zeg me alsjeblieft dat je dat niet toepast op menselijke dieren.'

Hij trok een wenkbrauw op. De blik stond hem veel te sexy om er aanstoot aan te kunnen nemen. 'Wil je zeggen dat je gisternacht geen dier was?'

'O mijn god. Ik kan niet geloven dat je dat zei.' Ze gaf hem een speelse klap op die goedgevormde, gladde, gespierde schouder. 'Dat is niet erg galant.'

'Gisteravond zat je er niet op te wachten dat ik me galant gedroeg.'

Verdomme, ze bloosde. Ze haatte het dat ze bloosde.

'Ik vind het heerlijk als je bloost.'

Of misschien ook niet. 'Waarom?'

Hij streek met zijn hand over haar schouder. 'Omdat je dan die blik op je gezicht krijgt. Het is bijna verlegen, maar ook weer niet. Het zegt zoveel met zo weinig. Ik vind het geweldig dat je niet bang bent om je reacties te laten zien. De meeste mensen gedragen zich zoals ze denken dat anderen van hen verwachten, om erbij te horen en gewaardeerd te worden. Maar jij niet. Jij staat achter je overtuigingen. Je loopt niet met de massa mee. Weet je hoe zeldzaam dat is? Hoe zeldzaam *jij* bent?' Hij streek haar haar uit haar gezicht. 'Hoe bijzonder je bent?'

Bijzonder. Ze was nog nooit eerder bijzonder geweest.

Ze ging op haar knieën zitten en nam zijn gezicht in haar handen. Ze liet haar duim over zijn lippen gaan. Er was geen sprake van dat ze bij Sean weg zou kunnen lopen als haar tijd erop zat. Op de een of andere manier zouden ze een praktische oplossing moeten vinden.

Of misschien, heel misschien, kon ze overwegen om het landgoed te houden en hier te gaan wonen. Hij hield zijn baan, haar dieren hielden hun stal, en ze zou kunnen hebben wat ze altijd al had gewild. Een thuis. En iemand om dat mee te delen.

De gedachte deed haar, voor de verandering, niet ineenkrimpen. Voor Sean zou ze hier kunnen wonen. Er was geen wet die zei dat ze het meteen moest verkopen. Ze kon hier een tijdje blijven. De dingen op een rijtje zetten.

Dat klonk steeds aantrekkelijker.

'Jij zorgt dat ik me bijzonder voel.' Ze streelde zijn gezicht nog wat meer. Zijn prachtige, sexy gezicht dat net zo perfect was als dat van zijn broer de filmster, maar oneindig veel kostbaarder vanwege de persoon die erachter zat. De persoon van wie ze...

Daar kon ze nog niet aan toegeven. Nu niet. Nog niet. Ze was alleen bereid te erkennen dat ze hem meer wilde dan ze ooit iemand had gewild, en voor Livvy was dat een hele bekentenis.

'Livvy.' Hij kreunde haar naam toen haar vingers vederlicht over zijn lippen gleden.

'Ja?'

'Ik wil je.'

Ze keek naar beneden. Dat wilde hij zeker.

Livvy glimlachte. 'En jij, Sean, zult me krijgen.'

Helemaal. Van binnen en van buiten.

Want wat ze zichzelf ook probeerde wijs te maken, hoe ze het ook probeerde te verwoorden, het kwam op één ding neer: ze was aan het vallen voor Sean Manley.

Hoofdstuk 27

'Er moet hier ergens een aanwijzing zijn. We moeten beter zoeken.'

Hij hoefde nergens beter naar te zoeken; hij was al opgewonden genoeg. En het zou een stuk behulpzamer zijn als ze wat kleren aan zou trekken. Zelfs haar flinterdunne hemdje en die ultrakorte spijkershort zouden beter zijn dan haar perfecte hartvormige billen, gespierd en rond en *naakt*, waardoor hij elke keer een droge keel kreeg als ze vooroverboog om onder een bankje of naar het bakstenen pad rond de fontein te kijken. En dan waren er nog haar borsten. Meer dan een handvol — en dat oude gezegde klopte niet, hij hield wel van haar grote borsten, dank je wel — haar tepels vlak tegen de bleke tepelhoven, waarbij elk sproetje eromheen hem verleidde om ze tot heerlijke stijve puntjes te likken. In het maanlicht had hij niet al haar sproetjes gezien, maar vanochtend, toen ze boven op hem zat... Hij had haar naar beneden getrokken om ze stuk voor stuk te likken en verdomme, hij wilde het zo weer doen.

'Merriweather *moest* het doolhof wel in haar speurtocht opnemen. Deze plek is te belangrijk voor haar om niet alles over de geschiedenis ervan te willen bijbrengen. Wie wie wat aandeed en hoe onze illustere familie de vruchten daarvan plukte. Jeetje, je zou denken dat ze wel een trofeeënmuur of zoiets zou hebben.'

Zoals een embleem in de schuur.

Ah, er ging niets boven een schuldgevoel om een erectie te laten verslappen. Dat zou hij vaker moeten proberen als hij bij haar was. God wist dat hij genoeg had om zich schuldig over te voelen.

Dat was de reden waarom Sean, toen ze zelf met het idee kwam om bij de fontein te zoeken zonder enige aanwijzing, met haar mee was gegaan. Hij wist nog steeds niet wat hij zou doen als hij het als eerste zou vinden. Zou hij het haar vertellen of zou hij het voor zichzelf houden?

Hoe kon hij dat doen na gisteravond?

Gisteravond was... Het was geweldig geweest. Zij was geweldig geweest. Zij samen waren geweldig geweest. Seks hebben met Livvy was anders dan met welke andere vrouw dan ook. Er was iets meer geweest dan alleen het fysieke — en dat joeg hem de stuipen op het lijf. Het was één ding om haar te bewonderen en haar leuk te vinden en haar te willen, maar om je zo verbonden te voelen?

Ja, het universum lachte hem vierkant uit. De enige vrouw met wie hij ooit een klik had gehad, en hij stond op het punt haar te saboteren.

Hij kon het niet.

Dat was het. Hij kon het gewoon niet doen. Maar hoe in godsnaam moest hij dit voor elkaar krijgen *en* Livvy in zijn leven houden?

Als hij niet het vertrouwen van zijn broers had, hun hulp en hun geld, dan zou hij weglopen. Hij zou zijn verlies nemen en opnieuw beginnen. Hij was in het begin ook vanaf nul begonnen; hij kon het weer doen. Maar iets opbouwen met Livvy... Als ze er ooit achter kwam wat hij van plan was, zou dat de hele basis van wat ze aan het opbouwen waren vernietigen.

Dat kon hij niet laten gebeuren. Hij moest een oplossing vinden.

'Hier! Sean, het is hier!'

Daar waren haar perfecte billen weer, die — natuurlijk — op en neer gingen terwijl ze naar een standbeeld aan de rand van de fontein wees. Er gingen nog een paar andere dingen op en neer.

Ja, hij moest dit uitvogelen.

Hij raapte hun kleren op en jogde naar haar toe. Laat hem zijn eigen troeven ook maar eens in de strijd gooien, kijken hoe zij dat vond.

Haar barnsteenkleurige ogen werden donkerder toen hij dichtbij kwam.

'Mooi,' was het enige wat ze zei, maar het zei genoeg.

Ze pakte haar kleren aan en als er clubs bestonden voor omgekeerd strippen, zou zij de ster van de show zijn. Hij had nog nooit iemand een hemdje *aan* zien trekken op een manier die hem meer uitnodigde om het weer uit te trekken dan zij deed. En de manier waarop ze in haar korte broek wiebelde, zonder haar string aan te trekken — en het was de vraag of dat een goede zaak was of niet — zorgde ervoor dat hij die verdomde broek het liefst meteen weer van haar lijf wilde scheuren.

'Genoten van de show?'

Hij slikte. 'Ja.'

Ze lachte toen hij zijn eigen broek omhoog hees. Zijn T-shirt lokte echter een andere reactie uit. Het was aan flarden en ze herinnerden zich allebei waarom. Hoe.

Ze wilde haar haar achter haar oor stoppen, maar Sean hield haar tegen. 'Laat mij maar.'

Ze glimlachte naar hem en het kostte hem een paar seconden voordat hij weer kon ademhalen. Hij gebruikte die seconden om te doen wat hij al wilde doen met die eigenwijze haarlok sinds hij haar voor het eerst zag. 'Je zei dat je een aanwijzing had gevonden?'

Ze knikte, waardoor de krullen die gisteravond zo erotisch over zijn buik hadden gestreken, over haar schouders vielen. 'De meisjes op school plaagden me altijd dat mijn familie vast bakken met geld ergens had liggen, dus toen ik hoorde over de speciale emmer bij deze fontein waar ook echt munten in *zaten*, moest ik die wel gaan bekijken. Vandaar dat gedoe met verdwalen in het doolhof.'

'Je maakt een grapje, toch? Er staat gewoon een emmer geld op het landgoed?'

'Er zitten centen in zodat mensen een wens kunnen doen. Ze worden gerecycled als de fonteinman hem schoonmaakt, maar toch. Het idee *is* een beetje overdreven. Typisch iets voor Merriweather.' Ze wipte op haar hielen — haar blote voeten en niet die legerkisten, godzijdank — en glimlachte die glimlach die bij hem op het eerste gezicht al een reactie teweegbracht.

En dat bedoelde hij letterlijk. 'Ik geef het op. Wat is er?'

'Dit.' Ze hield een klein, ovaalvormig zilveren kokertje omhoog. Het leek op een kogel op steroïden met een naad in het midden. 'De volgende aanwijzing.'

'Wat staat erin?'

Ze maakte het open.

. . .

Goed gedaan, Olivia. Nog vijf te gaan. Zul je op tijd klaar zijn of ben je boos genoeg op een oude vrouw om de handdoek in de ring te gooien?

Dat wil je misschien nog niet doen. Je hebt die handdoek — en een badpak — nodig voor deze volgende aanwijzing. Maar terwijl je hier bent, bestudeer de fontein. De stenen komen van ons land in Engeland en het standbeeld werd gemaakt in opdracht van Phillip Martinson ter ere van zijn vrouw, Catherine. De legende gaat dat dit doolhof hun ontmoetingsplaats was, door hem aan haar geschonken op hun huwelijksverjaardag. Een echt liefdeshuwelijk. Helaas hebben niet alle Martinsons zoveel geluk gehad in de liefde. Daarom zijn dit land en dit huis zo belangrijk. Reken nooit op iemand anders dan jezelf om je weg te vinden in het leven. Mensen kunnen weggaan; het land is blijvend.

Klink ik als meneer O'Hara? Er zat veel waarheid in zijn woorden en ik weet dat je die film graag ziet.

'Ah ha!' Sean lachte. 'Dat verklaart de alpaca's.'

'Nou, duh.'

'Dus waarom geen Mammy en Melanie en Ashley en de rest van de ploeg in plaats van de Beatles?'

'De andere dieren waren allemaal opvangers. Rhett en Scarlett waren de enige die ik mocht vernoemen.'

Het was misschien maar goed dat Livvy geen kinderen wilde: Sean kon het zich al voorstellen om een zoon te hebben die Ashley heette.

Wacht. Wat was hij in godsnaam aan het doen door zich kinderen met Livvy voor te stellen? Hij moest er eerst voor zorgen dat er een relatie was, *en* dat hij de middelen had om voor die kinderen te zorgen voordat hij er zelfs maar aan kon *denken* om ze te krijgen. En dan moest hij Livvy nog overtuigen *om* ze te willen —

'En hier is het slechte gedicht.'

Sean luisterde met een half oor terwijl hij probeerde het beeld van Livvy die zijn kind droeg uit zijn hoofd te bannen. Het wilde niet weg.

'Ik denk dus dat we nu naar het meer gaan.' Ze rolde het aanwijzingspapiertje op en stopte het terug in de koker. 'Zullen we onze zwemkleding gaan halen of gaan we *au naturel*?'

Het zou zijn dood kunnen worden als ze dat deden.

. . .

Twee uur later, nadat de dieren waren verzorgd, hadden ze hun zwemkleding aangetrokken, een picknickmand klaargemaakt en waren ze op weg gegaan naar het meer op het landgoed.

Sean had grote plannen voor het meer. Er lag een eiland in het midden dat de perfecte plek zou zijn voor kleine bruiloften. Als hij er nutsvoorzieningen naartoe kon krijgen, dacht hij er misschien zelfs over om daar ook een huwelijkssuite te bouwen. Dat zou hij direct bij de welstandscommissie indienen zodra hij het landgoed in bezit had.

'Oh, kijk! Een Amerikaanse zeearend!' Livvy wees naar rechts van het golfkarretje, waar de vogel met de witte kop naderde voor een landing in de hoogste boom van het eiland.

Deze plek was een kunstwerk. *Hét* perfecte vastgoed voor wat hij in gedachten had. Hij *moest* een manier vinden om het te krijgen. Absoluut.

'Livvy, ik vroeg me af...'

'Ja?' Ze draaide zich naar hem toe met een brede, hoopvolle glimlach, haar ogen glinsterend, haar vingers om de zijne geklemd; de opwinding en het geluk gonsden letterlijk van haar af als een elektrische stroom.

Was dat maar de reden dat hij zo gespannen was.

'Is het niet prachtig? Ik kan niet geloven dat ik hier nooit ben geweest. Ik vraag me af of er vis in het meer zit? Wat een geweldige plek om gewoon wat te relaxen.'

Of om een huwelijksreceptie te houden.

Voor gasten. Niet voor hemzelf of Livvy. Nee. Hij dacht puur zakelijk. Dat was zijn eerste gedachte geweest toen hij het meer zag. De oevers waren perfect onderhouden, elke steen en elk plukje mos en gebladerte was strikt gepland en verzorgd. Merriweather was wat dat betreft nauwgezet geweest.

Sean bracht het golfkarretje twee meter voor de waterkant abrupt tot stilstand. 'Dus, eh, waar is de volgende aanwijzing hier?'

'Goede vraag.' Livvy stapte uit en pakte de picknickmand van de achterbank. 'Ik ben hier nog nooit geweest, dus ik heb geen idee.' Ze haalde de vorige aanwijzing tevoorschijn. 'Ze zegt iets over dat we onze handdoeken nodig hebben, dus ik denk dat we het water in moeten.'

'Het eiland. De aanwijzing is op het eiland.'

Merriweather was erg geïnteresseerd geweest in zijn ideeën voor bruiloften op dat eiland, hoewel ze bezorgd was over de impact op de natuur. Sean had een aanzienlijk bedrag in zijn begroting gereserveerd voor een milieueffectrapportage, die hij gelukkig nog niet had besteld. Hij kon dat project uitstellen en het geld gebruiken voor de vraagprijs van Livvy.

Het was niet genoeg, maar het was een begin.

Ze zetten de picknickmand en het kleed neer bij een van de bronnen die het meer voedden, waar het koele water over gladde stenen kabbelde als een zachte serenade.

Het water in het meer was kristalhelder. En koud. Merriweather had gezegd dat het meer werd gevuld door smeltwater en dat was precies wat Sean nodig had toen Livvy haar rok uittrok — ze droeg weer een rok — om een bikini te onthullen.

Zijn handen jeukten om hem uit te trekken en haar rondingen opnieuw in zijn geheugen te prenten.

Het werd alleen maar erger toen ze het water in ging en haar tepels in de hoogste staat van paraatheid kwamen.

Sean dompelde zichzelf onder, hopend dat het zou helpen.

Dat deed het. Tot hij haar weer zag.

Dus ging hij weer onder water en hield zijn adem zo lang mogelijk in voordat hij weer naar adem moest happen. Gelukkig was het eiland nu niet ver meer en liep hij het water uit. Hij was nog nooit in zijn leven zo blij geweest met het krimpeffect van koud water.

Livvy nam de tijd om bij het eiland te komen. Sean stond daar en zag er net zo perfect uit als Eros – op de korte broek na dan – en ze wilde van het uitzicht genieten. Ze kon nog steeds niet geloven dat hij net zo in haar geïnteresseerd was als zij in hem.

Misschien ziet hij alleen maar dollartekens.

Tja, dat was een gedachte die al het plezier weg kon zuigen.

Maar ach, er was geen garantie dat ze de plek uiteindelijk toch zou krijgen, dus Sean kon het, als hij inderdaad op twee paarden wedde, allemaal voor niets doen. Maar dat deed hij niet, want zo was hij niet. Dat wist ze gewoon. Ze wist niet hoe ze het wist; ze wist het gewoon. Haar intuïtie had haar al die jaren goed geholpen en haar op eigen benen gehouden, dus ze was niet van plan die nu te negeren.

'Heb je het niet koud?' riep hij vanaf de waterkant, zijn handen op zijn heupen, waardoor zijn buikspieren een mooie V vormden met zijn brede schouders. Schouders waar ze gisteravond haar lippen over had laten glijden. En vanochtend.

Jammer dat ze niet meer dan twee condooms had meegenomen. Trouwens, ze moest op een gegeven moment naar de drogist.

'Er gaat niets boven koud water om iemand wakker te schudden.' En om je zenuwen tot bedaren te brengen.

Ze voegde zich bij hem op het strandje en het was het meest natuurlijke ter wereld om zijn hand te pakken. Dus dat deed ze. Of hij pakte de hare. Hoe dan ook, het maakte niet uit, want ze raakten elkaar aan terwijl ze begonnen het eiland af te zoeken.

Hij zou haar hand niet moeten vasthouden. Hij vergat dingen als hij haar hand vasthield. Belangrijke dingen. Dingen als Bryan en Liam en een hele hoop geld. Dingen als de toekomst en zijn plannen en wat hij met zijn leven wilde doen en wat hij niet alleen aan de rest van de wereld, maar ook aan zichzelf moest bewijzen.

Het punt was dat hij niet op Livvy had gerekend. Dat hij haar zou willen. En niet alleen in vleselijke zin — hoewel dat ook zo was — maar in *elke* zin. Hij wilde haar buiten deze plek zien. Weg van de schuur en haar dieren. Gewoon ergens gaan wandelen waar het voor hen beiden nieuw was. Iets wat ze van henzelf konden noemen. Hij wilde haar huisje zien en het leven dat ze voor zichzelf had opgebouwd. Hij wilde horen over haar jeugd en haar angsten sussen. Hij wilde alle eenzaamheid wegnemen en haar beloven dat ze nooit meer alleen zou zijn.

Sean struikelde over een steen. Tenminste, hij dacht dat het een steen was. Misschien was het wel een metaforische steen, want wat hij dacht... was zwaar. Veel zwaarder dan hij op dit punt in zijn leven wilde, maar als hij er ook maar een seconde aan dacht om haar hand los te laten en een stap terug te doen — en nog een en nog een — dan kon hij het gewoon niet.

Omdat dit — zij, hij — goed voelde.

Focus je weer op het echte werk, Manley.

Grappig, hij zou zweren dat zijn geweten precies klonk als zijn accountant.

Miljoenen dollars.

Ja, het klonk inderdaad als Don.

Maar Don zou alleen oog hebben voor zijn financiële belangen, dus probeerde Sean zich op iets anders te concentreren.

De struiken waren interessant. Hij kende die specifieke plant niet. Het omzoomde het strand als een hek met paden die erdoorheen liepen, maar die begonnen dicht te groeien. 'Ze heeft de tuinman ook met pensioen gestuurd, nietwaar?' Ja, dat was het. Concentreer je op het gras. Gegarandeerd een manier om elk moment te verpesten.

Livvy knikte. 'Iemand zal een hoop personeel moeten gaan aannemen.'

Hij had de specificaties al bij een uitzendbureau ingediend.

Ze liepen door een boomgaard met fruitbomen.

'Oh, wauw!' Livvy klapte in haar handen. 'Peren en appels en perziken en kersen. En kijk. Ook bosbessenstruiken. Dit is geweldig.' Ze raakte de beginnende vruchten bijna eerbiedig aan. 'Weet je hoeveel taarten ik hiermee kan maken?'

'Laten we de scones niet vergeten.'

Ze glimlachte naar hem, haar barnsteenkleurige ogen fonkelden als zonneschijn. 'Zou je willen helpen?'

'De vorige keer ging het me niet slecht af, toch?'

'Nee. Je was geweldig. *Het* was geweldig.'

En zomaar veranderden al zijn goede voornemens. De flora en fauna waren niet langer interessant. Het eiland en het kristalheldere water eromheen konden hem niet meer schelen, of dat het de perfecte plek zou zijn voor een romantisch uitje.

Hij zou er graag met haar tussenuit gaan. Gewoon met z'n tweeën, met niets tussen hen in: geen geheimen, geen aanwijzingen, geen verleden of toekomst en zeker geen kleren.

Hij stak zijn hand uit om die eigenwijze krul weer weg te stoppen, maar ze schraapte haar keel en draaide zich om.

Het stoorde hem dat ze dat deed. Het stoorde hem dat het hem stoorde. Hij zou blij moeten zijn dat ze kon weglopen. Als zij dat kon, dan kon hij dat ook, en dan zou de hele kwestie van de erfenis geen probleem meer zijn. Ze konden van elkaar genieten en dan hun eigen weg gaan en doen wat ze moesten doen.

Alleen zat hij niet zo in elkaar. Oma had hem een sterk gevoel voor goed en kwaad bijgebracht. Een gevoel van trots. Rechtvaardigheid.

'Ik denk niet dat de aanwijzing hier is,' zei ze, terwijl ze de boomgaard verliet. 'De vorige aanwijzing zei iets over vissen.'

Sean knikte en volgde haar, terwijl hij zichzelf niet vertrouwde om iets te zeggen — hij wist niet wat hij zou moeten zeggen. Hij wilde eerlijk zijn. Haar vertellen wat er aan de hand was en haar om hulp vragen om het op te lossen. Maar wat zou het voor zin hebben? Ze wilde weg van deze plek en ze had het geld nodig. Alleen een idioot zou dat opgeven voor een vent die ze naar alle waarschijnlijkheid zou haten als ze het hele verhaal hoorde, dus waarom zou hij de moeite nemen?

'Ah ha!' Ze wees naar weer een ander standbeeld, ditmaal op het strand.

Aan de hand van de waterlijn op het been van de man kon Sean zien dat het standbeeld ooit in het water had gestaan.

'Merriweather hield wel van haar beelden, nietwaar?' Livvy bekeek het levensgrote stenen beeldhouwwerk en de echte viskoffer die over zijn schouder hing. 'En ja hoor!' Ze hield iets omhoog. 'Bingo. Nog een aanwijzing.'

Sean liep naar haar toe terwijl ze de brief openvouwde.

'Je betovergrootvader, William, de vader van mijn geliefde Henry, hield van vissen. Je vader vroeg om dit standbeeld voor zijn tiende verjaardag, het jaar dat zijn grootvader stierf. Ze gingen in de zomer elke zondag samen vissen en ik heb je vader nooit gelukkiger gekend. Hij was nooit meer dezelfde nadat zijn grootvader overleed. Om hem op te vrolijken, lieten we dit standbeeld maken en Lawrence zorgde dat het gevuld bleef met kunstaas. Achter de groep witte dennen staat een klein schuurtje met andere visspullen die iedereen mag gebruiken. Hij raakte dat deel van zichzelf kwijt toen hij ouder werd en het spijt me te moeten zeggen dat zijn vader en ik er niet aan hebben gedacht om dit te herstellen. Dat heb ik na zijn dood wel gedaan, en ik hoop dat jij dit eerbetoon aan beide mannen zult voortzetten als je erft.'

Als ze erfde. Merriweather dacht *nog steeds* niet dat ze in staat was om alles uit te vogelen.

Livvy propte de rest van de brief in de achterzak van haar korte broek.

'Wie is hij? Wat is de volgende aanwijzing?'

Sean had er zwijgend bij gestaan terwijl ze las. Gelukkig had ze het niet hardop voorgelezen. Ze wilde niet dat hij hoorde over het volkomen gebrek aan vertrouwen van haar grootmoeder in haar.

'Hij is mijn overgrootvader. Hij hield van vissen. Hij hing hier op zondag altijd rond met mijn vader.' Ze schermde haar ogen af tegen de zon en keek uit over het meer. 'Weet je wat? Laten we de aanwijzingen even vergeten, oké? Het lijkt wel of ik nergens anders meer aan heb gedacht sinds ik hier ben en ik kan wel wat vrije tijd gebruiken.'

'Ten eerste is het niet het *enige* waar je aan hebt gedacht.' Daar ging hij weer met die opgetrokken wenkbrauw. 'En ten tweede ben je net naar de markt geweest, dus je hebt al wat vrije tijd gehad, en ten derde, nadert je deadline niet? Ik zou denken dat je deze aanwijzingen zo snel mogelijk wilt vinden.'

'Dat zou je denken.' Ze haalde haar schouders op en probeerde zo onverschillig mogelijk over te komen. Ze moest dat doen om niet in tranen uit te barsten om de brute eerlijkheid van haar grootmoeder. 'Maar dat doe ik niet. Ik kan wel een lekkere, ontspannen middag gebruiken. Laten we gaan lunchen en dan zien we daarna wel weer verder.'

Sean keek een beetje ongeduldig en ze kon het hem niet kwalijk nemen. Zijn toekomst was ook verbonden met deze aanwijzingen. Zou hij een baan hebben of niet?

'Weet je,' zei ze terwijl ze terug het water in liepen. 'Als je je zorgen maakt over je baan, doe dat dan niet. Ik heb je gezegd dat ik wat geld opzij ga zetten om je over de drempel te helpen als de nieuwe eigenaren je contract niet willen verlengen.'

'Ik wil je geld niet, Livvy.'

Ze vond het fijn dat hij trots was. Fijn dat hij principes had. Maar zij had zelf in de positie gezeten dat ze niets had en dat was waardeloos. Ze zou straks meer hebben dan ze ooit op kon maken, dus ze kon het zich veroorloven om hem te helpen. Maar gezien de manier waarop zijn toon veranderde bij het onderwerp van de aanwijzing, moest ze hem waarschijnlijk eerst wat te eten geven voordat ze over dit onderwerp doorging. 'Ik wilde gewoon niet dat je je zorgen maakte, dat is alles.'

'Ik maak me geen zorgen.'

Uh-huh. Daarom waren die prachtige lippen van hem tot een strakke lijn samengeknepen en stonden zijn schouderspieren strakgespannen.

Op zo'n vijf meter van de oever besloot ze er iets aan te doen.

'Sean!'

Hij draaide zich om en kreeg een volle laag water in zijn gezicht. 'Waar was dat goed voor?' vroeg hij, terwijl hij het haar uit zijn ogen schudde en meerwater uitspuugde.

'Ik dacht dat je wel wat plezier kon gebruiken.'

'Noem jij mij verdrinken plezier?'

'Je liep geen enkel gevaar om te verdrinken en dat weet je best.'

Hij trok weer een wenkbrauw op. 'Je speelt een gevaarlijk spelletje, vrouw.'

'Wie zegt dat ik speel?'

Ze hield van de blik in zijn ogen op dit moment. Samengeknepen en op haar gericht, hun blauwe kleur zo levendig dat het haar de adem benam.

En toen begon hij naar haar toe te zwemmen.

Oei.

Livvy keek achterom naar de kant. Ze waren halverwege. Ze zou hem nooit voorblijven met zwemmen en zelfs als dat kon, zou hij haar met zijn bereik zo te pakken hebben.

'Daar had je aan moeten denken voordat je me nat spatte,' zei hij, zijn stem laag terwijl hij door het water gleed als een dodelijke krokodil.

Verdraaid. Ze was de klos.

Toen verdween hij onder het wateroppervlak.

Jaws stond samen met *The Shining* op haar lijstje van slechtste films aller tijden.

Ze draaide naar rechts en zette zo hard mogelijk af.

Eén keer.

Toen klemden zijn handen zich om haar enkel en trok hij haar onder water.

Ze hapte wat lucht en liet het gebeuren. Te veel tegenstribbelen zou haar energie kosten, en hoewel ze hem misschien niet kon overtreffen in zwemmen of bereik, ging ze proberen hem te slim af te zijn.

Ze vocht niet tegen hem toen hij haar bij haar middel greep, en ze probeerde niet te glimlachen toen hij haar streng aankeek, terwijl het kristalheldere water zijn blauwe ogen deed glinsteren.

Toen kuste ze hem.

Dat verraste hem inderdaad. Hij liet haar middel los en zijn handen gleden omhoog naar haar hoofd, maar Livvy zette zich hard af en kwam los.

Ze zette een sprint in, zigzaggend over het meer, en slaagde erin zichzelf op de kant te hijsen voordat hij bij haar was.

'Ik roep een overtreding uit!' Hij stampte het strand op.

'In de lunch en de oorlog is alles geoorloofd!' Livvy was weer op de been en rende naar hun kleedje.

Ze haalde het niet.

Sean kwam aangerend en schepte haar in zijn armen, zonder ook maar een tel in te houden. 'Nu heb ik je, mijn schone!'

Dat had hij zeker. En ze was van plan hem zijn gang te laten gaan.

Hij plofte op zijn knieën op het kleedje voordat hij haar neerzette. 'Ik win.'

'Als je dat wilt geloven, ga je gang.'

'Waar heb je het over? De enige reden dat je hier bij mij op dit kleedje ligt, is omdat ik niet langs je heen ben gerend. Zonder mij was je nu nog aan het rennen.'

Ze liet haar vingers over zijn onderarm dansen. Hij had echt mooie onderarmen. Sterk en gespierd met precies de juiste hoeveelheid haar die haar huid op zoveel verrukkelijke manieren kriebelde. 'Jaja. Dat klopt. Jij bent de winnaar.'

Hij keek naar haar hand. Toen keek hij naar haar, met de schattigste blik van verwarring op zijn gezicht. Hij zou het vroeg of laat wel begrijpen.

'We hebben allebei gewonnen, nietwaar?'

Vroeg. Zeker vroeg.

Ze knikte. En beet op haar lip, gewoon omdat het kon.

'Ach, Livvy.' Hij boog voorover om haar te kussen.

Ze sloeg haar armen om zijn nek en hield hem stevig vast, want, serieus, zo voelde het.

Al haar zintuigen stonden op scherp. Overal waar Sean haar aanraakte – van zijn hand die over haar rug streek tot waar haar dijen over de zijne rustten, tot zijn haperende ademhaling en de aanraking van haar borst die veel te licht was – maakte Livvy zich volkomen bewust van hem. Hoe zijn armen zich aanspanden terwijl hij haar naar zich toe tilde, hoe de spieren in zijn dijen zich onder de hare spanden toen ze zich verplaatste om rechterop te knielen, hoe zijn tong tussen haar lippen naar binnen gleed zoals hij gisteravond bij haar naar binnen was gegleden – Livvy kon een kreun bij de herinnering niet onderdrukken.

Sean beantwoordde het met een eigen kreun, trok zijn lippen van de hare los om ze in haar hals te begraven. 'Ik wil je. Hier. Nu.' Hij maakte met één hand de sluiting van haar bikini los.

Getalenteerde man. Zoals ze uit de eerste hand wist.

'We hebben geen condooms.' Dat had ze beseft toen ze de mand inpakte, maar bij gebrek aan een apotheek in de buurt – de dichtstbijzijnde was twintig minuten rijden – had ze geen keus gehad. De twee die ze gisteravond had, zaten in haar koffer. Ze wist zeker dat er daar niet meer in zaten.

'We hebben geen condooms nodig voor wat ik in gedachten heb.'

Ze kon zich alleen maar voorstellen wat hij in gedachten had...

'Tenminste, als je daar achter wilt komen.'

'Dat wil ik.' Dat was een uitgemaakte zaak.

Zijn ogen lichtten op en hij zoog hoorbaar adem in. 'Je kunt het onmogelijk zo graag willen als ik.'

'Wedden?'

'Niet wedden. Alleen jij en ik en...' Hij streek met zijn duim over haar tepel. 'Dit.'

De rillingen liepen haar over de rug tot aan haar tenen.

En dat was waar hij haar begon te kussen. Alle tien. Eén voor één, zoet en tergend langzaam.

Toen ging hij naar haar wreef. Toen haar enkels.

Het duurde een eeuwigheid voordat hij bij haar kuiten was, en tegen de tijd dat hij haar knieën bereikte, wist Livvy niet eens meer wat een knie was, laat staan hoeveel ze hier nog van kon verdragen.

Heel wat, zo bleek.

Sean kuste elke centimeter van haar. *Elke* centimeter. Sommige plekken langer dan andere. Sommige niet lang genoeg. Maar toen hij terugkeerde naar de ene plek waar ze hem echt nodig had, nam hij de tijd. Maakte hij het de moeite waard. En te oordelen naar zijn brom van tevredenheid toen ze zijn naam uitriep op een golf van genot die zo geweldig was dat ze er zeker van was dat de hemel zich had geopend en haar een glimp van het paradijs had gegund, was het voor hem ook de moeite waard geweest.

'Zie je wel?' zei hij toen ze eindelijk haar ogen kon openen en hem tussen haar benen zag knielen, zijn glimlach van tevredenheid waarschijnlijk net zo groot als de hare. 'Geen condoom nodig en al het genot dat je je kunt wensen.'

Zelfvoldane kerel. Ze onderdrukte een glimlach. 'Oh, dat weet ik nog niet zo net. Ik wil nog veel meer.'

Hij liet zich naast haar op het kleedje vallen. 'Jemig, vrouw. Je maakt me nog dood.'

'Ik maak je dood als je mijn naam niet goed uitspreekt. Het is Livvy, niet Jemig. En hoewel ik het meer dan fijn vind dat je me als een goddelijk wezen beschouwt, geniet ik er toch wel erg van als het *mijn* naam is die je roept als je klaarkomt.'

'En wanneer dat gebeurt, zal ik dat zeker doen.'

'Wanneer je... Is dat een uitdaging?'

Hij trok die ene wenkbrauw op. 'Als je wilt dat het dat is.'

Oh, dat wilde ze.

Livvy ging rechtop zitten en schopte haar bikinibroekje van haar linkervoet, waar Sean het om de een of andere reden had laten hangen. Ze wilde volledige bewegingsvrijheid, want dat hij, toen hij haar uitdaagde, geen idee had wat hem te wachten stond.

Zijzelf, naar later bleek, ook niet.

Livvy nam de tijd om elke centimeter van zijn lichaam te verkennen. Nou ja, niet echt *elke* centimeter; ze was niet zo weg van tenen als hij, maar er waren bepaalde centimeters waar ze *erg* weg van was.

'Heer – God, godin – Livvy,' riep hij uit, terwijl zijn vingers zich in haar haar klemden toen dat laatste moment naderde, haar net genoeg waarschuwing gevend zodat ze zich kon terugtrekken om te zien hoe het genot hem overnam.

'Je hebt mijn naam er tenminste ergens in verwerkt,' zei ze, terwijl ze haar hoofd in de holte van zijn arm legde, haar vingers nog steeds om hem heen gesloten, genietend van de rillingen die daarna door hem heen trokken. Laat dat zwemmen maar zitten; misschien had ze hem net wel overtroffen met de *seks*.

'Lieverd, ik wist drommels goed wie wat bij wie aan het doen was.' Hij haalde zijn vingers door haar haar en de zachte rukjes gaven haar een tinteling.

Ze speelde met zijn borsthaar, hopend op hetzelfde effect. 'Dus, wil je me vertellen waarom dit geen goed idee is?'

Hij verstijfde even. Verdraaid. Ze had het niet ter sprake moeten brengen.

Maar toen ontspande hij zich. 'Laat maar. Ik zat ernaast.'

'Wauw. Een man die die vier woordjes kan zeggen zonder in de zon te verschrompelen. Je *bent* geweldig.'

Hij draaide zijn hoofd en tilde haar kin op. 'Slechte ervaring?'

Ze schudde haar hoofd. 'Lang geleden. Ik had er niets over moeten zeggen. Je lijkt totaal niet op hem.'

Hij tikte op het puntje van haar neus. 'En vergeet dat niet.'

Hij maakte een grapje, maar zij niet. Ze rolde op haar buik en legde haar hand onder haar kin terwijl ze op zijn borst lag. 'Het is echt waar, Sean. Je bent niet zoals de mannen met wie ik hiervoor ben geweest. Ik vind jou veel leuker.'

Hij verstijfde weer even, maar glimlachte toen. Oké, misschien had ze niet zo openhartig moeten zijn.

'Dat zeg je alleen maar omdat ik de ramen lap.'

Oké, ze kon wel meegaan in die luchtigheid. 'En de wc's. Vergeet niet dat je wc's schrobt.'

'Alsof ik dat zou kunnen.'

'En alpacapoep schept.'

'Ah, maar dat gaat je wat kosten.'

Ze likte haar lippen. 'Noem je prijs.'

Hij kreunde en liet zijn hoofd weer op het kleedje vallen. 'Verdomme, Livvy, dat moet je niet zeggen. Niet als onze condooms op zijn.'

'Nou, dan moeten we nu maar gewoon zorgen dat we aan condooms *komen*, nietwaar?'

Hij grinnikte. 'Ik zou je weleens in een condoom willen zien komen. Waar zou je die laten?'

Ze reikte naar beneden. 'Hier natuurlijk, gekkerd.' Ze liet haar vingers over zijn hele lengte glijden.

'Mijn hemel.' Zijn adem ontsnapte in een zucht. 'Verdomme, vrouw, ik kan niet—'

'O jawel, dat kun je wel.'

En ze liet zien hoeveel hij precies kon.

Het was laat toen ze terugkwamen bij het huis. Nog later toen ze de honden eten hadden gegeven, zelf hadden gedineerd en de klussen in de stal hadden gedaan, waarbij ze allebei grijnsden toen het tijd was om de stal van de alpaca's uit te mesten.

'Wie had gedacht dat dit ons onderlinge grapje zou worden?' zei Sean terwijl hij de laatste restjes in de kruiwagen schepte. 'Willen de meeste vrouwen geen romantiek? Je kunt me niet vertellen dat dit romantisch is.'

Ze nam de riek van hem over. 'Ik ben niet zoals de meeste vrouwen, en omdat ik dit jarenlang alleen heb moeten doen, kun je je niet voorstellen hoe romantisch het is als iemand me helpt.'

'Iemand? Of ik?'

Ze kuste hem. 'Jij natuurlijk, gekkerd. Ik zie hier niemand anders.'

Ze draaide zich om om weg te lopen, maar hij greep haar bij haar middel en trok haar tegen zich aan. 'Gelukkig maar.'

Vervolgens liet hij haar zien hoe een fatsoenlijke kus werd gegeven. Of beter gezegd, hoe een *onfatsoenlijke* kus werd gegeven.

'Heb je toevallig geen condooms bij je, hè?' vroeg ze.

Sean schudde zijn hoofd en liet toen met een zucht zijn voorhoofd tegen het hare rusten. 'Helaas niet. Ik had niet verwacht dat dit zou gebeuren toen ik dacht hier alleen te gaan wonen.'

'En hoe zit het met afspraakjes? Ik zou denken dat alleen wonen in zo'n gigantisch landhuis wel uitnodigt tot wat buitenechtelijke vrijgezellenacti-viteiten.'

'Als men zo geneigd was tot buitenechtelijke vrijgezellenactiviteiten, dan zou je gelijk kunnen hebben. Ik heb echter andere dingen aan mijn hoofd.'

'Zoals wat?'

Verdomme. Ja. Zoals wat? Zoals hoe hij haar miljoenen afhandig ging maken?

Hij was even onvoorzichtig geweest. Nu moest hij zich eruit zien te redden. 'Ik, eh, werk alleen voor Mac totdat een paar zakelijke projecten waar ik mee bezig ben vruchten afwerpen.'

'Wat voor zakelijke projecten?'

Ja, genie, wat voor projecten? Het soort overnames waar je het niet over wilt hebben?

'Huizen opknappen en doorverkopen.' Want dat deed hij inderdaad. Hij maakte er B&B's van.

En nu vakantieresorts.

'Oh, ik had een vriend die dat deed,' zei ze, terwijl ze zich op een manier tegen hem aan vlijde die het moeilijk maakte om zich te concentreren. Maar ja, alleen al aan Livvy *denken* maakte het al moeilijk om zich te concentreren. 'Hij verdiende bakken met geld totdat de huizenmarkt instortte.'

Dat was de reden waarom Sean er B&B's van maakte. Mensen waren altijd op zoek naar een uitje, vooral als de economie achteruitging. Hij had nooit last gehad van leegstand. Dat was een van de redenen waarom dit project zo aantrekkelijk was geweest voor investeerders en waarom hij had besloten om met Bryan en Liam in zee te gaan, in de hoop de winst met hen te delen. Een idee dat hem nu begon te achtervolgen.

'Joehoe, Sean.' Ze zwaaide met een hand voor zijn gezicht. 'Ben je er nog?'

Hij perste er een lachje uit. 'Ik ben er nog. Ik dacht alleen net dat ik voor het eerst in mijn professionele leven wenste dat ik me meer op iets anders had gericht dan op zaken. Als ik dat had gedaan, was ik beter voorbereid geweest en hadden we deze avond in mijn bed kunnen eindigen.'

Ze kuste zijn hals. 'Dat kan nog steeds. Zoals je weet, zijn er genoeg dingen die we zonder condooms kunnen doen.'

'Dat weet ik nog.'

En ze ontdekten er nog een paar.

Hoofdstuk 28

Er ging een gong af binnen in zijn schedel.

Sean bracht met moeite een hand naar zijn hoofd om het te laten ophouden.

Zijn hand wilde echter niet meewerken.

Dat kwam doordat er iemand in de weg lag.

Livvy.

Gisteravond.

Het meer.

Ahhhh.

Sean glimlachte en sloot zijn ogen weer, in de hoop de herinneringen opnieuw te beleven. Maar die verdomde gong liet hem niet met rust. Wat was dat in vredesnaam?

'Livvy.'

'Hmmm?' mompelde ze, terwijl ze zo verschoof dat haar borst langs zijn buik streek.

Heilige hemel.

Daar ging die vervloekte gong weer. Over uitersten gesproken als het ging om de manier waarop hij wakker wilde worden.

'Livvy. De deurbel.' Als je het tenminste zo kon noemen. Alleen Merriweather kon verzinnen dat haar huis de klokken van de Notre Dame door de gangen moest laten galmen om indruk te maken op bezoekers. Of om ze te intimideren. Of beide.

'Livvy, kom op. Ik denk dat we ons verslapen hebben en dat de vriendinnen van je grootmoeder er al zijn.' Wat betekende dat Gran er ook was. Geweldig. Hij moest een beetje bij de les zijn nadat hij de hele nacht tot in de vroege uurtjes dingen met Livvy had gedaan waarbij condooms optioneel waren.

'Mmmm,' mompelde Livvy opnieuw, en dit keer tuitte ze haar lippen zo lieflijk dat hij ze wilde kussen en haar daarna diezelfde beweging wilde laten maken rond een specifiek deel van zijn anatomie.

'Kom op, lieverd.' Hij gaf haar in plaats daarvan een licht duwtje. Als hij haar kuste, zouden Gran en haar vriendinnen uren moeten wachten. 'We hebben visite.'

'Wil niet. Moet slapen.'

'Je kunt later slapen. Op dit moment hebben we drie oude dames om te vermaken.'

'Oudere dames.'

'Hè?'

Ze opende één oog. 'Noem ze oudere dames. *Oude dames* levert je een handtas tegen je kop op.'

'Oh. Juist. Nou, vooruit dan maar. Te laat komen levert me dat waarschijnlijk ook op, hoe ik ze ook noem.'

Hij trok zijn arm onder haar vandaan, terwijl elke cel in zijn lichaam protesteerde. En niet vanwege het gebrek aan slaap. Grappig hoe zijn lichaam op nul uur slaap kon draaien wanneer het bezig was met zulke plezierige activiteiten. Wat vandaag helaas niet het geval zou zijn.

Hij gaapte. 'Kom op, Livvy. Jij hebt ze uitgenodigd.'

'Een heer zou me daar niet aan herinneren.' Ze hees zichzelf overeind en gooide met haar onderarm haar haar als een leeuwenmanen over haar hoofd naar achteren. Ze had *hem* de hele nacht laten grommen, dat stond vast.

En als ze haar prachtige borsten niet snel bedekte, zou hij het zo weer doen.

Hij gooide een kussen naar haar hoofd. Daarna pakte hij er nog een van de vloer waar het was gevallen en hield dat voor zijn kruis. 'Spring jij maar onder de douche. Ik hou ze wel even aan de praat.'

'Zo?' Ze nam hem van top tot teen op.

Hij voelde die blik door zijn hele lijf zinderen. 'Nou nee, natuurlijk niet. Ik schiet wat kleren aan.'

'Jammer.' Ze zuchtte en klom uit bed. Zonder het kussen. 'Ik ben zo klaar.'

Slaperig en misnoegd, en ze kon hem nog steeds in de houding laten staan. Dat zou nog een probleem worden als hij zijn grootmoeder dadelijk zag.

Gelukkig was de gedachte aan zijn oma genoeg om de boel weer tot rust te brengen, en vijf minuten later, nadat Sean een kaki korte broek en een polo had aangetrokken, zijn tanden had gepoetst, zijn gezicht had gewassen, zijn vingers door zijn haar had gehaald en de deur had opengedaan, was hij in een veel betere staat.

'Hé, Gran.' Hij kuste haar op haar wang.

'Je hebt ons laten wachten, Sean. Zo heb ik je niet opgevoed.'

'Sorry. Ik was in een ander deel van het huis en tja, het is groot.'

Ze tuitte haar lippen. Hij had Gran nooit iets op de mouw kunnen spelden. 'Dit zijn de vriendinnen van Merriweather. Dafna Fine en Hetta Rothenberger. Olivia heeft hen uitgenodigd.'

'Ja, ik weet het. Ze komt er zo aan. Ze, eh, had gisteravond een latertje.'

Hij voelde het rood over zijn huid trekken. Dit was belachelijk. Hij was een volwassen man, in godsnaam, en als hij de hele nacht de liefde wilde bedrijven met een prachtige vrouw, hoefde hij zich nergens schuldig over te voelen.

Nou ja, oké, misschien had hij bij deze specifieke prachtige vrouw *veel* om zich schuldig over te voelen, maar de liefde met haar bedrijven was niet de reden en het ging Gran sowieso niets aan.

'Hoi!'

Over de duivel gesproken: Livvy kwam de trap af huppelen met haar haar in een slordige paardenstaart, haar huid nog vochtig van het douchen, en voor het eerst sinds hij haar kende, droeg ze geen hemdje. Tenminste, geen hemdje dat hij kon zien. Maar haar shirt was zo'n wijd, lichtgewicht ding met Indiase print, dus ze zou er waarschijnlijk wel eentje onder aan hebben.

Ja, hij moest niet nadenken over wat er onder Livvy's kleren zat terwijl zijn grootmoeder tegenover hem stond.

Zo. Eén gedachte aan Gran en de boel ging weer in winterslaap. Dat beloofde een interessante dag te worden met Livvy naast zich en Gran tegenover zich.

'Ik ben Livvy. Dafna, wat fijn u weer te zien.' Livvy schudde Dafna's hand en reikte toen naar die van Hetta. 'En u moet Hetta zijn, want deze charmante vrouw is overduidelijk de grootmoeder van Sean.' Ze schudde Grans hand met beide handen. 'Hij lijkt sprekend op u.'

Vond ze dat hij op zijn grootmoeder leek? Nou, lekker dan. Nu zou de boel wel eens permanent verschrompeld kunnen blijven.

'Onze Merri heeft over u verteld,' zei Hetta, terwijl ze de hal binnen schuifelde. Haar trage, pijnlijke gang zorgde ervoor dat hij zich zelfs schuldig voelde over die vijf minuten dat hij hen had laten wachten.

'Zullen we naar de, eh...' Hij wilde de salon voorstellen, maar hij wilde niet dat de vriendinnen van Merriweather de ravage van de dieren zagen. 'De studeerkamer gaan? Dan kunnen jullie allemaal gaan zitten en breng ik wat hapjes.'

'Hapjes? Sean, het is bijna elf uur. We willen onze lunch niet verpesten.'

Elf uur? Waar was de ochtend gebleven?

Livvy's gezicht liep rood aan toen hij haar aankeek. Oh, ja. Een nacht vol geweldige seks inhalen, daar was de ochtend gebleven.

'Dan zal ik kijken wat ik voor de lunch kan regelen.'

'Wacht even.' Livvy stak haar hand op. 'Ik doe het wel. En laten we allemaal naar de keuken gaan. Ik weet zeker dat jullie een rondleiding willen, en dat is de beste plek om te beginnen.'

'Dat is waar,' zei Gran, terwijl ze Hetta voorhielp. 'De keuken *is* het hart van een huis.'

Sean liep achter hen aan, bezorgd dat Hetta het niet zou redden. Ze verraste hem toen ze dat niet alleen deed, maar ook op een van de barkrukken klom. Wonderlijk wat een vastberaden vrouw kon bereiken.

'Hoe vindt u de keuken?' vroeg Hetta, terwijl ze haar rok recht trok. 'Merriweather heeft de ontwerper laten uitzoeken wat de beste apparatuur was om te bakken toen ze hem liet renoveren. Daarom zijn er verschillende merken. Ze wilde er zeker van zijn dat u iets had wat u fijn zou vinden als u hier uw intrek zou nemen.'

'Oh, maar—'

Sean kneep in haar hand. Geen reden om de illusies van deze vrouwen te verpesten. Nou ja, van twee van hen. Gran had ze niet. Hoewel het vasthouden van Livvy's hand haar misschien andere kon geven. Ze zat hen alle vier al tijden achter de broek om te settelen en haar achterkleinkinderen te schenken.

De gedachte veroorzaakte een langzame gloed midden in zijn borst. Hij zou dat dolgraag voor Gran doen, maar hij had de juiste persoon nog niet gevonden. En met Livvy's moratorium op kinderen had hij die nog steeds niet gevonden, hoe aangetrokken hij ook tot haar was.

Livvy voelde zich een beetje schuldig toen ze zag dat Seans grootmoeder haar ogen op hun verstrengelde handen richtte, maar ze was er blij mee na Hetta's kleine bommetje. Haar grootmoeder had de keuken laten aanpassen met háár in gedachten?

Livvy keek uit het raam in de verwachting een razende sneeuwstorm te zien omdat de hel was bevroren, maar nee. Een zonnige, wolkenloze lucht; het stralende blauw zag eruit als op een ansichtkaart.

'Dat klopt.' Dafna gleed op de barkruk naast Hetta. 'Ze stond erop dat u zowel een heteluchtoven *als* een traditionele oven kreeg. *En* ze heeft de verpleegster van uw school gebeld om uw lengte te vragen, zodat ze het bakblad op precies de juiste hoogte kon laten maken.'

Livvy zou Sean absoluut *niet* aankijken. Ze wist zeker dat Merriweather *dat* niet in gedachten had gehad toen ze de maten opnam.

Maar waar was ze mee bezig geweest met die maten? En die toestand met het fornuis? Dacht Merriweather dat ze in staat was dit huis te erven of niet?

En waarom was het antwoord zo belangrijk?

'En de kookplaat. Weet je nog, Dafna?' Hetta tikte op Dafna's arm. 'Ze had het erover om speciaal voor u een fornuis met tien pitten te laten ontwerpen, met een bakplaat en een grill en nog wat andere snufjes, maar de binnenhuisarchitect overtuigde haar ervan dat zes pitten met een warmhoudlade handelbaarder was. Wat vindt u, Olivia? Had de binnenhuisarchitect gelijk? Zou dat teveel van het goede zijn geweest?'

Deze hele onthulling was teveel van het goede. Ze had geen idee gehad dat Merriweather zoveel moeite had gedaan. En ze had geen idee waarom. Maar het veranderde niets. Ze kon hier niet blijven. Ze was maar één vrouw en dit was een landhuis. Een eerbetoon aan idealen waar ze het niet mee eens was. Ze was niet om te kopen met een set hoogwaardige keukenapparatuur.

Ze gebruikte die hoogwaardige apparatuur echter wel om de lunch te maken – en genoot er veel te veel van. Hetta en Dafna gaven een lopend commentaar met de verschillende verhalen over de renovatie die 'Merri' met hen had gedeeld, evenals flarden uit het leven van haar grootmoeder. Dingen die ze nooit te weten zou zijn gekomen als ze hen niet had uitgenodigd.

Zo was er de brandweerwagen met uitschuifbare ladder die Merriweather aan de lokale kazerne had geschonken. Waarschijnlijk om te garanderen dat ze de hoogste toren van het landgoed Martinson konden redden, maar toch, ze *had* hem geschonken. En dan was er het circus dat ze had geregeld voor een inzamelingsactie van de lokale kerk. Livvy zou gedacht hebben dat haar grootmoeder gewoon een cheque zou hebben uitgeschreven, maar in plaats daarvan had ze iets gedaan waar iedereen van kon genieten. Livvy was verrast om te horen dat haar grootmoeder de eer om het evenement te openen had afgeslagen, met de mededeling dat het om de gemeenschap ging, niet om de familie.

'En dan was er nog dat oudere echtpaar dat hun huis was kwijtgeraakt,' zei Hetta. 'Weet je nog, Dafna? Het was zo ongebruikelijk voor Merri om zoiets persoonlijks te doen. Hoe heette dat stel ook alweer? Ik kan het me niet herinneren.'

Dafna kreeg een vreemde uitdrukking op haar gezicht. 'Dat is nu niet belangrijk, Hetta.'

'Jawel hoor. Ik weet zeker dat Olivia graag wil weten wie haar grootmoeder heeft geholpen.' Hetta legde een hand op haar keel. 'Mijn geheugen is helaas niet meer wat het geweest is.' Ze pookte Dafna in haar arm. 'Vooruit, Dafna. Als jij het weet, vertel het het kind dan.'

Dafna friemelde aan een knoopje op haar blouse. 'Het waren de Carolla's.' Ze keek Livvy aan. 'Merriweather heeft het huis van uw grootouders herbouwd. Ze bewaarde het voor u.'

Livvy wist niet wat ze moest zeggen. Ze wist niet wat ze moest *denken*. Merriweather had *dat* gedaan? Voor *háár*? Waarom? Haar grootouders van moederskant hadden zowel haar als haar moeder verstoten. Livvy zou eerder hebben verwacht dat Merriweather degene was die het huis als eerste in brand zou steken als vergelding voor het feit dat ze haar moeder op straat hadden gezet met een onwettige Martinson. Erg genoeg dat ze onwettig was, maar ook nog dakloos? Het was een wonder dat Merriweather had gewacht tot Livvy vijf was om de adoptie erdoor te drukken.

Maar om het huis voor haar te herbouwen... Het sloeg nergens op.

'Ik weet niet wat ik moet zeggen.'

'Nou, zie je wel? Het *is* belangrijk.' Hetta glimlachte en kneep in haar arm. 'Uw grootmoeder gaf wel degelijk veel om u, ook al liet ze het niet merken.'

'Niet merken? Ze heeft nooit eens contact met me opgenomen.'

'Zij had daar vast haar redenen voor.'

'Er is geen enkele goede reden om geen contact op te nemen met je klein-dochter.' Mevrouw Manley sloeg haar armen over elkaar. 'Ik zou me geen dag kunnen voorstellen zonder mijn kleinkinderen te spreken, laat staan weken.'

'Jaren.' Livvy kromp ineen. Het was niet haar bedoeling geweest haar bitterheid zo te laten doorsijpelen.

'Jaren?' vroegen Hetta en Dafna met grote ogen.

Livvy kneep haar ogen een beetje samen. 'Eh... ja. Het was jaren. Maar dat is niet meer belangrijk. Zoals u al zei, deed ze wat ze kon.' Dat Livvy op zoveel meer had gehoopt, hoefde niet besproken te worden.

Sterker nog, ze was er wel zo'n beetje klaar mee om dit alles te bespreken. Ze had genoeg van dit uitstapje door het verleden, dus ze sprong op om de tafel af te ruimen.

Seans grootmoeder hielp mee. 'De lunch was heerlijk, maar ik had ook niets anders verwacht. Ik ben dol op dat peperbrood dat u maakt. Ik heb de jongens het laten proeven toen ze donderdagavond kwamen eten. Sean heeft er echt van genoten, nietwaar jongen?'

Livvy keek hem aan. Donderdagavond? Dat moest de avond zijn geweest waarop hij *plannen* had. Plannen waar zijn grootmoeder deel van uitmaakte. Was er dan werkelijk niets aan deze man wat niet leuk was?

'U zou haar scones eens moeten proeven,' antwoordde Sean, maar de blik die hij haar toewierp verraadde dat hij het niet over scones had.

Ze voelde het rood weer over haar wangen trekken.

Zag dat hij het ook merkte.

Herinnerde zich wat hij erover had gezegd, en ze kreeg het op een heel andere manier warm.

'Als uw aanbod nog steeds staat, Olivia, dan zouden Hetta en ik heel graag een aandenken willen hebben om Merri te herinneren,' zei Dafna toen ze Livvy haar lunchbord overhandigde.

'Natuurlijk.'

'Nee,' zei Sean tegelijkertijd.

Ze keken hem allemaal aan.

'Nee?' Zijn grootmoeder trok een wenkbrauw op. Geen verrassing dat het er maar één was. 'Ik geloof dat Livvy het recht heeft om te bepalen wat er met de inboedel van dit huis gebeurt.'

Even verbazingwekkend als de reactie van Sean was die van zijn grootmoeder. Livvy waardeerde de steun, maar had die niet nodig. Ze *ging* hun iets geven en Sean kon niets doen om haar tegen te houden.

'Eh, u heeft gelijk, Gran.' Hij glimlachte naar de dames, maar het bereikte zijn ogen niet. 'Sorry. Het is alleen zo dat, tja, het landgoed in zijn huidige staat bewaard moet blijven.' Hij keek haar aan en er stond wel degelijk iets in zijn ogen, maar het was geen glimlach. 'Elk stukje ervan heeft een verhaal te vertellen. Een aanwijzing naar het verleden. U weet hoe nauwgezet mevrouw Martinson was met dit huis. Ik betwijfel of ze zou willen dat het ontmanteld werd.'

'Ze hebben het niet over ontmantelen, jongen.' Zijn grootmoeder klopte op zijn arm. 'Ze willen alleen een aandenken aan haar. Olivia heeft het zelf aangeboden.'

Livvy zou dolgraag een foto van dit moment willen maken. Deze grote, lange, knappe vent die eruitzag alsof hij elke kamer kon binnenstappen en domineren – inclusief een kamer waar zijn broer de filmster in was – hield zich koest onder de felle blik van een klein oud dametje met grijs haar. Het was bijna komisch.

Bijna, omdat Livvy tussen de regels van zijn korte relaas door las. Hij was bang dat ze een aanwijzing zou weggeven, en hoewel het lief van hem was dat hij haar wilde beschermen, veranderde het haar besluit niet.

'Ik heb het aangeboden, en ik meende het. Had u iets specifieks in gedachten?' vroeg ze hen.

Ze keken elkaar aan en glimlachten toen. 'Er waren een paar prachtige Lladró-beeldjes van onze verjaardagsreis naar Spanje,' zei Dafna.

'Ik vind dat een prachtig idee. Ik zie niet in hoe een beeldje dat jullie onlangs hebben gekocht een aanwijzing over het verleden kan zijn.'

Sean probeerde met zijn ogen tot haar door te dringen terwijl ze hen de keuken uit leidde. Of liever gezegd, hij probeerde met zijn ogen tegen haar te schreeuwen, maar Livvy glimlachte alleen maar alsof ze geen flauw idee had wat hij probeerde te zeggen. Tegen haar gasten *nee* zeggen... Alsof hij daar het recht toe had.

Ah, maar wat als hij dat wel had? Wat als jullie hier met z'n tweeën waren en je het permanent maakte? Jij, hij, het huis, alles erop en eraan. Is dat niet wat je altijd al hebt gewild, Livs?

Ze leidde de dames naar de salon, en baalde ervan dat haar geweten klonk als Sher, want ze *had* Sher verteld dat dit was wat ze wilde. De ultieme droom: een normale relatie, een leven samen, misschien zelfs kinderen.

Haar buik tintelde bij de gedachte aan baby's met Sean. *Had* ze die man gevonden? Degene die haar kon laten geloven in 'en ze leefden nog lang en gelukkig'?

Ze keek over haar schouder achterom. Hij zag er in elk geval uit als een droomprins. Groot, donker en knap, grappig, lief, attent, dol op oude dametjes en dieren, met een geweldige persoonlijkheid. Om nog maar te zwijgen over het feit dat hij een ongelooflijke minnaar was.

'Het moet een hele klus zijn om dit huis schoon te houden,' zei Hetta. 'U bent een behoorlijk ondernemende jonge man, Sean, als ik uw grootmoeder zo hoor praten. In onze tijd zou geen enkele man dood gevonden willen worden met een plumeau.'

'Ik gebruik geen plumeau.'

En schoonmaken deed hij ook nog.

Ja, Sean Manley in haar leven hebben zou het weleens perfect kunnen maken.

Maar toen opende Sean de openslaande deuren.

Hoofdstuk 29

'Krijg nou de—!' Sean staarde de kamer in. Niet weer.

'*Klootzak!*' Orwell zat boven op de *openstaande* deur naar het terras.

'O, nee,' zei Gran.

'Hemeltje,' zei Dafna.

'Lieve *help*,' zei Hetta.

'Eigenlijk is het een geit.' Sean wilde wel kreunen. Waarom was Dodger in de salon? En hoe wist hij überhaupt dat het Dodger *was*? En hoe had Orwell die verdomde deur opengekregen? Die vogel keek wel erg tevreden met zichzelf.

'Wat hebben ze nu weer gedaan?' Livvy glipte langs hem heen, en voor één keer was hij zich meer bewust van iets anders dan haar zachte borsten die langs zijn rug streken en de geur van lavendel die hem voor altijd aan haar zou doen denken—

Oké, misschien was hij zich niet *méér* bewust van de nachtmerrie in de salon, maar hij kon het absoluut niet negeren.

Dodger sprong met een gekletter van hoeven op het dressoir. Godzijdank was het bovenblad van marmer zodat hij het niet zou beschadigen, maar de kristallen pronkstukken die erop stonden...

'Livvy, vang je geit!'

Livvy snoof terwijl ze langs hem rende. 'Je weet wat die uitdrukking betekent, hè?'

'Het kan me niet schelen wat het betekent. Je moet die verdomde geit vangen voordat hij iets breekt.' Hij keek naar zijn grootmoeder. 'Sorry voor mijn taalgebruik, Gran.'

Gran wuifde zijn opmerking weg. 'Ik waardeer het excuus, Sean, maar red het kristal.'

Sean glimlachte naar haar voordat hij fronsend naar Dodger keek. En nu ook Digger. Randy ook, en die andere. Hoe heette die ook alweer? Hoe had Orwell ze in godsnaam uit de schuur en hier naar binnen gekregen? En waarom?

Livvy probeerde ze te vangen, maar de dieren gebruikten het meubilair als hun persoonlijke bergketen en—verdomme. Een van hen sprong op de schoorsteenmantel—de mantel waarop Merriweathers collectie kristallen bollen stond. Erg toepasselijk voor een vrouw die de toekomst wilde beheersen om instrumenten te verzamelen om die te kunnen zien, maar hij had er geen nodig om te weten welk gat ze in de marmeren haard eronder zouden slaan als er eentje vanaf rolde.

Sean sprong over een hocker en zette de stoel recht die hij bijna omver had gelopen. Hij zou een glijdende redding op de haard hebben gemaakt als de bol die de geit van zijn voetstuk had gestoten niet ergens achter was blijven haken, waardoor hij net voor de rand stopte met rollen.

Toen gaf Digger er een zetje tegen met zijn hoef.

'Neeéééé!' Sean duikte, zich schrap zettend voor de klap op het harde, onverbiddelijke marmer.

In plaats daarvan landde hij op iets zachts. Iets verends.

Iets vrouwelijks.

'*Oef*!'

Die, godzijdank, nog steeds kon praten.

'Zou je *alsjeblieft* van me af willen gaan?'

'Gaat het?' Hij rolde van haar af en streek de krullen uit haar gezicht. 'Livvy? Heb ik je pijn gedaan?'

'Nee, maar—o mijn God—*ga opzij*!'

Sean keek op terwijl hij wegrolde en zag de kristallen bol recht op hem afstormen. Hij stak een hand uit en ving hem op het laatste moment op; de klap prikte in zijn handpalm.

'Goed gevangen.' Gran wuifde naar hem.

Hij glimlachte naar haar, met een naar gevoel in zijn buik. Als hij niet opzij was gerold, als hij niet boven op Livvy was geland, dan had *zij* een flinke klap tegen haar hoofd gekregen.

Verdomde geit.

Hij ging zitten en wreef met een hand door zijn haar. 'Alles goed?'

Livvy ging rechtop zitten en schikte haar bloes—ja hoor, daar was het hemdje weer. 'Morgen heb ik een mooie blauwe plek op mijn knie, maar verder gaat het wel.'

Sean sprong overeind en stak een hand uit, weigerend te denken aan hoe *lekker* ze was. Gran was erbij. Dat zou genoeg moeten zijn om zijn hormonen in de vrieskast te zetten.

Toen keek Livvy hem onder haar wimpers vandaan aan en Sean moest hard vechten om te onthouden dat er *iemand* anders dan zij tweeën in deze kamer was.

'Bedankt.'

'Graag gedaan.' Hij hield haar hand iets langer vast dan nodig was, want ja, het was hem inderdaad een genoegen.

En toen blaat een geit, wat het moment ruïneerde.

'Hoe zijn ze hier binnengekomen?'

Ze wees naar die verdomde vogel. 'Ik zei je toch dat Orwell weet hoe hij de deurklinken moet openen. Hij moet uit zijn kooi zijn gekomen. Hij is graag bij mensen in de buurt. Ik had hem niet zo lang alleen in mijn kamer moeten laten.'

Digger liep naast Livvy op de schoorsteenmantel en boog zich voorover om aan haar haar te knabbelen.

Verdomde geit.

Sean tilde hem op, de blaat van protest negerend. En de kopstoten. 'Dat is er één. Laten we de rest bij elkaar drijven en ze terug naar de schuur brengen.'

'Of, nog beter.' Livvy stak haar hoofd om de deur en floot. 'Davy? Kom maar, jongen!'

'Wat doe je?' Ze konden niet nog meer chaos in de kamer gebruiken.

'Vertrouw me maar. Wacht maar tot je ziet wat Davy kan. Zet Digger neer.'

Sean was sceptisch, maar dat veranderde toen de poedel de kamer binnenstormde en iedereen begon op te drijven alsof hij een bordercollie was en zij zijn schapen, euh, geiten.

Digger en Randy en Bo kwamen braaf genoeg mee, maar met Dodger was het een ander verhaal. Die moest er niets van hebben en sprong van meubelstuk naar meubelstuk om de happende kleine poedel te ontwijken.

Dus ging Davy achter hem aan, sprong op de bank en daarna op de rugleuning.

Waar hij vanaf gleed.

Sean merkte dat hij opnieuw een duikvlucht maakte om iets op te vangen, maar deze keer was hij niet op tijd.

De arme Davy betaalde de prijs.

Die poot zag er niet goed uit.

'Wat als hij doodgaat?' vroeg Livvy voor de vierde keer sinds ze uren later bij de dierenarts waren vertrokken.

Sean parkeerde zijn truck op het kleine terrein aan de achterkant van het landgoed, bij de keuken. 'Hij gaat niet dood. Dr. Carston weet wat ze doet. Ze zei dat het een simpele breuk was. Davy is in een mum van tijd weer de oude.'

'Maar wat als hij niet wakker wordt uit de narcose?'

Hij zette het contact uit en keek haar aan. 'Livvy, maak jezelf niet gek. Dit is een routine-ingreep.'

'Nee, dat is het niet.' Ze schoof haar haar achter haar oren. 'Het is niet routineus dat een hond zijn poot breekt terwijl hij achter een geit aan zit in de salon van een landhuis. Zie je dan niet hoe *on*natuurlijk dit allemaal is? Hoe heb ik zelfs maar een moment kunnen denken dat ik hier kon blijven? Ze zijn deze plek niet gewend en met alle onrust in hun leven... ik heb ze – en mezelf – stabiliteit beloofd. En toch sta ik hier te springen naar de grillen van Merriweather en zet ik de veiligheid en zekerheid op het spel die ik ze beloofd heb toen ik ze adopteerde.'

Sean pakte haar handen vast die gebald in haar schoot lagen. 'Livvy, het zijn dieren. Ze passen zich wel aan. Blijf jezelf hier niet over kwellen. Met Davy komt het goed.'

Ze trok haar handen weg en haalde ze door haar krullen. 'Het zijn *niet* zomaar dieren, Sean. Het zijn *mijn* dieren. Ik ben verantwoordelijk voor ze en ik neem mijn verantwoordelijkheden niet licht op.'

Ze zei het niet hardop, maar hij hoorde het *in tegenstelling tot mijn ouders* en plotseling begreep hij het. Dit ging veel verder dan een gebroken poot. Dit zei alles over wie ze was, wat haar gevormd had, wat haar hoop en dromen waren. Livvy had stabiliteit nodig. Ze had iemand nodig die er voor haar was, die haar de zekerheid gaf die ze nodig had. Ze had iemand nodig die op haar lette, om haar gaf, die er voor de lange termijn zou zijn. Hij had er geen recht op een affaire te beginnen die hij niet kon afmaken. En wat betreft het stelen van haar erfenis...

Nu was het zijn beurt om met zijn handen door zijn haar te gaan. Een situatie waarin niemand kon winnen.

Hij pakte zijn mobieltje en belde de dierenartsenpraktijk. 'Hallo. Ik was er net met Livvy Carolla en de poedel met de gebroken poot. Zou u Dr. Carston Livvy even willen laten bellen zodra Davy wakker is?' Hij bedankte de receptioniste en hing op. 'Oké? Meer kunnen we vannacht niet doen. Laten we naar binnen gaan, dan maak ik iets te eten voor je. Je ziet er behoorlijk uitgeput uit.'

'Bedankt, maar ik ga nog even naar de schuur. Ik moet zeker weten dat alles goed met ze is.'

Hij ging niet met haar in discussie. Ze ging niet kijken of het goed ging met de dieren; ze ging kijken of *zij* zelf wel in orde was.

'Wil je dat ik met je meega?'

Even flitste er iets in haar ogen, maar toen schudde ze haar hoofd. 'Nee. Ik moet even alleen met ze zijn.'

Hij streek haar haar van haar schouder. 'Oké. Maar als je me nodig hebt, bel je maar.'

Ze beloofde dat ze dat zou doen en liep naar de schuur, waarbij ze struikelde over de baksteen in het pad die hij nog niet had gerepareerd. Sean stak zijn hand uit om haar op te vangen net voordat ze haar weg vervolgde—een metafoor, vreesde hij, voor hun hele relatie.

Dat was het dan. Er moesten dingen veranderen. En dat betekende dat hij een paar telefoontjes moest plegen.

 Hoofdstuk 30

Livvy is gisteravond niet naar bed gekomen.

Het was Seans eerste gedachte toen hij alleen wakker werd, en het voelde niet goed.

Hij sloeg de douche over en trok een korte broek en een T-shirt aan voordat hij naar beneden ging en naar de schuur liep.

Zover kwam hij echter niet.

Ze lag te slapen in de salon, omringd door haar menagerie. Nou ja, de honden en Reggie lagen er, en ze zagen er niet bepaald comfortabel uit, zo dicht tegen haar aan geperst.

Livvy daarentegen zag er verdomd sexy uit. Haar haar viel over haar schouders alsof hij de hele nacht met zijn vingers erdoorheen had gezeten. Er lag een krul over haar lippen die bij elke uitademing even opwaaide. Haar lippen waren getuit en haar lange wimpers rustten op haar wangen, alsof ze naar elk afzonderlijk schattig sproetje wezen. Eén been lag over Ringo heen — geluksvogel — en ze had een arm over Petra geslagen, terwijl haar vingers de rug van Reggie raakten. Het varken sliep op de grond en zijn belletjes rinkelden zachtjes bij elke ademteug.

'Krijg nou wat.'

En Orwell zat op de leuning van de bank, met zijn kop onder zijn vleugel gestoken, terwijl hij wat mompelde in zijn slaap.

Livvy bewoog en opende haar prachtige ogen. Het duurde een paar seconden voordat ze echt wakker was, maar toen ze dat eenmaal was... wauw. Die glimlach. Hij zou de rest van zijn leven wel met die glimlach wakker willen worden.

'Goedemorgen.' Haar stem klonk hees van de slaap en het kostte Sean een paar momenten om te kunnen antwoorden, omdat hij nog steeds bleef hangen bij die gedachte over de *rest van zijn leven*.

'Hoi.'

'Ik ben, eh, hier in slaap gevallen.'

'Dat zie ik.'

'Ik was pas laat terug.'

'Dat weet ik.' Want hij had op haar gewacht.

'Het was... vredig in de schuur.'

Hij liep naar de bank en gaf Ringo een zacht duwtje zodat hij kon gaan zitten. 'Je hoeft je niet tegenover mij te verantwoorden, Livvy. Het is jouw huis.'

Ze ontwarde zichzelf uit de kluwen honden, waarbij haar blote been de zijne raakte, en elke cel in zijn lichaam was op slag alert. Helemaal toen ze haar weelderige bos haar met een sexy gebaar over haar hoofd naar achteren gooide.

'Wat zou je ervan vinden als ik hier bleef?'

Dat leidde zijn aandacht eindelijk van haar af. 'Hier blijven? In dit huis? Bedoel je, niet verkopen?'

Ze knikte. 'Ik weet dat het heel groot is en veel onderhoud nodig heeft, maar ik heb nagedacht over wat die dames gisteren zeiden. Hoeveel moeite Merriweather heeft gedaan met de keuken en wat ze probeert te bereiken met deze speurtocht, en, tja, ik vraag me af of ik niet te snel wil cashen. Het zou best fijn kunnen zijn om hier te wonen. Ik hoef me geen zorgen te maken over een lekkend dak en de schuur... die is perfect voor iedereen. En het meer... de ganzen zouden het geweldig vinden. Ik zou een schuilplaats voor ze kunnen bouwen op het eiland en dan hebben ze de hele plek voor zichzelf. Het is minstens drie keer zo groot als de vijver thuis die ze met alle andere vogels moeten delen. Ik zou een ren voor Rhett en Scarlett kunnen maken, en de honden zijn nu al dol op de tuin.'

'En deze kamer. Vergeet niet hoe dol ze allemaal op deze kamer zijn.'

'Dat is waar.' Ze lachte en haar glimlach kwam bij hem binnen als een mokerslag.

Dat gold ook voor het idee dat ze daadwerkelijk in het huis zou blijven. Dat had hij niet verwacht. Ze was zo stellig geweest over vertrekken dat hij er geen seconde bij had stilgestaan dat ze zou willen blijven.

Zoveel dus voor alle telefoontjes die hij gisteravond had gepleegd om zijn laatste B&B te verkopen. Een paar mensen hadden interesse getoond en schrokken niet van zijn vraagprijs. Als hij dat bedrag kreeg, zou hij deze deal daadwerkelijk rond kunnen krijgen als Livvy zou erven en wilde verkopen. Hij had goede hoop gehad. Maar nu... Als hij zijn zaak verkocht en zij besloot de hare te houden, was hij weer terug bij af, met helemaal niets. 'Dus je denkt er echt over om te blijven?'

'Ik zit nog in de fase van het afwegen van de voor- en nadelen. Ik sluit nog niets uit. Ik zal iedereen van de coöperatie missen, maar eigenlijk is er geen reden meer voor mij om daar te wonen als er een wachtlijst is van mensen die erin willen. Het is wel zo eerlijk, aangezien ik straks zoveel heb. Hé, misschien kan ik van *deze* plek wel een coöperatie maken. We hebben er zeker genoeg grond voor.'

Nu kreeg Seans maag weer een klap te verwerken, maar dit keer niet door haar glimlach. Deze plek was een fortuin waard en zij wilde er een coöperatie van maken? De waarde van het onroerend goed zou een vrije val maken, en wat betreft de omliggende percelen die hij had gekocht en die hij zou moeten verkopen om zijn broers terug te betalen... Een coöperatie zou de waarde ervan halveren.

'Misschien moet je eerst even bij de commissie voor ruimtelijke ordening informeren voordat je die weg inslaat, Livvy.' Dat zou zijn volgende telefoontje worden. 'Dus, ik neem aan dat dokter Carston heeft gebeld?'

'Jep. Met Davy gaat het goed. We kunnen hem vandaag ophalen. Bedankt dat je ons gisteren hebt gebracht. Ik weet dat je waarschijnlijk meer tijd met je grootmoeder had willen doorbrengen.'

'Geen probleem. En oma begreep het wel.' Oma had het maar al te goed begrepen; hij had het niet erg gevonden om weg te gaan.

'Ik moet haar en de andere dames bellen om mijn verontschuldigingen aan te bieden voor het weglopen. Ze hebben nooit gekregen waarvoor ze kwamen.'

Oma zeker. Ze had haar zegje gedaan *en* ze had hem Livvy's hand zien vasthouden. Toen hij haar gisteravond belde nadat ze terug waren gekomen van de dierenarts, had ze maar één ding gezegd: 'Ik keur haar goed, Sean, maar ik keur niet goed wat je van plan bent. Ik weet dat je het juiste zult doen.'

Alsof hij nog niet genoeg schuldgevoel had over deze situatie.

'Als je blijft, heb je alle tijd van de wereld om ze weer op bezoek te laten komen. Maar om dat te kunnen doen, moeten we de volgende aanwijzing vinden. Enig idee waar we moeten beginnen?'

Ze streek haar haar achter haar oren. 'Mijn grootmoeder zei dat het te maken had met mijn grootvader Henry. Iets over zijn stokpaardje. Enig idee wat dat betekent?'

Dat wist hij wel, maar als huishoudelijk medewerker hoorde hij niets te weten van het pretpark dat haar grootvader had gebouwd. Als belanghebbende bij het testament van Merriweather wist hij het echter wel.

'Ik weet zeker dat het niet zo moeilijk is om daarachter te komen met een paar zoekopdrachten op internet.'

'Dat betekent dat ik weer naar de bibliotheek moet. Ga je mee?'

'Eigenlijk...' Hij haalde zijn telefoon tevoorschijn. 'Smartphone. Ik heb hem opgepikt toen je naar de markt ging. Zoek maar raak.'

Het kostte haar minder dan vijf minuten om te ontdekken wat hij al wist.

'Je raadt nooit wat het is.' Ze overhandigde hem de telefoon.

'Oké.' Hij liet haar hand niet los.

Ze rolde met haar ogen maar glimlachte toch. 'Ga je het niet eens proberen?'

'Je zei dat ik het nooit zou raden, dus waarom zou ik de moeite nemen?'

'Serieus, Sean, je bent saai.'

Hij trok een wenkbrauw op.

'Oké, je bent wel leuk, maar je zou me tenminste een plezier kunnen doen.'

'Vooruit dan. Laat me eens zien. Heeft hij een weg aangelegd?'

'Nee.'

'Een kantoorpand?'

'Nee.'

'Een winkelcentrum?'

'Nog niet in de buurt.'

'Tjonge, wat een leuk spelletje.'

Livvy rolde weer met haar ogen. 'Oké, meneer de Slechte Verliezer. Het is een pretpark.'

'Ik ben *geen* slechte verliezer, en je hebt gelijk. Ik had nooit een pretpark geraden. Je bent van plan om erheen te gaan, nietwaar?'

'Tenzij je andere plannen hebt voor vandaag.'

'Er is alleen één probleem.'

'O ja?'

Hij trok haar dichterbij. 'Ja. Zie je, ik heb zoiets als een baan. Waarvoor ik betaald krijg. En mijn baas is nogal een pietje-precies als het gaat om het tevreden houden van de klanten.'

Ze legde haar handpalmen plat tegen zijn borst en plotseling vond Sean niets meer grappig aan hun situatie. Opgewonden, geil, sexy, ja. Grappig... totaal niet. Hij verlangde naar haar met een intensiteit die bijna beangstigend was.

'Nou, *deze* klant zou veel gelukkiger zijn als je haar vergezelt naar een pretpark in plaats van de trap te stofzuigen, dus tenzij je een vreemde afkeer van pretparken hebt, neem ik aan dat dat betekent dat je met me meegaat.' Ze duwde tegen zijn borst en hij liet haar met tegenzin — met heel veel tegenzin — los. 'Geef me een kwartier om me klaar te maken, en dan kunnen we gaan.'

'Klinkt goed, maar laten we eerst wat gaan eten.'

'Goed idee. Laten we naar die diner gaan op weg naar de snelweg. Ik trakteer.'

'Klinkt als een plan, maar *ik* trakteer. Ik heb nog nooit in mijn leven een vrouw voor een maaltijd laten betalen en ik ben niet van plan daar nu mee te beginnen.'

Ze haalde haar schouders op en de manier waarop haar borsten bewogen was al betaling genoeg, als ze dan toch zo nodig een punt wilde maken.

'Oké, mij best. Maar dat je het weet: ik heb zin in een heel stevig ontbijt.'

Ze had niet overdreven.

Livvy was de eerste vrouw die hij ooit mee naar een restaurant had genomen die ook daadwerkelijk haar eten *opjad*. Alle anderen namen maar kleine hapjes en schoven het een beetje rond over hun bord, maar Livvy niet. Ze had gelijk; ze was niet zoals andere vrouwen.

Niet dat hij haar nodig had gehad om hem daarop te wijzen.

Ze werkte haar derde gebakken ei naar binnen en spoelde dat en het vierde sneetje toast weg met haar tweede glas grapefruit-sap.

'Waar laat je het?' vroeg Sean, terwijl hij probeerde objectief naar haar te kijken. Ja, dat ging hem niet lukken.

'Te veel? Sorry, maar ik had honger.'

'Bied je excuses niet aan mij aan. Ik ben blij dat je een gezonde eetlust hebt. Zelfs al deed je een beetje raar over dat meergranenbrood.'

'Hé, ik moest weten of het biologisch was of niet. Ik verwacht niet dat een bakvis dat weet. De makkelijkste manier om erachter te komen is door op de verpakking te kijken.'

'Het verbaast me dat je niet hebt gevraagd of de boter met de hand gekarnd was.'

Ze maakte een prop van haar servet en gooide het naar hem. 'Nu zit je me gewoon uit te lachen.'

'Nee, ik geniet van je. Van al je kleine eigenaardigheden en trekjes.'

'Vind je dat niet erg?'

Hij greep haar hand. 'Hoe zou ik dat kunnen? Dat is juist wat jou jou maakt.'

Ze slikte en likte toen over haar lippen. Het was geen knabbeltje, maar het was even krachtig. 'Dank je dat je dat zegt. Dat was echt lief.'

'Dat ben jij ook, Livvy.' Hij verlaagde zijn stem en leunde naar voren. 'En ik zou je op dit moment dolgraag willen proeven.'

Ze kreeg de blos waar hij op had gemikt. Hij kreeg ook een razende erectie, maar goed, hij liep al te popelen sinds ze de trap af was gekomen in een korte broek en sandalen waardoor hij zijn handen over haar benen wilde laten glijden, en haar onvermijdelijke hemdje met de open blouse eroverheen die eerder een 'kijkje-doen' opwinding veroorzaakte dan dat ze haar rondingen verborg.

'Zulke dingen kun je niet zeggen,' fluisterde ze.

'Natuurlijk kan ik dat wel. Het is de waarheid.'

Indien mogelijk werd haar blos nog dieper. En het verspreidde zich naar haar nek en onder die blouse en dat hemdje en, jemig, hij zou dat pad dolgraag met zijn tong willen volgen.

'Ik denk dat we maar moeten gaan,' zei ze, terwijl ze haar hand uit de zijne trok en achterover ging zitten.

'Dat denk ik ook, maar helaas, als ik nu uit dit bankje opsta, breng ik jou, mezelf en iedereen hier in verlegenheid.'

Het kostte haar een paar seconden voordat het kwartje viel, maar toen dat gebeurde, bloosde ze weer over haar hele gezicht.

Sean kreunde. 'Livvy, hou alsjeblieft op met blozen.'

'Stop jij dan met dat soort dingen zeggen.'

'Mag ik ze nog wel denken?'

Ze rolde met haar ogen. 'Je bent onverbeterlijk.'

'Nee, ik lijd pijn. Heb medelijden met me en laten we over iets... oh, ik weet niet... *kouds* praten.'

'Iets als een gletsjer?'

'Dat is een goeie.'

'Of wat dacht je van een bevroren meer.'

'Nog beter.'

'Ijsbeer?'

'Dat werkt.'

'Ik naakt voor een knapperend haardvuur terwijl buiten de sneeuw langs het raam valt?'

'Niet eerlijk.'

Ze streek een haarlok weg die op zijn voorhoofd was gevallen.

'Alles is geoorloofd in de liefde en de oorlog, weet je nog?'

'Dat herinner ik me heel goed, dank je wel, maar dit is het ontbijt.' Hij herinnerde zich dat hij haar languit had gezien, naakt in de zon met het kabbelen van stromend water om hen heen, de blauwe lucht boven hun hoofd en in de wijde omtrek geen mens te bekennen, en ze hadden de liefde bedreven alsof ze de enige twee mensen op aarde waren, in hun eigen privé Eden. 'Je bloost weer.'

'Dat is *geen* blos.'

De blik die ze hem gaf zei hem alles wat hij moest weten. 'Blijf me zo aankijken, vrouw, en ik ben niet langer aansprakelijk voor de gevolgen.'

'Ik zou die gevolgen dolgraag met je willen verkennen, maar er wachten attracties op ons.'

Hij zou haar wel een ritje bezorgen...

Hij hoefde het niet eens te zeggen — ze begon alweer over haar hele gezicht te blozen.

Vandaag beloofde een heel leuke dag te worden.

'Laten we nog een keer gaan!' Livvy stuiterde alle kanten op, God sta hem bij. De trappen van de attractie af, over het asfalt, om hem heen drentelend als haar dansende poedel. Al was ze een stuk schattiger.

'Wil je dat *nog* een keer doen? Sta je niet op het punt om je drie eieren, vier sneetjes biologisch meergranenbrood en twee glazen grapefruit sap eruit te gooien?'

'Technisch gezien was het maar anderhalf glas.'

'O, juist. Een wereld van verschil. Dus als het twee volle glazen waren geweest, *dan* had je de boel ondergekotst?'

'Nee, gekkie. Ik ben dol op die attractie. Als de bodem onder je voeten wegvalt, is dat net als het gevoel dat je in je buik krijgt als je... Je weet wel.' Ze beet op haar onderlip en Sean had zo'n vermoeden dat hij precies wist wat ze wilde zeggen.

Hij trok haar tegen zich aan en sloot zijn handen achter de holte van haar rug. 'Je bedoelt hetzelfde gevoel als wanneer ik dit doe?'

Hij kuste haar. Daar midden in het park, waar iedereen bij stond, kuste hij haar alsof ze met z'n tweeën waren, net als bij het meer. Alsof hij niet kon wachten om haar mee naar huis te nemen.

Dat kon hij ook niet. 'Ik wil je, Livvy.' Hij moest het wel tegen haar huid aan fluisteren.

'Sean, we zijn in het openbaar.'

'Geloof me, dat weet ik.' Hij knabbelde met zijn tanden aan haar oorlel. 'Ik wilde er alleen zeker van zijn dat *jij* het ook wist.'

Ze maakte haar rug een beetje hol en drukte haar buik tegen zijn erectie. 'O, dat weet ik.'

Hij lachte kort terwijl hij uitademde en kuste het puntje van haar neus. 'Hoe lang denk je dat we zo kunnen blijven staan voordat iemand het merkt?'

'Waarschijnlijk een stuk langer dan wanneer je nu loslaat en je omdraait.'

'Goed punt.'

'Ik stel voor dat we nu de boomstammen doen. Dat water zal je vast afkoelen.'

'Totdat je er kletsnat uitkomt.'

'O, ja. Goed punt. Wat dacht je van het lachpaleis?'

'Klinkt als een plan.'

Het was een goed plan. Door die bewegende trappen tolde ze steeds weer tegen hem aan. En die touwklim... Gelukkig had zijn oma hem geleerd om een heer te zijn; hij liet haar voorgaan.

'Suikerspin?' vroeg ze, nadat ze zich een weg door het hamsterrad naar het platform aan het einde hadden gewerkt.

'Suikerspin? Jij?' Sean legde een hand op zijn borst en deed alsof hij wankelend achteruit tegen de afzetruimte viel. 'Zit dat niet vol met chemicaliën en kleurstoffen en nitraten en zo?'

'Suiker en lucht. Misschien wat kleurstof. Het valt best mee.'

'Wie had dat gedacht. Het spul waar moeders hun kinderen voor waarschuwen, wordt door jou goedgekeurd.'

Ze porde hem in zijn borst. 'Moeders waarschuwen meisjes ook voor mannen zoals jij, maar daar luister ik ook niet naar.'

Sean liet haar haar hand niet wegtrekken. Hij drukte hem tegen zich aan, maar al te bereid om elk excuus aan te grijpen om haar handen op zijn lichaam te voelen. Verdomme, hij had het zwaar te pakken. 'Hé, ik ben een goede kerel. Moeders houden van mij.'

'Dat geloof ik best.' Ze wiebelde met haar wenkbrauwen en trok haar hand los terwijl ze naar de volgende attractie liep.

Sean volgde haar en haalde haar snel in. Bryan was degene van wie elke vrouw hield. En dat vond Sean prima. Hij hoefde niet het middelpunt van de fantasie van elke vrouw te zijn. Alleen van die ene.

Die ene speciale.

Livvy.

'Sean? Gaat het?'

Livvy draaide zich om toen hij bleef staan. Verdomme, hij dacht even dat hij was gestopt met *ademen*.

'Sean?'

'Hè? O, ja. Het gaat wel.' Op een 'mijn-wereld-is-net-gekanteld'-manier.

'Mogen we in de zweefmolen? Ik ben dol op dat ronddraaien.'

Ze zou eens moeten weten hoe hij op dit moment rondtolde. Jezus, hij was verliefd aan het worden. En niet alleen omdat de seks geweldig was geweest. Hoewel dat zo was. Maar hij wilde haar glimlach in de ochtend en haar gekreun 's nachts. Haar kusjes, de hele dag door. Hij wilde haar lach en haar onzekerheden en haar grapjes en haar gezucht als ze sliep. Hij zou zelfs die honden erbij nemen als dat betekende dat hij Livvy kreeg. En haar blosjes. O, wat wilde hij haar blosjes.

'Of wil je in dat piratenschip?'

Hij keek naar waar ze wees. Een gigantisch schip dat heen en weer slingerde tot het bijna loodrecht op de grond stond. Nee, daar hoefde hij niet in; zijn ingewanden deden dat uit zichzelf al.

'Of wat dacht je van de Double Shot? Dat geeft echt een kick.'

Hij had geen extra kick meer nodig. Maar dat kon hij haar moeilijk vertellen. 'Tuurlijk. Klinkt leuk.'

Hij was *bezig verliefd te worden* op Livvy.

Livvy kon zich geen betere dag herinneren. Nou ja, misschien die ene bij het meer, maar deze kwam op een goede tweede plaats. Sean was zo leuk en deed zo goed mee; hij was de perfecte man om mee naar een pretpark te gaan. Natuurlijk sloeg hij de bel bij de Kop van Jut. Hij knalde alle zes de ballonnen kapot met zijn pijltjes, waarmee hij een pluchen nijlpaard 'voor haar menagerie' won, en hij vond het niet erg dat zijn hele gezicht onder de poedersuiker zat van de oliebollen.

Natuurlijk had dat er misschien mee te maken dat zij het eraf kuste, maar toch...

Ze gingen in elke attractie, sommige zelfs twee keer, kochten alle veel te dure foto's die onderweg van hen gemaakt waren, keken naar een jonglerende clown, een zwaardenslikker die zwaarden slikte (logisch), en de show met getrainde honden zette haar serieus aan het denken over haar eigen dieren. Die van haar waren slim; ze konden ook zulke kunstjes leren. Misschien kon ze voorstellingen geven in bejaardentehuizen of kinderziekenhuizen nu ze daar tijd voor zou hebben — *als* ze de rest van de aanwijzingen vond.

Ze gaf toe aan het eten van een hotdog — hij was best lekker, al ging ze dat niet aan hem toegeven — toen Sean met hun drankjes terugkwam bij de tafel.

'Hier. Ik heb ijsthee voor je gehaald. Ik dacht dat die suikerspin en die olie-bollen voor vandaag wel genoeg suiker waren, dus de frisdrank heb ik maar gelaten. Ik wilde het niet overdrijven.' Hij griste de hotdog uit haar hand. 'Inclusief dit ding. Al die nitraten, weet je wel.' Hij werkte hem in één hap naar binnen.

'Hé! Dat is mijn avondeten!'

Hij trok een wenkbrauw op. 'Echt? Vond je dat lekker? Ik dacht dat je het alleen maar at om mij te plezieren, omdat er hier nergens fatsoenlijk rundvlees te krijgen is.'

Ze sloeg haar armen over elkaar en zuchtte diep. 'Ik deed het om *mezelf* te plezieren. Mijn eetlust.'

Hij haalde wat meer geld tevoorschijn. 'O. In dat geval haal ik er nog een voor je.'

'Laat maar zitten. Ik heb het niet echt nodig. Bovendien heb ik dit.' Ze hield haar thee omhoog. Wat een ontzettend lief gebaar. 'Dank je.'

'Graag gedaan.' Hij nam een flinke slok van zijn frisdrank en veegde daarna zijn mond af met de rug van zijn hand. Ze verborg een glimlach. 'Wat is er zo grappig?'

'Niets.'

'Uh-huh. Geloof ik niets van. Jouw "niets" klinkt voor mij altijd als "iets", dus kom op met het verhaal. Ik wil weten waarom je me uitlacht.'

'Ik lach je niet uit; ik *glimlach* naar je.'

'Hetzelfde laken een pak. Vertel op.'

Ze schudde haar hoofd. 'Dat zou je toch niet begrijpen.'

'Probeer het eens.'

Ze trok haar wenkbrauwen op en verlaagde haar stem. 'Dat heb ik al gedaan.'

Ze vond het heerlijk om hem te plagen. Hield van de manier waarop zijn blauwe ogen donkerder werden. Hield van de manier waarop zijn schouders rechter werden als hij rechtop ging zitten. Hield van dat trekje in zijn kaak dat verraadde dat hij haar toespeling begreep en zich precies hetzelfde herinnerde als zij.

'Je gaat boeten voor die opmerking in het openbaar, Carolla.' Zijn blik liet haar precies weten waar hij het over had.

'Daar reken ik op.' Ze pakte een paar broodkruimels van haar servet. 'Nou, we moeten waarschijnlijk de volgende aanwijzing vinden voordat het donker wordt. Je hebt hier toevallig nergens een plakkaat of zoiets gezien dat de grote naam Martinson eert?'

Sean keek haar nog een paar seconden langer aan met *die blik*. 'Eigenlijk wel ja. Wat geef je me als ik vertel waar het is?'

'Wat wil je hebben?'

'Je weet het antwoord op die vraag.'

'Ja, dat weet ik.'

'En?'

'En ik ben het er volledig mee eens.' Ze stond op en stak haar hand uit. Wat de plannen van Merriweather voor de schattenjacht ook waren geweest, Livvy was allang blij dat Sean er deel van uitmaakte. 'Laten we die aanwijzing gaan zoeken, zodat we de rest van de avond samen kunnen doorbrengen.'

Hoofdstuk 32

Het was laat in de ochtend toen Livvy wakker werd in een of ander budgetmotel dat kamers waarschijnlijk per uur verhuurde.

Ze glimlachte. Voor haar en Sean was het goedkoper om voor de hele nacht te huren.

Ze keek naar hem terwijl hij naast haar sliep. Ze hield van zijn gezicht. Oh, niet omdat hij knap was, hoewel dat zeker zo was, maar omdat het zo expressief was. Sean hield niets achter. Hij keek haar aan met zo veel tederheid in zijn ogen, zo helder en direct en eerlijk... Het voelde alsof ze in zijn ziel kon kijken als ze hem aankeek. Zijn gezicht was zo krachtig, zo mannelijk, zo perfect gebeiteld, alsof Moeder Natuur vastberaden was geweest om niet alleen de meest perfecte *binnenkant* van een man te maken, maar ook de *buitenkant*. Bij Sean was ze in beide opzichten geslaagd.

Livvy reikte omhoog om de contouren van zijn neus te volgen. Dat had ze gisteravond vaak gedaan. Er was iets met Seans neus... en zijn lippen... en zijn kin... en—

'Zie je iets wat je bevalt?' Hij greep haar hand en bracht die naar zijn mond om haar vingers te kussen.

En om haar de adem te benemen.

'Ja.' Ze vond het meer dan leuk.

Hij rolde op zijn zij naar haar toe, hield haar hand nog steeds vast en drukte die tegen zijn borst. Tegen zijn hart. 'Ik ook.' Hij kuste haar.

Het was een zachte kus. Lief. Veeleisend noch gecompliceerd. Maar gevuld met een wereld aan goedheid die de tranen in haar ogen bracht. Ze wist niet hoe ze zo'n geluksvogel was met Sean, maar ze was niet van plan er vraagtekens bij te zetten. Voor het eerst in haar leven hoefde ze niet hard te knokken voor iets goeds op haar pad. Het was alsof het universum al haar inspanningen erkende en haar een enorme beloning gaf omdat ze nooit had opgegeven.

'Mmmm, je smaakt lekker,' fluisterde hij tegen haar lippen.

'Dat zei je gisteren ook al.'

'Gisteravond heb je bewezen dat ik gelijk had.'

Jawel, ze bloosde alweer.

'Ah, Livvy, kom hier.' Hij sloeg zijn armen om haar heen in een grote, stevige knuffel en trok haar tegen zich aan. Haar armen gingen om zijn middel, haar gezicht in de holte van zijn schouder, en er was geen plek op aarde waar ze liever zou zijn.

'Schoonmaak.' De deur ging open.

Oké, misschien was ze toch liever thuis geweest, zodat niemand dit moment zou verstoren.

'Hé!' Sean trok haastig de lakens over haar heen en ging rechtop zitten. 'Er is hier iemand!'

'Oh, het spijt me vreselijk!' Het kamermeisje trok zich terug uit de kamer, waarschijnlijk met een nog roder hoofd dan Livvy.

'Dat is *niet* de manier waarop ik wakker wilde worden.' Hij liet zijn hand over haar rug glijden en Livvy rilde. Ja, Moeder Natuur had wonderen verricht bij Sean.

Ze wierp haar haar naar achteren en steunde op haar ellebogen. 'Nu weten we tenminste dat de kamers schoongemaakt worden.'

Sean lachte, sloeg de dekens van zich af en gaf haar een speelse tik op haar achterste. 'Kom op, jij. Ik zou hier de hele dag kunnen blijven om niets te doen, maar we moeten een hond ophalen en een aanwijzing vinden. Je hebt die uit het park toch wel bij je?'

Ze zocht naar haar bh en giechelde toen ze hem aan de lamp op het nachtkastje zag hangen.

'Wat is er zo grappig?'

'Dit.' Ze hield hem omhoog.

'Is lingerie komisch? Niet voor mannen.'

'Niet de bh, maar waar ik hem vond. Niemand heeft ooit eerder mijn bh over een lampenkap gegooid.'

'Hun verlies. Het was leuk. Vooral wat daarna kwam.'

Hij was te knap om weg te komen met een flauwe, wellustige blik. Het zorgde er alleen maar voor dat ze een herhaling van gisteravond wilde. Maar hij had gelijk; ze hadden geen tijd. De klok tikte voor haar erfenis. Ze wist nog steeds niet zeker of ze daar wilde wonen of niet, maar ze wilde wel de mogelijkheid hebben om die keuze te maken.

'Dus, waar is de aanwijzing?' vroeg hij, terwijl hij zijn korte broek aantrok. Commando.

Livvy probeerde te slikken, maar met haar plotseling droge mond lukte dat niet.

Ze kuchte en haalde de aanwijzing die ze van de bedrijfsleider van de Merri-juwelierszaak in het park hadden gekregen uit haar bh. Sean had het begrepen door de regel 'iets kostbaarders dan juwelen' in de vorige aanwijzing. 'Eh, hier.'

'Die zat daar gisteravond nog niet,' zei hij. 'Ik heb het gecontroleerd.'

'Hij zat tussen de stof en de voering. Je keek niet op de juiste plek.'

'Geloof me, ik zat op de juiste plek.'

Ze voelde het rode hoofd alweer opkomen.

'Ah, Livvy, het is te makkelijk met jou. Verleer dat blozen nooit, oké? Ik zou het missen.'

'Ik zal mijn best doen.' En als hij zulke dingen bleef zeggen, hoefde ze er niet eens haar best voor te doen.

Ze namen een snelle douche – apart, zodat ze ook daadwerkelijk het motel *verlieten* – gooiden de toiletartikelen die ze gisteravond bij een pompstation hadden gehaald in de prullenbak, en daarna las Livvy de aanwijzing onderweg nog eens aan hem voor.

'Een medaillon? Dat zou makkelijk te vinden moeten zijn.'

'Dat zou het zijn, ware het niet dat het in de kluis ligt. En de combinatie heeft ze me niet gegeven.'

'Ik weet zeker dat Scanlon die heeft.'

'Maar die kan ik hem niet vragen. Zie je waar ze zegt: "Op eigen kracht"? Ik moet de combinatie zelf uitvogelen.'

'Dat kan jaren duren.'

'Zeg dat wel.'

Sean zuchtte en pakte het stuur steviger vast. 'Het is bijna alsof ze wil dat je faalt.'

'Of de combinatie is zo voor de hand liggend dat ik hem zou moeten kunnen raden.'

'Als het zo simpel was, zou iedereen het kunnen. Merriweather was niet dom. Het getal moet een betekenis voor je hebben.' Zijn mobiel ging over. 'Wacht even. Ik moet dit gesprek aannemen.'

Hij tikte op zijn scherm. 'Manley.' Zijn lippen werden strakker terwijl hij luisterde naar de persoon aan de andere kant. 'Ja, dat komt uit. Eén uur is goed. Waar wil je afspreken? Oké. Goed. Staat genoteerd. Zie je dan.'

'Dus waar gaan we heen?' vroeg ze toen hij het gesprek beëindigde.

'*Wij* gaan nergens heen. *Ik* heb echter een zakelijke bespreking, dus jij staat er alleen voor wat betreft de jacht op de aanwijzingen. Trek je dat?'

'Alsjeblieft zeg. Ik ben een geboren aanwijzingenjager. Ik liet je alleen maar meekomen omdat ik medelijden met je had, zo opgesloten tussen de chemicaliën, dweilen, stofzuigers en alpacapoep. Het komt wel goed.' Ze stopte de aanwijzing weer in haar bh en genoot volop van de vuur in zijn ogen toen ze dat deed. 'Dus heeft die zakelijke afspraak te maken met je huizenflipbedrijf?'

'Ja. Een potentiële koper.'

'En dat is goed nieuws, toch?'

Hij ademde diep uit. 'Ja, het is goed.'

'Je klinkt niet erg enthousiast.'

'Het is een tweesnijdend zwaard. Aan de ene kant ben ik blij dat ik het pand verkoop, maar aan de andere kant haat ik het om er afstand van te doen. De plek heeft sentimentele waarde voor me en het ligt in een buurt die de komende jaren dé plek wordt om te wonen, waardoor mijn investering waarschijnlijk verviervoudigt als ik het zo lang zou kunnen aanhouden.'

'Dus waarom doe je dat niet?'

Hij zuchtte opnieuw en krabde over zijn kaak. Het raspende geluid van zijn ochtendstoppels herinnerde Livvy er precies aan hoe het had gevoeld tegen haar buik. Haar dijen...

'Soms komt er een deal voorbij die je gewoon niet kunt laten lopen. Dit zou er zo een kunnen zijn.'

'Oh. Oké.'

Hij moest per slot van rekening geld verdienen, zeker nu ze niet zeker wisten of hij nog wel een baan kon houden, dus dat was weer een extra reden voor haar om het huis te houden. Ze zou Sean de baan permanent kunnen geven. Of, nog beter, hem zeggen het schoonmaken helemaal te laten varen en gewoon gezellig bij haar te blijven om haar gezelschap te houden. Behalve dat Sean trots was. Hij zou geen aalmoes van haar willen en dat alleen al zorgde ervoor dat ze nog een beetje meer voor hem viel.

Dat gold ook voor zijn tederheid toen ze op weg naar huis bij de dierenarts stopten om Davy op te halen. Hij droeg de poedel naar de auto en zette hem voorzichtig op haar schoot, waarbij hij erop lette dat de voorpoot in het nieuwe gips comfortabel lag. Hij aaide Davy een paar keer onderweg en trok zijn hand niet weg toen Davy hem likte. Sean begon haar dieren duidelijk te waarderen.

Net zoals zij begon te wennen aan het idee om deze plek haar thuis te noemen.

Sean liep het restaurant uit waar zijn makelaar hem had willen ontmoeten en ging terug naar het landgoed met een misselijk gevoel in zijn maag en een gevoel van opluchting in zijn hoofd. Het was gebeurd. Het huisje was verkocht. Hiermee, en door het uitstellen van de aanleg van elektriciteit op het eiland, maakte hij een kans om de biedingen waarover hij had gehoord te evenaren. Het rendement voor zijn broers was nog onzeker, maar die horde zou hij wel nemen als hij daar aankwam. *Als* hij daar aankwam. Er was geen garantie dat ze zou verkopen. Of dat ze aan hem zou verkopen. Zeker niet zodra ze ontdekte dat hij deze plek de hele tijd al had gewild.

Sean slaakte een zucht. Nog iets om zich zorgen over te maken.

Tenminste was zijn geweten nu gezuiverd. Het gevoel van opluchting dat hij voelde nu de last van zijn leugens van zijn schouders viel, was enorm. Nu konden hij en Livvy op een gelijkwaardig niveau met elkaar omgaan, zonder geheime sabotage tussen hen.

Hij parkeerde de pick-up en liep richting de keuken toen hij merkte dat de deur naar de salon openstond. Wat nu weer?

Hij veranderde van koers en — oh nee. Ze hadden de kamer geruïneerd. Alweer.

Overal stonden modderige pootafdrukken in alle maten. Op de meubels, de vloer, op de kamerhoge gordijnen, op de muren, de schilderijen —

De *schilderijen*? Hoe was dat in hemelsnaam gebeurd? *Waarom* was dat in hemelsnaam gebeurd?

'Livvy?'

Niets. Zelfs niet het *'Klootzak'* van Orwell.

Hij liep verder de kamer in. 'Livvy? Orwell? Davy?' Godzijdank stonden de Lladró-beeldjes nog in de vitrinekast, maar dat was dan ook het enige. Lampenkappen stonden scheef, kussens lagen op de grond — vol pootafdrukken, natuurlijk — en een van de poten van de salontafel had het begeven, waardoor het ding nu als een dronkaard tegen de bank leunde. De hoek van de tafel had een gat in de bekleding van de bank gescheurd. Geweldig. Daar ging nog meer geld.

Hij trok de deuren naar de gang achter zich dicht. Die bleven, godzijdank, gesloten. 'Livvy? Ben je hier?'

'Boven!' riep haar stem ergens vandaan.

Hij vond haar in haar badkamer, waar een hele verzameling kaarsen geuren van seringen, rozen en een soort bessen door de kamer verspreidde, de perfecte setting voor een verleiding.

'Klootzak.'

Of, met Orwell erbij, misschien ook niet.

Hij liep de hoek om en werd begroet door een glimlach die hem zo bij haar in bad zou hebben gelokt *als* ze niet volledig gekleed was geweest en tot haar knieën in het zeepsop en de natte honden had gezeten. Er zaten er vier bij haar in, eentje probeerde erbij te komen, en twee andere rolden over handdoeken op de vloer. Davy zat op een handdoek op de wc-bril, met zijn ingegipste pootje elegant over het niet-gebroken pootje gekruist.

'Wat is er gebeurd?'

Ze blies een pluk haar uit haar gezicht.

Het bleef niet zitten.

Ze veegde het weg met haar schouder.

Het bleef nog steeds niet zitten.

Sean boog voorover en stopte het achter haar oor.

'Bedankt.' Ze haalde diep adem. 'Het was die verdomde pauw. Hij zat aan de andere kant van de heg de honden te treiteren, die er blijkbaar genoeg van hadden. Voor zover ik kan nagaan, ging Ringo als eerste en de anderen wisten zich op de een of andere manier door de heg te wurmen. Ik weet het niet. Wat ik wel weet, is dat we een bijna staartloze pauw hebben rondlopen die therapie of medicatie kan gebruiken, een tuinpad dat overhoop is gehaald en vernield, heggen die opnieuw gesnoeid moeten worden, en ik ben al vier uur bezig om stekels en doorns uit hun neuzen, vacht, oren, staarten en voetzooltjes te peuteren. En ik probeer ze te wassen, want waar ze die pauw ook doorheen hebben gejaagd, het stinkt enorm.'

Dat verklaarde de kaarsen.

Sean pakte een handdoek, rolde hem op en legde hem naast het bad om op te knielen. 'Wat moet ik doen?'

Ze zag eruit alsof ze elk moment kon gaan huilen. 'Niets. Dit hoort niet bij je taakomschrijving.'

'Hadden we niet al vastgesteld dat ik *geen* taakomschrijving heb? Bovendien wil ik dit voor *jou* doen, niet omdat ik aan het werk ben.' Hij pakte een borstel van haar over. 'Wie is de volgende?'

'Ik zou je wel kunnen kussen hiervoor.'

'Mooi zo. Daar houd ik je aan als we hier klaar zijn. Dus, wie moet er in bad?'

'Paula. Nee, Petra. Nee, ik geloof dat ik haar al gedaan heb.' Livvy leunde achterover tegen de verre rand van het bad, waardoor haar korte broek kletsnat werd. 'Ik weet het niet meer.'

Sean pakte de fles shampoo van de rand van het bad. 'Oké, dan beginnen we gewoon opnieuw. Die twee op de handdoeken, zijn die klaar?'

'Ja. John en Mike waren er het ergst aan toe, dus die heb ik eerst gedaan.'

'Oké, twee klaar, eentje buiten gevecht, nog vijf te gaan.'

Hij was doorweekt tegen de tijd dat alle honden gewassen waren. Livvy ook.

Dat was een pluspunt.

Haar hemdje plakte weer aan haar lijf, haar tepels waren hard geworden, en dat flodderige vestje was ze ergens onderweg kwijtgeraakt. Met zijn praktijkkennis van haar lichaam was het maar goed dat hij de *eau de natte hond* had om zijn zintuigen bij de les te houden, anders zou hij net zo hard zijn als het porselein waarin ze de dieren wasten.

Hij gaf Georgia een flinke droogbeurt. Ze was een oudere hond; hij wilde niet dat ze kou zou vatten, maar de anderen draaiden hun handdoeken in de knoop. Hij hielp Livvy uit het bad, zodat ze niet uit zou glijden over het water dat de honden overal heen hadden gespetterd toen ze zich droogschudden.

'Wat doen we nu met ze? We hoeven niet in elke kamer van dit huis een herhaling van de salon.'

Ze zuchtte. 'Ze hebben de boel vernield, ik weet het. Ik regel het wel.'

'Het is niet erg. Ik heb het al eens schoongemaakt; ik doe het gewoon nog een keer.'

Er keerde weer wat vuur terug in haar ogen. Ze ging rechtop staan, streek haar haar naar achteren en draaide het in een vreemde, rommelige knot. Dat was verdomd sexy.

'Oh nee, jij gaat *niet* achter hen opruimen. Het zijn mijn dieren; ik doe het zelf.'

'Je hebt geen tijd. Je bent een groot deel van de dag kwijt om die bende op te ruimen en we moeten die aanwijzing nog vinden, weet je nog?' Sean schrok even van zichzelf. Als hij wilde dat ze faalde, waarom spoorde hij haar dan aan om te gaan zoeken? 'We zetten ze op het terras, maar deze keer gebruiken we riemen.'

'Dat zullen ze vreselijk vinden.'

Hij pakte een paar kletsnatte handdoeken van de vloer en gooide ze in het bad. Nog iets wat hij moest schoonmaken. Hij zou Mac absoluut aannemen zodra hij de plek had gekocht.

De plek kocht klonk zoveel beter dan *haar erfenis afhandig maken*. Nu kon hij bij Livvy zijn en hoefde hij niet langer tegen haar te liegen. Het voelde zo goed dat die knoop in zijn maag verdwenen was — om vervolgens vervangen te worden door iets anders toen ze aan haar kletsnatte hemdje trok.

'En ik zal het nog vreselijker vinden om ze opnieuw in bad te doen. Dus, wat wil je? Boze, vermoeide, gefrustreerde honden, of een boze, vermoeide, gefrustreerde, *chagrijnige* Sean?'

Livvy overhandigde hem nog een kletsnatte handdoek. 'Kan ik niet gewoon Eh-Sean de zwembadboy krijgen? Hij was een stuk leuker.'

'Zeg je nou dat ik niet leuk ben?'

'Nou, Eh-Sean zou voorstellen om buiten met ze te gaan ballen om ze af te matten voordat we ze op het terras vastleggen.'

'Eh-Sean hoeft de bende niet achter ze op te ruimen,' mompelde hij, terwijl hij nog meer handdoeken van de vloer raapte. De wasmachine zou gegarandeerd kortsluiting maken tegen de tijd dat deze puinhoop was weggewerkt.

'Ze zullen zich ellendig voelen.'

Hij veegde wat zeepsop van haar neus. 'Liever zij dan wij.' Hij wreef over zijn onderrug en probeerde zich uit te rekken. 'Bekijk het van de zonnige kant: de pauw zal je dankbaar zijn.'

'Ik zou liever die *pauw* vastbinden. Verdomde overlast. Het eerste wat ik doe als ik officieel eigenaar van deze plek ben, is dat beest aan een plaatselijke dierentuin schenken.'

'Nu we het erover hebben, heb je al nagedacht over de combinatie van de kluis?'

Ze schudde haar hoofd. 'Ik heb de kans niet gehad om het te proberen. Het Grote Pauwen-fiasco gebeurde vrijwel direct nadat ik binnenkwam.'

'Dan is er geen beter moment dan nu om een poging te wagen.'

Livvy tilde Davy op. 'Kunnen we niet gewoon de pauw afschieten?'

Vijf uur later was Livvy zover dat ze de pauw wilde vergeten en degene wilde neerschieten die deze stomme kluis had ontworpen. Zij en Sean hadden elke cijfercombinatie geprobeerd die ze konden bedenken: verjaardagen, trouwdagen, sterfdata, belangrijke historische data, de zonnewendes, feestdagen... maar het onding gaf geen krimp. Wat de pret nog meer drukte, was dat ze niet eens wisten uit hoeveel cijfers de combinatie bestond, dus de hele onderneming was één grote gok. Ze was Merriweathers spelletje *zo* zat.

'Wat dacht je van één-twee-drie-vier-vijf?' Ze liet zich op de Chesterfield-bank onder de ramen in de werkkamer vallen.

'Hadden we die niet al geprobeerd?'

'Ik weet het niet meer. Ik zie cijferreeksen achter mijn oogleden elke keer als ik ze sluit.' Ze legde een arm over haar voorhoofd. 'We gaan hier nooit uitkomen.'

'En ik heb niet veel tijd meer om het te proberen.'

'Heb je een spannende date?' Ze probeerde de vraag heel onverschillig te stellen, maar eigenlijk kneep haar keel ervan dicht.

Sean draaide zich om. 'Verwacht je nu echt dat ik met iemand anders op date ga nadat ik met jou geslapen heb?'

'Veel geslapen is er niet.' Ze probeerde er luchtig over te doen, hip en modern, maar seks was voor haar best een grote zaak.

'Precies mijn punt. Waarom zou je denken dat ik een date heb?'

'Dacht ik ook niet.' Nou ja, niet langer dan een seconde.

'Ik geloof er niets van, Livvy. Dat flapte er zo snel uit dat je geen tijd had om iets gevats te bedenken. Je meende het. Vertel op, waarom? Wat heb ik gedaan om je de indruk te geven dat je zo onbelangrijk bent dat ik andere mensen zou zien? Ik duik niet met elke mooie vrouw het bed in die ik ontmoet, hoor. Ik dacht dat jij ook niet zo was.'

Ze bloosde weer, maar deze keer uit woede. Op zichzelf. Ze was voorbarige conclusies gaan trekken en had zijn gevoelens gekwetst, terwijl hij haar absoluut geen reden had gegeven om te denken wat ze dacht. 'Ik duik ook niet met elke mooie vrouw het bed in die ik ontmoet.'

'Niet grappig.'

Oké, humor werkte dus niet.

Livvy ging rechtop zitten en stopte haar voeten onder de bank en haar handen onder haar dijen. 'Het spijt me. Ik denk... ik denk dat ik gewoon een beetje bang ben. Wat ik voor je voel...' Ze slaakte een diepe zucht. 'Het is nieuw. En het is opwindend, maar het is ook een beetje eng. Ik heb niet bepaald de beste ervaringen met mensen die om mij geven.'

Sean staarde haar zo lang aan dat ze wel wilde wegkrimpen en sterven van schaamte. Geweldig, nu had ze de druk erop gelegd. Om haar geven — god. Wanneer zou ze het nu eens leren om geen hoop te koesteren? Wanneer zou ze leren om gewoon te accepteren wat iemand bereid was te geven en niet meer te willen? Het was niet alsof de seks met Sean niet fantastisch genoeg was. Ze had gewoon haar grote mond moeten houden en hiervan moeten genieten voor wat het was, in plaats van zich zo te laten meeslepen door het moment.

Maar, verdomme, ze was het *zat* om altijd maar genoegen te moeten nemen met minder. Om mee te gaan in het plan van iemand anders. En ze had het niet alleen over mannen. Merriweather, haar moeder, haar vader... Al de mensen die haar onvoorwaardelijk hadden moeten liefhebben, hadden dat niet gedaan. Ze hadden haar allemaal bij iemand anders gedumpt. Waarom zou ze dan verwachten dat er een man op zijn stofzuiger kwam aanzeilen die het antwoord op al haar gebeden was?

Ze moest ophouden in sprookjes te geloven. Ze was geen Assepoester en hij was geen prins op het witte paard, en misschien was dat voor die arme Assepoester op de lange termijn ook niet zo goed afgelopen. Die gebroeders Grimm hebben nooit een vervolg geschreven. Misschien wel omdat er geen vervolg was.

'Livvy?'

Ze wilde hem niet aankijken. 'Het is goed, Sean, ik —'

'Livvy, kijk me aan.'

Dat deed ze. Ze kon hem *niet* negeren.

'Ik moet gaan. Mijn broers wachten op me en ik moet een hoop dingen met ze bespreken. Maar als ik terugkom, praten we verder, oké?'

Ze likte haar droge lippen af. 'Oké.'

En dit is waarom je hart elke keer weer gebroken wordt. Je gelooft *in mensen, en ze laten je altijd in de steek.*

Sean zou dat niet doen.

Ja hoor.

Hij zou het niet doen. Hij was niet zo'n type. Hij zou iemand om wie hij gaf niet in de steek laten. Hij zou haar vertrouwen niet beschamen, haar dromen niet aan duigen slaan, niet met haar leven sollen. Sean was een goede man.

En misschien zou hij, na hun gesprek vanavond, wel *haar* man zijn.

Vele uren later dan gepland liet Sean zich via de keukendeur binnen — *nadat* hij de deuren naar de salon had gecontroleerd. Gelukkig zaten die van binnenuit nog steeds provisorisch dicht, zodat de boerderijdieren waren waar ze hoorden te zijn. Mooi zo. Hij had vanavond geen zin om zich met hen bezig te houden.

Hij keek op zijn telefoon. Eigenlijk was het al ochtend. Hij was niet van plan geweest om zo laat weg te blijven, maar zijn broers hadden hem het hemd van het lijf gevraagd over zijn plannen terwijl ze hem al zijn geld afhandig maakten met pokeren. En hoewel het niet echt leuk was geweest, zaten ze nu tenminste allemaal op één lijn. Hoewel Bry hem wel voor gek verklaarde dat hij zijn droom opgaf voor een vrouw.

'En je bent niet eens met haar getrouwd,' had hij gezegd.

Grappig dat hij dat zei...

Sean wierp een blik op *het* aanrecht. De gedachte aan Livvy daar, zoals ze was geweest voordat Sher en Kerry hen stoorden...

Ze zouden denken dat hij volkomen doorgedraaid was als ze wisten wat hij dacht. Maar waarom niet? Waarom zou Livvy niet De Ware kunnen zijn? Hij had het niet over een onmiddellijk aanzoek, maar op den duur? Ze deed hem glimlachen, ze bracht hem aan het lachen; ze maakte hem zeker hitsig. Livvy was een doorzetter die zich niet door de wereld liet klein krijgen. Dat bewonderde hij in haar. Hij hield van haar vrolijke karakter, haar sterke arbeidsethos en haar felle loyaliteit aan degenen om wie ze gaf, of ze nu twee of vier benen hadden. Ze had een zacht, zorgzaam hart, een bereidheid om te geven, en de manier waarop ze bloosde...

Ja, hij kon zich een *lang en gelukkig* met Livvy absoluut voorstellen.

Hij liep de hal in en controleerde de salon. Geen Livvy, gelukkig.

Helaas waren er ook geen honden, want die lagen in zijn bed. Livvy lag er ook, samen met een van de geiten — het leek Digger wel — waardoor er nauwelijks plek voor hem overbleef.

Sean moest grinniken. Hij was op weg naar huis nog bij een drogist gestopt, niet vermoedend dat hij door *honden* uit zijn bed zou worden verdreven.

En dat zou hij vannacht niet laten gebeuren.

Hij trok zijn shirt en korte broek uit en duwde Paula en Georgia opzij. Ze gromden wat, maar schoven op. Een paar centimeter.

Hij gleed tussen de lakens en draaide zich naar Livvy toe. Het maanlicht filterde door de jaloezieën op haar gezicht en hij wilde haar profiel natekenen. Haar aanraken. Haar laten zien dat wat hij voor haar voelde niet vluchtig en oppervlakkig was. Hij deed het echter niet; het had geen zin haar wakker te maken met een hele dierentuin tussen hen in.

Hij pakte wel een paar van haar krullen vast, genietend van het zijdezachte gevoel tussen zijn vingertoppen. En op zijn buik. Zijn dijen...

Sean zuchtte en probeerde een comfortabelere houding aan te nemen, maar Mike gromde naar hem vanaf het voeteneind.

Nou ja. Hij moest er maar het beste van maken en bad dat hij nog een paar uur slaap zou krijgen.

Toen klonk er '*Klootzak*' vanaf de ladenkast in de verre hoek.

Geweldig. Die verdomde vogel praatte in zijn slaap. Met dat, de honden en het doosje condooms dat hem vanaf het nachtkastje uitlachte, beloofde het een lange nacht te worden.

Hoofdstuk 34

'Wie heeft er in mijn bed geslapen? Vooruit, Doornroosje. Tijd om op te staan.'

Livvy opende moeizaam één oog.

Sean steunde op een elleboog, zijn borstkas was ontbloot en hij liet een paar van haar krullen door zijn vingers glijden.

'Je haalt je sprookjes door elkaar,' mopperde ze. Ze had niet best geslapen; ze had geprobeerd wakker te blijven voor het moment dat hij thuiskwam zodat ze hun gesprek konden voeren, maar het bezighouden van haar troepen zodat ze niet nog een kamer in dit huis zouden toetakelen, had haar uitgeput. Het leek erop dat dat 'dutje' van tien minuten dat ze had gepland, was uitgelopen op een slaap van tien *uur*.

'Ik was sowieso nooit zo weg van dat hele drakendoden-scenario.' Hij stak zijn hand uit om niet haar, maar helaas Digger te aaien. 'Hé, kleine man. Wat voor chaos heeft ervoor gezorgd dat jij hier bent komen maffen?'

'Hij bleef maar huilen toen Davy en ik gisteravond de stal verlieten. Ik dacht dat hij wel in slaap zou vallen en dat ik hem dan terug kon leggen. Maar de honden kropen op de bank over ons heen, dus ben ik hierheen gegaan. Je ziet hoe goed dat heeft gewerkt. Het spijt me.'

'Je hoeft je niet te verontschuldigen. Mijn broers en ik hadden veel te bespreken.'

'Heb je alles kunnen doen wat je moest doen?'

'Niet helemaal, maar genoeg.' Hij ging rechtop zitten — zo goed als naakt. Jemig, als die dieren hier niet bij haar waren geweest... 'Dus, gaan we weer verder met kluiskraken, of heb je de combinatie gisteravond nog gevonden?'

'Helaas, het is weer terug naar het kluiskraken.'

'Daar heb je mij niet bij nodig, toch? Ik heb mijn taken hier nogal verwaarloosd.'

'Ik was van plan om naar de salon te gaan.'

'Maak je daar geen zorgen over. Jij ontfermt je over de kluis en ik doe de kamer.'

Het was een besluit waar hij de volgende vierenhalf uur aan twijfelde terwijl hij de beschadigde meubels naar zijn pick-up sleepte. Sommige stukken waren waarschijnlijk onherstelbaar, maar hij moest het op zijn minst proberen. Nu hij dit landgoed voor een hogere prijs zou gaan kopen, zou hij niet het kapitaal hebben om te investeren in de verbeteringen die hij gepland had, dus wat er was, moest bruikbaar worden gemaakt.

'*Krijg nou even het heen-en-weer*!' blèrde Orwell zijn stopwoordje door het hele huis, totdat Sean hem in de salon had gezet in de hoop dat hij zijn snavel zou houden.

Hij had kunnen weten dat dat niet zou werken.

'*Krijg nou even het heen-en-weer*!'

'Hoi, Orwell.' Sean tikte voor de twaalfde keer tegen de kooi, en voor de twaalfde keer zette Orwell een lied in. Tot nu toe waren ze langs Journey, The Police, wat Tom Petty, Red Jumpsuit Apparatus en Michael Bublé gegaan. Hij zou Livvy eens moeten vragen waar *dat* vandaan kwam. De vogel had een behoorlijk repertoire.

'Wil je wat lunchen?' Livvy stak haar prachtige gezicht om de deur.

'Geen geluk met de kluis?'

Haar krullen dansten toen ze haar hoofd schudde. 'Ik probeer nu de geboortedatums van elke Engelse monarch. Tot nu toe zonder succes. Na het eten begin ik aan de Plantagenets.'

. . .

Het was bijna etenstijd voordat Sean weer een teken van leven van Livvy vernam. Hoewel het eerder een gil was.

Hij smeet de laatste loodzware lap stof die voor een gordijn door moest gaan op de stapel — hij had het van de roede moeten halen vanwege de varkenssnuitenafdrukken op de onderste banen — en rende naar de studeerkamer. 'Wat is er gebeurd? Heb je je bezeerd?'

Ze keek op vanaf de bank en draaide een medaillon om haar vinger. 'Ik heb de kluis opengekregen. Hier is de volgende aanwijzing!'

'Heb je het uitgevogeld?' Hoe groot was die kans?

'Ik heb uiteindelijk Dafna gebeld en gevraagd of er getallen of data waren die speciaal waren voor mijn grootmoeder.' Livvy haalde diep adem — wat er erg mooi uitzag aangezien ze een hemdje droeg. 'De combinatie is 7 oktober.'

'Drie cijfers? Dat is alles?'

'Nee, acht. Ze heeft de datum gekozen waarop ik...' Livvy schraapte haar keel. 'De dag waarop ze me van mijn moeder kocht.'

'Je bedoelt de dag waarop ze je adopteerde.'

'Dat komt op hetzelfde neer.'

Sean wist niet goed wat hij daarop moest zeggen, behalve vragen of ze in orde was.

'Het gaat prima.'

Vast wel. Dat was vast de reden waarom haar stem een octaaf omhoogging en ze hem al antwoordde nog voordat hij de vraag goed en wel had gesteld. 'Livvy.'

'Oké, het *zal* wel weer gaan.' Ze streek haar haar achter haar oren. 'Het is tenslotte maar een datum. Ze heeft hem waarschijnlijk gekozen zodat ik nooit zou vergeten dat zij de moeite nam om de verantwoordelijkheid voor de daden van haar zoon op te eisen en mij in de familie op te nemen. Voor zover me dat iets heeft opgeleverd.'

Hij wilde haar omhelzen, door dat stoere laagje heen dringen naar de vrouw binnenin, die haar hele leven door haar grootmoeder en haar hele familie aan de kant was geschoven. 'Maar Livvy, ze geeft je het familie-erfgoed. Ze vertrouwt het jou toe om de naam voort te zetten, iets wat ze boven alles stelde.'

'Zelfs boven haar eigen vlees en bloed.'

'Precies. Ze geeft je de sleutels van het kasteel. Letterlijk en figuurlijk. Van wat we weten over Merriweather en hoe ze over de familienaam dacht, is dit enorm. Ze geeft je alles.'

'Dat is alleen maar omdat ze geen keus heeft. Als ze niet ziek was geworden, was ik hier nu niet geweest. Van alle opties die ze had voor deze plek, was ik waarschijnlijk het minste van alle kwaden. Maar ik garandeer je dat ze een plan B heeft voor het geval ik faal. Misschien vindt ze dat wat minder aantrekkelijk dan het landgoed in de familie houden, maar ze heeft een ander plan.'

Ja, dat had Merriweather inderdaad. *Hij* was plan B.

'Hé, je hebt hier goed werk geleverd.' Livvy plofte neer in een van de weinige overgebleven stoelen in de opgeruimde en schoongemaakte salon, voor de open haard die Sean had aangestoken.

'Bedankt. Hoe ging het bij jou?'

Ze opende het medaillon voor de zoveelste keer en staarde naar de foto's van haar ouders, zoals ze zich hen nooit kon herinneren. Naast elkaar. Samen. Dat was nooit gebeurd toen ze nog leefden.

Illusie, alles ervan.

'Kijk hoe jong en gelukkig ze waren. Zo anders dan wat ik me herinner.' Mam was bitter en boos en bang geweest. Pa — Larry — nou ja, hij was zijn hele korte leven lang een vrolijke frans geweest, en de enige herinnering die Livvy aan hem had, was dat hij lachte en iets te hard praatte toen hij er was in die ene week dat ze hierheen was gekomen. Hij had geen 'vaderlijke' dingen met haar gedaan en hij had haar zeker niet opgepakt om haar vast te houden. Dat herinnerde ze zich nog wel.

'Het waren kinderen, Livvy.'

'Dat zal wel.' Ze sloot het medaillon en liet het in haar zak glijden.

'Heb je al ontdekt wat de aanwijzing betekent?'

'Nee, en mijn hersens zijn een zeef. Wil jij een poging wagen?' Ze overhandigde hem het briefje dat in het medaillon had gezeten, als een tekst uit een gelukskoekje.

Hij pakte in plaats daarvan haar hand vast. 'Ik ben ook op. Laten we er een nachtje over slapen. We hebben nog wel even de tijd en zoals de naamgenoot van je alpaca al zei: morgen *is* er weer een dag.'

Behalve dan dat die morgen een lange en frustrerende dag werd.

Hoofdstuk 35

Morgen was ook al een verloren dag. De vertegenwoordiger van Livvy's grootste klant had gebeld; hij had voor de volgende dag een bestelling speciale desserts nodig, en Livvy kon het zich niet veroorloven om nee te zeggen. Vooral niet omdat de laatste aanwijzing hen ontglipte. Als ze faalde, zou ze die klant harder dan ooit nodig hebben.

Er volgde weer een bakmarathon — hoewel dit keer zonder een herhaling van het incident op het aanrecht. Taarten waren bewerkelijker dan scones en toen ze aan de soufflés begon, durfde Sean nauwelijks adem te halen uit angst dat ze in zouden zakken, laat staan dat hij iets anders deed.

Ze laadden zijn pick-up vol en Sean reed als een oud vrouwtje op een zondagmiddag om de bestelling af te leveren.

Op de terugweg reed hij echter als een bezetene. 'We hebben nog een paar uur over om naar die aanwijzing te zoeken.'

'Ik word er nu nog steeds niet wijzer van dan gisteravond.' Ze klom uit de cabine voordat hij om de auto heen kon lopen om haar te helpen. Ze leunde tegen de gesloten deur en staarde naar het huis.

Sean kwam bij haar staan. 'Het komt wel goed, Livvy. We komen er wel uit.'

'Ik hoop het.'

'Dat doen we zeker. Kom op, we gaan naar binnen.'

Ze volgde hem over het pad en ontweek de stenen die de honden hadden uitgegraven tijdens hun kleine ontsnappingspoging met de pauw.

'Dat herstel ik morgen wel,' zei hij terwijl hij de keukendeur voor haar openhield.

'Doe geen moeite. Als ik de aanwijzing niet kan vinden, heeft het geen zin. Dan mogen de nieuwe eigenaren het doen.'

Ze staarde de keuken in met een moedeloze blik op haar gezicht.

Wat zou hij niet geven voor een van haar blosjes. 'Kom op. Het is nog niet voorbij. Je mag niet opgeven. Lees de aanwijzing nog eens aan me voor.'

Vergeet even dat als ze *wel* opgaf, hij zou winnen. Hij wilde niet dat zijn overwinning te danken was aan haar nederlaag. Niet als er een manier was om dat te voorkomen, wat betekende dat hij haar niet zomaar liet opgeven zonder het te proberen.

Ze slaakte een zucht en droeg het gedicht uit haar hoofd voor, wat wel bewees hoe vaak ze het vandaag al gelezen had.

Je hebt gewandeld met de generaties Martinson
die je voorgingen,
Bouwend aan alles wat je ziet,
Maar er is nog één aanwijzing over om je oprechtheid te testen.
Je weg is vrij, de beloning is groot
Als je let op de stappen die je zet.

'Ik ben bij elk standbeeld op het terrein geweest,' zei ze, terwijl ze zichzelf op de barkruk hees en haar kin in haar handpalm liet rusten. 'Zevenenveertig herdenkingsbrokken graniet, de tuinornamenten niet meegerekend, die getuigen van de grootsheid van mijn voorvaderen, en op geen enkele is een aanwijzing te vinden. Ik heb geen idee wat ze bedoelt.'

Sean wist het ook niet, maar als de aanwijzing niet buiten was, dan moest hij *binnen* zijn.

'We hebben een frisse blik nodig.'

Livvy gluurde onder haar hand vandaan, waarmee ze over haar voorhoofd wreef. 'En hoe stel je precies voor dat we die krijgen? Je hebt gezien hoe dol

Sher was op deze plek; als we hem hierheen halen, wordt hij alleen maar afgeleid door al het antiek.'

'Laat dat maar aan mij over. Ik regel het wel.' Sean sloeg op het aanrecht. *Hét* aanrecht. 'Laten we in de tussentijd de dieren gaan verzorgen.'

'Het zijn mijn dieren; ik doe het wel.' Ze gleed van de barkruk af, haar vermoeidheid zichtbaar in elke moedeloze beweging.

'Hé, niks daarvan.' Sean sloeg een arm om haar heen en stuurde haar richting de achterdeur. 'We doen het samen. Alles.'

Samen klonk best goed... tot een uur of twaalf 's nachts. Toen klonk *niets* meer goed, want Livvy was doodmoe en het feit dat ze de laatste aanwijzing maar niet konden vinden, maakte haar gek.

'Ik stop ermee. Ik kan dit niet meer.' Ze liep weg van de stapel boeken in de familiebibliotheek. Ze hadden besloten daar te beginnen nadat ze de dieren in de stal voor de nacht hadden verzorgd, maar tot nu toe had ze alleen twee gescheurde papiertjes met nummers erop gevonden, drie oude foto's en een gescheurde bladzijde in de familiebijbel. 'Ik geef het op. Merriweather heeft gewonnen.'

Sean zette het zware oude boek terug op de plank boven haar hoofd. 'Nee, dat heeft ze niet. We hebben nog twee dagen.'

'Minder dan achtenveertig uur.'

'Het gaat ons lukken, Livvy.'

'Hoe kun je daar zo zeker van zijn? Wat als het niet lukt? Wat als ik faal? Dan ben ik precies wat ze altijd over me zei. Onwaardig. Nutteloos. Een schande.'

'Heeft ze die woorden echt tegen je gezegd?'

'Nou, nee, maar het zat in alles besloten. Ik bedoel, ik was nota bene haar kleindochter en ze nam niet eens de moeite om op bezoek te komen. Geen enkele keer. Ik heb nooit een verjaardagskaart gekregen, laat staan een cadeau voor mijn eindexamen. Ik heb door de jaren heen contact met haar gezocht en kreeg niets — *niets* — terug. En nu wil ze me opeens, uit het niets, de teugels van een dynastie overhandigen? Ik geloof er niks van. Ze doet dit alleen maar om zout in de wond te strooien.'

Verdomme, haar stem haperde. Ze was hier *klaar* mee. Dat was ze al jaren. Maar na twee weken op deze plek was het verband dat ze over de pijn had geplakt er zo langzaam afgetrokken dat ze het nu pas merkte. En de wond was nog even rauw als de eerste keer. En de tweede. En de derde. Daarom was er geen vierde keer gekomen; ze was gestopt Merriweather haar te laten raken. Ze was gestopt met schrijven, ze was gestopt met bellen, en ze was gestopt met vragen om zelfs maar een sprankje menselijk fatsoen en vriendelijkheid. Ze was meer dan bereid om Merriweather de rest van haar leven te laten wegrotten in een of ander afgelegen gedrocht, vastklampend aan idealen uit het verleden en dode mensen.

Livvy had de bewuste beslissing genomen om verder te gaan met haar leven, maar deze speurtocht trok haar weer terug in het moeras van haar verleden. Ze wilde eruit. En als dat betekende dat ze de erfenis moest laten lopen, nou, dan moest dat maar. Ze was klaar met de Martinsons. Helemaal klaar met de familie. Ze had hen niet nodig.

'Livvy? Waar denk je aan?' Sean streek over haar wang met de rug van zijn vingers.

Ze beet op haar lip.

Ja hoor, zijn blik was meteen op haar lippen gericht.

'Ik denk dat ik niet meer wil zoeken. Het enige waar ik controle over heb in deze situatie, is hoe *ik* erop reageer. Merriweather is dood en dat moet ze vooral blijven. Ze wilde me hier in mijn jeugd niet hebben, dus er is geen enkele reden voor mij om hier nu te blijven hangen. Dit was haar huis; het is nooit het mijne geweest.'

'Dat meen je niet. We zijn er bijna.'

'Dat meen ik wel, Sean. Ik ben er klaar mee. Merriweather denkt misschien dat ze gewonnen heeft, maar ik heb gewonnen. Ik heb mijn leven teruggenomen. *Ik* neem mijn eigen beslissingen. En ik besluit dat ik dit niet meer wil doen.'

Sean zou hier blij om moeten zijn. Hij *zou* zich opgetogen moeten voelen. Hij kon het huis krijgen zonder haar te hoeven saboteren en zij zou er vrede mee hebben. Of, als ze er geen vrede mee had, dan kon ze in ieder geval niet boos op hem zijn als zij degene was die besloot om weg te lopen.

Maar ze *wilde* het eigenlijk niet. Dat was het punt. Ze zou niet zo hard gevochten hebben als ze het huis niet wilde. Hij kon haar nu niet laten opgeven.

'Livvy, je bent moe. Daarom zeg je dit. Maar je mag niet opgeven. Je mag haar niet laten winnen.'

Wat ben je aan het doen, Manley? Je gooit het allemaal weg. Het ligt voor het grijpen!

Ook hij nam zijn leven terug. Hij wilde het landgoed, maar niet op deze manier. Ze zou er op een dag spijt van krijgen dat ze Merriweather deze macht over haar gaf, en dat kon hij niet laten gebeuren.

Hij tilde haar op in zijn armen. Ze slaakte een kreetje en sloeg haar armen om zijn nek. 'Wat doe je?'

'Ik breng je naar bed. Morgen ziet alles er beter uit als je uitgerust bent.'

Hij was al bij de eerste verdieping voordat ze weer iets zei. En toen ze dat deed, was Sean blij dat ze gewacht had.

'Ik wil niet slapen, Sean. Ik wil jou.'

Hij was ook blij dat zijn kamer niet te ver in de gang was. En dat hij een kingsize bed had. En dat hij condooms had gekocht.

'Livvy, je bent moe.'

'Vertel me niet wat ik ben, Sean Manley. Ik ben er behoorlijk *moe* van dat mensen me vertellen wat ik wel en niet ben. *Ik* weet wie ik ben. *Ik* weet wat ik wil. En ik wil jou. Heb jij toevallig ook gevoelens voor mij waar je iets mee wilt doen? Want als dat zo is, dan is dit je kans.'

God, ze was geweldig. Ze spartelde met haar benen zodat hij haar neerzette, daarna schudde ze haar manen over haar rug en tilde haar kin op, terwijl haar blik hem doorboorde met de kracht van haar verlangen. Toen draaide ze zich om op haar hielen en liep haar kamer in, een rondborstig, sexy pakketje van een gewillige en assertieve vrouw, terwijl ze bij elke stap een kledingstuk liet vallen.

Sean rende zijn kamer in, greep het doosje condooms en rende achter haar aan.

Je moet wel van een vrouw houden die weet wat ze wil.

En ja, dat deed hij.

Hoofdstuk 36

Sean riep de volgende ochtend de hulptroepen in en de Manley-ploeg streek neer op Casa Martinson, klaar en bereid om te helpen. Hij kon altijd op zijn familie rekenen.

'Hé, Livvy,' zei Liam toen hij aankwam. 'Staat die afspraak voor een herhaling van het in de pan hakken, eh, ik bedoel dat potje squash, nog steeds? Cassidy en ik geven je een kans om je waardigheid te herwinnen, maar ik zou maar niet te veel hoop hebben als ik jou was.'

'Als dit allemaal voorbij is, gaan we ervoor. Bereid je er maar op voor dat je verliest, en flink ook. Toch, Sean?'

'Eh, ja. Zeker.' Als ze op dat moment nog tegen elkaar zouden praten, tenminste.

Mac kwam op dat moment binnenlopen. 'Kom op, Jared. Of je gaat helpen of niet, maar je mag niet de invalide uithangen wanneer het je uitkomt.' Mac liep om de krukken van Jared heen, met een tekort aan geduld dat niets voor haar was.

Bryan daarentegen gedroeg zich volkomen normaal voor zijn doen. Verdomme, met de drie kinderen die hij had meegebracht, was het ronduit heroïsch.

'Wat is dat met die kinderen, Bry?' vroeg Sean, terwijl hij een boks kreeg van de tweeling. De jongste, een klein meisje, staarde hem alleen maar aan met grote bruine ogen en een babypop in haar armen die bijna net zo groot was als zijzelf.

'Vraag het niet,' bromde Bry. 'Tommy! Geen lichtzwaardgevechten in dit huis. Je maakt nog iets kapot. Shit.' Hij rende achter de tweeling aan.

Maggie, hun zusje, schudde haar hoofd en slaakte een zucht die groter was dan zijzelf. 'Hij leert het ook nooit. De jongens zullen die lichtzwaarden nooit opgeven.'

Sean kuchte om zijn lach te verbergen. Bry had absoluut de zwaarste taak van hen allemaal gekregen.

Livvy was gewend om met een groep mensen te werken, maar met mensen die elkaar zo goed kenden als dit stel, zorgde dat voor een, tja, interessante dag. Er werd veel gelachen, veel beledigingen uitgedeeld, maar er werd ook hard gewerkt. Ze schoten snel op in de kamers beneden en bekeken elke centimeter die zij en Sean al hadden geïnspecteerd, en nog veel meer.

Na de lunch gingen ze naar boven, waar ze op basis van een gezamenlijk besluit bijeenkwamen in de portrettengalerij.

'Het moet hier zijn,' zei Liam. '*Generaties Martinsons* moet hier wel op slaan. Ze hangen hier allemaal.'

Zijn broers en zus en hun aanhang haalden elk schilderij van de muur en doorzochten de lijsten op aanwijzingen, terwijl de kinderen door de gang renden, verstoppertje speelden en de arme honden de stuipen op het lijf joegen.

Een uur na de lunch bereikte Maggie haar kookpunt; ze plofte samen met haar pop en Davy midden in de gang neer, stak haar duim in haar mond en liet het Stormtrooper-gevecht om haar heen voortrazen.

Livvy ging naast haar zitten. 'Ik heb nooit broers gehad. Hoe is dat?'

Maggie keek met grote ogen naar haar op terwijl ze driftig op haar duim zoog, haar gezichtje helemaal vertrokken, zo schattig als maar kon. 'Lawaaiig.'

Livvy lachte. 'Dat begrijp ik.'

Eigenlijk kon ze het *horen*. De klap en de kreet die volgden op een '*en garde*' vanuit de slaapkamer aan de rechterkant voorspelden weinig goeds.

Ze stond op en stak haar hand uit naar Maggie. 'Wil je met me meegaan terwijl ik ga kijken wat je broers aan het uitspoken zijn?'

'Ga je ze straf geven?'

'Nee, lieverd. Dat zou ik nooit doen.'

'Dat zou je wel moeten doen. Dat zegt Kelsey ook altijd.'

'Wie is Kelsey?'

'Mijn zus. Ze zegt dat de jongens plaaggeesten zijn.'

'Plaaggeesten?'

'Terroristen,' zei Bryan terwijl hij Martinson-familielid nummer zesenvijftig terughing aan de muur.

Lady Heather Martinson Capshaw van de Baltimore Capshaws. Een voordelig huwelijk, want Livvy herinnerde zich die naam ergens van. Ze zaten groot in de export.

'En ze heeft gelijk; het *zijn* terroristen. Hun moeder had even pauze nodig, dus heb ik ze voor de dag meegenomen. Hoe die vrouw dit dag in dag uit volhoudt, is me een raadsel.'

'Omdat ze van ze houdt.' *Echte* moeders deden wat nodig was om hun gezin bij elkaar te houden. *Echte* moeders lieten hun kinderen niet in de steek.

Maar echte moeders wilden ook het beste voor hun kinderen en misschien had Sean gelijk; misschien had haar moeder *echt* gedacht dat het het beste voor haar zou zijn om de miljoenen van de Martinsons achter zich te hebben.

Livvy haalde haar schouders op. Ze zou het nu nooit meer weten. Het was te laat om het aan de betrokkenen te vragen. Het was niet anders en ze kon niets doen om het te veranderen.

Het verleden niet, maar hoe zat het met de toekomst?

'Hé, broer.' Bryan balanceerde weer een lijst in zijn handen. 'Wil je de bovenkant van deze lijst even checken? Het ziet er een beetje—'

'Los uit?' Sean sprong over Petra heen en ving de lijst op voordat hij de grond raakte; ze hanteerden hem samen alsof ze het al duizend keer eerder hadden gedaan.

Misschien was dat ook wel zo. Ze waren samen opgegroeid en kenden elkaar op een manier die niemand anders kon evenaren.

Ze keek naar Mac en Liam. Mac gaf Liam een stuk draad aan om het schilderij dat hij gecontroleerd had opnieuw te bedraden, zonder dat er woorden tussen hen nodig waren.

Ze waren gekomen toen Sean het vroeg, zonder morren, en zetten hun schouders eronder alsof dit voor hen net zo belangrijk was als voor haar.

Ze waren een familie.

Ze pakte Maggies hand vast. 'Kom op, moppie. Laten we gaan kijken wat je broers aan het doen zijn.'

Sean keek hoe Livvy en het kleine meisje samen de gang door liepen, terwijl een intens *verlangen* hem aan de grond nagelde. Ze zou een geweldige moeder zijn. Ondanks het gebrek aan een rolmodel op dat gebied, wist Livvy instinctief wat belangrijk was voor een ouder. Als kind dat praktisch door de hare in de steek was gelaten, zou zij ervoor zorgen dat zoiets *haar* kinderen nooit zou overkomen.

Sean wist uit eigen ervaring hoe belangrijk veiligheid en stabiliteit waren voor kinderen.

Hij wilde kinderen met Livvy. Hij wilde haar gezicht in dat van hen terugzien, haar maniertjes herkennen terwijl ze opgroeiden, en zien hoe zij voor hen zorgde en van hen hield op de manier zoals ouders dat hoorden te doen. Hij had het geluk gehad Gran te hebben; Livvy had niemand gehad. Niet echt. Dat Merriweather haar het landgoed had nagelaten was *too little, too late*, want als het erop aankwam, was geld alleen een middel om een huis voor kinderen te bekostigen; ouders zorgen voor de thuisbasis.

'Je kijkt vreemd,' zei Liam.

'Dat is zijn normale gezicht,' zei Bryan. 'Dat kijkt altijd vreemd.'

'Ha. Ha.' Sean rolde met zijn ogen. 'Kom op. Laten we weer aan het werk gaan. We zijn bijna op de helft.'

Mac kreunde. 'Op de helft? Bedoel je dat er nog meer portretten zijn? Over hoeveel generaties hebben we het hier?'

Sean wees naar de volgende gang. 'De Martinsons hielden ervan om met elk gezinslid te pronken.'

Jared tikte haar op haar arm. 'Koppie op, buttercup. We hebben nog een lange weg te gaan.'

Het vriendje van Mac, of wat hij dan ook was, had geen grapje gemaakt. Ze hadden besloten om de bibliotheek opnieuw aan te pakken toen de portretten niets opleverden, voor het geval zij en Sean iets over het hoofd hadden gezien. Er viel in die kamer genoeg te doorzoeken, dus Livvy probeerde hen niet op andere gedachten te brengen.

Ze kon nog steeds niet geloven dat ze waren gekomen om haar te helpen.

Sean fungeerde als manusje-van-alles terwijl de rest de boeken doorzocht; hij bracht hen eten en drinken en hield de kinderen bezig. Hij had een paar dieren uit de stal naar de salon gebracht. Livvy had haar wenkbrauwen opgetrokken (allebei nog steeds!) toen hij het voorstelde.

'De kinderen zijn belangrijker dan welke kamer dan ook,' had hij gezegd. 'Van die kamer weten we tenminste wat de mogelijke problemen zijn. Ik heb hem al eens schoongemaakt; ik doe het zo nog een keer.'

Hij had zelfs het diner gekookt. Als al het andere haar gevoelens voor hem nog niet had bezegeld, dan deed dit, samen met zijn familie, dat wel.

Ze wilde er ook één. Net als zij. Met kinderen die overal rondrenden, partners over de vloer, en de zekerheid dat er altijd iemand voor haar klaar zou staan.

De gedachte bezorgde haar een brok in haar keel. Al die tijd had ze gedacht dat ze nooit een normaal leven zou hebben, met kinderen en een huis vol schoonfamilie, maar nu ze dit zag, wilde ze het. Ze wilde deel uitmaken van een grote, luidruchtige, chaotische familie.

Misschien wel deze familie.

Er was zoveel liefde tussen hen dat ze zich buitengesloten had kunnen voelen als ze dat hadden toegelaten. Maar dat deden ze niet. Ze betrokken haar bij elk gesprek en legden verwijzingen uit die ze niet begreep. Ze betrokken zelfs de kinderen bij hun discussies. Zelfs Bryan was overdreven attent voor de kinderen; hij sneed hun kip voor ze in stukjes ('Messen zijn wapens,' had hij gezegd) en hielp Maggie haar babypop te 'voeden'.

De huiselijkheid was meer waard dan welk landhuis dan ook, en toen ze tegen bedtijd van de kinderen de aanwijzing nog steeds niet hadden gevonden, vond Livvy het best. Wat ze haar vandaag hadden laten zien, wat ze haar hadden gegeven, was meer waard dan geld.

'We vinden het morgen wel,' zei Sean terwijl ze vanaf de stoep voor het huis iedereen uitzwaaiden.

Ze stond het zichzelf toe om tegen hem aan te leunen toen hij zijn handen op haar schouders legde. 'We gaan het in ieder geval *proberen*.'

'We vinden het, Livvy. Echt waar.'

Ze draaide zich om in zijn armen. 'Het is niet erg als we het niet vinden. De erfenis zou mijn leven makkelijker maken, maar het is nooit onderdeel van mijn plan geweest. Dit is voor mij niet het allerbelangrijkste; het was een mooie "wat als". Maar als het niet gebeurt, dan gebeurt het niet. Ik heb nog steeds een leven om naar terug te keren.'

Een leven waarvan ze hoopte dat hij er deel van uit zou maken. Dat zei ze echter niet. Er waren nog te veel onzekere factoren en ze hoefden hun toekomst niet onder de loep te nemen terwijl de komende vierentwintig uur zo cruciaal waren.

Het waren echter de komende acht uur waar ze zich op wilde concentreren.

Ze ging hem voor naar boven.

Hoofdstuk 37

D-day was aangebroken.

Sean werd wakker door de geur van Livvy's lavendelshampoo en haar ademhaling die over zijn borst kriebelde. Geen verkeerde manier om wakker te worden. En ook geen verkeerde manier om te gaan slapen. Ze hadden tot ver na middernacht de liefde bedreven en hij kon nog steeds geen genoeg van haar krijgen. Als vandaag niet de deadline was...

'Kom op, Livvy. Tijd om op te staan.'

'Mmmm. Wil ik niet.'

Ze was volkomen aanbiddelijk in de ochtend. De hele dag was ze in de weer met een vuur en een passie waar hij van hield, maar hij hield ook van dit moment. De zachte, knuffelige, zachtere kant van Livvy.

Geef het maar toe, Manley. Je houdt van haar.

Dat was pas een manier om wakker te worden.

'Kom op, lieverd. We hebben niet veel tijd meer over.'

'Ik weet het, ik weet het.' Ze verschoof van hem af en Sean wilde haar terugtrekken.

Morgen zou hij dat doen. Nadat dit allemaal voorbij was.

'Ik ga naar de historische vereniging,' zei ze, terwijl ze het laken met zich meetrok toen ze opstond. 'Misschien weten zij iets. Wil je mee?'

Sean greep een kussen en legde het over zijn kruis. Ja, eigenlijk wilde hij dat wel, maar niet naar de historische vereniging. 'Het heeft geen zin dat we allebei iets doen wat één persoon ook kan. Ik heb hier nog een paar dingen te doen en ik ga kijken of ik nog iets anders kan bedenken. Ga jij maar, dan zien we elkaar hier weer.'

'Voordat we naar het kantoor van meneer Scanlon gaan om de nederlaag toe te geven, bedoel je?'

'Hé, het is pas afgelopen als iemand begint te zingen. En geluk bij een ongeluk voor jou: ik ben zo vals als een kraai.'

Hij liep met haar mee naar haar auto, ving haar op toen ze over die stomme baksteen struikelde, en zwaaide haar daarna gedag terwijl ze wegreed.

Eerste punt op de agenda: hij ging die baksteen repareren, evenals de rest van het pad dat beschadigd was geraakt tijdens de pauwenjachtgekte.

Het bleek de beste pauwenjachtgekte in de geschiedenis van de Martinson-pauwenjachten te zijn geweest.

Hij had de aanwijzing gevonden.

Hoofdstuk 38

Sean staarde naar de aanwijzing. Hier, begraven onder die scheve baksteen, lag het toegangsbewijs voor de rest van zijn leven.

En het einde van Livvy's plan voor dat van haar.

Klootzak.

Hij verkreukelde het papier en wenste dat het zo makkelijk was om er vanaf te komen. *Zal ik het doen of niet?*

Moest hij het haar vertellen? Moest hij *haar* droom laten uitkomen of die van *hem*?

Sean haalde een hand door zijn haar en keek om zich heen. Er was geen garantie dat hij genoeg geld had om het landgoed te kopen. Ja, hij hoopte van wel — op basis van het laatste bod dat hij telefonisch had aangenomen, had hij genoeg om het te evenaren, maar er was nog de variabele Scanlon. Welke biedingen was de advocaat nog aan het verzamelen?

Maar deze aanwijzing... Dit was de garantie. Als hij het voor haar verborgen hield, was het landgoed van hem voor het oorspronkelijke bedrag. Dan zou hij het huisje terug kunnen kopen en die bruidssuite op het eiland in het meer kunnen bouwen. Dit was het dan. Zijn droom. Zijn manier om naam te maken. Om de kans te krijgen hetzelfde succesniveau te bereiken als zijn broers. Om een leider te zijn in zijn vakgebied.

Of hij gaf het allemaal op, zodat Livvy haar taarten kon bakken in het voorouderlijke huis van haar familie en haar schapen zijn golfbaan konden opeten.

Hij zou het zichzelf nooit vergeven.

Hij leunde op de schep, zijn kin op zijn borst. Daar was zijn antwoord. Want uiteindelijk kwam het neer op wat hij van zichzelf vond, niet wat anderen van hem vonden. Hij moest met zichzelf kunnen leven. Jezelf elke dag in de spiegel onder ogen kunnen komen.

Dat zou hij niet kunnen als hij Livvy pijn deed.

Hij rende terug naar zijn kamer, startte zijn laptop en zijn smartphone op en doorliep de noodzakelijke stappen om de aanwijzing aan hem te laten voorlezen.

Dit is de laatste, Olivia. U hoeft niets meer uit te zoeken of te vinden. Lever dit simpelweg in bij meneer Scanlon voor de aangegeven tijd en datum, en hij zal de antwoorden hebben op al uw vragen. Ik feliciteer u. U bent nu echt een van de Martinsons geworden, een voortreffelijke, roemruchte familie.

~Merriweather Knightsbridge Martinson

Daar lag het. Livvy had gewonnen. Het huis zou van haar zijn.

Sean glimlachte. Hij zou waarschijnlijk moeten huilen, maar hij vond het fijn dat Livvy het zou krijgen. Fijn dat Merriweather haar hier niet in had verslagen. Fijn dat zij had gewonnen.

Hij streek de aanwijzing glad. Het enige wat Livvy hoefde te doen was dit overhandigen aan de advocaat voor — hij keek op de klok van zijn laptop. Shit. Tweeëntwintig minuten. En Livvy was nog niet terug.

Hij zou het weg moeten brengen.

Gelukkig zaten de honden nog vast op het terras, dus hij kon ze daar laten. Hij greep zijn sleutels en zijn telefoon en rende naar zijn truck, waarna hij de oprit afscheurde. Hij zou haar bellen zodra hij de aanwijzing had afgeleverd, want hij moest zich concentreren op het rijden van de dertig mijl naar het kantoor van de advocaat. Anders zou het niet uitmaken wat hij had besloten; als deze aanwijzing daar niet op tijd aankwam, zou Livvy de klos zijn.

Livvy reed de oprit op met nog vijftien minuten te gaan voor haar deadline. Zelfs als ze de aanwijzing *had* gevonden, zou ze het kantoor van de advocaat nooit op tijd bereiken. Het was voorbij. Ze had verloren. Merriweather had gelijk gekregen.

Zelfmedelijden dreigde de overhand te krijgen terwijl ze uit haar krakkemikkige oude Baja stapte, totdat ze Davy hoorde huilen. Ze rende over het pad naar het huis, liep om het gedeelte heen waar Sean aan het werk was, en ging het terras op. Waarom waren de honden hier alleen buiten en waar was Sean? En waarom hing Davy aan het hek met zijn gips?

Ze keek over de heg. Die stomme, staartloze pauw had zijn lesje niet geleerd en stond daar te pronken alsof hij nog al zijn glorie bezat.

Ze hield echt niet van pauwen.

Ze haalde Davy van het hek en ging met hem op de warme leisteen zitten. De anderen verzamelden zich om haar heen; hun natte neuzen en warme, ademende gesnuif verzachtten haar teleurstelling over het mislopen van haar erfenis.

Stom eigenlijk. Het was maar een huis. Als de dag met Seans familie haar iets had geleerd, dan was het wel dat *mensen* telden. Relaties waren belangrijk, geen huizen of geld. Op relaties kon je geen prijs plakken.

En die met Sean was onbetaalbaar. Als er niets anders uit deze schattenjacht was voortgekomen, dan was hij dat wel. Hij was de grootste schat van allemaal, en ze liet geen minuut meer voorbijgaan zonder hem dat te vertellen. Merriweather zou niet langer de vreugde uit haar leven zuigen. Livvy had haar al te veel macht gegeven. Ook dat was voorbij.

Ze maakte de riem van Davy korter zodat hij niet bij het hek kon en zette hem naast Micki met een streng 'Blijf' tegen beiden, waarna ze op zoek ging naar Sean.

Wat ze in plaats daarvan aantrof, was erger dan het verliezen van de erfenis.

Sean kwam met piepende banden tot stilstand op de parkeerplaats van het advocatenkantoor. Nog twee minuten te gaan.

Hij negeerde de lift—hij kon niet wachten tot die beneden was—en nam de noodtrap met drie treden tegelijk. Godzijdank zat het kantoor pas op de derde verdieping.

Hij stormde door de deur naar binnen, en liet de receptioniste schrikken. 'Scanlon? Welk kantoor is van hem?'

'Het spijt me, meneer—'

'Ik heb de laatste aanwijzing! Waar is zijn kantoor?'

Godzijdank begreep de vrouw waar hij het over had. 'Derde deur aan de rechterkant.'

Sean bedankte haar niet eens. Dat zou hij doen als hij weer wegging.

Hij stoof het kantoor van Scanlon binnen. 'Hier! Tijd!' Hij smeet de aanwijzing op het bureau, zijn handpalm er plat bovenop. 'De aanwijzing van Livvy,' zei hij, terwijl hij probeerde op adem te komen. 'Ik heb het gehaald.'

Scanlon trok een wenkbrauw op achter zijn bril met metalen montuur en keek op zijn horloge. Daarna schoof hij de aanwijzing onder de hand van Sean vandaan.

Sean deed een stap achteruit terwijl Scanlon tergend langzaam de tijd nam om het vervloekte ding te lezen.

'Ja, dit is de laatste.' De advocaat legde hem op zijn bureau. 'Maar ik ben bang dat Olivia degene moet zijn die hem presenteert. Mevrouw Martinson was daar heel duidelijk over.'

'Nee. Geen sprake van. U gaat Livvy niet op die manier van haar erfenis bestelen. Ze kon niet komen. Haar auto is ermee opgehouden.'

'Waarom is ze dan niet met u meegekomen?'

'Hij ging kapot toen ze onderweg was naar huis om de aanwijzing te *halen* en naar u toe te brengen. Ze was in paniek. U had haar aan de telefoon moeten horen.' Hij improviseerde ter plekke, maar dat was een talent dat hem bij onderhandelingen altijd goed van pas was gekomen en dit ging om de belangrijkste deal van zijn leven. Het leven van Livvy. Misschien dat van hen samen.

'Ja, dat had ik zeker.' Scanlon pakte een dossier uit zijn bovenste bureaulade en zette zijn bril recht terwijl hij het papier erin las. 'Hè, het lijkt erop dat mevrouw Martinson het *niet* zo gedetailleerd heeft omschreven in haar instructies, hoewel dat wel haar bedoeling was.'

'Als het niet zwart op wit staat, kan Livvy het aanvechten. Wilt u echt zo'n juridische strijd aangaan? Ze heeft de aanwijzing gevonden en als het niet aan haar kapotte *oude* auto lag, die ze niet kan laten repareren tot ze haar erfenis krijgt, zou ze hier in mijn plaats staan.' Sean kruiste zijn vingers achter zijn rug en bad dat zijn neus niet groeide. Hij had de laatste tijd verdomd veel gelogen en het verontrustte hem hoe natuurlijk het hem afging. Maar *dit* was voor een goed doel. Het *juiste* doel. Livvy verdiende haar erfenis en hij ging hier niet weg voordat ze die kreeg.

'Als zij het gewoon bevestigt—'

'Ze komt nog langs. Ik breng haar mee, maar we wilden dat de aanwijzing hier als eerste was.'

Meneer Scanlon loerde over zijn bril heen. 'Het verbaast me dat *u* dit komt brengen. Het verbaast me hogelijk.'

'Livvy verdient haar erfenis.' Shit, die vent wist *echt* wie hij was. Waar hij op uit was geweest. 'Waarom heeft u het haar niet verteld?'

'Dat was niet aan mij. Tenzij en totdat zij erft, werk ik voor de nalatenschap. Ik heb mijn instructies.' Hij tikte op het dossier en sloot het daarna op zijn bureaulegger. 'Ik moet mevrouw Carolla zo snel mogelijk spreken.'

'Zult u het haar vertellen?' Sean wilde de nalatenschap niet hebben opgegeven om haar vervolgens alsnog kwijt te raken. Niet dat hij het daarom had gedaan, want de aanwijzing inleveren was het juiste om te doen, maar als

Scanlon het haar vertelde, zou ze alles wat er tussen hen was gebeurd in twijfel trekken.

Sean wilde niet dat ze dat deed, want wat er tussen hen was, was echt. Ongeacht de situatie rond de nalatenschap, meende hij alles wat hij tegen haar had gezegd en meer. En hij moest haar nog meer zeggen. Hij moest haar vertellen hoe hij zich voelde. Wat hij wilde.

'Ik zie geen reden om het haar te vertellen, aangezien het testament niet zal worden aangevochten, is dat juist?'

De man kon veel overbrengen met een blik over de rand van zijn bril. Sean voelde zich alsof hij in het kantoor van de directeur zat. 'Juist.'

'Heel goed.' Scanlon schoof het dossier in zijn bovenste lade. 'Ik kijk ernaar uit om mevrouw Carolla te spreken.'

Resoluut weggestuurd liep Sean terug naar zijn pick-up. Het lag nu niet meer in zijn handen. Hij had gedaan wat hij moest doen; nu was het tijd om de gevolgen onder ogen te zien.

Livvy staarde naar het computerscherm in de kamer van Sean.

Hij had een computer.

Belangrijker nog, hij had de aanwijzing.

Hij had ook plannen voor het landgoed. *Haar* landgoed.

Ze veegde over het touchpad om naar beneden te scrollen. Blauwdrukken. Offertes. Cijfers. Dollartekens. Prognoses.

Een brief van haar grootmoeder.

Als de computer en de spreadsheets de grond nog niet onder haar voeten vandaan hadden geslagen, dan deed deze brief dat wel. Livvy moest wel gaan zitten.

Ze zonk neer op zijn matras in zijn kamer en probeerde *niet* te denken aan de laatste keer dat ze hier was geweest. Wat ze hier hadden gedaan. Samen. Op dit bed.

Waar zijn verraad haar nu uitlachte.

Ze scrollde door de cijfers. Nieuwe vloerbedekking, personeel, linnen, schoonmaak, een kok, een golfpro, een onderhoudsploeg, een conciërge...

Er waren plannen voor een golfbaan. Een overloopzwembad met een poolhouse annex buiteneethoek.

Hij was van plan deze plek in een hotel te veranderen.

Ze keek naar de kolom met uitgaven. Architectonisch, bouwkundig, vergunningen, grond... Het bedrag in die kolom was onthutsend. Bedragen die al waren uitgegeven.

Wat was dit in hemelsnaam? Waar kwam Sean aan deze getallen? *Waarom* had hij deze getallen bedacht? Hoe was hij overgegaan van het opknappen van huizen naar... naar dit?

Ze opende een zoekvenster en typte zijn naam en *hotels* in.

Wat er tevoorschijn kwam, was net zo onthutsend als de cijfers.

Sean was eigenaar van bed & breakfasts. Zeker een flink aantal.

Hij was van plan dit huis aan zijn lijst met panden toe te voegen. En Merriweather was het hem, volgens haar brief, praktisch aan het *geven* voor een prijs die ver onder de marktwaarde lag. Er *stond* in de brief zelfs dat het onder de marktwaarde was. Wat was dit voor onzin?

Livvy klikte terug naar het blad met de prognoses en maakte een snelle rekensom. Hij had die prijs nodig. Gebaseerd op de verwachte inkomsten zou zijn rendement aanzienlijk lager zijn als hij meer voor het landgoed zou betalen dan wat Merriweather hem had beloofd.

Had hij hier al die tijd gewerkt—al die tijd met haar geslapen—in de verwachting dat zij hiermee akkoord zou gaan? En wanneer was hij van plan het haar te vertellen, voor of nadat ze had geërfd—

O god, ze werd misselijk.

Livvy voelde de kamer draaien en greep het voeteneind van het bed vast om zichzelf in evenwicht te houden. Was alles een farce geweest? Had hij haar al die tijd voorgelogen en was zij, de arme, meelijwekkende, eenzame idioot die ze was, pardoes in zijn plannen getrapt?

En de aanwijzing... Als hij de aanwijzing had, betekende dat... dat betekende dat hij die voor haar verborgen had gehouden. Was dat de reden dat ze het niet had kunnen vinden? Was *hij* degene geweest die haar aan het lijntje hield in plaats van Merriweather? Had ze al die tijd de verkeerde persoon de schuld gegeven?

Livvy klikte terug naar de aanwijzing.

Ik feliciteer je. Je hoort nu bij de Martinsons—een voortreffelijke, illustere familie.

~Merriweather Knightsbridge Martinson

Haar *feliciteren*? Serieus? Die vrouw dacht dat *dit* zo'n geweldige prijs was? Wat dacht ze van het geld dat het zou opbrengen? *Dat* was de prijs, niet een of ander verouderd, achterhaald feodaal ridderschap dat niets meer betekende in de eenentwintigste eeuw.

Vooral niet nu haar ridder op het mintgroene paard haar had verraden.

Hij wilde het landgoed.

Ze zou eigenlijk een soort genoegdoening moeten voelen dat Merriweather ook hém had verraden, maar op dit moment voelde ze alleen maar pijn.

Hij had haar gebruikt. Dat was erger dan genegeerd en niet erkend worden door haar familie. Hij had haar gevoelens, haar vrijgevigheid, haar *vertrouwen* gepakt en ze gebruikt voor zijn eigen gewin.

Hij had de aanwijzing.

Ze kreeg het niet uit haar hoofd. Hij had hem voor haar achtergehouden. Hij had ervoor gezorgd dat ze niet zou winnen. Haar erfenis niet zou kunnen opeisen.

Als ze niet al had gezeten, dan had dit besef haar de benen onder het lijf vandaan geslagen. Wie *was* hij? Hij was niet de man die ze dacht te kennen. Degene die haar wilde en om haar gaf en het fijn vond om bij haar te zijn. Hij had haar gebruikt voor zijn eigen doeleinden.

Het leek erop dat ze toch precies zoals haar moeder was.

Livvy schudde die deprimerende gedachte van zich af. Nee. Ze was niet zoals haar moeder. Ze ging niet smeken en pleiten of de man haar alsjeblieft wilde. Ze ging niet afwachten tot hij 'tot inkeer kwam'. En ze ging hier ook niet blijven zitten wachten tot hij haar eruit zou gooien.

O god, zij had hier zitten bedenken hoe ze hem voor altijd bij zich kon houden, terwijl hij haar al die tijd al weg wilde hebben.

Geen wonder dat hij zo'n scène had getrapt over het vloerkleed en de meubels. Geen wonder dat hij bij elke zoektocht naar een aanwijzing met haar mee was gegaan. Ze had gedacht dat hij zo behulpzaam was, zo gul met zijn tijd. Dat hij genoeg om haar gaf om te willen dat het haar zou lukken, terwijl ze al die tijd zijn vuile werk voor hem had opgeknapt. Ze had hem rechtstreeks geleid naar de manier om haar eigen ondergang te verzekeren.

Voor één keer was ze dankbaar voor de doelloze stoelen die in de gang stonden; ze kwam niet ver toen haar benen begonnen te trillen. Ze ging zitten en liet haar kin in haar handpalm rusten.

Zou hij daar nu zijn? In het kantoor van meneer Scanlon, opscheppend over hoe hij haar verslagen had? Was hij op dit eigenste moment de cheque aan het uitschrijven om de plek onder haar voeten weg te kopen terwijl zij hier machteloos zat en niets aan de uitkomst kon veranderen? Zou ze voor het donker buiten op straat staan?

Wat moest ze met de dieren doen? De honden kreeg ze waarschijnlijk wel in haar auto. Ze zouden er niet blij mee zijn, maar ze kon ze er allemaal in krijgen als het moest. Maar die in de schuur... Ze had minstens een dag nodig om een vrachtwagen te huren. Sean zou hen er toch niet zomaar uitzetten? Hij had een band met hen opgebouwd; dat kon hij niet geveinsd hebben. Dieren zouden dat weten. Ze hadden hem allemaal geaccepteerd, kwamen naar hem toe als hij riep, begroetten hem als hij de schuur binnenkwam. Zelfs Rhett had hem in de buurt van Scarlett gelaten. Dieren kunnen een bedrieger van mijlenver herkennen. Waarom dit keer dan niet?

Waarom *zij* zelf niet? Verlangde ze zo wanhopig naar genegenheid dat ze de eerste de beste kans die voorbijkwam met beide handen had aangegrepen? *Was* ze net zo behoeftig als haar moeder?

Die gedachte deed haar opspringen. Nee. Ze was haar moeder *niet*. Of haar vader *of* haar grootmoeder. Ze was Livvy Carolla. Haar eigen persoon. En zij had de leiding over haar toekomst. Niet het lot, niet Merriweather en absoluut *niet* Sean.

'*Klootzak!*' zei Orwell toen ze haar kamer binnendook. Voor één keer stoorde ze zich niet aan zijn grove taalgebruik. Ja, Sean was een klootzak en het was alleen maar passend dat hij Orwell dat woord had geleerd.

Ze gooide de hoes over de kooi van Orwell. Hoewel ze het ermee eens was dat Sean een klootzak was, hoefde Orwell haar daar niet als een kapotte grammofoonplaat aan te herinneren.

Ze propte haar kleren in een plunjezak, smeet haar toiletartikelen in een andere en krabbelde een briefje voor die klootzak waarin ze hem *precies* vertelde wat ze van hem vond en dat ze morgen terug zou komen voor de rest van haar dieren. Tien minuten later had ze haar bestaan uit deze kamer gewist.

Het was te triest om bij stil te staan. Bovendien had ze geen tijd om erbij stil te staan. Ze moest hier onmiddellijk wegwezen, zozodat ze hem niet onder ogen hoefde te komen als hij terugkwam. In zijn triomf.

Hoofdstuk 40

Livvy's telefoon ging voor de zesde keer af in evenveel minuten. Ze hoefde niet te kijken om te weten dat het Sean was. Hij kon blijven bellen wat hij wilde; ze was niet van plan op te nemen.

Hij ging weer over. Georgia begon te janken.

O hemel, nee. Livvy greep de telefoon. Ze praatte nog liever met Sean dan dat Georgia de rest van de honden op stang zou jagen.

'Luister, Sean, ik wil niet—'

'U spreekt met meneer Scanlon, mevrouw Carolla.'

'O. Het spijt me. Ik—'

'Ik vroeg me af wanneer u langs zou komen. Er zijn zaken die we moeten bespreken.'

'Kijkt u, meneer Scanlon, ik weet alles van wat Sean heeft gedaan. Waar valt er nog meer over te praten?'

'De afhandeling van de nalatenschap.'

Ze lachte bijna om de 'afhandeling' van de nalatenschap, maar *haar* gesteldheid was niet in de stemming om dit grappig te vinden. 'Moet dit echt nu?'

'Ik ben bang van wel. Er zijn bepaalde richtlijnen waar we aan moeten voldoen en dit is er een van.'

Haar grootmoeder moest wel *heel erg* in haar vuistje lachen vanuit het graf: ze had gelijk gekregen *en* Livvy danste nog steeds naar haar pijpen.

'Ik ben hier nog een halfuur, maar daarna heb ik een afspraak met mijn vrouw—eh, een andere cliënt en ben ik niet meer beschikbaar.'

Verdraaid. Hij offerde tijd met zijn vrouw voor haar op en er was niet genoeg tijd om terug naar huis te gaan en de honden daar te installeren—om nog maar te zwijgen van het risico dat ze Sean tegen het lijf zou lopen.

Noem haar een zwakkeling voor ware liefde, maar ze was niet van plan meneer Scanlon of zijn vrouw te laten wachten op haar of die klootzak. De honden moesten maar in de auto blijven zitten. 'Ik ben er over een paar minuten.'

Sean bleef op 'opnieuw bellen' drukken op zijn telefoon, in de hoop Livvy te bereiken, maar zijn oproepen gingen rechtstreeks naar haar voicemail. Nadat hij een derde bericht had ingesproken, gaf hij het op. Ze zou haar telefoon wel niet bij zich hebben.

Hij hoopte vurig dat ze niet huilend op haar bed lag omdat ze alles kwijt was. Hij moest haar vertellen dat dat niet zo was. Hij moest haar vertellen dat zij gewonnen had.

Nu nog zijn broers vertellen dat zij hadden verloren.

Tja, ze waren erop voorbereid. Ze hadden allebei geprobeerd het hem uit zijn hoofd te praten en hem gewaarschuwd zijn leven niet op te geven voor een vrouw. Liam was op die manier een keer hard onderuitgegaan en Bry had die les ter harte genomen. Sean was de enige romanticus die nog over was in de groep, maar het had zijn blik niet vertroebeld. Livvy was een geweldig persoon. Een goed mens. Een fantastische vrouw. En ze zou een ongelooflijke echtgenote en moeder zijn. Zijn vrouw en de moeder van *zijn* kinderen. Hij wilde haar voor altijd en hij zou er alles aan doen om haar te krijgen. Haar en haar maffe beestenboel en haar acht honden en haar godslasterende, songteksten verpestende papegaai.

Haar auto stond niet op de oprit toen hij kwam aanrijden. Misschien was ze naar het kantoor van de advocaat?

Hij belde daarheen, maar kreeg de voicemail voor buiten kantoortijden.

Dus waar was ze?

Hij liep naar de keukendeur. Waar waren de honden?

Hij probeerde haar telefoon nog eens, maar kreeg *weer* haar voicemail.

'Livvy?' riep hij toen hij naar binnen ging.

Niets.

'Ringo?' Hij dacht dat de grote hond wel door de deuropening zou komen stormen als hij zijn stem hoorde, en Sean hoefde zich geen zorgen meer te maken over wat de klauwen van de husky met de vloer zouden doen. Dat was nu Livvy's zorg.

'John?'

Niets.

'Davy?'

Helemaal niets.

'Is er iemand thuis?' Waar kon Livvy naartoe zijn gegaan met de honden? En waarin? Haar barrel van een auto was niet groot genoeg voor Ringo alleen, laat staan voor de zeven anderen.

Hij vond ze in geen van de kamers beneden, dus ging hij naar boven. Ze zou ze toch niet weer in de badkamer hebben gezet? Ze was zo ontdaan geweest toen hij dat had gedaan.

Sean glimlachte bij de herinnering. Ze was zo verontwaardigd geweest, met haar handen in haar zij en haar haar wild om haar schouders. Hij had zich moeten concentreren om iets zinnigs te zeggen, want het enige wat hij had gewild was haar tegen zich aan trekken en haar hartstochtelijk kussen.

En dat, dacht hij terwijl hij naar haar kamer liep, was precies wat hij ging doen zodra hij haar vond.

Het eerste wat hem opviel, was dat Orwell weg was. *Opgeruimd staat netjes* schoot er door zijn hoofd, maar toen besefte hij dat haar kast leeg was. En dat er een briefje op het bed lag.

Het was geen aanwijzing.

Sean pakte het op. Het was één grote kluwen van krullen. Natuurlijk had Livvy een krullerig handschrift; dat paste bij haar roze tenen.

Jammer genoeg begreep hij er geen woord van, en zijn computerprogramma kon niet goed overweg met krullerig schrift. Toch moest hij het proberen.

Hij liep naar de overkant van de gang naar zijn kamer om het in te scannen op zijn laptop en—

Zijn laptop was uit zijn tas.

Hij stond open.

Hij stond aan.

Hij bewoog de touchpad en het scherm lichtte op.

Heilige Maria, de brief van Merriweather.

Hij liet zich op het matras zakken. Livvy mocht dit niet gezien hebben.

Hij keek naar de overkant van de gang naar haar lege kamer en bad dat het niet betekende wat hij vreesde.

Hij klikte op een ander openstaand document.

De aanwijzing.

Er stond ook een spreadsheet open, en Sean hoefde er niet echt op te klikken om te weten wat het was, maar hij deed het toch in de ijdele hoop dat zijn wereld niet aan het instorten was.

De prognoses. *En* er stond een zoekvenster open.

Hij klikte erop.

Ze wist het. Of tenminste, ze dacht dat ze het wist.

Krijg de tering. Had hij eindelijk het juiste gedaan, spatte het in zijn gezicht uiteen. Hij had het niet moeten doen. Hij had die aanwijzing gewoon stil moeten houden en hier moeten blijven en—

Nee. Nee, dat had hij niet gemoeten. Hij had gedaan wat juist was en kon zichzelf in de spiegel aankijken in de wetenschap dat hij dat had gedaan. Of Livvy hem ooit nog zou aankijken of niet, hij had het juiste gedaan.

Hij pakte zijn telefoon en draaide haar nummer nog een keer. Weer de voicemail. Dit keer sprak hij wel een bericht in.

'Livvy, het is niet wat je denkt. Laat het me uitleggen. Alsjeblieft.'

Hij stopte, want wat kon hij nog meer zeggen? Of ze wilde hem, of ze wilde hem niet.

Maar toen zei hij het enige wat hij haar moest vertellen. Het enige waar hij de rest van zijn leven spijt van zou hebben als hij het niet deed.

'Livvy... ik hou van je. Het heeft niets met het huis te maken. Niets met wat ik dacht te willen toen ik hier begon te werken, maar alles met jou. Jij hebt me doen beseffen wat er echt belangrijk is in deze wereld en ik hoop dat je me de kans geeft om je dat persoonlijk te vertellen. Ik hou van je, Livvy. Of je nu op de boerderij woont of in het landhuis, of in een piepklein flatje waar de dieren op de meubels slapen, het maakt me niet uit. Waar jij bent is thuis en dat is waar ik wil zijn. Geef me alsjeblieft een kans. Geef *ons* een kans.'

Hij verbrak de verbinding voordat hij begon te smeken, hoewel hij dat zou doen als dat nodig was om haar te laten luisteren. Hij kon haar niet ook nog verliezen. Want uiteindelijk was zij het enige dat telde.

Hoofdstuk 41

'Mag ik de eerste zijn om u hartelijk te feliciteren.' Meneer Scanlon stak zijn hand uit, volledig onverstoord door de acht honden die ze mee naar binnen had moeten nemen. Georgia was begonnen met janken toen Livvy de auto parkeerde en de anderen waren haar al snel gevolgd. Ze wilde niet dat de bekleding aan flarden zou zijn gescheurd bij haar terugkomst, dus had ze hen maar meegebracht. Godzijdank gedroegen ze zich voorbeeldig.

In tegenstelling tot een zekere klootzak die ze kende.

'Bedoelt u niet gecondoleerd?' Ze husselde met de riemen om zijn hand te kunnen schudden. Ze wist niet waarom ze de moeite nam, maar het was niet zijn schuld dat ze had gefaald. Wat moest de arme man anders zeggen nu hij haar moest vertellen dat ze zojuist meer dan een paar miljoen dollar was misgelopen?

'Nou, ik veronderstel dat u het zo zou kunnen bekijken, maar het was de oprechte wens van uw grootmoeder dat u van dit landgoed zou gaan houden. Of dat u in ieder geval genoeg voor de familiegeschiedenis zou voelen om het in de familie te houden. Maar mocht dat niet zo zijn, dan kan ik u vertellen dat ik al verschillende biedingen heb ontvangen, mocht u willen verkopen.' Hij overhandigde haar een stuk papier. 'Hier staan de grotere bedragen op, en ik durf te beweren dat u nog wel hoger kunt gaan. U, jongedame, bent voor de rest van uw leven onder de pannen mocht u willen verkopen.'

Hij sprak wel Nederlands, maar het drong niet tot haar door. Verkopen? Wat dan?

Ze pakte het papier aan en ging op een stoel tegenover zijn bureau zitten.

De honden vlijden zich aan haar voeten neer.

Wauw. Dat waren serieuze bedragen. Heel veel nulletjes.

'Het spijt me, maar ik begrijp het niet.'

'Het landgoed Martinson is een zeer gewild stuk onroerend goed. Zoals ik al zei, dit zijn voorlopige bedragen. Zodra het daadwerkelijk te koop staat, verwacht ik dat ze nog zullen stijgen.'

Ze schudde haar hoofd. 'Het spijt me, meneer Scanlon, maar wat heeft dit met mij te maken?' Had hij de opdracht gekregen om nog even extra zout in de wond te wrijven?

Meneer Scanlon glimlachte. Het zag er niet uit als een sadistische, leedvermakerige glimlach, maar aan de andere kant had ze ook gedacht dat Sean eerlijk was, dus wat wist zij nog van de menselijke natuur?

'Ik begrijp dat dit veel is om te verwerken, maar mijn kantoor, en ik persoonlijk, staan klaar om de verkoop van het landgoed namens u af te handelen.'

'Namens mij? Maar ik ben niet de eigenaar.'

'Een loutere formaliteit.' Hij haalde een blauwgekafte stapel papieren uit een map op zijn bureau. 'U wilt deze documenten wellicht door uw eigen raadsman laten nakijken, maar u zult zien dat ze in orde zijn. Uw grootmoeder heeft daarvoor gezorgd.'

Livvy pakte de documenten aan en scande ze om er wijs uit te worden—

Het woord *eigendomsbewijs* sprong eruit.

En daar stond haar naam.

En het adres van het landgoed.

Ze begreep er *echt* niets van.

'Meneer Scanlon, ik heb werkelijk geen idee.'

'Ja, dat begrijp ik.'

Ze wenste dat zij het begreep. 'Maar u zegt me dat ik de aanwijzing niet nodig heb? Dat het landgoed al die tijd al van mij was? Heeft mijn grootmoeder me voor niets de hort op gestuurd?'

De honden verroerden zich toen haar stemgeluid in volume toenam. John staarde de advocaat aan met een diep gegrom.

'O nee, mijn beste. De speurtocht was heel reëel. Als u de aanwijzing niet

op tijd had afgegeven, had ik mijn instructies gehad over hoe ik over het landgoed moest beschikken.'

'Aan Sean.'

'Wel, eh...' Nu keek meneer Scanlon wél *uit het veld geslagen*. 'Eh, ja. De
heer Manley zou de geregistreerde koper zijn.'

'Waarom is hij dat dan niet? Ik heb de aanwijzing niet ingeleverd.'

'Maar hij heeft die in uw plaats ingeleverd.' Hij hield een ander stuk papier
omhoog. 'Het verbaasde me, gezien zijn gretigheid om eigenaar te worden,
maar hij heeft hem inderdaad ingeleverd. Hij heeft me ook alles verteld over
uw autopech. Het landgoed is van u.'

Ze wist niet wat ze het eerst moest verwerken. De glasharde leugen over
haar auto, of het feit dat Sean haar het landgoed had overhandigd, inclusief
alles erop en eraan, en daarmee al dat geld was misgelopen.

En zij had hem die brief geschreven...

O god.

'Mevrouw Carolla, gaat het wel? Wilt u een glas water?'

Wijn zou beter zijn. Een hele fles. Ogoddere, wat had ze gedaan?

'Ik moet gaan.' Ze sprong overeind — en raakte verstrikt in de riemen
toen ze probeerde weg te gaan. De honden deelden haar gevoel van urgentie
niet.

'Maar mevrouw Carolla — Olivia. Mag ik u zo noemen? U kunt zeker de
tijd nemen om uw advocaten naar de akte te laten kijken, maar ik moet u dit
nog wel even geven.' Hij haalde nog een brief tevoorschijn. Deze man was net
de Kerstman die cadeautjes uitdeelde op kerstochtend.

'Het is van uw grootmoeder.'

Of misschien was het toch een roe.

Livvy ging weer zitten. Het was allemaal te veel. Seans verraad-dat-geen-
verraad-was, haar brief-die-ze-nooit-had-moeten-schrijven, en nu het leedver-
maak van Merriweather.

'Ik kan dit nu echt niet lezen.'

'Ik begrijp dat u overdonderd bent. Maar uw grootmoeder had het gevoel
dat dit zou kunnen helpen. Dat denk ik ook.' Hij hield de envelop naar haar
toe. 'Alstublieft. Lees het.'

Livvy nam de envelop en de briefopener aan die meneer Scanlon haar
aanreikte en schoof die onder de plakrand. Ze haalde er een stuk perkament
uit.

Natuurlijk was het perkament. Niets zo gewoons als kopieerpapier of geparfumeerd briefpapier voor Merriweather Martinson.

'Ik laat u alleen om het te lezen.' Meneer Scanlon stond op, deed een stap en hield toen in. 'Als ik zo vrij mag zijn, Olivia?'

Livvy keek hem aan door een waas van... iets. Verwarring? Onwerkelijkheid? 'Ja?'

'Ik zie veel van uw grootmoeder in u terug. Ik denk dat zij dat ook zag. En dat is iets goeds.' Hij tikte eenmaal zachtjes op de leren bureaulegger, schraapte zijn keel en liep toen de deur uit, die met een klik in de vergrendeling viel.

Zet er nog maar een streepje bij op het bord van onwerkelijkheid. Zij leek op haar grootmoeder? In geen honderd jaar.

Ze leunde achterover in de stoel en vouwde het perkament open; het bibberige handschrift dat ze had verwacht was vervangen door een krachtig, ferm handschrift.

Olivia,

Ik zat ernaast. Dit zijn woorden die ik nog nooit in mijn leven heb uitgesproken, maar hier, aan het einde ervan, merk ik dat ik het moet doen. Ja, ik had ongelijk.

Ik had u moeten omarmen als mijn kleindochter, onwettig of niet. De omstandigheden van uw geboorte waren niet uw schuld; die wijt ik aan mijn zoon en zijn voorkeuren. Maar u, u was onschuldig, en in mijn woede en teleurstelling ben ik dat vergeten.

Wanneer iemands leven ten einde loopt, krijgt men de kans om over veel dingen na te denken. Ik zal nooit spijt krijgen van de waakzaamheid waarmee ik de naam Martinson heb beschermd. Het is een naam die de eeuwen heeft overleefd met zowel bewondering als veroordeling. Ik was vastbesloten dat, onder mijn bewind, de bewondering zou voortduren. Maar door dat te doen, heb ik u in de steek gelaten.

Ik zal en kan geen excuses maken. Een kind is, zoals ik maar al te goed weet, altijd een zegen. Omdat ik er zelf maar één heb kunnen baren, staat dit principe voor mij voorop. Ik wilde dat Lawrence, uw trouweloze vader, de man zou worden die zijn vader zou zijn geweest als de Tijd hem de kans had gegeven.

Maar het lijkt erop dat Lawrence een van die Martinsons was die smaad over onze naam zou brengen. En daarom heb ik u verborgen. Ik heb u genegeerd. Ik wilde deze vlek op de familie niet.

Nu zie ik dat de vlek door mij is aangebracht. Als ik u maar had omhelsd, u in de familie had verwelkomd, uw vader zijn verantwoordelijkheid had laten nemen, dan was deze zelfveroorzaakte smet op de familienaam — en op mijn geweten — er nooit geweest. En dan had u de familie gehad die u verdient.

Ik heb het geprobeerd met dat ene bezoek, maar... nou ja, er zijn geen excuses. Ik ben een koppige vrouw en dat ben ik altijd geweest.

Werkelijk, Olivia, je bent een sterke, vastberaden persoonlijkheid, niet onge-lijk aan mijzelf. Hoewel ik mijn hele leven privileges heb gehad, had jij die niet. En daarvoor kan ik alleen mijzelf de schuld geven.

Ik wil het goedmaken en ik hoop dat u uw trots niet — en ik weet dat die enorm is, want ik deel hem — in de weg laat staan. U bent een Martinson. U bent net zo sterk en vastberaden en fel en loyaal als uw grootvader, mijn geliefde Henry. Had ik mezelf maar toegestaan dit in u te zien voordat ik de kloof in onze relatie stimuleerde, dan zouden de zaken anders zijn gelopen.

Uiteraard kan ik niet goedmaken wat er is gebeurd, maar het is mijn wens dat u deze familie zult omarmen, met al onze gebreken, en het erfgoed op u zult nemen dat u zo rijk en terecht verdient.

De aanwijzingen hebben u waarschijnlijk gefrustreerd en boos gemaakt; ik weet dat dat bij mij het geval zou zijn geweest. Maar ik wilde dat u zou zien waar u vandaan kwam, wie u bent, voordat u het zou weggooien. Ik had gehoopt dat uw felle rechtvaardigheidsgevoel en uw strijd voor de underdog u tot het einde toe op de been zouden houden. Dat u de kans zou willen grijpen om uw erfgoed te omarmen en het te gebruiken voor de dingen waar u in gelooft, in plaats van het te verkopen aan een of andere bedrijfsgigant die winst wil maken over de rug van degenen die meer geprivilegieerd zijn dan de meesten. Dat is de reden dat ik het bod van de heer Manley heb geaccepteerd: wat hij van plan was met het landgoed te doen, stond me aan. Maar ik had gehoopt dat u het zou willen opeisen.

Dat u dit leest, is het bewijs dat ik gelijk had wat u betreft.

Ik heb uw vorderingen door de jaren heen gevolgd, Olivia. Of het nu goed was of fout, ik moest zien wat er van u zou worden. Uw leven in een commune leek mijn afstand te rechtvaardigen, althans voor mezelf. Dat u precies zo was als uw ouders. Ik had zulke hoge verwachtingen dat Lawrence het op zich zou nemen om te trouwen met een vrouw van goede afkomst en opvoeding, met een zoon om onze familienaam voort te zetten. Ik hield mezelf voor de gek.

U bent niet zoals uw vader. Of u iets van uw moeder in u hebt, zullen we helaas nooit weten. Maar ik denk van niet, Olivia, want uw beide ouders hadden niet de innerlijke kracht die u hebt getoond door uw leven op uw voorwaarden op te bouwen.

Ik heb uw taarten en broden geproefd. Uw bakkunst is superieur aan de mijne, en dat is de reden dat ik altijd een chef-kok heb gehad. Maar zelfs met uw talent zijn het uw geloof in uzelf en uw volstrekte vastberadenheid wanneer de kansen tegen u keren, die uw ware aard laten zien. U bent een overlever, Olivia, omdat u blijft vechten voor wat u wilt. Ik vraag me af wat er van u zou zijn geworden als ik die vechtlust had gestimuleerd in plaats van gedwarsboomd.

Het was mijn bedoeling om al eerder contact met u op te nemen, but uw trots kennende, wist ik dat u pas bij mijn overlijden naar dit huis zou terugkeren. En dus heb ik dit spel voor u voorbereid. Het deed me veel plezier om me te concentreren op het teruggeven van wat ik u heb ontnomen. Het heeft me ook veel berouw gegeven over wat we hadden kunnen hebben.

Ik ben gaan beseffen dat ik niet perfect ben, wat een hele bekentenis is voor een oud kreng als ik. Ja, ik wist van uw bijnaam voor mij en stiekem genoot ik ervan, want dat was het beeld dat ik aan de wereld wilde presenteren. De trotse, sterke vrouw aan het roer van het schip Martinson.

Ik ben vereerd dat ik die titel aan u mag overdragen. Ik ben trots op wie u bent, Olivia, en ik hoop dat het op een dag iets voor u zal betekenen. Ik ben er trots op dat u het verleden en uw trots opzij hebt gezet om de controle over uw nalatenschap op u te nemen, ondanks uw haat jegens mij. Ik ben trots dat u zo vastberaden in uw overtuigingen bent gebleven om nieuwe ondernemingen te blijven proberen. Ik ben trots om eeuwen aan Martinson-erfgoed aan u over te dragen en het voortbestaan van die naam aan u toe te vertrouwen.

Ik ben trots om u mijn kleindochter te noemen en ik wou dat ik deze waarheid tientallen jaren geleden had gevonden.

Maar uiteindelijk ben ik erachter gekomen dat het ene dat ik u al die jaren geleden had willen zeggen, sterker is dan mijn beschermingsdrang voor deze familie. Wat ik u persoonlijk had willen zeggen, en waar ik voor mijn dood niet de kans toe heb gegrepen — mijn grootste spijt — is:

Ik houd van u, Olivia.

Je grootmoeder,
Merriweather Knightsbridge Martinson

Livvy staarde naar de laatste zin tot de woorden door haar tranen in elkaar overliepen. Haar grootmoeder respecteerde haar. Hield blijkbaar zelfs van haar.

Livvy klemde de brief tegen haar borst en boog voorover, terwijl de tranen waar ze zo lang tegen had gevochten haar lichaam schokten. Al die verspilde jaren. Al die eenzaamheid. Al die eenzame feestdagen en lege stoelen in de aula bij de schoolvoorstellingen. Al die zomers dat ze van het ene vriendinnetje naar het andere werd gestuurd, nooit een plek had die ze de hare kon noemen. Al de wrok en de pijn en de vragen...

Het zou wel even duren voordat de boosheid weg was. De pijn. Haar grootmoeder had haar verkeerd beoordeeld en haar daarmee verdriet berokkend dat ze nooit had verdiend.

O mijn god — zij had precies hetzelfde gedaan bij Sean.

Ze stond op, veegde haar ogen af en ontwarde de riemen. Ze moest naar hem toe. Moest het hem vertellen... Wat? Dat ze hem vergaf? Natuurlijk. Dat ze het begreep? Ja. Dat deed ze.

Dat ze niet zonder hem kon?

Ja. Dat ook.

Dat ze van hem hield?

Dat, meer dan de rest, was wat ze hem moest vertellen.

Meneer Scanlon en zelfs Merriweather mochten dan wel denken dat ze veel van haar grootmoeder weghad, maar het ene grote verschil tussen hen was dat Livvy wist wanneer ze moest toegeven dat ze fout zat en om vergeving moest vragen.

'Kom op, jongens.' Ze trok aan de riemen. 'Laten we naar huis gaan.'

Sean vloekte terwijl hij probeerde de tweede regel van Livvy's brief in zijn laptop te typen. Verdorie, hij miste zijn tablet met de voorleesfunctie. Dit ging eindeloos duren.

Was dat een *E* of een *A*? Hij kon het niet zien en het maakte hem gierend gek. Hij zou Mac om hulp moeten bellen en dat zou waardeloos zijn. En zij zou dat ook vinden als ze erachter kwam dat hij wegging, maar Livvy's afwezigheid en het briefje voorspelden weinig goeds. Ze zou hem niet willen zien als ze het landgoed opeiste, en hij nam het haar niet kwalijk.

Mac wel, trouwens. Hem de schuld geven, bedoel ik. En daar kon hij verdomd weinig aan doen, want hij was schuldig op alle punten.

Hij worstelde met de rest van het woord, maar gaf het toen op. Blokletters waren al lastig te lezen, krullerige schrijfletters waren voor hem zo goed als onmogelijk. Hij kon beter hiërogliefen hebben. Dat waren tenminste plaatjes.

Hij klapte zijn laptop dicht. Hij kon waarschijnlijk beter vertrekken, haar tijd geven om de erfenis te verwerken, wat hij had gedaan en wat hij in zijn bericht had gezegd, maar hij wilde haar zien. Wilde de kans om het allemaal in levenden lijve te zeggen. Voor haar te vechten. Als er *íéts* in deze wereld was waarvoor het de moeite waard was om te vechten, dan was het Livvy.

Hij keek uit het raam. De stal. De dieren vroegen zich waarschijnlijk af waar het eten bleef. En waarom hun hokken smerig waren. Dat kon hij doen om de tijd te doden. God weet, hij verdiende het om meer stront te scheppen.

Tot zijn verbazing waren de dieren bedaard toen hij binnenkwam. Waarschijnlijk voelden ze aan wat hij voelde. Of het kwam omdat hij Davy, de onruststoker, niet bij zich had. Hij miste dat kleine kereltje.

Als hij erover nadacht, miste hij ze allemaal. Hij zou deze jongens ook missen als Livvy de stekker eruit trok.

'Weet je, Rhett, ik had nooit gedacht dat ik dit zou zeggen, maar ik ben jaloers op je, man. Jouw meisje is elke dag bij je, aan je zijde, en ze houdt van je.'

Rhett moest het begrepen hebben, want hij liep achter Scarlett langs en gaf haar een por.

Sean schudde zijn hoofd. De alpaca stond gewoon te pronken nu.

Maar Scarlett keerde zich dit keer tegen hém. Ze draaide zich om en spuugde Rhett. Raakte hem pal in zijn gezicht. De grote jongen keek zo verbaasd dat het komisch zou zijn als Sean niet precies wist hoe hij zich voelde.

En ze verdienden het allebei.

'Probeer de volgende keer wat tederheid, maat. Laat haar zien dat je om haar geeft. Bied haar de eerste keus van de luzerne.'

'Of lever de aanwijzing in die haar het landgoed bezorgt en jouw bedrijf failliet laat gaan.'

Sean draaide zich om. 'Livvy.' Weer zo'n rok, een van haar grauwgroene hemdjes en die logge laarzen, en ze had er nog nooit mooier uitgezien. 'Ik kan het uitleggen—'

'Ja, dat kun je maar beter doen.' Ze liep op hem af, de ondergaande zon trok vurige strepen door haar haar. 'Mr. Scanlon heeft me verteld wat je hebt gedaan. Ik wil weten waarom.'

Ze bleef voor hem staan, haar kin eigenzinnig geheven. 'Waarom heb je me geholpen, Sean?'

Hij vocht tegen de drang om dat ene plukje haar achter haar oor te schuiven. Hij had niet meer het recht om dat te doen. 'Heb je je voicemail beluisterd?'

'Mijn wat?'

'Ik heb je een bericht achtergelaten.'

Ze schudde haar hoofd. 'Sorry, maar met de wervelwind van de afgelopen twee uur heb ik er niet eens aan gedacht. Waarom? Wat heb je gezegd?'

Ze wist niet hoe hij zich voelde. 'Waarom ben je hier, Livvy?'

Ze trok haar wenkbrauwen op. 'Jij van alle mensen zou moeten weten dat het is omdat ik hier de eigenaar ben.'

'Ik bedoel, waarom ben je *hier*? In de stal. Nu. Op zoek naar mij.'

Haar tong gleed over haar lippen. 'Ik wil een verklaring.'

'Wil je me niet van het terrein gooien?'

'Hangt van je verklaring af.'

Ze had geen *nee* gezegd. Er was nog hoop.

Sean haalde diep adem. Tijd om zijn kaarten op tafel te leggen en zijn hand te laten zien. Hij hoopte in godsnaam dat hij niet dezelfde soort verrassing zou krijgen als toen hij met Mac had gespeeld. Toen dacht hij dat hij een winnende hand had.

Nu had hij die meer dan ooit nodig.

Hij nam haar handen in de zijne. Veelbelovend dat ze zich niet terugtrok.

Hij deed een stap dichterbij.

Ze week niet terug. Nog zo'n goed teken.

'Ik weet dat je mijn laptop hebt gezien, dus je weet van je grootmoeders aanvaarding van mijn bod. Je weet dat ik van plan was het landgoed in een resort te veranderen.'

Ze knikte.

Sean slikte. 'Dit had ik al gepland lang voordat ik van jou wist. Ik heb alles in gang gezet zodra ik met je grootmoeder had gesproken. Ze vond het idee prettig dat het landgoed in deze staat behouden bleef. Dat het niet gebruikt zou worden voor een woongroep of in kantoorgebouwen zou veranderen en het land verkocht zou worden voor woonbestemmingen. Daar gaan de meeste biedingen die Scanlons firma heeft ontvangen over. Dit is een A-locatie. Een groot stuk grond waar minder investering voor nodig is dan elders in de omgeving om op te bouwen. Wat ik met het landgoed van plan was, sloot aan bij Merriweathers visie op het belang van het landgoed. Dus ging ik door met mijn plannen. Tenslotte was haar enige erfgenaam een kleindochter met wie ze nooit iets te maken had gehad. Ik had de wijziging in haar testament nooit zien aankomen.'

Hij kreeg toen een glimlach. Klein, maar hij was er.

'Je was niet de enige.'

Hij knikte. 'Dus toen Mac iemand nodig had om het hier over te nemen, leek me dat perfect. Het landgoed zou over een paar weken van mij zijn; ik had de kans om alvast een voorsprong te nemen op de verbouwingen. Het was een goed plan. Tot jij opdook.'

Ze knabbelde op haar lip.

God sta hem bij.

'Ik twijfelde, Livvy. Jij verdient deze plek. Maar ik had er te veel in geïnvesteerd. Te veel te verliezen. Het gaat niet alleen om mijn geld; mijn broers zitten in de deal en ik heb veel uitgegeven aan het voorwerk.'

'Ik weet het. Ik zag de prognoses. Architect, ingenieurs... Je hebt hier echt alles in gestopt.'

'Het moest mijn entree worden in de luxe-resortwereld. Het landgoed zelf zou al trekken, plus de voorzieningen die we zouden aanbieden. De ligging is perfect, op rijafstand van enkele van de grootste steden van het land en de ideale mix van landelijk en stedelijk om aan ieders smaak tegemoet te komen. Het was een schot in de roos.'

'Tot ik opdook.'

'Ja.'

'Dus waarom gaf je hem de laatste aanwijzing?'

Hij liet toen haar handen los en haalde de zijne door zijn haar. 'Omdat ik jou dat niet kon aandoen. Ik kon je droom, je toekomst niet van je stelen. Als we de aanwijzing niet hadden gevonden, was dat één ding geweest, maar ik wélde hem en, nou ja, het lag niet aan mij. Ze had het aan jou nagelaten. Het is van jou.'

'Nog nooit heeft iemand een kans op miljoenen voor mij opgegeven.'

'Jij bent zoveel meer waard dan louter miljoenen, Livvy, en laat niemand je ooit iets anders wijsmaken. Je grootmoeder was een dwaas dat ze dat niet besefte vanaf het moment dat ze je voor het eerst zag.' Hij slikte en legde zich vast. 'Want ik deed het beslist wel.'

Haar amberkleurige ogen flitsten. 'Jij... deed?'

Hij knikte. 'Ja.' Zijn stem was schor, verstikt van emoties waar hij zowel doodsbang voor was als die hij haar zo graag wilde tonen. Nooit had iets meer voor hem betekend dan dit moment.

'Ik hou van je, Livvy. Ik weet dat je geen reden hebt om dat te geloven, maar het is zo. En ik wil je. In mijn leven. Voor altijd. En als je wilt dat ik iets onderteken waarin ik elke aanspraak op het landgoed weiger, dan doe ik dat. Ik wil nooit dat je denkt dat ik bij je wil zijn om mijn handen op deze plek te krijgen.' Hij glimlachte toen. 'Het enige wat ik in handen wil krijgen, ben jij.'

Ze likte over haar lippen, maar beantwoordde zijn glimlach niet.

Maar toen pakte ze zijn handen en legde die op haar taille. Ze keek vanonder haar wimpers naar hem op. 'Nu je je handen op mij hebt, wat ga je daar dan aan doen?'

Sean stond een hartslag—of vijf—stil om het moment in zich op te nemen. Om te beseffen dat het echt gebeurde. Dat zij, nou ja, als ze hem al niet vergeven had, bereid was het te proberen.

'Sean? Ik wacht.' In die amberkleurige ogen fonkelden lichtjes.

Hij zakte op één knie. Totaal ongepland en volkomen onvoorbereid. Geen ring, geen idee wat hij ging zeggen, maar dit voelde gewoon goed. 'Ik ga je vragen met me te trouwen. Om voor altijd in mijn leven te zijn. Om elke ochtend met me wakker te worden in een enorme kingsize bed, om alpacakeutels uit te mesten, ontsnapte papegaaien en dansende poedels te vangen, en baby's te maken zodat we van dit mausoleum een thuis kunnen maken.'

Ze huilde tegen de tijd dat hij klaar was, maar deze tranen kon hij aan.

'Het spijt me, Livvy. Dat ik je niet de waarheid heb verteld. Maar je moet weten—je moet *geloven*—dat ik je niet gebruikt heb. Elke keer dat we samen waren, elke aanraking, elke blik, elke kus... Ze waren allemaal echt. Alleen over ons. Het landgoed speelde geen rol.'

'Ik weet het.'

'Ik heb al die tijd geprobeerd te bedenken hoe ik het in hemelsnaam voor ons allebei kon laten werken, maar uiteindelijk lukte het me niet. Omdat ik niet kon nemen wat van jou was.'

'Ik weet het.'

'Wat er ook tussen ons gebeurde, ik kon je je geboorterecht niet ontzeggen.'

'Ik weet het.'

'Ik—je wéét het? Je gelooft me?'

Eindelijk glimlachte ze, en o, wat dat met het interieur van de schuur deed. Alsof de zon opkwam, de dieren zongen en de hemel geluk liet neerdalen—

Hij was weer poëzie aan het spuien.

'Ik hou van je, Livvy. In je co-op, boerderij met lekkend dak of hier, het maakt niet uit. Ik hou van *jou*. En van je ark van Noach.'

Ze trok aan zijn haar. 'Mooi, want zij houden ook van jou. En...' Ze likte over haar lippen. 'Ik ook.'

'Dank je, Jezus.' Hij trok haar in een kus die hem de kans gaf er maar een klein beetje van zijn gevoelens in te gieten. De rest zou jaren kosten. Minstens vijftig of zestig.

Toen ze eindelijk van elkaar loskwamen, trok ze aan zijn haar, dit keer iets harder dan een rukje. 'Weet je, ik probeer je steeds aan je verstand te peuteren dat de naam Livvy is. L-i-v-v-y C-a-r-o-l-l-a.'

Hij trok het hare terug—recht naar hem toe, voor nog een kus. 'Nee, dat is het niet,' zei hij toen ze voor de tweede keer naar adem kwamen happen. 'Het is L-i-v-v-y M-a-n-l-e-y.'

'Nou, het *wordt* het.'

'Verdomd zeker. Zodra ik een ambtenaar van de burgerlijke stand kan vinden. Ik hoop dat je geen grote bruiloft wilt.'

'Wie zou ik moeten uitnodigen? Jij bent al de familie die ik heb.'

Hij kuste haar neus. 'Nee, dat ben ik niet. Je hebt hen allemaal.' Hij knikte naar de menagerie achter hem.

'Ze kunnen niet naar de bruiloft komen, mallerd.'

'Dan brengen we de bruiloft toch naar hen. Wat zeg je ervan om hier te trouwen? Met je familie die erbij toekijkt?'

Ze sloeg haar armen om hem heen. 'Ik zeg dat je de gekste klootzak bent die ik ooit heb ontmoet.'

Hij deinsde iets achteruit. '*Klootzak*?'

'Beschouw het als een koosnaampje. Trouwens, met Orwell in de buurt ga je het nog heel lang horen.'

'Dan kun jij maar beter wennen aan *Jezus*.'

'Vind ik niet erg. Want elke keer dat je me kust, is het goddelijk.'

Mannenavond... plus drie

Achttien maanden later

'Ik ga mee.'

'Kijk en huiver, jongens.' Cooper Wexford waaierde zijn drie azen uit op de pokertafel in wat vroeger de Franse salon van het landgoed Martinson was geweest, maar nu de recreatieruimte van de Hideaway Hills Bed & Breakfast. 'Volgende keer beter.' Hij schraapte de fiches naar zich toe.

'Wacht even.' Kerry zette zijn margarita neer en pakte zijn kaarten op. Hij wierp ze op tafel. 'Full house.'

'Verdomme!'

'Verdomme!'

'Orwell, koest.' Livvy tikte tegen de tralies van zijn kooi terwijl ze langsliep met haar kenmerkende biologische salsa en zelfgemaakte chips. 'Sorry, jongens,' zei ze, terwijl ze de snacks op de hoek van de tafel zette. 'Speel maar lekker verder.'

'Bedankt, Livvy,' zei Cooper, terwijl hij een gulle portie opschepte. 'Eet smakelijk, mannen. Ik trakteer.'

Livvy rolde met haar ogen. De salsa hoorde bij de basisvoorzieningen van het huis en kostte de gasten niets extra's. En Cooper, hun tuinarchitect, wist dat best.

'Neem jij ook wat, honing?' Sean sloeg zijn arm om haar onderrug.

'Kan niet. Zij verdragen het niet zo goed.' Ze wreef over haar buik.

'Nog een paar weekjes, dan kun je weer.'

'Nog een paar weekjes en dan geef ik borstvoeding, en dan wil ik *echt* geen pittig eten.'

'Kom op zeg!' zei Bryan. 'Geen gepraat over de... Nou ja, *dat* van mijn schoonzus. Het is spelletjesavond. Mensen.'

'Ik pas,' zei Drake Fletcher, terwijl hij zijn twee paar op tafel gooide. De auteur was er elke zes maanden, wanneer hij zich een week lang opsloot voor de deadline van zijn boek om met een marathon-schrijfsessie de laatste hand eraan te leggen.

Livvy had hem nog nooit in de recreatieruimte gezien, dus ze kon alleen maar vermoeden dat hij eerder klaar was. Jammer dat hij naar buiten was gekomen om alleen maar te verliezen.

Ze herkende die blik op het gezicht van haar man. Sean mocht voor de rest dan wel een goed pokergezicht hebben, maar zij kende hem. Ze kende dat gezicht door en door, met al zijn stemmingen. De meeste van zijn gedachten ook, aangezien ze elke dag samenwerkten en elke nacht samen sliepen.

Ze wreef over haar buik, het bewijs van het succes van *die* onderneming. Nog drie weken en de tweeling zou er zijn.

'Wat heb jij, Bry?' Sean tikte met de randen van zijn kaarten op het vilt.

Bryan rolde met zijn ogen. 'Meer dan genoeg om jullie gekken te verslaan.' Hij gooide vier tweeën op tafel.

'Je beseft toch wel dat het vanavond de derde zaterdag van de maand is?'

'Oh, shit.' Cooper leunde achterover en ging met zijn hand over zijn mond.

Kerry verslikte zich in zijn margarita. 'Sher gaat me vermoorden.'

Bryan liep gewoon groen aan. Een heel specifieke tint *mintgroen*.

'Wat? Wat is er aan de hand?' Drake keek de tafel rond.

Sean kon zijn glimlach niet onderdrukken. 'De derde zaterdag van elke derde maand is het Dienstmeisjesavond.'

'Dienstmeisjesavond?'

'Met de nadruk op *dienst*,' zei Cooper voordat hij zijn bier achterover sloeg.

'De verliezer moet hier een week lang in de huishouding werken,' zei Kerry.

Sean grinnikte alleen maar toen hij zijn straat liet zien. 'Het ziet ernaar uit dat jij de sigaar bent, Drake. Ik laat mijn zus een uniform voor je op maat maken. Welkom bij de Manley Maids.'

Het einde en bedankt voor het lezen

Het einde. Bedankt voor het lezen! Help andere lezers mijn boeken te vinden door een recensie achter te laten op de plek waar u het heeft gekocht. En als u graag meer van mijn verhalen wilt zien, sla dan de pagina om!

WAT EEN VROUW NODIG HEEFT

JUDI FENNELL

Mannenavondje... plus één

Hij had verloren.

Bryan Manley staarde naar de kaarten op de tafel voor hem.

Straight flush. Boer hoog.

Het versloeg zijn full house. Het versloeg de vier vrouwen van Liam en de negen-hoog straight flush van Sean.

Hij had verloren.

Van zijn *zusje*.

Degene die nog nooit had gepokerd.

En ze had niet alleen hem verslagen, maar hen alle *drie*. Mary-Alice Catherine Manley had de Manley-mannen verslagen in hun eigen spel.

En nu moesten zij het hare gaan spelen.

Bryan schraapte zijn keel, terwijl de walging achterin brandde. Hij, de bekende acteur, voer voor de paparazzi, hartenbreker van sterretjes en de 'Next Biggest Thing' volgens *People magazine*, zou iemands schoonmaker worden.

'Ik geloof, lieve broers, dat jullie allemaal opgemeten moeten worden voor een Manley Maids-uniform,' zei Mac, alsof het niet de doodsteek voor zijn imago was.

'Ik draag geen schort.' De woorden rolden uit zijn mond nog voordat hij er goed en wel over had nagedacht, maar het bewees maar weer dat zijn instincten feilloos waren. Elke regisseur met wie hij ooit had gewerkt zei dat, en Bryan was er op dit moment verdomd blij mee.

Een schort. Jezus. De roddelbladen zouden hiervan smullen. Zijn agent? Een stuk minder.

Interessant genoeg probeerde geen van de broers Mac van dit belachelijke eerherstel af te brengen. Ze hadden gewed en eerlijk verloren.

Maar, mijn hemel. Een schoonmaker.

'Wanneer wil je dat we beginnen, Mac?' Liam was de eerste die herstelde — voor zover je het zo kon noemen.

'Wanneer jullie maar kunnen. Ik heb de opdrachten.'

Als Bryan Mac niet beter kende, zou hij zweren dat ze haar lachen probeerde in te houden. Maar dat was niets voor Mac; ze had hen drieën altijd verafgood. Noemde hen haar ridders op het witte paard. Of met American football-beschermers bij sommige gelegenheden. Maar nooit dit. Nooit een... een *schort*.

Hij zou zweren dat het een grap was, maar Mac had het enige ingezet dat ook maar enigszins in de buurt kwam van wat hij en zijn broers hadden ingezet: vier weken schoonmaakservice als ze verloor, vier weken dwangarbeid als ze won. Ze zou haar bedrijf niet op het spel zetten voor een grap.

'Ik heb nu wel tijd. Ik begin maandag direct.' Sean stapelde de fiches op. met uiterste precisie, wat de enige aanwijzing voor Seans emoties was. Hij was pislink. Op zichzelf, waarschijnlijk. Ze waren allemaal tegen hun instinct ingegaan en hadden haar laten meespelen terwijl ze de inzet eigenlijk niet kon betalen.

Het feit dat zij degenen waren die nu moesten boeten, deed er niet toe. Ze hadden Mac, hun kleine zusje, vrijwel haar hele leven beschermd sinds hun ouders waren overleden en Oma hen in huis had genomen. Ze hadden vast moeten houden aan hun 'geen meiden'-regel voor dit spel, maar ze wilde zo graag meedoen en ze waren altijd zulke doetjes voor haar geweest dat ze haar haar zin hadden gegeven.

En nu werd zij hun baas.

Een schoonmaker. God.

Het enige pluspunt was dat het erop leek dat Oma's schoonmaaklessen eindelijk hun vruchten zouden afwerpen. Hun grootmoeder had haar handen vol gehad aan vier jonge kinderen, en hij en zijn broers in het bijzonder waren behoorlijk luidruchtig en slonzig geweest.

Hij had nooit gedacht dat hij dankbaar zou zijn voor die lessen. Verdikkeme, hij had zelfs Monica, zijn eigen schoonmaakster van Macs bedrijf, om zijn appartement op orde te houden, juist zodat hij die lessen *niet* meer in de praktijk hoefde te brengen.

'Hé, mag ik mijn eigen plek doen?' Twee vliegen in één klap, om het zo maar te zeggen, hoewel de mensen van de dierenbescherming daar waarschijnlijk over zouden vallen.

Mac fronste naar hem. 'Zou je Monica haar baan afnemen om onder de weddenschap uit te komen? Meen je dat nou?'

Als ze het zo stelde...

'Ik probeer nergens onderuit te komen.' Dat was wel het laatste wat de roddelbladen moesten oppikken. 'Reken mij ook maar in voor maandag. Ik heb even tijd tussen twee projecten en zocht toch al iets om te doen.' Hij had gehoopt dat dat "iets" te maken zou hebben met een zekere actrice, een strand en een paar Heinekens, maar dat zat er nu niet in. Tenminste was hij dan een tijdje uit de publieke belangstelling; misschien kon hij dit voor elkaar krijgen zonder dat er iemand lucht van kreeg.

Ja, en Oma zou haar nieuwe stekje ook vast zomaar inruilen voor het landhuis dat hij voor haar wilde kopen.

$\mathcal{B}$oeken van Judi Fennell

Royally Sunk

Tot over haar oren

Reel is een meerman zonder staart en Erica is als de dood voor de oceaan. Slechts één ding kon haar het water in krijgen: een vuurwapen. En slechts één ding kon haar daar houden: de sexy meerman die haar leven redt, om vervolgens dat van hemzelf op het spel te zetten.

Wild en diepblauw

Valerie is een zeemeermin-prinses die is gestrand in het midden van het land. Rod is de prins die op pad gaat om haar te redden. Maar kunnen ze het complot van een troonbezetter ontduiken en op tijd terugkeren naar de oceaan voordat zijn staart — en zijn aanspraak op de troon — voorgoed verdwijnen?

De vangst van haar leven

Logan is *weggelopen* van het circus; het enige wat hij wil is een normaal leven. De naakte vrouw die op zijn boot verschijnt is allesbehalve normaal. Vooral wanneer Angel een zeemeermin blijkt te zijn — met een woedend zeemonster achter zich aan.

Liefde op de klippen

Prinses Mariana is geen aanstelster; ze *is* echt een kunstenares, wat ze gaat bewijzen met het beeldhouwwerk dat ze op een verlaten eiland maakt. Het probleem is dat Jace zich daar schuilhoudt. Hetgeen dat Mariana zal bevrijden uit haar koninklijke gevangenis, is precies datgene wat Jace fataal zal worden. Romantiek is al lastig genoeg, maar wanneer er een tsunami op komst is, hangt de liefde aan een zijden draadje.

Golven maken

Lees over Het Incident waardoor Erica doodsbang werd voor de oceaan, de reden waarom Valerie, de verloren prinses, werd gevonden, en hoe Logans jonge zoon Michael een zeemeermin vond. De verhalen *vóór* de verhalen.

Bottled Magic

Ik droom van djinns

Matts geluk keert eindelijk wanneer de geest Eden uit haar fles ontsnapt en in zijn schoot belandt. Letterlijk. En ze zweert er nooit meer in terug te gaan. Helaas voor hen beiden wil de man die haar erin heeft opgesloten haar terug, en hij zal voor niets terugdeinzen om haar te krijgen.

Djinn weet raad

Samantha erft het landgoed van haar vader, compleet met een geest die nog één meester moet dienen voordat zijn dienstbaarheid erop zit. Sam is meer dan bereid om Kal vrij te laten — totdat haar hebzuchtige ex besluit dat als hij Sam niet kan krijgen, niemand haar krijgt.

Mijn lieve djinn

Zane heeft het voorouderlijk herenhuis geërfd waar hij maar wat graag vanaf wil om de geruchten over de krankzinnige geschiedenis van zijn familie de kop in te drukken. Jammer genoeg is de geest die de oorzaak van die geruchten was vrijgelaten om opnieuw chaos te veroorzaken. Alleen speelt ze dit keer met zijn hart.

Jouw wens is zijn bevel

Ontdek hoe Kal in zijn lantaarn gevangen kwam te zitten en waarom hij 1.001 meesters moet dienen. Het is het verhaal vóór het verhaal.

Once-Upon-A-Time Romance

Belle en de Beste

Jolie is overdag privékok en 's nachts schrijfster van liefdesromans. Dus wanneer ze een klus krijgt bij de knappe, teruggetrokken kunstenaar Todd, heeft ze de perfecte held voor haar boek gevonden. Totdat Todd erachter komt en haar uit zijn keuken, zijn huis *en* zijn hart schopt.

Als de schoen past

Er was eens, heel lang geleden, in een land hier ver vandaan, een meisje genaamd Assepoester. Dit is niet haar verhaal. *Dit* is het verhaal van Lucinda Isabella Casteleoni, die net als haar naamgenote een gemene stiefmoeder heeft, twee ordinairstiefzussen en talloze uren hard werk waar ze (niet) naar uitkijkt. Maar in tegenstelling tot die sprookjesprinses is Bella's droomprins nergens te bekennen. Totdat een oud mannetje met fonkelende groene ogen een schoenwinkel opent in de straat. Dan begint de magie...

Achter het glas in lood

Door een onbedoelde reis naar het middeleeuwse Engeland moet reclamevrouw Kate halsoverkop op zoek naar een manier om weer thuis te komen... Maar kan ze de woest aantrekkelijke ridder op het witte paard op wie ze verliefd is geworden met zich mee terugnemen?

BeefCake, Inc.

Ook Spierenbonken Houden van Zoet

Lara wil dat haar cupcakes een succes worden. Exotisch danser Gage zou ze best eens willen proeven, maar door zijn werkschema om de ziekenhuisrekeningen van zijn neefje te betalen heeft hij daar geen tijd voor. Totdat er een feestje is waar spierbundels en cupcakes elkaar ontmoeten en, *oh*, wat is dat heerlijk!

Ook Spierenbonken Maken Fouten

Wanneer Bryan Jenna aanziet voor een prostituee en zij beseft dat hij de vader van haar geadopteerde zoon is, stapelen de fouten en misverstanden zich op. Maar er groeit ook iets anders tussen hen. Soms kan een verkeerde afslag precies de juiste zijn...

Ook Spierenbonken Verdienen een Tweede

Tanner wil zijn ex-vrouw voorgoed uit zijn leven hebben, maar wanneer haar grootmoeder een beroerte krijgt en hij moet doen alsof hij nog steeds verliefd is op Juliet, durft hij het dan aan om die ene vrouw die nooit is opgehouden met van hem te houden een tweede kans te geven?

Ook Spierenbonken Laten Harten Smelten

Gina is al een eeuwigheid verliefd op Darien — tot de dag dat hij haar op school vernederde. Vijftien jaar later laat hij haar koud. Exotisch danser Darien is teruggekomen naar de stad om een paar dingen recht te zetten. Een daarvan is de puinhoop die hij jaren geleden voor Gina heeft veroorzaakt... en *misschien* het vuur weer aanwakkeren dat er ooit was. Maar de enige manier om de sneeuw rond Gina's hart te doen smelten, is door het vuur flink op te stoken, zowel tijdens het werk... als daarna.

Manley Maids

Wat gebeurt er als drie onweerstaanbaar sexy broers een pokerweddenschap verliezen van hun ondernemende zus? Ze worden verhuurd voor haar schoonmaakbedrijf. Nu staan de Manley Maids tot uw dienst. Tevredenheid gegarandeerd.

Wat een vrouw wil

Resorteigenaar Sean is van plan een historisch landgoed te kopen, hiermee naam te maken en miljoenen te verdienen, dus trekt hij erin onder het voorwendsel het pand schoon te maken om een bepaalde voorwaarde van de erfenis te omzeilen. Maar erfgename Olivia en haar beestenboel kruipen onder zijn huid, en hij ontdekt dat de pokerweddenschap die hem in deze nesten heeft gewerkt niet de enige factor is die alles verandert.

Wat een vrouw nodig heeft

Filmster Bryan wil roem en fortuin, niet een herhaling van zijn armoedige 'normale' jeugd. Na de publiciteit rond de dood van haar man heeft Beth behoefte aan een normaal leven voor haarzelf en haar kinderen, en de filmster die een weddenschap heeft verloren om haar huis schoon te maken — met de paparazzi in zijn kielzog — past daar niet bij. Maar als geflirt overgaat in verleiding, moet Bryan Beth ervan overtuigen dat hij meer man is dan een hulpje in de huishouding. Of een acteur. Want hij speelt de hoofdrol in een omgekeerd Assepoesterverhaal, en het zou zomaar eens de rol van zijn leven kunnen zijn.

Wat een vrouw verdient

Liam heeft geen geduld voor vrouwen die het geld van een man uitgeven zonder ook maar een moment aan echt werk te denken. Maar om zijn weddenschap na te komen, moet Liam socialite Cassidy niet alleen tolereren, hij moet ook haar rotzooi opruimen wanneer haar vader de geldkraan dichtdraait. Zonder geld en zonder huis dat Liam kan schoonmaken, heeft Cassidy geen andere keuze dan een baan te accepteren — als Liams nieuwe hulp. Maar wanneer de vonken tussen hen overvliegen, zal het dan echte liefde zijn of gewoon de volgende rommelige affaire?

Wat een vrouw

MaryAlice Catherine staat klaar om het huis van een vriendin van haar grootmoeder schoon te maken, maar ontdekt tot haar grote schaamte dat de verwaande kleinzoon op wie ze vroeger verliefd was — en die dat al die tijd wist — daar woont. Jared herinnert zich het anders; Mac was altijd een bazig ding, maar hij is niet van plan haar nu de lakens te laten uitdelen. Maar nu ze met zijn tweeën in één huis wonen, is het nog maar de vraag wie er uiteindelijk aan het langste eind trekt.

Wat een kerel wil

Beckett is klaar om zijn verloren pokerweddenschap in te lossen. Hij had alleen niet beseft dat hij dat met zijn hart zou moeten doen. Jennifer is de vrouw die hem is ontglipt en nu staat ze weer vlak voor zijn neus. In haar huis. Dat hij moet schoonmaken. Jennifer kan niet geloven dat de 'bad boy' van de middelbare school op wie ze smoorverliefd was in haar huis is, maar als haar ex-man haar één ding heeft geleerd, is het dat ze niet op de bad boy kan rekenen. Totdat Beckett al zijn kaarten op tafel legt en hij iemand blijkt te zijn op wie Jennifer toch durft te wedden.

Hier is Judi!

De bekroonde bestsellerauteur Judi Fennell houdt van lachen en van de liefde, dus het is geen verrassing dat er van beide een beetje in elk boek zit dat ze schrijft. Bekijk haar sprookjes met een knipoog voor een voorproefje van haar luchtige, ironische paranormale en romantische komedies. Van meermannen voor de kust van Jersey Shore tot djinn met vliegende tapijten, en van mannelijke strippers à la Magic Mike tot stoere huishouders wiens motto *Tevredenheid Gegarandeerd* is; er valt altijd wel wat te lachen en er is altijd liefde te vinden.

En in haar overvloedige (?) hoeveelheid vrije tijd helpt ze auteurs bij alle aspecten van het schrijven en uitgeven in eigen beheer met haar bedrijf voor opmaak, omslag- en promotieontwerp, redactie, advies en audioboeken, www.formatting4U.com.

Judi woont in een voorstad van Philadelphia met een menagerie aan vier-voeters, en op de dag dat die wezens beginnen met A) zingen, B) kleding naaien of C) het huis schoonmaken, zal ze stoppen met schrijven...!

9 781947 723863